ammann

JOSEPH O'CONNOR

Cowboy und Indianer

Roman

Aus dem Englischen von
Gabriele Haefs

Ammann Verlag

Die Originalausgabe erschien 1991 unter dem Titel
»Cowboys and Indians«
bei Sinclair-Stevenson Ltd., London

Ich möchte meiner Familie danken, vor allem meinem
Vater Sean und meiner Stiefmutter Viola. Ich danke außerdem
Marie O'Riordan, meiner Agentin Lisa Eveleigh und –
für den Vorschlag des Originalfotos für
den Umschlag – David Ryan.

Satz: Jung Satzcentrum GmbH, Lahnau
Druck: Offizin Andersen Nexö, Leipzig
ISBN 3-250-10218-0

Wir hatten unsere Herzen mit Phantasien genährt,
und von dieser Kost wurde das Herz brutal;
mehr Substanz in unseren Feindschaften
als in unserer Liebe; ihr Honigbienen,
kommt und baut im leeren Haus des Blicks.

Yeats

Eddie Virago hatte einen ganz verdammten Tatterich.

Er ließ sich in den Pullmansessel zurücksinken und nukkelte an seinem Plastikbecher mit Sealink Gin, wobei er feststellte, daß er bei jedem Schluck seinen zitternden kleinen Finger abspreizte wie irgendeine blöde Herzogin oder so. Wie Lady Bracknell oder eine andere gestörte alte Fledermaus. Guter Stall. Sein Vater hatte recht. Auch die beste Erziehung kam nicht dagegen an.

Der Anblick des Fingers machte ihn verlegen. Der Finger verriet ihn, wenn er sich so spreizte, stellte ihn bloß. Und wenn er in Gesellschaft gewesen wäre, dann hätte er irgendeine klugscheißerische Bemerkung darüber gemacht. Aber er hatte keine Gesellschaft. Eddie Virago war allein, nur er und seine Gitarre und sein Ego. Und mit vierundzwanzig macht man sich deshalb keine besonderen Sorgen. Alleinsein ist aufregend. Man weiß nicht, was Alleinsein bedeutet, noch nicht, aber es ist eine ziemliche Kiste, und das ist doch was.

Die Luft im Pullman-Salon war schal und verräuchert, erinnerte an Desinfektionsmittel und fettiges Essen. Seine Lippen schmeckten salzig. Und das Licht der muschelförmigen Wandlampen war so trübe, daß er die Augen zusammenkneifen mußte, vor allem, wenn er auf der gegenüberliegenden Seite etwas erkennen wollte, wo das riesige Fenster auf Wellen und Nacht hinausblickte.

Unter sich, tief unter dem Autodeck, spürte Eddie das Stampfen der See. Er stellte sich vor, wie der gewaltige kalte Rumpf des Postschiffes in der Dunkelheit das Wasser durchpflügte, eine Explosion von weißem Metall und Schaum. Er konnte es fast vor sich sehen, das Schiff hob sich in die Luft, knallte auf die Wellen nieder, hämmerte wie eine Waffe auf das Wasser ein. Und aus irgendeinem Grunde ließ diese Vorstellung Eddies Gesicht heiß prikkeln.

Es war ein gutaussehendes Gesicht, daran gab es keinen Zweifel. Eddies Gesicht wirkte wie einem präraffaelitischen Gemälde entsprungen, das hatte Jennifer ihm jedenfalls einmal erzählt, diese Scheiß-Bildungskuh. Erstes Jahr Kunstgeschichte im UCD, und Jennifer hielt sich schon gleich für Melvyn Blabla Bragg oder sonstwen. Aber egal, soll sie doch sagen, was sie will, Eddie wußte, daß er gut aussah. Er meinte, Aussehen spiele keine Rolle. Das sagte er jeden Morgen, wenn er sich vor dem Spiegel schön machte, und auch jeden Abend, wenn er seine glänzenden Zähne putzte. Er sagte es zu jeder sich bietenden Gelegenheit, zu allen, die ihm zuhören mochten. Aber sehr gutaussehende Leute behaupten das immer, und wenn sie es sagen, sehen sie gleich noch einmal besser aus. Nach Eddie schauten die Leute sich um. Das war früher schon so, das war jetzt so, und mit einem Hauch von dem Glück, das immer mit gutem Aussehen einhergeht, würde das wohl auch so weitergehen, bis er ins Gras biß. Und selbst dann würde Eddie – wie sein Held Sid Vicious – eine schöne Leiche abgeben.

Seine Wimpern waren lang und mädchenhaft. Seine Ohren hatten genau die richtige Größe. Seine Nase schien aus einem Granitblock herausgemeißelt zu sein. Seine Augen waren groß und hell, mit genau der richtigen Prise von einstudierter rehhafter Unschuld. Seine Haut war gebräunt und glatt wie Glas. Und seine Lippen entspannten sich zu einem wohlgepflegten und arroganten Schmollmund, der allen Interessierten zu sagen schien: »Wenn du willst, kannst du mich küssen, aber he, wenn nicht, ist das auch okay.«

Nur seine Augen waren jetzt nicht in besonders gutem Zustand. Sogar Eddie hätte das zugeben müssen. Normalerweise braun und strahlend, jetzt aber unter dem alkoholischen Abschied des letzten Abends leidend, stachen und juckten sie in den Augenhöhlen und waren so scharlachrot wie der grelle Irokesenschnitt, der sein Haupt krönte.

Eddies Haare waren etwas anderes. Er hatte Dublins ersten Irokesen gehabt. Damals, Anfang 1978, als kaum ein Mensch in dieser Stadt von den Sex Pistols oder The Clash auch nur gehört hatte, schon gar nicht der alte Friseur in Glasthule, der immer noch behauptete, Mick Jagger sähe aus wie ein Mädchen und niemand könnte heute noch eine fesche Melodie schreiben. Eddie hörte sich spätnachts im Radio immer John Peel an, während seine Eltern sich unten fetzten, und stellte sich vor, wie es wohl in London wäre, im Auge des Hurrikans, im verfaulten Apfel, dem monströsen und stinkenden Geburtsort des Punk. Und das grelle abgeschmackte Getöse von »Anarchy in the UK« und »Pretty Vacant« ertränkte den Lärm der echten Anarchie, die unten in der Küche tobte. Als er Montag morgen mit seiner neuen Frisur in die Religionsstunde gesegelt kam, wäre er fast auf der Stelle von der Schule geflogen. Im nächsten Jahr wurde er vom Blackrock College in eine dieser trendbewußten Experimentalschulen in Nord-Dublin versetzt, wo die Lehrer Polohemden trugen und offenbar nur Sexualaufklärung und Gestalten mit Holz unterrichteten. Damals war Eddie stadtbekannt. Er sah Leute, die auf ihn zeigten, die versuchten, ihn in der Grafton Street zu fotografieren, wenn er samstagnachmittags vor Freebird Records herumlungerte, Kaugummi kaute, richtig übel aussah, die Arme in einer Geste bedrohlicher Toleranz verschränkt, den Absatz seines rechten zweifarbigen Doc Marten gegen die Wand hinter sich gestemmt.

Aber jetzt, wo Eddie so mies drauf war, wollte niemand ihn fotografieren. Für einen, der sich die Welt unter den Nagel reißen wollte, sah Eddie ganz schön daneben aus.

Eddie zitterte wie ein kleiner Hund, der Rasierklingen scheißt. Sein mega-elender Kater schien sein Gehirn und seinen Magen in Spaghetti zu verwandeln. Nichts hatte noch irgendeine Realität, und alles kam ihm echt verzerrt vor, alles wie unter Wasser. Seine Finger zitterten, als er an der Zigarette zog. Eddie fühlte sich wie die wandelnde Innenstadt von Beirut.

Er bat eine fette Nonne in langer grauer Tracht, ein Auge auf seine Gitarre zu haben. Sie blickte von ihrem Taschenbuch, einem Roman von Hugh Leonard auf und erwiderte sein Mundwinkelspiel mit einem süßen, echten Nonnenlächeln.

Als er in die Toilette – auf dem A-Deck – gestolpert war, spritzte Eddie sich Wasser ins Gesicht, und seine Haut schien so gespannt, als ob sie sich wie Zellophan über seine Knochen zöge. Seine Frisur sah langsam schlaff aus wie bei einem rasch zugrunde gehenden Hahn. Eddie zog eine Tube Gel aus der Hosentasche und rieb deren Inhalt langsam in seinen Irokesen, zog und zerrte an einzelnen Strähnen, bis sie aufrecht standen, senkrecht und stachelig, ganze majestätische acht Zoll. Er beugte sich dicht zum Spiegel vor, feuchtete seine Finger an und fuhr damit über seine Wimpern. Sein Magen tobte jetzt wirklich ernsthaft. Er schien dröhnende Schlagzeuggeräusche zu produzieren. Eddie hatte das Gefühl, einen Pogo Stick verschluckt zu haben.

Ein junger Typ in feschem Anzug erschien aus einer Klozelle, warf einen entsetzten Blick auf Eddie und zog seine

Krawatte mit unnötiger Lässigkeit zurecht. Jede flüssige Substanz, die der menschliche Körper produzieren kann, schien auf dem stinkenden Fußboden vertreten zu sein. Und als Eddie die Augen schloß, schien das Stampfen der Motoren näher zu kommen.

Die Nonne im Salon war jetzt fest eingeschlafen, und das Heulen der Motoren schien sich wieder entfernt zu haben, ganz nach hinten in das, was von Eddies Gehirn noch übrig war. Es erinnerte ihn an den Lärm der Unterhaltung, die er im mittleren Stock der Mensa immer gehört hatte, ein lautes, volles Geräusch, das, wenn man nur lange genug zuhörte, einen besseren Trip brachte als jede Droge. Dean Bean hatte immer gemeint, das Zwischengeschoß wirke ruhig wie ein Schiff, wenn sie an den langen Abenden vor ihren Examen dasaßen und zusahen, wie die Sonne hinter den Glaswänden zu schmelzen begann. Aber Belfield mit seinen gedrungenen grauen Gebäuden voller extrem modernistischer Skulpturen und seinen brutalen Glasgängen war Eddie immer eher wie eine ausgeflippte Raumstation erschienen als wie ein Schiff. Die Flure waren dunkel und zugig, das Klopapier war immer hart, und jeder, absolut jeder, schien etwas beweisen zu müssen. Wenn er sich das so überlegte, fand er es traurig, daß das seine wichtigsten Erinnerungen an vier Jahre Universität sein sollten. Na gut, er wußte, daß das nicht stimmte, aber Eddie hatte schon längst beschlossen, genau das zu erzählen, sollte ihn jemand danach fragen.

Eddie wußte, daß man ihm eines Tages solche Fragen stellen würde. Das interessiert die Leute – Presseheinis und Groupies und Fernsehproduzenten und Eckensteher und Trittbrettfahrer und geschmeidige und beschwipste Mädchen mit weggetretenem Blick und Designer-Drogen-Süchten. Eddie würde ein Star werden. So einfach war das. Dean Bean, Jennifer, sogar sein Alter hatten das gesagt. Bei

Eddie war die Frage nicht ob, sondern wann. »Demnächst, wenn ich reich und berühmt bin«, sagte er immer, und fast jeder glaubte, daß ihm das gelingen würde. Und wenn nicht, dann taten sie doch so, und das war für Eddie fast genauso wichtig.

Dean Bean hätte es sicher auf jeden Fall gesagt. Dafür waren beste Freunde schließlich da, so sah das Beano, Eddie übrigens auch. Dean war mit einem Stipendium irgendeiner albernen Stiftung aus Arkansas herübergekommen, um den Einfluß von Yeats und Lady Gregory auf die amerikanische Kultur zu untersuchen. Am Ende hatte er einen sehr kurzen Forschungsbericht verfaßt, sich aber in Dublin verliebt. Er war zum Vegetarier geworden, hatte seinen Namen von Dean Butcher zu Dean Bean geändert, seine extravagante Familie überredet, ihm eine Wohnung in Donnybrook zu kaufen, und sich zwischen Guinness, Sarkasmen und lang-langen Nächten eingerichtet, der Art Leben, die amerikanische Akademiker von echten Dublinern erwarten.

Eddie sah zu, wie eine Frau rückwärts durch die Salontür getrottet kam, wie sie leise vor sich hinfluchte, mitten im Raum schwankte, einen Rucksack auf dem Rücken. Plötzlich bockte das Schiff. Irgendwo zerbrach Glas, und die Frau streckte ihre Arme zu beiden Seiten ihres Körpers waagerecht aus, wie beim Surfen. Ihr Gesicht war dunkel, exotisch, und sie bewegte sich, als ob sie wüßte, daß man sie beobachtete.

Ihre Jeans waren weit und unmodern. Sie trug einen Khakianorak mit einer rot-weißen Zielscheibe auf dem Rücken. Eddie sah das, als sie sich krümmte, den Rucksack abstreifte und ihn vorsichtig auf den Boden fallen ließ. Sie war angezogen wie die Mods, massenhaft Mohair, schwarze Schuhe mit dicken Crêpesohlen. Eddie fiel ein Witz von Dean Bean ein. Warum gibt es in Nordirland keine Mods? Würdest du vielleicht mit einer Zielscheibe auf dem Rücken durch Belfast spazieren? Beano, dieses blöde Arschloch von einem Yankee-Imperialisten, würde ihm fehlen.

Die Frau ruckte mit ihrem Kopf, um ihre langen schwarzen Haare zurückzuschleudern. Sie kam Eddie ziemlich zerstreut war. Sie sah aus wie eine, die, wenn sie ein Formular ausfüllen muß, vergessen hat, wie sich ihr Name schreibt. Sie fuhr mit einer Hand durch ihre dichten Haare und glotzte in die Gegend, als ob sie unter den dösenden Paaren und plappernden Stewards einen alten Freund suchte. Sie sah aus, als ob sie darauf wartete, daß etwas passierte. Das Schiff hob sich, und das Schiff senkte sich. Tief in seinen Innereien tanzten Eddies Enzyme Lambada.

Doch. Sie sah aus wie ein echter Drogenfreak. Und wenn irgendwer dies schon auf fünfzig Meilen Entfernung erkennen konnte, dann Eddie Virago. Solche Frauen wie die da, mit denen kannte er sich aus. Da hatte er den Durchblick. Alles eine Frage der Erfahrung. So dachte er jedenfalls gern.

In der Ecke unter den Bullaugen saß eine Gruppe von Rugbyfans, rotgesichtige Männer mittleren Alters, deren Bewegungen und Lachen ihn an seinen Vater erinnerten. Sie sahen seltsam und ein bißchen traurig aus, diese entlaufenen Männer, die Bäuche rundeten sich unter ihren smaragdgrünen Pullovern mit V-Ausschnitt, um den Hals trugen sie weiß-grün gestreifte Wollschals. Es hatte etwas Freches und Kindisches, wenn sie vorbeikommende Kellnerinnen bekicherten, miteinander tuschelten und versuchten, schmissige Lieder zu singen, die nicht recht in Gang kamen, weil keiner den ganzen Text kannte.

Ein kränklicher Mann redete hektisch auf seinen Nebenmann ein, zählte irgendwas an den Fingern seiner linken Hand ab. Er sah erregt aus, als ob er sich gegen eine Anschuldigung zur Wehr setzte.

Eddie fragte sich, warum diese Männer wie der Pöbel mit dem Schiff reisten, anstatt in der ersten Klasse im Flugzeug zu sitzen. Sie sahen sonnengebräunt aus, wohlhabend, schienen absolut nicht an Kohlemangel zu leiden. Zuerst konnte er das alles nicht begreifen. Dann ging ihm ein Licht auf. Wie er selber hatten sie zu lange gewartet. Irland spielte in Twickenham gegen England. An diesem Wochenende war weder für Geld noch für gute Worte ein Flug von Irland nach England zu haben. Eddie kam das alles vor wie ein Film, den er einmal gesehen hatte, über ein Land in Südamerika, wo alle ganz schnell abhauen mußten, als die Kacke am Dampfen war und die CIA anbretterte. So kam es ihm in dieser Nacht auf der Fähre vor. Aufregend. Verboten. Als ob gleich ganz ernsthafte Kacke zur Rauchentwicklung ansetzen würde.

Mit einer Ausnahme, einem sehr dünnen Knaben mit silbernen Haaren und hellen, lebhaften Augen, sahen sie alle aus, als ob sie unsäglich zu leiden hätten. Sie wanden sich in den Sofas, die für ihre wohlhabenden Körper zu eng und zu hart waren. Wenn sich das Schiff hob, lachten sie laut und imitierten stöhnende Kotzgeräusche. Blauer Zigarettenrauch hing über den beiden langen Tischen, die sie annektiert hatten. Kleine Flaschen Cork Dry Gin und Johnny Walker kippten um und kullerten gegen die hohen Kanten.

Eddie versuchte, sich so zu fühlen, wie sich das für Emigranten gehörte. Sentimentale Lieder und Gedichtfetzen trieben wie erinnerte Gerüche in sein Bewußtsein und entglitten ihm wieder. Und obwohl ihm vage bewußt war, daß Tausende von verdrießlichen Paddies im Laufe der Jahrzehnte und auch Jahrhunderte dasselbe Stück See überquert hatten, konnte er doch nichts empfinden. Eddie war ein gehirnfixierter Typ. Darauf war er stolz. Er konnte sich Vivaldis »Vier Jahreszeiten« anhören, ohne auch nur einmal an Franki Valli denken zu müssen. Sein Bewußtsein war intellektuell. Schmerz, Einsamkeit, Isolation, das waren nur Worte, und man hätte jedes andere Wort benutzen können, um dieselben Dinge zu beschreiben, für Eddie hätte das keine Rolle gespielt.

Langsam fühlte er sich richtig krank, und er schloß wieder die Augen, um die aufsteigende Wolke von Übelkeit zurückzudrängen. Das Hemd klebte an seiner nassen Haut. Seine Brustwarzen hämmerten. Er versuchte, an etwas zu denken, egal an was, um sich nur nicht auf seinen Magen konzentrieren zu müssen.

Er ertappte sich dabei, wie er eine Rechnung aufstellte, zuerst addierte er die durchschnittliche Emigrantenmenge pro Monat, dann pro Jahr, dann pro Jahrzehnt und so weiter, bis die warme Verführung des Gins seine Berechnungen zum Schmelzen brachte und er sie losließ, wie jemand in einem Film eine aus einem Eisloch aufragende Hand fahren läßt. Er kam sich einfach zu mies vor, nippte an seinem lauwarmen üblen Gin, sein Magen wogte wie die Wellen, und die Überreste eines fettigen Cheeseburgers steckten überraschend solide in seinem Gedärm. Eddie war nie ein großer Seefahrer gewesen. Und die Frau stahl ohnehin all seine Aufmerksamkeit, wie sie durch den Charles Stuart Parnell-Pullman-Salon wanderte, ein Kind, das sich in einer Ladenpassage verirrt hat, dabei verlegen und unwirsch die Stirn runzelte und einen Ort suchte, an dem sie parken konnte. Sie sah aus, als ob sie absolut nicht hierhergehörte.

Abgesehen von seiner Mutter und einigen Kommilitonen hatte Eddie kaum Bekannte in London, und wenn er sich das überlegte, fühlte er sich ein bißchen angepißt. Er hatte natürlich Onkel Ray in Greenwich, der auch sein Pate war, und dann gab es noch die neurotisch besoffene Tante in Tufnell Park, die seine Eltern nur selten erwähnten. Aber er hatte keine Lust, bei denen hineinzuplatzen, sich verwandtschaftlichen Klatsch anzuhören, endlose Fragen über das zu beantworten, was seine Familie euphemistisch als seine Karriere bezeichnete. Wenn er Familienärger wollte, überlegte er sich, dann hätte er auch zu Hause bleiben können.

Auf jeden Fall lag Eddies Vater mit Onkel Ray schon so lange im Clinch, wie Eddie denken konnte. Und seit Eddies Eltern sich letztes Jahr getrennt hatten, war alles nur noch ärger geworden. Parteinahmen hatten es verschlimmert. Es war eines dieser blöden Zerwürfnisse, die Freunde überwinden und worüber sie lachen, die in Familien aber weiter eskalieren. Irgend etwas über Politik, Nordirland, Auslieferung, sowas. Irgendein Pißkram, der, ehrlich gesagt, keinen von beiden interessierte, aber wann ist man schon ehrlich, doch nicht in Familien, jedenfalls nicht in Eddies Familie.

Sein Vater hatte darauf bestanden, ihm »Mams« Adresse in London auf die Rückseite eines Briefumschlags zu kritzeln, und erledigte das äußerst demonstrativ in Abwesenheit von Eddies Schwester Patricia, als ob er beweisen wollte, daß in Notzeiten Familienstreitigkeiten vergessen werden können. Als ob es so einfach wäre, ein schnöder blöder Familienkrach! Aber Eddie wußte, daß er seinen Vater verletzen würde, wenn er diese Nummer anrief, und das wollte er auf keinen Fall. Es war ohnehin alles schon schlimm genug. Er hätte damit einfach nicht umgehen können. Er hatte die Adresse taktvoll an sich genommen und gesagt: »Werden sehen«, und sein Vater hatte genickt, »ja, natürlich will ich dich zu nichts zwingen, aber man weiß ja nie«, auf seine zurückhaltende Weise, die so tat, als wäre alles in Ordnung, und die trotzdem so viel von ihm preisgab.

Eddie sah die Frau wieder, jetzt genau gegenüber auf der anderen Seite des Salons, in dem Halbkreis von Stühlen, die durch die Fenster auf die tosende weiße See blickten. Sie machte einem Steward Vorwürfe, und ihre Züge verzerrten sich zu übertriebenen und wütenden Grimassen. Sie hatte Eddie jetzt den Rücken zugekehrt, aber er sah, wie sie mit ihrem Daumen mehrmals rückwärts über ihre Schulter zeigte, wie sie die Hände in die Seiten stemmte und ihren Kopf vor Wut in den Nacken warf. Der Steward stand ganz still da, mit verschränkten Armen und leicht schräg geneigtem Kopf, und redete verbissen den Boden an. Er sah aus wie eines von diesen ruhigen Arschlöchern, also wie einer von diesen unerträglichen Wichsern, die einen Kurs in Kundenbetreuung absolviert und dabei ein goldenes Sternchen gewonnen haben.

Ein alter Mann mit einem runden Filzhut lugte über die Rückenlehne seines Pullmansessels und sagte etwas zu dem Steward, wobei er einen anklagenden Finger auf ihn richtete. Aber der Steward ignorierte ihn und redete weiter auf den Teppichboden ein. Schließlich wuchtete die Frau ihren Rucksack auf den Rücken und überließ ihn mitten im Satz seinem Geplapper. Sie kaute auf ihrer Lippe herum und sah ganz schön übel aus. Als ob sie sich auf dem Kriegspfad befände.

Eddie spürte einen Krampf durch seine Innereien jagen. Er furzte. Irgend etwas in ihm machte ein gurgelndes Geräusch. Seine Lippen fühlten sich wie ausgedörrt an.

Sie suchte sich durch die ausgebeulten Koffer und überfüllten Bänke einen Weg hinüber auf Eddies Seite, sah sich voller Trotz um und zerrte dann die gelbe Tüte des Duty-Free-Shops, die den Sessel vor Eddies geziert hatte, den Platz neben der fetten Nonne, auf den Boden. Energisch ließ sie sich auf den Sitz fallen, als ob sie erwartete, daß jemand versuchen würde, sie daran zu hindern. Niemand tat das.

Die fette Nonne fuhr aus dem Schlaf, rutschte unbehaglich auf ihrem Sitz herum und schlief wieder ein, wobei sie wie ein Motorrad schnarchte. Ihr Buch rutschte von ihrem Schoß und fiel auf den Boden. Der Luftzug blätterte hektisch in den Seiten.

»Man sollte meinen«, sagte die Frau, »daß man für den Fahrpreis Anspruch auf einen Sitzplatz hat.«

So eine Bemerkung hätte auch Eddies Mutter gemacht. Und auch, wie die Frau das sagte, einfach so und an niemand besonderen gerichtet, erinnerte eher an eine ältere Person, nicht an eine Frau wie sie, die zwanzig, einundzwanzig oder allerhöchstens zweiundzwanzig war.

Eddie schob die Lippen vor und sagte: »Ja, da hast du recht.« Aber dann senkte er den Kopf, riß brutal das Taschenbuch auf, das auf seinen Knien lag, und gab vor, zu lesen. Er hatte keine Lust zum Reden, obwohl die Frau aus der Nähe hübscher aussah, als er erwartet hatte. Seine Finger liefen die Wortspalten hinauf und hinunter, liebkosten das vergilbte Papier. Aber er konnte sich nicht konzentrieren, egal, wieviel Mühe er sich gab. Die schwarzen Wörter schienen sich ganz einfach über ihn lustig zu machen. Eddie hatte zuviel anderes im Kopf.

Er dachte an Jennifer, an ihren Abschied in der O'Connell Street, bei dem der Wind über dem Dach des GPO geheult hatte wie Siouxsie and the Banshees, daran, wie Jennifer an der Bushaltestelle ihre Tränen zurückgehalten hatte, und wie das Spiegelbild der Coca-Cola-Reklame auf der schwarzen und verdreckten Oberfläche der Liffey rot und verschwommen geleuchtet hatte.

Jennifer hatte sie alle ausgetrickst. Nach all dem endlosen Weltrettungsgefasel im Zwischengeschoß, nach all dem glatten Studi-Extremismus hatte Jennifer eines Tages verkündet, daß sie nach dem Examen für ein Jahr als Englischlehrerin nach Nicaragua gehen würde. Und wie sie es so nebenbei hatte fallenlassen – sogar Eddie mußte zugeben, daß das Stil hatte. Sie erwähnte das so schlicht, als ob sie von einem kurzen Spaziergang um den Block redete. Einfach so. Ganz nebenbei, und alles war schon arrangiert. Jimmy und Ruth und alle anderen hatten das großartig gefunden, aber Eddie wußte noch, wie sie alle ihn und nicht Jennifer angesehen hatten, als sie damit herausrückte, als ob sie eine Reaktion von ihm erwarteten. Dean Bean war völlig sprachlos gewesen. Und Eddie war ebenso überrascht wie alle anderen. Scheiße, er war, um die Wahrheit zu sagen, noch überraschter gewesen, aber das konnte er nicht zugeben, nicht einmal Beano gegenüber.

»Alles klar«, hatte er gesagt. »Das ist stark. Ich meine, alle gehen schließlich nach Nicaragua. Ich würde ja Guatemala vorziehen, aber wenn du das wirklich willst, dann ist alles klar.«

Die Frau war immer noch stocksauer. Sie steckte sich eine Zigarette an und tippte mit dem Daumen gegen das Streichholz, um die Flamme zu löschen. Ihre Haare waren dicht, aber nicht schwarz, wie er gedacht hatte, sondern dunkelbraun und dreckig. Wenn sie nicht gerade an der Zigarette zog, kaute sie am Daumennagel ihrer rechten Hand, bis der Zigarettenrauch ihre Augen tränen ließ und sie anfing, zu schielen und zu zwinkern. Ihre Wangen waren rosa, aber das konnte an ihrer Wut liegen. Ihre Augen jagten wie die eines Vogels hin und her. Sie hustete und schlug sich mit der freien Hand auf die Brust.

»Was liest du da?« fragte sie.

Sie sprach schnell, mit einem weichen ländlichen nordirischen Akzent. Eddie sah auf und starrte sie an. Irgend etwas hämmerte in seinem Kopf. Er hätte ihr gern geraten, sich zu verpissen und jemand anderen zu nerven, aber das ließ er. Sie sah aus wie der Typ Frau, der einem für so eine Bemerkung eine reinsemmelt. Vielleicht lag es auch an ihrem Akzent. Man machte niemanden mit nordirischem Akzent an, jedenfalls nicht, wenn man weiterhin eine sinnvolle Beziehung zu seinen Kniescheiben haben wollte. Ihre Augen waren grün und trotzig wie die einer Hexe, das fiel ihm immerhin auf. Er verpaßte seiner Seite oben ein Eselsohr und klappte das Buch zu.

»Lyons«, sagte er. *»Irland seit der Hungersnot.«*

»Hm«, sagte sie mitten im Zug. »Hab ich mir doch gedacht.« Sie balancierte ihre Zigarette quer über einer Coladose und befreite sich von ihrem Anorak. Sie war dünn. Ein Knie leuchtete rosa durch ein ausgefranstes Loch in ihren Jeans. »Dachte ich mir doch gleich«, sagte sie noch einmal, als ob sie das groß herausstellen wollte. Sie knöpfte ihre Mohairjacke auf und streifte sie ab.

Ein silbernes Kruzifix glitzerte in ihrer Halsgrube. Sie trug ein T-Shirt mit der Aufschrift »Hothouse Flowers« und der Silhouette des Leadsängers, eines Kerls mit irischem Namen, dessen Haare eine perverse Logik hatten, die es sogar mit Eddies aufnehmen konnte.

»Studierst du?« fragte er.

»Nein«, sagte sie. »Ich meine, jetzt nicht mehr.«

Eddie fiel sonst nichts mehr ein, was er hätte sagen können. Er wollte nicht fragen, wo sie studiert hätte, erstens weil er Angst hatte, jemanden zu kennen, der dieselbe Uni besucht hatte, und das würde zu einer Unterhaltung führen. Zweitens, weil es die selbstverständlichste Frage gewesen wäre, und Eddie war stolz darauf, nie das Selbstverständlichste zu sagen. Inzwischen ging es ihm sowieso richtig schlecht, total fertig und zitterig und heiß war er.

»Wie findest du es?« fragte sie und zeigte auf das Buch.

»Ach, das ist in Ordnung«, antwortete Eddie, überrascht über die Frage. »Verstehst du. Wenn dich so etwas interessiert.«

Plötzlich war er sich seines Dubliner Mittelklasse-Akzents bewußt, seiner flachen nasalen Töne, seiner Ausdruckslosigkeit, seiner absoluten Armut an Rhythmus.

Ihre Stimme dagegen war musikalisch und strukturiert, nur Vokale und weiche Intonationen, gewellt wie die Einöden Donegals, aus denen sie zweifellos kam. Das dachte sich Eddie jedenfalls. Solche Gedanken kamen Eddie nämlich. Eddie hielt sich für einen kleinen Poeten.

»Was hältst du denn davon?« fragte er, um die Aufmerksamkeit von sich abzulenken. Sie schob sich mit den Fingern die Haare hinter die Ohren.

»Ich finde es beschissen«, sagte sie mit halbem Lachen und gleichgültiger Stimme, ließ die Kippe in eine leere Styroportasse fallen und schüttelte sie hin und her. Dann sagte sie es noch einmal und starrte ihn an, als wollte sie sagen: »Na, und was meinst du jetzt, Kumpel?« Sie sah aus wie ein ganz schön harter Brocken.

Eddie schluckte hart. Heiße Flüssigkeit füllte seine Augen. Schmerzen fraßen sich seine Luftröhre hoch.

»O Scheiße«, stöhnte er und klammerte sich an die Armlehnen.

»Was?« fragte sie. »Was ist los?«

Eddie preßte die Hände vor den Mund und fluchte.

»O Jesus Scheiß Christus«, sagte er. Die fette Nonne erwachte und starrte. »Verdammte Scheiße«, sagte Eddie.

Die Frau fing an zu lachen.

Eddie beugte sich vor, bis sich sein Kopf voll zwischen seinen Knien befand, und dann erbrach er wie ein Spielautomat. Er würgte dampfende Kotze über seine Jeans und seine neuen Doc Martens, und als er seinen Mund zupreßte, quoll Kotze aus seinen Nasenlöchern. Seine Stirn war schweißbedeckt. Seine Spucke war dick und sah aus wie Bindfäden. Kotze floß über seine Wangen und tropfte in seine Brusttasche. Er glitt hinunter auf alle Viere und kotzte noch mehr, und es spritze auf die Füße der Frau und seine Finger. Und das Geräusch seiner Kotze, die auf den Boden platschte, verpaßte ihm neuen Brechreiz.

Plötzlich schlingerte das Schiff.

»Jesus«, sagte die Frau. Ein Ausdruck unverfälschten Entsetzens überkam das heilige Gesicht der Nonne.

Die Rugbyfans hörten einer nach dem anderen mit ihrem Geplapper auf. Sie sahen Eddie an, und zu seinem großen Erstaunen lachten sie nicht. Sie sahen alle entsetzt aus, abgesehen von dem kleinen Mann mit den lebhaften Augen, der nun zu einem Sandwich griff und zerstreut hineinbiß. Die fette Nonne ließ ein Glas Wasser bringen, aber Eddie konnte nichts trinken. Er würgte wieder, obwohl jetzt kaum noch etwas in seinem Magen war. Die fette Nonne meinte, er brauchte eine Tasse heißen, süßen Tee. Das sagte sie immer wieder. Und jedesmal, wenn sie diese Worte sagte – heißen, süßen Tee – dann würgte Eddie einen weiteren dampfenden Mundvoll herauf.

»Na los«, sagte die Frau und zog hektisch an seinem kotzedurchtränkten Ärmel.

Außerhalb der Reichweite der Schiffslampen war die See dunkel und ölig, hier und da gefleckt mit diesem Hochglanzlicht, das man sonst nur auf Postkarten sieht. In der Nähe war sie geldscheingrün und dreckig. Eddies Kopf winselte. Er blickte über das Deck und versuchte, den Punkt anzupeilen, wo das Licht aufhörte und die Dunkelheit anfing. Möwen flatterten ums Heck, kollidierten, als sie dem Schiff in der Hoffnung auf Futter folgten. Ab und zu versuchte eine, auf der Reling zu landen, von der der Lack immer mehr absplitterte, schwebte darüber, verfehlte sie, stürzte mit einem überraschten Schrei der Gischt entgegen und schwang sich erst in der letzten Sekunde wieder aufwärts.

Sie blickten aufs Meer, wußten eine Zeitlang nicht, was

sie sagen sollten. Eddie umklammerte die kalte Stahlreling und versuchte, nicht zu weinen. Die Frau versuchte, nicht zu lachen.

»Möwen sind so verdammt bescheuert«, sagte sie schließlich mit echter Verachtung. »Man sollte denken, sie würden es einmal versuchen und kapieren, daß es unmöglich ist. Man sollte denken, wenigstens so viel rafften sie.«

Ein fettes fieses Vieh landete auf der Reling und starrte Eddie mit einem fast höhnischen Grinsen um seinen bedrohlichen Schnabel an.

»Na ja«, stöhnte Eddie. »Das sind wahrscheinlich irische Möwen.«

Sie waren jetzt schon so weit, daß nirgendwo noch Land in Sicht war. Der Himmel war weiß, bedeckt von milchigen Wolken, und der Wind wickelte die kleine grün-weiß-orange Flagge fest um den Mast, wo sie sich erfolglos bemühte, sich zu entfalten. Der Wind hörte sich noch trauriger an als das Meer. Und je mehr die Flagge kämpfte, um so fester wurde sie um den Mast gewickelt.

»Ja«, sagte sie, »das wird's sein«, und sie warf ihre glühende Kippe ins Wasser, wo die Möwenschar sie in einer kreischenden Wolke der Zerstörung umflatterte.

»O ja, das sind irische Möwen«, sagte die Frau. »Das steht fest«, und Eddie fiel auf die Knie, umklammerte seinen Unterleib und wünschte sich laut den Tod.

Das funktionierte.

Ein paar Minuten später ertappten sie sich beim Küssen.

Im Zug machten sie weiter, und Eddie war froh, daß er auf dem Bahnhof Holyhead kurz auf die Männertoilette gegangen war, um sich die Zähne zu putzen und sich auch sonst ein bißchen mit so einem blödsinnigen Reisenecessaire wiederherzustellen, das man für zwei Pfund fünfzig kauft, um es gleich zu bereuen. Sie küßte ihn hart, und ihre Zähne schrammten aneinander vorbei. Ihre Lippen waren kalt, und sie roch nach Anis und Seife. Als sie ihn küßte, rieb sie ihre Lippen irgendwie an seinen, als ob sie zu Halloween versuchte, in einer Schüssel voll Wasser treibende Äpfel zu fischen. Als er seine Hand unter ihr Hemd schob und ihren Rücken berührte, fuhr sie zusammen und entspannte sich dann.

Ihre Finger streichelten seinen Hinterkopf, und sie schmiegte sich dichter an seine Brust und kaute auf seinen Lippen herum. Eddie kam es vor, als ob sie von einer Fotoserie in einer Teeniezeitschrift küssen gelernt hätte. Sie zog ihren Anorak über ihre zappelnden Körper und öffnete ihre Jeans.

Als sie ihre Hand in seine Hose schob, leistete er keinen Widerstand. Sie holte ihm einen runter, noch ehe sie seinen Namen erfuhr.

Danach sagten sie nicht viel. Sie rauchte erst ein paar und dann viele Zigaretten; und sie las eine Weile in einer Zeitschrift, dann lehnte sie sich an Eddies Schulter und schlief murmelnd ein.

Um halb fünf kam eine fette Schwarze mit einem Wagen voller Sandwiches durch den Gang gewackelt, und sie warf Eddie und der Frau einen mitleidigen Blick zu, der ihn vage beunruhigte.

In den Zugfenstern glitzerten verschwommen Lichter auf den Hügeln in der Ferne. Die Hügel zogen sich in tiefere Finsternis zurück, bis sie dann mit dem Himmel verschmolzen und verschwanden. Eddie betrachtete im Fenster sein Gesicht. Immer wieder sah er in eine andere Richtung und versuchte, sich selber überrascht im Glas zu ertappen.

Der Zug war innen dunkel und ruhig, und das Rattern

des Stahls auf den Schienen wurde nur vom Lachen der Jungen am anderen Ende des Wagens gestört, die um selbstgedrehte Zigaretten pokerten. Ihre Stimmen waren irisch, und auch die Musik in ihrem Ghettoblaster war irisch, sentimentale rührselige Liebeslieder und Country & Western-Standards. Lauter gebrochene Versprechen, verirrte Tramps und einsame Cowboys.

In der Ferne jagte der orange Nebel von Birmingham vorbei, Rauch stieg in die Nacht auf und wurde von einer schüchternen Brise aus der schlafenden Stadt gelockt. Farben bluteten im verregneten Fenster zusammen. Die Stadt sah aus wie ein seltsames Tier, das mit einer Million von trägen orangen Augen in der Dunkelheit schläft. Irgendwie hatte es sich in die Landschaft eingeschlichen wie ein falsches Puzzleteil, das einfach in eine Lücke gezwängt wird.

Eddie dachte an die Birmingham Six, die Guildford Four und die Winchester Three. Wie Dean Bean sagte, die anglo-irischen Beziehungen wurden zu einer Tabelle von Scheiß-Fußballergebnissen.

Und Eddie dachte an Yeats, an die »rauhe Bestie«, die er in seinem Gedicht »Wiederkunft« vorhergesagt hatte. Er sah Birmingham an, drohend im orangen Nebel, und dachte daran. Die rauhe Bestie, lebendig geworden im platten, leblosen Herzen Englands. Er dachte an die Lit. Krit.-Vorlesungen im Hörsaal L, an frostigen Februarmorgen, wenn sein Herz bei dem Gedanken loshämmerte, er müsse den Menschen neben sich ansprechen, gemäß den Tips der Studentenmitverwaltung: so findet man Freunde. Und an den ersten Tag, als er Jennifer gesehen hatte, auf dem Podium im Hörsaal L, als sie für das Amt der Klassenvertreterin kandidierte, ihr wunderbares Filmstargesicht in den Bogenlampen des Podiums, ihr Gesicht weiß wie das Papier eines Schreibblocks. Er dachte an ihre Rede, an diese schreckliche Amerikanerin, die vor ihr gesprochen hatte und einen Gang zeigte, als ob ihr ein Maiskolben im Arsch steckte, und die gesagt hatte, alle sollten für sie stimmen, weil sie doch so »nääätt« war und so verdammt gut in englischer Literatur.

»Na«, parierte Jennifer mit ihrer verführerischsten Stimme, »ich bin nicht so gut, aber dadurch vertrete ich sicher mehr von euch.« Danach erinnerte sich Eddie an das Applausgeschrei der Typen, laut, wie ein startendes Flugzeug, und auch an das schrille Pfeifen.

Jawohl, Jennifer Swift war eine Macherin. Flink, swift ihr Name, swift ihr ganzes Scheißwesen. So war sie damals, und so war sie geblieben, und Eddie wußte das. Und irgendwie war es nicht das, was ihm an die Nieren ging. Es war die Tatsache, daß er jetzt wußte, daß es eine Tatsache war. Das begriff er jetzt. Das ging ihm absolut tierisch an die Eier. Echt. Eddie ging davon aus, daß er alles packen würde, solange er nicht zuviel darüber nachdenken mußte. Tatsachen waren schließlich nur verwirrend.

Die Frau zuckte im Schlaf zusammen und zog den Anorak dichter um ihren kleinen drahtigen Körper. Eddie öffnete die Zeitschrift und las einen Artikel über irgendeinen Heini, der eine Motorrad-Todeswand mitten in einem Moor in Kildare gebaut hatte. Offenbar ein Supermegadussel, und jetzt wurde ein Film über ihn gedreht. Was sollte man machen? Die Welt wimmelte nur so von Dusseln, Primadonnen und Arschlöchern, und nirgendwo mehr als in Irland. In Irland konnte man nur etwas werden, wenn einem ein paar Kopeken zum vollen Rubel fehlten. Wirklich und wahrhaftig. So war das eben. Jetzt begriff er auch das.

Euston Station, sechs Uhr morgens, war auch nicht das Gelbe vom Ei. Der Wind kam unter den elektronischen Türen hereingaloppiert und schlug ihnen voll ins Gesicht, als sie durch die Sperre trotteten. Räudige Tauben saßen flatternd oben auf den Tragbalken, und alles fühlte sich kalt an und wie aus zweiter Hand. Eddie sah die fette Nonne wieder, jetzt trug sie einen kleinen karierten Koffer und eine Reisetasche, auf der auf der einen Seite »Na los, Jack« und auf der anderen »Italien 1990« stand. Eine weitere Nonne wartete neben dem Sockenladen auf sie und trat in ihren dicken Schuhen von einem Fuß auf den anderen, um warm zu bleiben. Die beiden Nonnen umarmten sich, und jede küßte die Luft neben dem Gesicht der anderen. Sie schienen zu wissen, wo sie hinwollten. Sie wirkten zuversichtlich und kompetent, als ob sie sich wirklich darüber freuten, sich zu sehen, wie alte Freundinnen, die nicht bloß Theater spielten.

Dösende Penner hatten sich in Ecken und übelriechenden Winkeln zusammengerollt. An der niedrigen grauen Mauer, die den Fahrstuhl zur U-Bahn abtrennte, verkündete eine Marmortafel, daß diese Erweiterung des Bahnhofs im Jahre 1977 von Ihrer Majestät der Königin eröffnet worden war. Am Rande der Bahnhofshalle waren die Läden geschlossen und vergittert, Bauzäune aus Metall waren mit Hip-Hop-Graffiti übersät, Plastikneonreklamen waren ausgeschaltet, mit Ausnahme der vom Schnapsladen, die, als sie vorbeikamen, flackerte und summte, als ob sie eine Art seltsamer Elektrizität im Körper hätten. Was ja auch irgendwie zutraf.

Ein Schwarzer in blauer Uniform und karierter Jägermütze lief hin und her und schob einen dröhnenden Reinigungsapparat, der auf dem verdreckten Boden glänzende Flächen hinterließ. Als er näher kam, sahen sie, daß er einen Walkman trug, immer wieder warf er den Kopf in den

Nacken und sang leise zu einem Rhythmus, den nur er hören konnte.

Die Frau sagte, sie hätte gern eine Tasse Kaffee, und deshalb gingen sie in den Bahnhofs-McDonald und setzten sich an einen Tisch. Eddie wußte, daß das nicht in Ordnung war, aber um sechs Uhr morgens in einer fremden Stadt geht der Regenwald ganz einfach über Bord. Das Licht im Lokal war weiß und grell, und es tauchte den Laden in eine groteske und apathische Bedrücktheit. Miese Musik sikkerte aus den Lautsprechern. Ronald McDonald schielte lüstern von der Wand und sah dabei aus wie irgendein irrer Kinderschänder aus den sechziger Jahren. Eddie kehrte mit zwei Styroportassen auf einem Plastiktablett und einer dünnen Tüte mit Pommes vom Tresen zurück. Die Füße der Frau ruhten ungeschickt auf seinem Gitarrenkasten, aber er sagte nichts. Sie rührte die Pommes nicht an.

»Zupfst du dir die Augenbrauen?« fragte sie und nippte gequält am Kaffee.

»Nein«, antwortete Eddie. »Und du?«

»Brauch ich nicht«, murmelte sie, und ihr Gesicht schmolz zu einem müden dunkeläugigen Lächeln.

»Nein«, stimmte Eddie zu. »Wohl kaum.«

»Ich heiße Marion«, sagte sie. »Mangan.«

»Und ich Eddie Virago.«

»Alles klar«, sagte sie.

»Verrückter Name, verrückter Typ«, sagte er.

»Egal«, sie zuckte die Schultern und schlang ihre rosa Finger um ihre Tasse. »Wie jemand heißt, spielt für mich keine Rolle.«

Eddie sagte, er erwähnte das nur höchst widerwillig, aber ihm fehlten leider gerade die Piselotten. Geld, sagte er, für den Kaffee und so. Sie wühlte in ihrem Portemonnaie herum und schnippte eine Pfundmünze über den Plastiktisch. Er sagte danke. Sie wollte keine Dankesschuld.

Eddie setzte gerade an, etwas zu sagen, als er hinter sich ein Plätschern und ein plötzliches Handgemenge hörte.

Die beiden Männer trugen zerlumpte graue Kleider, und ihre Gesichter waren dunkel. Selbst aus der Entfernung von zehn Yards konnte Eddie ihren warmen, verrotteten Gestank wahrnehmen. Ihre Gesichter hatten die Farbe ihrer Kleider, und ihre Augen waren tief in ihre Schädel gesunken und glühten dort wie wütende Kohlen im Feuer. Sie sprangen von ihrem Tisch auf und griffen einander an, stießen einander gegen die Schulter, schlugen sich. Der große Mann hatte ein Loch in seinem rechten Schuh, und Eddie konnte seine schwarzen Zehen sehen. Ein ans Tischbein gebundener verkommener Köter heulte. Die triefäugigen Angestellten hinter dem Tresen stellten allesamt die Arbeit ein. Sie sahen aus, als ob sie wüßten, was jetzt passieren würde. Etwas Vertrautes.

»Was hast du denn je für mich getan?« fauchte der kleine Mann. »Nichts.«

»Du Arschloch«, knurrte der andere, schlug ihm herausfordernd ins Gesicht, »ohne mich wärst du nichts, hörst du, nichts!«

Es war nicht die Art von Kampf, die man im Fernsehen sieht. Als der erste Schlag traf, kam kein Schlaggeräusch, sondern nur ein dumpfes Stöhnen der entweichenden Luft, als sich der kleine Mann krümmte und dabei eine Hand flehend ausstreckte. Der große Mann packte seine Struwwelhaare und zog fest daran. Der kleine Mann sah vor Schmerz wild aus, irre, trat um sich. Die beiden Männer umklammerten einander, fast wie Tänzer, und der große Mann weinte, als der Kleine ihm ins Gesicht hämmerte. Er warf sich vor, stieß dem Kleinen sein Knie in den Schritt und ließ seinen Ellbogen in dessen Nacken ballern. Der Kleine stöhnte und stolperte mit ausgestreckten Armen und zu Klauen gekrümmten Fingern nach vorne. Und dann sah jeder aus, als ob ihn nur noch das Gewicht seines Gegners auf den Beinen halten könnte. Beide Gesichter waren von Blut überströmt, aber Eddie konnte nicht sagen, ob beide verletzt waren oder ob das Blut des einen irgendwie in das Gesicht des anderen geraten war. Im Grunde war das im Moment auch egal. Die beiden Männer schlugen sich gegenseitig hart auf Brust und Schultern und zerkratzten einander mit schwarzen verdreckten Fingernägeln das Gesicht.

Eddie und Marion starrten diese Szene an wie eine Vorstellung, unfähig, sich zu bewegen oder einzugreifen.

Dann riß sich der Hund plötzlich vom Tisch los, ein schwarzer übellaunig aussehender hinkender Bastard, dem ein Lollystiel im zottigen Fell seines Hinterbeines klebte und der ein entsetzliches rot-weißes Auge hatte. Das fiel Eddie jedenfalls auf. Der Hund senkte seinen Kopf zu Boden und fing an zu knurren. Marion schrie auf. Eddie lachte wie ein Superheld. Der Hund schnüffelte in der Luft und wußte wohl nicht so recht, woher das Geräusch gekommen war. Er drehte sich um und starrte sabbernd Marion an.

Der Hund kam auf Marion zugetrottet, und sie sprang auf und warf dabei den Kaffee um, der seitwärts über die Tischkante hinuntertropfte. Sie keuchte jetzt, hatte die Hände vor Brust und Bauch geschlagen, wie die nackten Frauen auf den billigen Postkarten aus den Seebädern. Ihre Schultern bebten, und sie biß sich auf die Lippen.

»Scheiße«, sagte Eddie. Er stand auf. Der Hund sah zuerst neugierig aus. Er ließ sein zerfetztes Halsband klirren, kratzte sich und schien nachzudenken.

»Hau ab!« schrie sie und zerknüllte einen Pappbecher.

»Scheiße«, sagte Eddie noch einmal. Der Hund wirkte fast widerstrebend. Aber jetzt schien er sich, kläffend und knurrend, auf den Weg zu den kämpfenden Männern machen zu wollen, tapste über den Fliesenboden, leckte seine Schnauze. Marion war auf ihren Stuhl gesprungen.

Der Hund starrte, schüttelte sein Halsband und seinen verrückten Kopf. »Verdammte, verdammte *Scheißwichserei,* Mann«, sagte Eddie. Der Hund warf ihm noch einen verwirrten Blick zu, und dann, als ob das leichter sei, als sich abzuwenden, schien er seine Vorderpfoten zu heben und durch die Luft zu fliegen, ein heulender Strich von verfilztem schwarzen Fell, fast schon in Zeitlupe.

Eddie trat ihm in den Weg. Er ertappte sich dabei, wie er dem Hund seinen Arm hinhielt, denn er wußte, daß der Hund irgend etwas beißen würde, und er wollte nicht ins Gesicht gebissen werden.

Also streckte er seinen Arm aus und spürte, wie sich die gelben Zähne um seinen Ärmel schlossen. Er hörte sich selber ein Geräusch wie »uff« oder so ausstoßen, ein Geräusch, das aus der Tiefe seiner Lunge stammte, einen öden und leeren Lärm des Abscheus, und dann dauerte es noch ein oder zwei Sekunden, bis der Schmerz einsetzte.

Der Hund gurgelte wild tief unten in seiner Kehle. Er schüttelte und zerrte an Eddies Arm wie an einer Ratte oder einer anderen in die Enge getriebenen, widerspenstigen Beute.

Eddie spürte Tränen in seinen Augen brennen. Als er den Arm hob, klammerte der Bastard sich daran, und Eddie hob ihn mehrmals glatt in die Luft und versetzte ihm jedesmal einen Tritt in den Unterleib. Er bewegte seinen Arm vor und zurück, und der Hund rutschte auf seinen Hinterbacken über den Boden, heulte durch die Zähne und blieb weiter hängen. Und Eddie kam sich wie ein Zuschauer vor, der sich das alles ansah, der beobachtete, wie der Hund knurrte und seinen Arm besabberte und wie Marion nach ihm stieß, während er selber versuchte, sie davon abzuhalten, während er wie aus der Ferne ihr Schreien und das Knurren des Hundes und einen Zug hörte, der sich irgendwo an einem Bahnsteig in Bewegung setzte.

Die Polizisten sah er nur aus dem Augenwinkel, sah ihre blauen Uniformen irgendwo zwischen seinen Gedanken aufleuchten. Irgendwer rief einen Männernamen. Jemand anders rief »Fotze!« Eddie hörte einen Helm klappernd zu Boden fallen und auf seinem Rand herumrollen. Wieder hörte er »Fotze!«, ein häßliches und hartes Wort, das häßlichste Wort der englischen Sprache, wie seine Mutter einmal gesagt hatte. Fotze!

Die Gummilampe traf den Hund krachend mitten auf dem Schädel. Er kreischte wie ein Affe und biß noch härter zu. Wieder bewegte sich der Handstrahler, und zwei behandschuhte Hände zerrten den Hund an den Ohren. Er stolperte auf die Seite und kippte verwirrt um, und ein Polizist zog ihn am weichen Fell hinten im Nacken weg, ging dabei schnell und hielt den Hund auf Armeslänge von sich, als ob er ihn in einen Mülleimer werfen wollte.

Marion zitterte wie im Delirium. »O mein Gott«, sagte sie immer wieder, »o mein Gott.« Als sie ihre Fäuste öffnete, hatten ihre Fingernägel kleine weiße Halbmonde auf ihren weißen Handflächen hinterlassen. Sie weinte nicht, sah aber entsetzt und ungläubig aus. Sie sah aus, als ob etwas Furchtbares passiert wäre, viel schlimmer, als daß ein Hund einen Typen gebissen hatte, den sie kaum kannte. Sie preßte die Hände an ihre Schläfen, aber sie sagte nichts als »o mein Gott«, immer wieder, »o mein Jesus«, wie eine auswendig gelernte Litanei.

»Gerade mit dem Boot gekommen, was?« fragte der Polizist.

Eddie spürte, wie Marion erstarrte.

»Ja«, sagte er. »Mit dem Boot.«

»Aus Irland?« fragte der Polizist.

»Nein«, antwortete Marion. »Aus Timbuktu.«

Eddie packte mit einer Hand seinen Arm. Voller Verzweiflung starrte er an die Decke, dann sah er wieder den

Polizisten an, der seine Lippen vorschob und ein strenges Gesicht aufsetzte, während er mit seiner Gummilampe gegen den Lederhandschuh seiner linken Hand tippte.

»Nun gut«, sagte der Polizist. »Lassen wir das durchgehen.« Er sah aus, als ob er über etwas Wichtiges nachdächte. Er rümpfte die Nase.

Eddies tränenüberströmtes Gesicht leuchtete vor Erleichterung, während Marion einfach ihren Rucksack aufhob, als ob sie das alles nichts anginge. Sie zog den Sack hinter sich her durch das Lokal, und eine Plastiktüte von Safeway blieb an einem Riemen hängen. Marion starrte in die Auslage des Zeitungskiosks und zündete sich eine Zigarette an. Eddie konnte das Spiegelbild der Flamme in der Fensterscheibe sehen.

Er sah den jungen Polizisten an und hoffte, der würde etwas sagen, das seine bösen Vorahnungen zerstreuen könnte.

»Sie müssen das nachsehen lassen, Sir«, sagte der Polizist und nickte vage zu Eddies zerrissenem Ärmel hinüber.

»Ja«, sagte Eddie und rieb sich den Arm, »da haben Sie recht.«

»Man weiß ja nie«, sagte der Polizist verständnisvoll. »Heutzutage.« Und dabei schien er Eddie ein Geheimnis anzuvertrauen.

»Ganz recht«, stimmte Eddie zu. »Man weiß nie.«

Der Polizist sprach höflich, aber es war eine künstliche Höflichkeit, die Höflichkeit eines Lehrers, der in Anwesenheit der Eltern einen Schüler ausschimpft. Sein nordenglischer Akzent hörte sich ein bißchen irisch an, mit seinen zerquetschten Konsonanten, seinen aus tiefer Kehle hochgewürgten Vokalen.

»Viel Glück, Sir«, sagte er.

»Ja«, sagte Eddie. »Genau das kann ich brauchen.«

»Das können wir alle brauchen«, meinte der Polizist.

»Gerade heutzutage«, und er lächelte und schüttelte Eddie die Hand. Eddie überlegte sich, daß dieser Polizist, der ihn »Sir« nannte, vielleicht zwei oder drei Jahre älter war als er. Eddie sah Marion über ihre Schulter zurückstarren, dann widmete sie sich wieder dem Schaufenster des Zeitungskiosks.

Er ging zu ihr hinüber, fühlte sich heiß, angespannt, geschockt. Sein Herz hämmerte noch immer unter seinem Hemd, und sein Körper roch nach Schweiß. Aufkleber bedeckten das kleine Schaufenster und warben für Teenie-Nutten und billige Hotels. Und in der Mitte von allem verkündete eine winzige blaue Postkarte, unter diesen Umständen nicht gerade überzeugend: »Jesus ist deine Rettung!«

»Na«, sagte Eddie, »ich hoffe, du bist scheißglücklich.«

»Ach, fang jetzt nicht so an, um Himmels willen«, seufzte Marion erschöpft und resigniert, ihm wurde kalt. Zuletzt hatte Eddie seine Mutter so zu seinem Vater sprechen gehört. Es war so, als ob er und Marion schon seit zehn Jahren verheiratet wären. Eddie kam sich vor wie in einer Falle.

Sie pöbelte ihn an, wich seinem Blick die ganze Zeit aus, gestikulierte, während sie fluchte und sah Eddie dabei nie ins Gesicht.

»Typisch«, sagte sie. »Sie wissen, daß du aus Irland kommst, sie sehen dich so an, es ist immer dasselbe. Verdammte britische Arschlöcher!«

»Hör mal«, sagte er. »Reg dich ab, ja?«

»Unschuldig, bis als Ire entlarvt«, fiel sie ihm ins Wort. »Hier ändert sich nie was, oder?«

»Um Himmels willen«, fauchte er. »Nun mach mal halblang, verdammte Scheiße.«

Jetzt sah sie ihn an. Sie hielt ihm einen Finger dicht vor die Nase.

»Komm mir nicht mit sowas!« brüllte sie, und ihr Gesicht löste sich im Zorn auf. »Red nicht mit mir wie mit einem Kind, Eddie Scheiß Virago!« Ihnen gegenüber blieb der Mann mit dem Reinigungsgerät stehen und sah sich um. Er nahm seine Mütze ab.

»Hör mal«, sagte Eddie mit aufgesetzter Ruhe. »Das brauch ich wirklich nicht, verstehst du?«

»Dann geh doch einfach«, erwiderte sie. »Verpiß dich, ich weiß, was ich für dich bin, geh doch.«

»Was du für mich bist?« Er hörte seine Stimme krächzen. »Worüber redest du hier eigentlich?«

»Verpiß dich.«

»Hör mal, ich kenn dich ja nicht mal.«

»Dann mach doch, daß du von hier wegkommst!« brüllte sie. »Laß mich allein. Scheiß auf dich!«

Unter Tränen zersprang ihre Stimme, verzerrte sich ihr Gesicht bis zur Häßlichkeit. Eddie wollte das einfach nicht sehen. Tränen hatten immer diese Wirkung auf ihn. Von Tränen fühlte er sich krank und schuldig und verzweifelt. Von Tränen fühlte er sich durch und durch sinnlos.

»Na gut«, sagte Eddie, packte seinen Gitarrenkasten und ging durch die Glastüren hinaus.

»Nun geh schon!« schrie sie durch den Bahnhof. »Hau ab!«

»Fick dich doch ins Knie«, murmelte Eddie mit zusammengebissenen Zähnen.

Vor den Bahnhofstüren setzte Eddie sich auf die Betonbrüstung des Weihers und versuchte, Ordnung in seine Gedanken zu bringen. Hamburgerpapierchen und Pappkartons und Zeitungsseiten schwammen auf dem schaumigen Wasser. London erwachte langsam. Verkehr dröhnte. Der Himmel sah aus wie Haferbrei, und die Luft schien von Rauch erfüllt, erschöpft, alt. Eddies Arm tat weh, aber er war nicht ernsthaft verletzt. Schon breiteten sich braunblaue Blutergüsse um die Wunde herum aus. Die Frau, Marion, tat ihm leid. Sie war einfach ein bißchen durcheinander. Das wußte er. Sie hatte nicht grob sein wollen. Für solche Frauen mußte man Verständnis haben. Man mußte sie in Ruhe lassen.

Eddie sah sich das ausgedehnte graue Chaos der Euston Road an. Und unter seinem tiefen Verständnis spürte Eddie etwas, das, wie er sich einzureden versuchte, mit Einsamkeit nichts zu tun hatte.

Als er wieder hineinkam, saß sie bei McDonald's am Tisch und aß ruhig, als ob nichts passiert wäre. Sie schien ihn kaum zu bemerken. Nach einer Minute sagte sie, er solle die Pommes essen, ehe sie kalt würden. Das machte er. Sie kaufte ihm einen neuen Kaffee.

Das Hotel in der President Street hieß Brightside Hotel. Marion sagte, einige Freunde von der Uni Galway hätten ein paarmal dort gewohnt, wären mit dem Hotelbesitzer bekannt und hätten ein Zimmer für sie reservieren lassen. Eddie wußte, daß er da nichts gegen sagen konnte.

Als sie auf die Klingel drückten, erschien aus dem Hinterzimmer ein Inder von Mitte dreißig mit einem Baby auf dem Arm. Das Hotel roch nach Deo mit Apfelgeruch, aber nicht nach Äpfeln, eher nach dem, was sich eine Kommission unter Apfelduft vorstellt. Der Inder lächelte und wiegte das gurgelnde Kind. Er hatte einen gepflegten Schnurrbart und helle Augen. Seine Handrücken waren behaart. Er sah gut aus.

»Wir hätten gern ein Zimmer«, sagte Marion.

»Ja«, erwiderte der Inder und ging enthusiastisch die Gästeliste durch. »Das geht.« Er setzte das Baby auf die Theke, legte ihm leicht die Hand auf die Brust und fuhr mit dem

Finger die Spalten in seinem Buch auf und ab. »Das läßt sich machen«, sagte er.

Das Baby war häßlich. Es hob sein kleines Gesicht und schielte zu Eddie hinauf.

»Ich habe reserviert«, sagte Marion. »Mangan ist mein Name.«

»Ah, okay, hätten Sie gleich sagen sollen.«

Der Inder hatte ein freundlich boshaftes Lächeln. Süßer Räucherstäbchenduft strömte aus dem Hinterzimmer.

»Mangan«, sagte er. »Ich glaube, das ist kein britischer Nachname.«

»Stimmt«, antwortete Eddie. »Es ist ein irischer.«

Wieder lächelte der Inder.

»Die Grüne Insel«, sagte er und nickte mit aufgerissenen Augen, als ob er auf den Anfang eines Gesprächs wartete. Es kam kein Gespräch. »Für wie lang?« fragte er.

Marion sah Eddie an, aber der zuckte die Achseln.

»Wissen wir nicht«, sagte sie.

Auch der Inder zuckte die Achseln.

»Macht nichts«, sagte er und kritzelte in sein Buch. »Sagen Sie's morgen mir oder der alten Dame.«

Er führte sie in ein kleines Zimmer im obersten Stock und lungerte in der Hoffnung auf ein Trinkgeld noch ein Weilchen herum. Eddie tippte auf seine Hosentaschen und sagte hektisch »ts, ts, ts«. Marion behauptete, er hörte sich an wie Skippy, das Buschkänguruh. Sie gab dem Inder ein paar Münzen, und der sagte: »Sehr freundlich.«

»Wie heißen Sie?« fragte Eddie.

»Patel«, antwortete er. Und er hob das Baby vom Bett so hoch in die Luft, daß sie sein kleines gurgelndes Gesicht sehen konnten. »Patel und Sohn«, lachte er.

Marion wollte es in Stellungen treiben, von denen Eddie bisher nur gelesen hatte. Sie fickte ihn so hart, als ob es überhaupt keinen Sinn in ihrem Tun gäbe, überhaupt keinen

Grund dafür, außer der grundlegenden Sehnsucht nach einer Art Entkommen. Und das Allerseltsamste war, daß sie »O Baby« und »Baby, das ist gut«, sagte, als er ihren Körper berührte, ein versucht wollüstiges Knurren, das sich so unpassend anhörte, daß Eddie sich fragte, was zum Teufel hier los sei. Sie hörte sich an wie eine Figur aus einem billigen Airportroman der Siebziger.

Als sie kam, preßte sie etwas aus sich heraus, aus tiefstem Grund, und sie krümmte sich wie in Agonie. Und als Eddie kam, umklammerte er die Tagesdecke und fühlte sich einsamer, als er es je für möglich gehalten hätte.

Sie lagen den ganzen Tag im Bett. Sogar als sie wachgeworden waren, blieben sie den ganzen Nachmittag liegen, schwiegen sich an, während das Licht vor dem Fenster immer grauer wurde und Schweißgeruch das Zimmer füllte, jetzt stark und süß wie frischgemähtes Gras im Sommer. Und nach einer Weile, als die Wolken kamen, war das einzige Licht im Zimmer ein Rechteck aus warmem Gold, das sich über den Haufen verfärbter Unterwäsche breitete, der wild durcheinander auf dem Teppich lag.

Das Zimmer war ziemlich klein, aber es gehörten noch ein winziges blaues Badezimmer und ein Balkon dazu, der auf die grauen und grünen Dächer von King's Cross und in der Ferne auf die schlanken Wolkenkratzer der City blickte. St. Pancras Station, dieser große Haufen von arroganter viktorianischer Sandstein-Frivolität, versperrte ihnen den Blick. Über das ganze Gebäude stand Macht geschrieben. »Scheiß auf dich, Alter«, schien es zum vorüberströmenden Verkehr und zu den Legionen von roten und gelben Kränen zu sagen, die die Straßen bedrohen zu schienen.

Eddie sah eine Weile aus dem Fenster, aber das erregte

ihn nicht weiter. Er kannte diesen Anblick so gut aus Kino und Fernsehen, daß er das Gefühl hatte, immer schon hier zu leben. Der Anblick hatte nichts Überraschendes. Nichts Neues, abgesehen vielleicht von der Frische der Luft, als Donner den Himmel zerriß und endlich Regen kam, was unten auf der Straße einen Wald von Regenschirmen entstehen ließ. Eine Sekunde lang hielt Eddie das jähe gelbe Licht für einen Blitz. Aber als er sich umdrehte, stand sie mit seiner Kamera in der Hand neben dem Bett, drehte den Film weiter und lächelte frech.

Sie hatte sich ein Handtuch umgewickelt, und ihre struwweligen nassen Haare fielen auf ihre Schultern. Ihre Zehennägel waren lang. Das war ihm aufgefallen. Und ihre Finger zitterten, als sie den Film weiterdrehte.

Dann ignorierte sie ihn wieder, setzte sich an die Frisierkommode und blätterte in einer Zeitung, die sie in einer der Schubladen gefunden hatte, wobei sie leise vor sich hinsummte. Eddie fragte sich, was wohl als nächstes passieren würde. Er setzte sich auf die Fensterbank, rauchte eine Zigarette und sah zu, wie sie sich bewegte. Er wäre gern zu ihr gegangen und hätte noch einmal ihre schmächtigen, sommersprossigen Schultern berührt und sie an sich gedrückt. Aber aus irgendeinem Grund tat er das nicht.

Dann klatschte sie plötzlich in die Hände und lachte laut, ein kindliches und glückliches Lachen, bei dem sein Herz kalt wurde.

»Toll«, sagte sie. Sie zog eine Nagelschere aus ihrem Portemonnaie und fing an, vorsichtig und langsam die Buchstaben ABC aus der Überschrift eines Artikels über genau diesen Fernsehkanal auszuschneiden. Dabei kam ihre Zungenspitze zum Vorschein. »Was sagst du dazu?« fragte sie und hielt ihm die ausgeschnittenen Buchstaben vor die Nase.

»Sehr hübsch«, sagte er verwirrt.

Sie biß einen Streifen Tesafilm ab und befestigte die großen schwarzen Buchstaben vorsichtig an der Wand über dem Bett und glättete das Papier dabei mit den Fingern. Dann trat sie einen Schritt zurück und bewunderte den Anblick, nahm wieder Eddies Kamera und machte ein Foto der Wand. Diesmal mußte er sich nach dem Blitzen seine benommenen Augen reiben.

»Ich mag eben Alphabete«, sagte sie und zuckte die Schultern. »Ich weiß auch nicht, warum.« Eddie sagte, alles klar.

»*Chacun à son goût.*« Das mußte er übersetzen. »Das heißt, kommt auf den Sack an, in den du greifst«, erzählte er ihr. »Verstehst du, deinen eigenen Kram machen.«

»Und warum hast du das nicht gleich gesagt?« fragte sie, und Eddie fiel keine Antwort ein.

Unten auf der Straße gab es Lärm und wilde Musik, und mit der Nacht wurde das noch schlimmer. Die Geräusche in London veränderten die Stadt. Eine Art Kakophonie, die es in Dublin nie zu hören gibt, voller ausländischer Akzente und Gebrüll und Beleidigungen und Verführungen. Und die Wände waren so dünn, daß sie Rufen und Stöhnen und zischende Duschen in den Nachbarzimmern hören konnten.

»Warum bist du hergekommen?« fragte Eddie, während sie ihre Kriegsbemalung auftrug.

»Und du?« antwortete sie und hängte ein blaues Kleid in den Schrank.

»Um Arbeit zu suchen«, sagte er. »Du weißt doch, wie das ist.«

»Ich auch«, sagte sie. »Meine Schwester besuchen und mir vielleicht einen Job suchen.« Dann lachte sie. »Jesus«, seufzte sie. »Warum sollte man denn sonst herkommen?«

»Keine Ahnung«, sagte Eddie. »Verschiedene Gründe.«

»Na gut«, meinte sie und schminkte sich vor dem Spiegel die Lippen. »Das weiß ich nicht, bei mir ist's jedenfalls nichts anderes.«

»Würde ich nicht behaupten«, sagte Eddie.

»Nein«, antwortete sie. »*Du* wahrscheinlich nicht, aber du kannst es mir glauben.« Das Wort »du« betonte sie, als ob sie Eddie in- und auswendig kennen würde, und das ging ihm irgendwie auf den Keks. »Nein«, sagte sie noch einmal. »Bei mir ist's absolut nichts anderes.«

»Erzähl mir von dir!« bat er mit einem sich selber verspottenden kalifornischen Akzent, der ihn verlegen machte, so wie er ihn gebraucht hatte.

»Was möchtest du denn wissen?« fragte sie und bedeckte im Spiegel ihre Brüste mit den Händen.

»Weiß ich nicht«, antwortete er. »Etwas über deine Familie. Deinen Vater. Was arbeitet dein Vater?«

Ihm war gar nicht klar, wie blöd diese Frage war. Er griff zu seiner Gitarre.

»Er stopft Würste«, sagte sie und starrte ihn an. »Wieso?«

»Nein!« sagte er und schlug seinen melancholischen Akkord an. »Du machst Witze.«

Ihr Stirnrunzeln glättete sich zu einem Lächeln.

»Gar nicht«, sagte sie und errötete. »Er ist Vorarbeiter in einer Wurstfabrik.«

»Ach so«, sagte Eddie. »Na, irgendwer muß das wohl tun.«

»Ja«, sagte sie. »Das behauptet er auch.«

»Ja, alles klar«, Eddie zuckte die Achseln. »Irgendwer muß alles tun.«

Abends aßen sie in einem mexikanischen Restaurant namens »Remember the Alamo«. Sie hängten ihre Mäntel an einen riesigen Plastikkaktus, der mitten im Raum stand. Es war so ein Restaurant, wo auch die Speisekarte aus Plastik ist und viel zu groß, wo Richard Clayderman spielt und Barry Manilow aufgelegt wird und die Kellnerin einem ihren Namen verrät, auch wenn man den gar nicht wissen will. Eddie bemerkte, wie Marion zur Kellnerin »bitte« und »danke« und »Verzeihung« sagte, und er fühlte sich schuldig, weil er das nicht getan hatte. Und er spürte, sie wollte ihn damit bloßstellen. Sie nahm Tostados und Chili con carne und trank einen ganzen Tonkrug voll Bier. Er bestellte Enchiladas und Eiswasser, weil sein Magen immer noch unruhig war. Er mußte die ganze Zeit furzen und rutschte unruhig auf seinem Stuhl hin und her.

Marion kam aus Ballybracken, einem Hafenort in Donegal, von dem Eddie nie auch nur gehört hatte. Sie beschrieb ihn als ruhiges Dorf, wo nie viel passiert. So ein Kaff, wo man eine elektrische Zahnbürste einschaltet, worauf die Straßenbeleuchtung trüber wird. Sie hatte ein Semester Politik in Galway studiert, aber das hatte sie aufgeben müssen, als ihr Vater bei der Arbeit in eine Maschine geraten war und ihre Mutter zu Hause ihre Hilfe brauchte.

»Himmel«, sagte Eddie. »Welcher Teil von ihm ist denn hängengeblieben?«

»Seine Nase«, sagte Marion schroff. »Mein Vater hat keine.«

»Aber wie riecht er denn dann?« fragte Eddie.

»Das ist ein alter Witz«, erwiderte sie. Und dann sagte sie, sie würde gern das Thema wechseln.

Sie hatte acht Brüder und drei Schwestern. Eine richtig typisch irische Familie, sagte sie, richtig typisch, Jungen, die keinen Teller spülen konnten, Mädchen, die zum Bügeln geboren sind.

»Warum war Christus ein Ire?« fragte sie. »Weil er die ganze Zeit mit den Jungs herumlungerte und bei seiner Mutter lebte, bis er dreißig war.«

Sie wohnten jetzt alle nicht mehr zu Hause, abgesehen von ihrem kleinen Bruder Pascal. Zwei Schwestern waren verheiratet, eine mit einem netten Typen, der eine Zeitlang bei der Polizei gewesen war, die andere mit einem totalen Arschloch, das in Mullingar einen Laden für Cowboy-Stiefel hatte. Ein Bruder war mit der Armee im Libanon. Zwei arbeiteten in Dublin als Bauarbeiter und teilten sich ein Zimmer in Rathmines. Einer war in New York, Klomann in einem großen Hotel. Ein anderer war in Leeds und machte eine Ausbildung als Krankenpfleger in der Psychiatrie, und alle in der Stadt glaubten, er sei selber verrückt. Übrig waren dann noch zwei weitere Brüder, über die sie einfach nicht reden wollte.

Der Heini in New York hatte eine Freundin, die bei Aer Lingus Stewardeß war. Jedes Wochenende brachte sie seiner Mutter in Ballybracken ein Paket mit schmutziger Wäsche, die sie mit dem Flugzeug am Montagmorgen wieder sauber mit nach New York nahm.

Als sie das erzählte, wäre Eddie beinah an seiner Guacamole erstickt, aber sie schwor, daß das wahr sei.

»Zum Heulen«, sagte sie. »Aber es ist wahr wie Gott.«

»Scheiße«, sagte Eddie. »Beam mich rauf, Scotty.«

»Ja«, stimmte sie zu. »Es wäre witzig, wenn sie sie nicht so behandeln würden. Wie eine Schwarze.«

Eddie erzählte ihr, daß sein Vater seit zehn Jahren stellvertretender Bankdirektor war. Er hatte eine Schwester, Patricia, und die studierte am Trinity Psychologie und Soziologie. Und er erzählte ihr alles, was letzten Sommer losgewesen war, als er an seiner Examensarbeit geschrieben hatte, seine Mutter, sein Vater, wie überrascht alle gewesen waren, als sie aus London anrief und sagte, alles sei vorbei und sie werde nicht zurückkommen. Als er diese Geschichte erzählte, wurde er vorsichtig, das war immer so. Es war schwer, sie zu erzählen, ohne scheinbar um Mitleid zu bitten. Nicht, daß er *nicht* um Mitleid bitten wollte. Es sollte bloß nicht so aussehen.

»Ein Gutes hat das aber«, sagte er. »Wir waschen jetzt alle unsere Wäsche selbst.«

Sie lächelte. Dann fragte sie Eddie, auf welche Musik er stand, und er antwortete, er könnte das nicht in Worten sagen. Musik, die etwas ausdrückte, das war alles, keine Tapeten für die Ohren. Sie sagte, sie hörte gern George Michael und solche Leute. Eddie meinte, die seien für ihn zu kommerziell, und er leierte die Namen einiger Bands herunter, von denen sie noch nie gehört hatte, The Stone Roses, Screaming Blue Messiahs, New Model Army. Sie stritten sich über U2. Sie sagte, sie könnte sie nicht leiden, und Eddie konnte das nicht verstehen. Sie sagte, die redeten Unsinn über Nordirland, über etwas, von dem sie keine Ahnung hätten. Sie kniff ihre Augen zusammen, und das machte Eddie unruhig. Sie sagte, sie nähme an, Eddie gehörte zu den fünf Millionen Leuten, die behaupteten, U2s ersten Gig im Dandelion Market gesehen zu haben.

»Gesehen?« lachte Eddie. »Ich hab mitgespielt, als Vorgruppe, weißt du, mit meiner ersten Band, den Honey Bees, wirklich brauchbare Typen, U2, die schicken mir immer Freikarten, wenn sie im Point Depot spielen.«

Marion meinte, affengeil. Eddie sagte, sie hätten sich sehr gegen Apartheid engagiert, und ihre Platten seien in Südafrika nicht zu haben. Marion meinte, glückliches altes Südafrika, und Eddie teilte ihr mit, das sei ein mieser Witz. Marion fand es schön und gut, sich über Unterdrückung in fernen Ländern aufzuregen, aber gab es in Nordirland vielleicht keine Apartheid? Und was war mit Internierung, gezielten Todesschüssen, Folter von Häftlingen?

»Nein«, kläffte Eddie. »Das ist Quatsch. Da oben ist es sicher übel, aber so schlimm ist es nun auch wieder nicht.« Er fand, in Irland wimmele es geradezu von Leuten, die anderen Iren eine reinsemmelten, und die Typen von U2 seien anständige Burschen, die für den guten Ruf des Landes im Ausland Wunder gewirkt hätten. Marion meinte, alles käme darauf an, was Eddie unter »dem Land« verstünde, und ihrer Ansicht nach gehöre auch Ulster zum Land.

»Hör mal«, seufzte Eddie. »Komm mir jetzt nicht mit der grünen Flagge.«

»Na, dann komm mir nicht mit solchen Sprüchen.«

»Mit was für Sprüchen?« schnauzte Eddie. »Ich hab keine Sprüche. Mir ist das scheißegal, um ganz ehrlich zu sein.«

»Mit Thatcher-Sprüchen«, fiel sie ihm ins Wort. »Mit Establishment-Sprüchen. Die hab ich oft genug von Leuten wie dir gehört.«

»Von Leuten wie mir?« fragte Eddie.

»Genau«, antwortete sie. »Von Leuten wie dir. Von schlechtgelaunten Mittelklasselinken aus Dublin 4.« Sie sah aus wie ein ungezogenes Kind, als sie das sagte, aber Eddie hatte einfach keine Lust, jetzt Streit anzufangen. »Ja«, seufzte sie. »Das überrascht dich, aber ich bin denen schon begegnet.«

Eddie lachte.

»Hör mal, Süße«, sagte er. »Wenn du diesen Scheiß glauben willst, dann ist's mir wirklich recht, weißt du. Aber red mir bloß keine Schuldgefühle ein. Okay?«

Ein glatzköpfiger Mann in der Ecke sah Eddie an, nahm eine Zigarette aus der Packung, winkte damit und hob die Augenbrauen. Eddie warf ihm eine Schachtel Streichhölzer zu, die der Mann zurückwarf, als er seine Fluppe angesteckt hatte.

»Hör her, Eddie Virago«, sagte sie, »erstens finde ich es absolut nicht korrekt von dir«, sie feixte, als sie das sagte, »mich Süße zu nennen.«

»Stimmt«, lächelte er. *»Touché.«*

»Und zweitens sollte ich dir vielleicht sagen, daß mein Vater für Sinn Féin im Gemeinderat sitzt.«

»Spitze«, er zuckte die Schultern und zupfte an einem Brötchen herum. »Ich bin beeindruckt.«

Und das war er auch.

Im Brightside ging Marion aufs Zimmer, während Eddie von der Telefonzelle im Foyer aus seinen Vater anrief. Alles war in Ordnung, erzählte er ihm, die Überfahrt war ein bißchen rauh gewesen, aber er hatte auf dem Boot einen Freund von der Uni getroffen und würde ein paar Tage bei dem wohnen.

Sie redeten ein paar Minuten, und das Telefon verschluckte Eddies Münzen mit beunruhigender Geschwindigkeit. Patricia ging es gut, sie war irgendwo mit ihrem Freund unterwegs, auf einem Ball oder so, zur Hilfe von Kindesmißhandlung in Irland, seltsame Ausdrucksweise, wenn man sich das mal überlegte. Das fand Eddie auch.

»Aber jedenfalls hat Irland gewonnen«, sagte sein Vater.

Eddie blätterte im NME, während er in den Hörer sprach.

»Super, Dad«, sagte er. »Hast du's gesehen?«

»Ja«, antwortete sein Vater. »Ich hab ein paar Bier dabei getrunken.« Wäßrige Echos und Knistern in der Leitung verzerrten seine Stimme. »Es war gut, weißt du«, sagte sein Vater, »aber nicht großartig.«

»Ich hab ja gedacht, daß wir gewinnen«, meinte Eddie.

»Ja, aber es ist nur ein Spiel, oder?«

Eddie sah Mr. Patel mit einer Tasse Kaffee in der Hand durch das Foyer gehen, die Klappe neben dem Tresen heben und im Hinterzimmer verschwinden. Er bewegte sich graziös. Er sah aus, als ob er wirklich hierhergehörte, und er kannte sich so gut aus, daß er nicht einmal schauen mußte, wohin er ging. Eddie beneidete ihn. Blaues Licht und Schatten flackerten über die Foyerwände. Offenbar lief der Fernseher.

»Ja«, sagte Eddie. »Es ist nur ein Spiel.«

»Aber trotzdem«, meinte sein Vater. »Du hast recht, wir haben gewonnen.«

»Ich muß jetzt Schluß machen, Dad.«

»Ja«, sagte sein Vater. »Nicht zuviel Geld ausgeben.«

»Schlaf gut, Dad«, sagte Eddie.

»Achtunddreißig Pence die Minute kostet jetzt so ein Anruf. Verdammte Schande.«

»Ja, ist wirklich verrückt, Dad. Hör zu, ich muß jetzt los.«

»Okay, mein Junge, aber ich wollte dir noch sagen ...«

Die Leitung knackte und war tot, bevor Eddie ein letztes Wort einwerfen konnte. Er blieb noch ein paar Minuten in der kleinen dunklen Telefonzelle stehen, dachte an seinen Vater und überlegte, ob er ihn noch einmal anrufen sollte, um ihm richtig gute Nacht zu sagen. Aber er wußte, daß das blöd und peinlich sein würde. Er hätte gern jemand anderen angerufen, er wußte bloß nicht, wen. Er schlug das Telefonbuch auf und schaute unter seinem eigenen Namen nach. Es gab ganz schön viele Viragos, siebzehn, um genau zu sein, als er sie zählte. In Dublin waren sie die einzigen gewesen. Das hatte das Leben sehr vereinfacht. Er hatte nur zu sagen brauchen, daß er Virago hieß und im Telefonbuch stand, und daß er der einzige war. Einfach. London würde offenbar schwierig werden.

Sein Blick fiel auf die aufgeschlagene Seite im NME. Auf

einen Artikel über DEF-JAM records, die New Yorker Hip-Hop-Firma. Eddie lachte laut, fuhr mit dem Finger über die Seite und riß die Buchstaben DEF heraus.

Dann, im Umdrehen, kratzte er einen kleinen Aufkleber von der Innenseite der Tür.

»United Islamic Party«, stand darauf. »Verbietet die *Satanischen Verse*!«

Im Foyer warf er einen Blick über den Tresen. Mr. Patel hockte auf dem kleinen Sofa, sah sich eine schwachsinnige Komödie an und schmunzelte vor sich hin. Der Fernseher war viel zu laut gestellt, und wenn das auf Band gespeicherte Lachen eingespeist wurde, heulte und klapperte das kleine Fenster in der Rückwand. An der Wand hing ein Plakat von einem indischen Filmstar mit einem winzigen roten Punkt mitten auf der Stirn. Mit dem Telefon auf dem Fußboden war ein Anrufbeantworter verbunden, und die kleine rote Glühbirne auf der Seite leuchtete auf. Oben auf dem Fernseher lag eine Rolle Klopapier, total wellig, als ob es ins Klo gefallen und wieder herausgefischt worden wäre.

Als er Eddie sah, nickte Mr. Patel, lächelte und fragte, ob alles okay sei. Er sah so gut aus in dem eisblauen Licht. Eddie sagte, ja, alles sei sehr gut, und wieder lächelte Mr. Patel. Seine Wangen rundeten sich dabei zu kleinen Kuppeln. Er nippte an seinem Kaffee, und seine Unterlippe stülpte sich über seinen Schnurrbart.

»Ihr habt uns geschlagen«, sagte er mit mahnendem Finger. Eddie fragte, was das bedeuten sollte. »Im Rugby«, erklärte Mr. Patel. »In der Nachspielzeit.« Lachen toste aus den Lautsprechern und erfüllte das ganze Zimmer. »Irland vier, England null«, seufzte Mr. Patel und hielt vier Finger hoch. Eddie erzählte ihm, daß er das schon wisse, aber es gebe ja immer ein nächstes Mal. »Ja«, sagte Mr. Patel. »Immer philosophisch bleiben.«

Eddie bat, früh am Morgen geweckt zu werden. Dann

ging er auf einen kurzen Joint nach draußen. Er ging die ganze President Street entlang und auf der anderen Seite wieder zurück und ließ dabei den Rauch seines Horns in seine Nase steigen. Hamburger- und Kneipengeruch füllte die Luft. Er fühlte sich gereizt und müde, voller böser Vorahnungen. Er ertappte sich bei dem Gedanken daran, was Jennifer wohl in diesem Moment machte und ob sie je wieder an ihn denken würde. Er saß auf der Treppe des Brightside, schloß die Augen und versuchte, ihr Gesicht vor sich zu sehen, aber es wollte nicht klappen. Als er den Joint ausdrückte, dachte er an Dean Bean. Hip-Hop-Musik strömte über die Straße, und hinten an der Ecke soffen vier lachende Schwarze aus der Flasche. Eddie starrte verzweifelt hinauf zu den Sternen und dem King's Cross-Mond, der gemütlich und kirschrot in den Wolken hing.

Im Zimmer oben lachte sie, als er das DEF an die dünne Wand klebte.

Und als er die Bettdecke zurückschlug, war sie schon nackt.

Am nächsten Morgen war Mr. Patel nicht glücklich.

Er brachte große Stapel weißer Tassen und Teller in den höhlenhaften, nach Fett riechenden Frühstücksraum, und mit großer theatralischer Gestik verteilte er Servietten und leerte Aschenbecher. Er trug einen schwarzen Anzug und einen dünnen schwarzen Schlips und sah darin gescheit und glatt aus, wie ein Comic-Detektiv. Aber obwohl er sich alle Mühe gab, höflich zu sein, und hektisch nickte, wenn jemand »Guten Morgen« oder »Schönes Wetter heute« sagte, war er ganz offensichtlich stocksauer, gar nicht mehr der Schnuffel von gestern. Seine Lippen waren fester zusammengepreßt als ein Kamelarsch im Sandsturm. Er rannte durch das Frühstückszimmer und schlug dabei wütend mit seinem Geschirrtuch in die Luft, rückte die Bilder an den Wänden gerade, von denen die meisten ohnehin schon gerade hingen, und murmelte Flüche vor sich hin. Obwohl es im Zimmer kalt war, sah er heiß aus, und immer wieder fuhr er sich mit den Fingern durch seine schwarzen Haare und streckte die Hand aus, um den Kragen zu öffnen, den er schon mehrmals geöffnet und geschlossen hatte, als Marion und Eddie ihren Tisch erreichten.

Seine Frau hatte es schwer an diesem Tag. Ab und zu stieß er mit dem Hintern die Küchentür auf, starrte voller Verzweiflung zur Decke, schlug die Arme übereinander, schloß dann die Augen und brüllte etwas, das Eddie und Marion nicht verstehen konnten, das sich aber alles andere als höflich anhörte. Dann kam seine Frau angeschlichen, starrte dabei zu Boden, brachte einen Eimer oder einen Mop und wagte kaum, ihren Mann oder die wenigen Leute an den Tischen oder irgend etwas anderes als den fadenscheinigen Teppich anzusehen. Klagende östliche Musik heulte in der Küche, und der Zeitungsmann draußen auf der Straße schrie so laut, daß die Fenster klapperten.

Mrs. Patel war eine kleine, sehr magere Frau. Sie trug einen gelb-lila Sari, der ihren Körper von Hals bis Fuß einhüllte, und einen weißen Schleier vor Nase und Mund, der es unmöglich machte, ihr Alter zu raten. Sie hatte wunderschöne mandelförmige Augen, lila wie Wein, und das sah Eddie, als sie schuldbewußt in seine Richtung blickte und ihre Hornbrille abnahm. Ihre Haut war etwas heller als die ihres Mannes und ebenso glatt. Und sie bewegte sich wie ein Vogel, mit raschen, eigenartigen Bewegungen, als sie über die Fußleisten fegte und mit einem gelben Tuch das Besteck wienerte.

Marion war heute besser gelaunt, und das war gut so. Langsam ging Eddie die Realität seiner Lage auf. Das

Dröhnen des Verkehrs hatte ihn um halb sechs geweckt. Er hatte im Dunkeln gelegen und dem gedämpften Echo eines weit entfernten Radios gelauscht, hatte sich im Einzelbett flach ausgestreckt, mit wehem Hals, seine Beine mit ihren verflochten, während sein Hintern auf dem noch feuchten Laken herumrutschte und sich die winzigen schalen Toastkrümel in seinen Rücken bohrten. Eddie wußte nicht recht, was er tun sollte. Das mußte er zugeben. Im tiefsten Herzen wußte er, daß das hier eine Affäre für eine Nacht war, aus der etwas anderes werden würde. Wie jede einzelne Eine-Nacht-Affäre, die er je gehabt hatte. Typisch. Kaum runter vom Boot und schon steckte er tief in der Scheiße. Genau das, was er sich geschworen hatte, nicht zu tun – sich schnell mit irgendwem einlassen –, und jetzt hatte er es getan. Das alles hatte die Möglichkeiten einer richtigen Torvill-und-Dean-Situation. Überall dünnes Eis, und Eddie hörte schon, wie es brach.

Das Bett war auch ein richtiges Hotelbett, es war viel zu weich und hatte Nylonbettwäsche, die statische Schocks austeilte, und Federn, die sicher noch eine Meile entfernt zu hören waren. Die Luft war kühl, und Eddie sah zu, wie sein Atem zu Rauch wurde, während er sehr ruhig neben ihr lag und sich fragte, warum das passiert war und wie er wieder herauskommen sollte. Tief im Kern seines Daseins verspürte er ein hohles Gefühl. Aber es war kein Gefühl. Es war Hunger.

Eine kurze Sekunde lang spielte er mit dem Gedanken, aufzustehen und sich ohne ein Wort wegzuschleichen, sich einfach wie Errol Flynn oder so jemand die Hintertreppe hinabzustehlen und nie mehr zurückzukommen. In den folgenden Monaten sollte er sich oft fragen, warum er das nicht getan hatte, warum er nicht einfach in eines dieser fetzigen schwarzen Londoner Taxis geglitten war, wo keine Fragen gestellt wurden, und rüber zum Haus seiner Mutter gefahren war. Er hätte dort sein können, ehe sie überhaupt aufgestanden war. Oder irgendwo anders, bloß nicht im Brightside Hotel. Das hätte er tun können. Es war früh, kein Mensch war zu sehen, er hätte es schaffen können. Aber nicht einmal Eddie war ein so großes Arschloch. Und außerdem, wenn er sich das richtig überlegte, hätte er niemals die Gitarre nach unten schaffen können, ohne Krach zu machen.

Als er jetzt im Frühstückszimmer Marion ansah, deren Händchen unter dem Gewicht der Kaffeetasse zitterte, war er tief in dem zähen kleinen Muskel, der als Eddies Herz ausgegeben wurde, fast glücklich, daß er das nicht riskiert hatte. Fast, aber nicht ganz. Sie sah einfach so verletzlich aus.

Über den Frühstückstisch hinweg hielt sie seine Hand und lächelte ihn an, ein seltsames Lächeln voller Trauer. Dann spreizte sie den Daumen ab und wischte ihm etwas von den Lippen. Sie wurde rot. Sie sah an diesem Morgen besser aus, daran bestand kein Zweifel. Sie hatte schließlich auch geschlafen, hatte mit den Zähnen geknirscht und wie ein Kätzchen sanft geschnarcht. Jetzt waren ihre grünen Augen klar, sie hatte Make-up aufgelegt, und ihre Haut war noch rosa von der albernen Wucht der Dusche. Sie hatte ihre Haare mit einem dicken gelben Band gebändigt, wodurch sie aussah wie Simone de Beauvoir oder eine andere dieser Müslifresserinnen vom Linken Ufer. Eddie konnte in diesen grünen Augen sein Spiegelbild sehen. Sie waren wirklich so grün wie die See bei Sandymount, aber da er wußte, was alles dort hineingepumpt wurde, war er sich nicht sicher, daß sie das als Kompliment auffassen würde. Aber immerhin konnte er jetzt begreifen, warum die Leute so scharf auf grüne Augen waren. Wenn er Marion ansah, dann war das klar.

Im Grunde hatte Eddie für Make-up nichts übrig. Das gehörte zu den Dingen, für die man im Grunde nichts übrig haben sollte, sexistisch und so. Aber Marion sah mit Make-up sehr hübsch aus, und er starrte sie an und versuchte zu glauben, daß sie gestern um diese Zeit gerade erst miteinander bekannt wurden, während sie nun schon Dinge miteinander angestellt hatten, die den meisten Leuten nicht einmal in einer lebenslangen Ehe unterkommen. Und neben Schuldgefühlen war seine stärkste Empfindung, daß er es gar nicht abwarten konnte, jemandem davon zu erzählen, am liebsten Dean Bean, der die erotischen Erfahrungen anderer Leute sammelte wie picklige Knaben die Nummern von Zügen. Ja, das würde Charlie ganz schön hochbringen. Eddie konnte fast sehen, wie sich sein großes, dickes, großzügiges Yankee-Gesicht verzerrte, »Jesus Christus, das kann doch nicht sein, Muttergottes, das hast doch nicht du gemacht, da soll mich doch einer mit einem verdammten *Löffel* ersticken, Mann, Jesus.«

»Du siehst sehr hübsch aus«, sagte er. Immerhin, das war ein Anfang. Seit dem Aufwachen hatten sie kein einziges Wort gewechselt, und das konnte nicht mehr lange so weitergehen. Eddie war verlegen gewesen, als er sie nackt und blaß im Zimmer hatte herumlaufen sehen, während sie in ihrem Rucksack Kleider suchte und sich in Strumpfhosen zwängte. Er hatte seine Boxershorts unter der Decke angezogen, als sie ihm den Rücken zukehrte. Er wußte, daß das albern war, aber so war es nun mal. Sie hatte sich nicht einmal herabgelassen, ihn auszulachen.

Als sie in der Dusche war, hatte er das Bett gemacht, rasch hatte er die Laken umgedreht und die Decken fest unter die Matratze gestopft. Dabei hatte ihn kein vages Bedürfnis nach Häuslichkeit motiviert. Er wollte einfach nicht, daß sie die Flecken sah. Und er wollte sie auch selber nicht sehen. Er wollte sie verstecken.

»Du auch«, sagte sie, »aber das weißt du ja schon, oder?«

Eddie versuchte, seinen großkotzigen Gang einzulegen,

aber es war noch zu früh, und sein Kopf war immer noch von dem Joint vernebelt, den sie um halb drei Uhr morgens geteilt hatten, nachdem sie das *Kamasutra* umgeschrieben hatten. Wörter wirbelten durch seinen verwüsteten Geist, aber nichts kam.

»Bei dir krieg ich einfach keinen Stich«, sagte Eddie.

Mrs. Patel eilte am Tisch vorbei, gebückt unter dem Gewicht eines riesigen Metalleimers voller überschwappendem Seifenwasser.

»Nein«, sagte Marion. »Schaffst du nicht.«

Er hob ihre Hand an seine Lippen und küßte sie, ein einschmeichlerischer Trick, mit dem Eddie meistens Erfolg hatte. Sie warf ihm einen Blick zu, bei dem er sich vage lächerlich vorkam, und widmete sich wieder einem Plastiktopf mit Orangenmarmelade, den sie mit der Gabel zu öffnen versuchte. Und dabei verschob sich ihr der Träger ihres Tops, und Eddie konnte lila Knutschflecken unten an ihrem Hals, neben dem Silberkruzifix, sehen. Sie fing seinen vor Schuldgefühlen feuchten Blick auf. »Sieh dir an, was du mir angetan hast, du Wüstling«, sagte sie und berührte wieder seine Hand.

Eddie wurde rot und mampfte seinen kalten, glitschigen Toast.

»Hitze des Gefechtes«, sagte er. Aber er kam sich vor wie ein Arschloch. Aber verdammt, sie war doch auch kein Engel gewesen. Eddies Vorhaut schien ihm auf die Knöchel zu hängen. Aber jetzt wirkte Marion so sanft und verletzlich, absolut nicht so wie im Bett, und beim Anblick seiner Bißspuren an ihrem Hals kam er sich vor wie ein perverser Neandertaler. Diese Flecken schienen eine Kontrolle über ihn auszuüben, die ihm gar nicht gefiel. Das stimmte natürlich nicht, sie waren einfach schnöde Knutschflecken, aber so kam es ihm eben vor. Sensibel. Eddie sah überall Symbole. Er war eben der Typ dazu.

Sie streifte ihr Haarband ab, warf ihre Haare in den Nacken und sah ihm tief in die Augen, bis er wünschte, sie würde damit aufhören.

»Schluß jetzt«, lachte er, als er merkte, wie seine eigenen Augen unter ihrem Starren zu schielen anfingen.

Sie hörte nicht auf ihn. Sie preßte seine Hand zwischen die ihren und starrte noch ärger, als ob sie in seinem Gesicht etwas Vertrautes suchte. Ihre Augen waren neugierig und spöttisch.

»Wir müssen doch aussehen wie die Idioten«, kicherte er und sah sich nervös im Zimmer um, auf der Suche nach etwas – egal was –, worüber sie reden konnten.

»Du bist so schön, Eddie Virago«, sagte sie plötzlich. »Schade, daß du so ein Scheißkünstler bist.«

»Hey, danke«, sagte er. »Ich liebe dich auch, Süße.«

Daraufhin lachte sie weich und widmete sich wieder ihrem Frühstück.

Um halb elf kam Mrs. Patel an ihren Tisch und tat so, als ob sie auf eine Uhr schaute. Dann zeigte sie auf die Tür.

Im Hinausgehen legte Marion Eddie den Arm um die Taille und steckte eine Hand in seine hintere Hosentasche. Eddie hörte Mrs. Patel und ihren Mann einwandfrei hinter ihnen lachen. Sein Gesicht brannte, aber er drehte sich nicht um.

Oben auf ihrem Zimmer umarmten sie sich am Fenster, schwiegen und wußten nicht so recht, was sie fühlen sollten. Eddie starrte ihr schmusendes Ebenbild im Kleiderschrankspiegel an. Er mußte wirklich etwas für seinen Irokesen tun. Der brauchte dringend einen neuen Schnitt.

Marion wollte wissen, was jetzt passieren würde, und Eddie sagte, das wüßte er nicht, aber wie wär's mit einer kleinen Vögelei. Sie sagte »tz, tz, tz« und erklärte, sie haßte dieses Britenwort, und das habe sie sowieso nicht gemeint. Eddie löste sich von ihr und öffnete seinen Gitarrenkasten.

Er hob seine Gitarre heraus und setzte sich aufs Bett, wobei er fieberhaft versuchte, auszusehen, als ob er sich aufs Stimmen konzentrierte, und dabei zog er die Diskant E-Saite so straff an, daß er sicher war, daß sie gleich sprang. Marion nahm sich eine Zigarette und starrte ihn an, während sie mit den Händen durch ihre Haare fuhr. Ein nervöses Klopfen brach die Stille. Als sie die Tür öffnete, stand Mr. Patel da und machte ein doofes Gesicht.

»Zimmer in Ordnung?« fragte er mit freundlicher Stimme. Marion sagte ja, und Mr. Patel fand das gut. »Unser Zimmer«, er zeigte darauf, »ist gleich da hinten, und wenn ihr nachts etwas braucht, braucht ihr bloß bei uns zu klopfen.«

Marion meinte, sie würde bestimmt nichts brauchen, aber wenn doch, dann vielen Dank.

»Danke«, sagte sie. »Vielen Dank, Mr. Patel.«

»Darf ich?« fragte er und kam ins Zimmer. »Nur für einen Moment?«

»Sicher«, lachte Marion. »Das Zimmer gehört schließlich Ihnen.« Mr. Patel lachte.

»Da haben Sie wohl recht«, sagte er. »So hatte ich mir das noch nicht überlegt.« Er unterbrach sich, dann fragte er: »Warum sind Sie hier? Macht es Ihnen etwas aus, mir das zu erzählen?« Marion täuschte ein Lachen vor. Dann sagte sie plötzlich, sie suche Arbeit. »Na, sehen Sie«, sagte er mit plötzlicher Begeisterung. »Dann kann ich Ihnen helfen.«

Eddie bemerkte plötzlich den süßen Cannabisduft, der das Zimmer erfüllte. Er riß das verklemmte Fenster weiter auf. Dann setzte er sich auf die Fensterbank und starrte Mr. Patel an, der sehr nervös beim Sprechen die Hände rang.

Mr. Patel erzählte, daß Angela sie heute morgen verlassen hätte, ohne Vorwarnung, und er sage das ja nicht gern, aber das war typisch für die Schwarzen, sie wollten einfach nicht arbeiten. Es stellte sich heraus, daß Angela das Dienstmädchen war und nach Barbados zurückging, um bei ihrer unverheirateten Tante zu wohnen. Mr. Patel war wirklich stocksauer, weil er doch gerade mit seinem Schwager einen kleinen Tischler- und Klempnerbetrieb aufzog und dem Hotel einfach nicht mehr soviel Zeit widmen konnte wie bisher.

»Ich«, seufzte er, »bin von Angela in die Scheiße getunkt worden. Verzeihen Sie mein Französisch.«

Während er sprach, wanderte sein Blick immer wieder zu Eddies Gitarre, die auf der Bettdecke lag. Und die war auch wirklich schön, eine echte '56 Fender Strat mit Sonnenstrahlenpolitur und Gretsch Pickups. Aber er konnte den Blick einfach nicht von ihr abwenden, und das wirkte so, als ob Mr. P. noch nie eine Gitarre gesehen hätte, und das hatte er vielleicht auch nicht, jedenfalls nicht aus nächster Nähe.

»Was hat das alles mit uns zu tun?« fragte Eddie.

»Ich habe einen Vorschlag«, lächelte Mr. Patel. »Ich mache Ihnen ein Angebot, das Sie nicht ablehnen können«, und er ging zum Bett, beugte sich über die Gitarre und berührte die Saiten mit einer fast schon ehrfürchtigen Haltung, sanft, als ob er fast erwartete, sie könnten ihn beißen. Eddie erzählte ihm, man müßte den Strom einschalten, um wirklich heiße Klänge darauf hervorzulocken. Mr. P. sah verwirrt aus.

Sein Vorschlag war, daß Marion Angelas Posten übernehmen würde, ein bißchen Putzen, ein bißchen Bettenmachen, beim Frühstück helfen, überhaupt »zupacken«, und zum Lohn würden sie umsonst hier wohnen können.

»Sie können dieses Zimmer behalten«, sagte er. Und falls auch ihr Verlobter ab und zu aushelfen wollte, ließe sich das auch machen. Wenn er sich gut benähme.

»Wer?« fragte Eddie. »Ich?«

»Niemand wird mit leeren Händen dastehen«, sagte Mr. Patel. »Bleiben Sie hier bei uns. Was meinen Sie dazu?«

»Er ist nicht mein Verlobter«, sagte Marion. Mr. Patel hob die Hände.

»Ich stelle keine Fragen«, lächelte er. »Sie erzählen mir keine Lügen.«

»Warum ich?« fragte Marion. »Sie kennen mich doch gar nicht.«

Mr. Patel sagte, sie gefiele ihm eben und wirkte wie ein nettes Mädchen, und außerdem wußte er, daß die Iren gute Arbeiter waren. Im Baugewerbe waren ihm haufenweise Iren begegnet, und er wußte, daß die aus zähem Holz geschnitzt waren. Beim Sprechen kicherte er ab und zu und starrte schüchtern den Boden an. Er sagte, er könnte sehen, daß sie jung waren, und er wußte genau, daß junge Leute Hunger auf Chancen hatten. Das wußte er von sich selber noch gut. Er trat auf Marion zu und berührte beim Sprechen ihre Hand. Es gebe hier Chancen, sagte er. Es wäre eine großartige Stadt. Sie könnte es als Start betrachten. Als kleinen Schritt oder so. Und um ehrlich zu sein, war er verzweifelt, und diese arbeitslosen Jugendlichen, die das Arbeitsamt ihm schickte, waren faule kleine Scheißer aus den Sozialwohnungen, die lieber Kleber snifften, als anständig zu arbeiten. Er lachte, als er das sagte, ein schuldbewußtes kleines Lachen. Er konnte sehen, daß Marion und Eddie nicht so waren. Er habe einen guten Instinkt für Menschen, sagte er, und der irre sich nie. Eddie und Marion gaben ihm ein Gefühl. Eddie kicherte hektisch.

Marion sah Eddie an und fragte, was er meinte. Er schluckte hart und sagte: »Weiß nicht.«

»Ich weiß, daß du das nicht weißt«, seufzte sie. »Aber was meinst du?«

Eddie geriet in Panik. Still. Alles lief jetzt außer Kontrolle, total daneben, und das hatte er ja gewußt. Er fing an, sich innig zu wünschen, sie nie kennengelernt zu haben. Er wollte einfach nur noch ein oder zwei Tage herumhängen, ihr dann einen Nur-gute-Freunde-Spruch servieren und sich vom Acker machen. Okay, das war vielleicht nicht gerade astrein, aber so war es eben zwischen einvernehmlich Erwachsenen, und wer das nicht wußte, betrog sich selber. Er wollte nicht nach seiner Meinung befragt werden, wie sie ihr Leben einrichten sollte. Das ging einfach zu weit. Er würde jetzt mutig sein müssen, klar Schiff machen, ehe irgendwer verletzt wurde. Er drehte sich um und sah ihr ins Gesicht. Marions Gesichtsausdruck forderte eine Enttäuschung geradezu heraus.

»Na?« fragte sie. »Soll ich hierbleiben?« Eddie kicherte und starrte den Boden an.

»Schwaches Herz«, sagte Mr. Patel und schwenkte seinen Finger.

»Zeit zum Entscheiden«, sagte Marion.

Eddie überlegte sich alles. Er kannte diese Frau doch kaum. Sie hatten kaum etwas gemeinsam. Verdammt, er mochte sie nicht einmal so sehr, um ganz ehrlich zu sein. Alles, was er wollte, war eine Affäre für eine Nacht, nichts Ernsthafteres. Jesus. Warum war es immer so schwer? Man geht mit irgendwem ins Bett, und im nächsten Moment wollen sie deine verdammte Meinung hören. Sie machte ihn so nervös. Sie hatte auf alles, was er sagte, eine Antwort, meistens noch bevor er es gesagt hatte. Sie war ganz anders als die Frauen, die er bisher kennengelernt hatte, und erst recht nicht wie Jennifer oder andere Verflossene, und das war nichts als die reine Wahrheit. Tief in seinem Herzen wußte er, daß diese Sache hier die komplette Katastrophe sein würde. Sie konnte einfach nicht klappen. Sie hatten zwei Chancen, die eine dürftig, die andere nichtig, und da war er noch optimistisch. Es war einfach alles zum Scheitern verdammt. Da gab's gar keine Frage. Er würde hart sein müssen.

Sie sah ihn an, kaute auf ihrem Kaugummi herum und hob erwartungsvoll die Augenbrauen.

»Na?« fragte sie noch einmal. »Bleibst du oder gehst du?«

»Sicher«, stotterte er. »Ich möchte bleiben. Okay. Wenn du das willst.«

Sie blies eine Kaugummiblase, die vor ihren Lippen platzte.

»Okay«, lächelte sie. »Dann kannst du bleiben.«

»Wie du willst«, sagte er und hob die Handflächen. »Das liegt bei dir.«

Mr. Patel meinte, sie könnte es sich doch noch einmal überlegen, aber sie sagte, nein, überlegen hätte keinen Zweck, sie würde bleiben. Er klatschte vor Freude in die Hände.

»Wahre Liebe«, strahlte er.

»Na ja«, sagte Eddie, als sie sein Gesicht mit Küssen bedeckte. »Lassen wir uns jetzt nicht mitreißen.«

Er kam sich vor wie sein Vater. Er fühlte sich geradezu steif werden, richtig starr vor beknackter Entschiedenheit und Reife. Aber es gefiel ihm, wie Mr. Patel ihn ansah und lachte, während Marion seinen Hals küßte und die Arme um ihn warf.

Sie würde ein paar Tage herumhängen müssen, sagte sie, weil sie ein paar Leute treffen und etwas Wichtiges erledigen müßte. Dann würde sie nach Hause nach Donegal fahren, ihre Sachen holen, ihrer Familie Bescheid sagen und zurückkommen. Das Ganze konnte vielleicht eine Woche dauern. Es gab ein Kohleproblem, aber Mr. Patel schlug vor, er würde ihr das Geld für die Fähre leihen, und sie könnte es dann von Woche zu Woche abarbeiten.

Sie sagte, das wäre nicht nötig. Sie würde ihre Schwester anpumpen.

»Alle sind also glücklich?« fragte Mr. Patel munter.

»Ja«, meinte Eddie und lockerte seinen Kragen. »Geradezu ekstatisch.«

»Es ist ein großer Tag für Irland«, strahlte Mr. Patel, »wie es in dem alten Lied heißt.«

Mr. Patel blieb in der Tür stehen und drehte sich mit erhobenem Finger um, als ob er etwas vergessen hätte. Er grinste wie ein Schulbub, zog eine kleine Karte aus seiner Westentasche und überreichte sie Eddie.

»Meine neue Visitenkarte«, sagte er. »Ich wüßte Ihre Meinung zu schätzen. Die Iren sind doch sehr begabt für schöne Worte, ist das nicht so? Dafür ist Ihr Land doch berühmt, nicht wahr?«

»Ja«, sagte Eddie, »schöne Worte«, und er nahm die Karte.

N. P. PATEL UND S. R. SIDDIQUI
Tischler- und Klempnerbetrieb

Nase voll von den Cowboys?
Versuchen Sie's jetzt mit den Indianern!

Marion setzte sich aufs Bett und zog die Knie ans Kinn. Sie betrachtete das ABC und das DEF an der Wand und lächelte wie ein Kind, ein dummes, herzzerreißend unschuldiges träges Lächeln.

»Die ist toll«, sagte Eddie und steckte die Karte in die Tasche. »Ich würde Sie sowieso engagieren.«

Mr. Patel sah zufrieden aus. Er sagte, alles Weitere könnten sie später besprechen, und ging, wobei er die Tür leise hinter sich schloß. Sie konnten ihn einen Elvis Presley-Song pfeifen hören, als er rasch durch den Flur ging. Heartbreak Hotel.

»Und wenn ich einen Scheißkünstler brauchte«, sagte Marion und drückte ihn an sich, »dann würde ich dich engagieren, Eddie Virago.«

»Danke«, sagte er.

»Keine Ursache«, antwortete sie mit abweisendem Gesicht.

Eddie fühlte sich plötzlich sehr nervös. Als er durch das Zimmer ging, spürte er ihre Augen. Er spürte auch, daß er allein sein wollte, irgendwo weit weg von dieser seltsamen Frau und ihrem Schweigen.

»Was ist in dich gefahren?« fragte sie, und Eddie lachte.

»Gar nichts«, erwiderte er. »Mir ist bloß was eingefallen.«

»Wer denn?« lächelte sie. »Sieht sie gut aus?«

»Sowas doch nicht«, sagte er.

Dann sagte er noch etwas, um das Thema zu wechseln. Er klatschte in die Hände und sagte munter: »So, das ist ja wohl die Chance deines Lebens, oder was?«

»Ach, ich weiß, es ist bloß ein Putzjob«, meinte sie. »Aber jetzt, wo du hier bist, bin ich glücklich.« Sie wurde tief rot, als er sie ansah. »Vielleicht krieg ich dich auch noch geputzt, Eddie Virago«, sagte sie. »Was meinst du?«

Eddie zuckte die Schultern und wandte sich ab. Jetzt kam ihm das Zimmer kalt vor. Er bat sie, ihm ein paar Pfund für Zigaretten zu leihen. Sie mußte einen Zehner anbrechen, behauptete aber, das wäre nicht schlimm.

Den Morgen verbrachten sie mit Sightseeing.

Der Buckinghampalast sah aus wie ein riesiges Puppenhaus, das irgendein gemeiner Skinhead-Big-Brother durch die Gegend gekickt hatte, frivol, an den Kanten verschlissen, brauchte dringend einen guten Anstrich. Auch der Leicester Square riß sie nicht vom Hocker, mit seinen vielen Union Jack-Burgerbuden und grellen Pizzerias und diesen kleinen runden öffentlichen Toiletten, die direkt irgendeiner miesen Science-fiction-Serie für Kinder entsprungen sein könnten. Grelle Buden glitzerten wichtig, verkauften billige Postkarten von Punx und Schnulzenstars, schwarze Bobbyhelme aus Plastik und kleine rote Londoner Busse, die über den Boden wetzten, wenn man sie aufzog.

Als sie den Trafalgar Square überquerten, verdunkelten Tauben, Stare, Krähen den Himmel, eine große riesige kreischende Vogelmenge, alle schrien und kämpften und schissen auf die Skulpturen. Vor der südafrikanischen Botschaft wandelten drei müde aussehende Typen in schwarzen Jeans hin und her mit ihren Plakaten und sammelten dabei in Eimern Geld. Eddie warf ihnen ein irisches Zehn-Pence-Stück hinein.

»Weiter so mit der guten Arbeit, Genossen.«

In der National Gallery wimmelte es von schnatternden Amerikanern, die einander hektisch vor dem Leonardo da Vinci-Cartoon fotografierten und die wie die wilde Jagd oder eine Heuschreckenplage mit Nikon-Girlande durch die aufgemotzten Säle und den Andenkenladen tobten.

Marion gefiel es ohnehin nicht. Sie fand Picasso beschissen und Eddie nicht die richtigen Gegenargumente, obwohl er nicht ihrer Meinung war. Jennifer hatte ihm das alles einmal erklärt, in einer versoffenen Nacht in der Belfield Bar, als sie erst so kurz zusammen waren, daß sie sich noch für ihre gegenseitigen Ansichten interessierten. Aber jetzt fiel ihm einfach nicht mehr ein, was denn nun eigentlich so verdammt toll am Kubismus sein sollte. Also sagte er, ja, Picasso, sei ein bißchen überschätzt, da hätte sie schon recht.

Marion sagte, was andere Leute meinten, sei ihr gleich,

jedenfalls sähe kein Mensch so aus wie auf den Bildern. Eddie sagte, da sollte sie sich mal ein paar von seinen Verflossenen ansehen. Sie lachte nicht. Er schon.

Ihr gefiel Caravaggios »Abendmahl in Emmaus« und von dem riesigen Monet namens »Seerosen« war sie begeistert, weil sie fand, die Seerosen auf dem Bild sähen genau aus wie die echten. Eddie war überrascht, daß es in Donegal Seerosen geben sollte, aber sie behauptete, doch, sie hätten da oben alles, es sei wie Disneyland und Paradies auf einmal. Sie kaufte sich im Laden eine Postkarte von van Goghs »Sonnenblumen« und Serviersets mit den »Großen Künstlern der Welt«. Für ihre Mutter. Eddie bewunderte die Sets, heimlich fand er sie jedoch geschmacklos und scheußlich.

Auf der Piazza am Covent Garden sah sie zu, wie ein blauhaariger Clown mit breiten gelben Lippen Wassereimer über einem kleinen Heini mit erbärmlicher Miene und gestreiftem Anzug ausleerte. Alle Kleinen brüllten »ja, ja, ja!«, als der Clown fragte: »Soll ich?« – die kleinen Schweine! Nach dem vierten oder fünften Guß sprang der Kleine auf, schnappte sich einen Eimer und kippte ihn dem großen Typen über die karierte Hose. Dann rannte er durch die Menge von schreienden, ausweichenden Kleinen davon, schrie, pfiff mit einer Trillerpfeife, schwenkte einen weiteren Eimer, der eine Ladung Konfetti von sich gab, als er ihn über einem unglücklich aussehenden Knaben mit fettem Gesicht ausleerte.

Beim Mittagessen war Eddie nervös. Die Musik im Hard Rock Café war viel zu laut, und das Lokal war vollgestopft mit Leuten in Rollkragenpullovern, die alle herumschrien und mit ihrem dicken Filofax herumwedelten und wie die Blöden versuchten, einander zu beeindrucken, während sie gleichzeitig angeödet aussehen wollten. Er wollte sie einfach etwas fragen, hoffte aber, die Gelegenheit würde sich im Gespräch von selbst ergeben. Was natürlich nicht passierte.

Sie sprachen über allen möglichen Müll, über Filme, die ihnen gefallen hatten, über The Fine Young Cannibals, den unglaublichen Dreck in Londons Straßen, Irlands Chancen bei der Weltmeisterschaft.

Schließlich rückte Eddie beim Kaffee damit heraus. Es ginge um Vorsichtsmaßnahmen, sagte er mit leiser und verschwörerischer Stimme. Er machte sich ein bißchen Sorgen. Waren sie geschützt gewesen?

Sie sagte ihm, sie habe kein AIDS, falls er das meinen sollte. Er sagte, das nicht, er meine geschützt im alten Sinn.

»Na, die Frage kommt jetzt aber ein bißchen spät«, sagte sie, »findest du nicht?« Eddie konzentrierte sich wie ein Blöder auf seinen Cappuccino. Er spürte, wie sein Gesicht rot anlief. Sie ließ ihn ein paar Minuten lang stottern. »Mach dir keine Sorgen«, sagte sie und ließ sich langsam erweichen. »Das geht schon alles in Ordnung.«

Eddie lieferte eine Kostprobe seines trockenen Lächelns.

»Na ja, ich wollte mich ja nicht einmischen«, sagte er. »Ich meine, he, eine Frau hat ja wohl das Recht, ihre eigene Fruchtbarkeit zu kontrollieren.«

»Richtig«, antwortete sie. »Du meinst, es ist nicht das Problem des Mannes.«

»Okay, okay«, nickte er errötend. »Hab's schon gerafft.«

Sie sagte, beim nächsten Mal könnte er ja vielleicht vorher fragen. Späte Reue machte wirklich keinen Sinn. Eddie lächelte. Er hielt das Ganze für einen ziemlich doofen Witz, die Art Spruch, die Dean Bean bringen würde, wenn man es am wenigsten erwartete. Aber sie lächelte nicht. Sie war ernst. »Ja«, stimmte er zu. »Okay, du hast recht.« Sie sagte, das wüßte sie bereits, vielen Dank. Dann fragte er, was sie denn überhaupt mit »nächstes Mal« gemeint hätte, und sie antwortete: »Beim nächsten unschuldigen jungen Ding vom Lande, das du aufgabelst und schändest.« Eddie setzte sein verletztes Gesicht auf und meinte, das wäre ja nun wirklich nicht nötig. Sie meinte, keine Panik, sie rede ja bloß Scheiß.

»Du hast einfach keinen Humor, Eddie Virago«, lachte sie. »Echt nicht.«

Sie gingen durch den Hyde Park, aßen Eis und taten so, als wäre alles bestens. Aber es war kalt, sie hatten nur noch wenig Gesprächsstoff, und der Oktober hatte die Bäume stillgelegt und die Blumenbeete verwüstet.

Graues diesiges Licht schwebte über den Pavillons, und alles sah geheimnisvoll und vage aus, die Umrisse und Erscheinungen schienen zwar zu stimmen, waren in Wirklichkeit aber etwas anderes, Bedrohliches. Über dem See stieg Dampf zum Himmel wie in einem miesen Heavy Metal-Video, bei dem irgendwer an der Eismaschine kurbelt. In weiten Kreisen waren Liegestühle spiralenförmig um die Musiktribüne verteilt, aber die meisten davon waren leer, ihre pastell gestreifte Bespannung flappte heftig im Wind. Hier und dort dösten ein paar einsame Rentner, die Hüte im Schoß, Handtücher optimistisch auf kahlen Köpfen geknotet. Aber außer ihnen und den weggetreten aussehenden Geschäftsmännern, die über die Kieswege schlurften, und den an den Bäumen knutschenden Paaren – niemand.

Bei Speakers' Corner blieben sie stehen und sahen sich um, ihre Füße hatten zwei Linien aus schwarzen Spuren im frostig starren Gras hinterlassen, quer durch den ganzen Park, so weit ihr Auge reichte, bis ganz nach hinten, wo die Farbe des Grases erst zu Grau und dann zu Weiß wurde und im See verschwand.

Ein oder zweimal überschnitten sich die Fußstapfenreihen, dort, wo sie vor ihm hin- und hergetanzt war und munter vor sich hin geplappert hatte. Der Verkehr dröhnte durch die Edgware Road.

Marion sagte, sie würde einige Tage in London bleiben, ihre Schwester besuchen, dann nach Donegal zurückfahren und ihren Kram holen. Sie sprach schnell, aufgeregt und lachte laut. Aber ihre Begeisterung bedrückte ihn. Eddie hatte es sich genau überlegt und kämpfte jetzt fest gegen seine Einsicht. Sicher, sicher, er hatte ihr zugestimmt. Im entscheidenden Moment war ihm nichts eingefallen. Aber hier, im kalten Licht des Hyde Parks, sah Eddie klar, daß eine komplette LKW-Ladung Nervkram voll auf ihn zugedonnert kam. Er war ja so ein Feigling. Das wußte er. Er sah zu, wie sie fröhlich Pläne schmiedete, die ihn fast alle einzubeziehen schienen, aber er konnte einfach nicht einsteigen.

»Bist du sicher, daß du dir das nicht nochmal überlegen willst?« fragte er munter. »Auswanderung ist ein großer Schritt, weißt du. Ich meine, man macht das nicht einfach so. Es ist eine ernste, wichtige Scheiß-Umstellung.«

Sie sah ihn an, als ob sie gleich losprusten wollte.

»Meine Güte«, sagte sie. »Warum sollte ich darüber nachdenken? Wenn ich nachdenke, zieh ich mich bloß selber in die Scheiße. Was habe ich denn da drüben zu suchen? Noch drei Jahre Haarnetze machen und Unterhosen waschen?«

Sie sprach mit einem seltsam flehenden hysterischen Unterton, der anzudeuten schien, er sollte sich seine Warnungen lieber schenken. Sie hatte sich entschlossen.

»Versteh mich nicht falsch«, sagte er, »ich meine, ich will dir das doch nicht ausreden.«

He, dachte er, was für eine gute Idee. Er dachte doch nur an *sie*. Aber zum Teufel, wenn sie sicher war, kein Problem, und schließlich war es ihre Entscheidung, ging ihn doch nichts an. Er würde ihr sogar die Kohle leihen, sagte er.

Dann konnte sie nach Belfast fliegen, dort den Bus nehmen und in Nullkommanix zu Hause in Donegal sein. Sonst würde sie Tage brauchen, erst die Fähre, dann in Dublin den Zug, und von Derry aus den Bus. *So* gut gefiel ihm die Idee nämlich schon.

»Hier«, sagte er und zog seine Brieftasche hervor. »Ich geb's dir sofort.«

»Ich dachte, du wärst pleite«, sagte sie.

»Äh, nein«, stotterte Eddie. »Geht schon. Bin nur vorsichtig, verstehst du.«

»O okay«, sagte sie zu seiner großen Überraschung. »Vielen Dank.«

Sie gingen in ein Reisebüro und buchten sofort den Flug. Eddie bezahlte mit einer seiner letzten Fünfzig-Pfund-Noten.

»Ist das dein letztes Geld?« fragte sie. Eddie lachte, ein wenig zu laut. Er sagte, keine Spur, vergiß es, er schwimme in Geld. Sie versprach, ihm alles zurückzuzahlen. Eddie meinte, toll, aber sie solle sich Zeit lassen, bis sie sich das wirklich leisten könne, nächste Woche wäre zum Beispiel ein guter Termin. Sie sagte, keine Panik, sie würde nicht mit der Knete des reichen Knaben durchbrennen. »Und selbst wenn«, fügte sie hinzu, »dann betrachte es als Bezahlung.« Eddie sagte, dieses Gerede sei nun wirklich nicht nötig.

Im Ryanairflug war nur noch ein Platz frei, noch dazu im Nichtraucherbereich. Eddie kannte den Heini hinter dem Tresen, so ein junges Genie, das früher immer Beisitzer in der Historischen Gesellschaft der Uni gewesen war. Der Heini schien Eddie nicht wiedererkennen zu wollen, aber er war es ganz bestimmt. Sie hatten sich einmal in der Unikneipe über marxistische Literaturkritik gestritten. Der Heini trug einen von diesen billigen Anzügen, die nach einigen Tagen bereits müffeln, einen von diesen Anzügen, die an Schaufensterpuppen und unter Discostrahlern toll aussehen, ansonsten aber Müll waren. Er sah verlegen aus. Er sah aus, als ob niemand wissen sollte, daß er hier arbeitete. Als er Marion den Flugschein reichte, lächelte er nicht. Er senkte den Kopf tief und begann, Unsinn auf die Rückseite eines Formulars zu kritzeln.

Draußen steckte sie den Flugschein in die Tasche und fragte Eddie, was er jetzt vorhätte. Das, antwortete er, sei die Frage. Vielleicht würde er ins Kino gehen oder sich einfach irgendwo abkühlen und sie dann nachher im Hotel treffen. Sie schüttelte den Kopf und sagte, morgen. Sie hätte ihre Schwester schon ewig nicht mehr gesehen und würde deshalb vielleicht über Nacht bei ihr bleiben. Sie hob ihre Tasche hoch.

»Du weißt doch, wie das ist«, sagte sie. »Frauen unter sich.«

»Ja«, sagte er. »Ich weiß, wie das ist.«

»Ob du wohl da bist, wenn ich zurückkomme«, seufzte sie, als ob ihr das gleich wäre, »oder wirst du dich abseilen?«

Ein Polizeiwagen kam kreischend um die Ecke und ließ seine Sirene aufheulen. Der fette Mann auf dem Beifahrersitz streckte den Arm aus dem Fenster und klemmte das Blaulicht auf das Dach.

Eddie versprach, dazusein. Sie lächelte, als ob sie ihm nicht glaubte, und sie sagte, das brauche er nicht, aber er dürfe nicht lügen. Er beharrte darauf, nicht zu lügen.

»Ich lüge nie«, sagte er. »Schon gar nicht bei Leuten, mit denen ich geschlafen habe.«

Wieder lächelte sie.

»Ich glaube nicht, daß wir verheiratet sind oder so«, flüsterte sie. »Falls du dir deshalb Sorgen machst.«

»He«, lachte er. »Wer macht sich denn hier Sorgen? Ich vielleicht?«

»Vielleicht solltest du deine Mutter besuchen«, sagte sie.

»Ja«, sagte Eddie. »Mach ich vielleicht.«

Sie küßten sich unter dem Marble Arch. Ein Mann mit dreckigem Bart und traurigen Augen, der einen grauenhaften Blümchenanzug und Gummistiefel trug, trottete mit einer Kamera in der Hand an ihnen vorbei und murmelte etwas von einem Foto. Marion lachte ihn an, und Eddie sagte nein. Dann küßten sie sich wieder, heftig, und sie zog ein Paar schwarze fingerlose Handschuhe an, die ihre Fingerknöchel rosa und roh und kalt aussehen ließen.

»Das werde ich machen«, sagte er. »Ich geh sie nachher besuchen.«

Aus dem Augenwinkel heraus konnte Eddie sehen, wie der schmutzige alte Kerl mit gespreizten Beinen in die Hocke ging und die Kamera auf sie richtete. Eddie ertappte sich dabei, wie er sich ganz leicht drehte, damit die Linse seine gute Seite erwischte.

»Also wünsch mir Glück«, lächelte sie.

Der schmutzig aussehende Mann lief hin und her, wiegte die Kamera in seinem Arm wie ein Baby, schaukelte sie, streichelte sie.

»Viel Glück«, sagte Eddie, und sie ging los und schwenkte dabei ihre kleine Reisetasche wie ein Schulkind auf einem Ausflug. Er sah zu, wie die Zielscheibe auf ihrem Anorak in der Menschenmenge verschwand. Er hoffte, sie würde sich umdrehen und winken, aber das tat sie nicht.

Der Mann in dem Anzug kam mit einem Polaroidfoto angetrottet und stank dabei nach schalem Sperma und Guinness. Seine Stimme war heiser, und Eddie mußte sich zu seinem übelriechenden Mund bücken, um ihn zu verstehen. Der Mann sagte, er hätte ja nun mal das Foto gemacht, und Eddie könnte es für den Preis von einem Paar Socken haben. Eddie seufzte und gab ihm fünfzig Pence. Der Bursche starrte die Münze an und sah unglücklich aus. Er flüsterte ein paar Worte, die Eddie nicht verstehen konnte, dann drehte er sich plötzlich um und marschierte entschlossen die Treppe zur U-Bahn hinunter, wobei er seine Kamera wie eine Waffe vor sich aufpflanzte.

Eddie betrachtete das Foto, die beiden Gesichter, die langsam auf dem klebrigen Papier zum Vorschein kamen. Er hielt es zwischen Daumen und Zeigefinger, blies darauf, schwenkte es hin und her. Es war kein großartiges Bild. Er hatte rote Augen, und Marion sah aus, als ob sie ihn jeden Moment vollkotzen wollte. Es sah aus wie diese miesen Bilder, die in den Fernsehnachrichten gezeigt werden, wenn jemand vermißt wird. Trotzdem steckte er es in die Tasche, ohne wirklich zu wissen, warum.

Als er mit dem Fahrstuhl nach unten fuhr, ging Eddie auf, daß sie beim Abschied etwas Seltsames gesagt hatte. Also wünsch mir Glück. Sie wollte doch bloß ihre Schwester in Lewisham besuchen. Wünsch mir Glück. Himmel, er hatte ja gehört, daß es in Lewisham ganz schön hart zuging, aber eine Safari war es ja nun doch nicht. Aber Frauen waren eben komisch. Wenn Eddie eins sicher wußte, dann das. Frauen waren einfach nicht ganz da. Und diese hier war noch komischer als die meisten anderen. Wünsch mir Glück. Komisch hoch drei.

Eddie setzte sich auf den staubigen Bahnsteig und ließ drei Züge abfahren. Erschöpfte Frauen und Männer kamen herausgestolpert, andere Männer und Frauen rempelten sich gegenseitig beiseite, um noch einzusteigen, ehe die Türen diesen Furzlaut ausstießen und sich schlossen. Eddie war in einer Stimmung, die keine Eile zuließ. Das hatte er auch nicht nötig. Er betrachtete das Gedrängel zum Ausgang, Schirme und Aktentaschen hoch über Köpfen, und er fragte sich, woher all diese Menschen kamen und wohin sie gingen, und ob das alles überhaupt eine Rolle spielte.

Er sog die warme muffige Luft der U-Bahn ein und kam sich freier vor als im ganzen letzten Jahr. Er zog sein Notizbuch hervor und schlug die Adresse seiner Mutter nach. Und dann glitten weitere mit Graffiti übersäte Züge aus den Tunnels, aber auch die ließ er vorüberfahren, weil er dachte, vielleicht etwas Interessantes zu sehen, wenn er nur lange genug hier herumlungerte.

Aber das war ein Irrtum.

Um halb fünf, nachdem sie eine Dreiviertelstunde in der Kälte auf und abgewandert war, ging Marion die Treppe hinauf und durch die große schwarze Glastür. Sie fuhr mit dem Fahrstuhl in den obersten Stock, wie ihr gesagt worden war.

Das ersterbende Sonnenlicht fiel schräg durch die Rollos, und alles im Foyer war hart, schwarz und golden. Das Wartezimmer war schöner, voller üppiger Pflanzen in großen Tontöpfen, mit zwei schwarzen Couchtischchen vor dem Tresen, beim Sofa. Marion stellte sich vor und wurde gebeten, einen Moment Platz zu nehmen. Eine besorgt aussehende Frau rannte herum, berührte die Blätter mit einem Staubwedel und preßte Wasser aus einer weißen Plastikflasche. Einer der schwarzen niedrigen Tische war übersät von Broschüren über Kondome und Diaphragmen – Marions Blick fiel auf das Wort »Sekret« und ihr schauderte. Auf dem anderen Tisch lagen Stapel von Hochglanzzeitschriften, ihre Titelblätter zeigten die Gesichter von Kylie Minogue, Gorbatschow, Lady Di, Madonna, Robert de Niro und einer dünnen, blassen Irin, die gerade im Fernsehen großen Erfolg hatte, Salome Wilde.

Marion überlegte versonnen, wie es wohl sein mochte, Salome Wilde zu sein.

Eine Kaffeemaschine blubberte in der Ecke. Ein handgeschriebenes Schild mit der Auskunft »SELBSTBEDIENUNG«

klebte darüber an der Wand, aber es gab keine Tassen. Irgendwo spielte ein Radio »Dance in the Oldfashioned Way« in einer langsamen Fassung, mit richtig schleichenden Saxophonen. Der Fußboden war mit schwarzem Gummi überzogen. Alles war ruhig, effektiv, sauber. Das Telefon, das hinter dem Tresen klingelte, stieß einen sanften, modernen Piepslaut aus, und die schöne Blondine, die abnahm, sagte: »Hallo, womit kann ich behilflich sein?« in einer singenden Stimme, als ob sie wirklich allen Anrufenden helfen wollte und es nicht wegen des Geldes sagte. Ihre Fingernägel waren lang und dunkelrot, mandelförmig, wie bei einem Modell.

Marion sah sich um und setzte ihre Sonnenbrille ab. Ihr Verfolgungswahn war einfach bescheuert, das war ihr klar. Und außerdem war sie allein im Empfangszimmer mit der schönen Empfangsdame, die leise lachte, als sie in den Telefonhörer flüsterte. Marion kniff sich fest in den Nasenrükken, und ihre Augen verschwammen. Als sie die Fingerspitzen an die Schläfe legte, fühlte sie ihren Puls, aber das waren nur durch die Anspannung verursachte Kopfschmerzen. Auch das wußte sie. Aus Erfahrung.

Sie nahm sich eine Zeitschrift und blätterte sie rasch durch. »Betrügt Ihr Mann Sie?« fragte eine Überschrift. »Mein Himmel mit Rock Hudson«, sang eine andere. »Alles, was Sie über Big-O wissen sollten«, lockte eine dritte. Sie nahm einen Kugelschreiber und machte sich an einen »Können Sie sich durchsetzen«-Test. Aber als sie weiter hinten nachschlug, um die Antwort zu erfahren, hatte jemand die Seite herausgerissen. Sie fragte sich, warum jemand, der aus andrer Leute Zeitschriften Seiten reißt, so einen Test überhaupt noch nötig hat.

Sie überflog einen Artikel in einer Sonntagsbeilage, »Hundert Dinge, die jede Frau über Männer wissen sollte«. Marion stellte fest, daß sie die meisten schon wußte. Dann sah sie eine Anzeige für eine sogenannte Fett-Transplantation und hätte fast gekotzt. Sie stellte sich den verschwitzten Chirurgen vor, hinter seiner Mundbinde, bis zum Ellbogen in einem Faß mit geschmolzenem Fett, der das Fett mit einer Kelle oder einem Spachtel irgendwem in den weitgeöffneten Unterleib klatscht.

Sie dachte auch an Eddie Virago. Eddie war nicht fett. Er hatte einen kleinen Fleischwulst auf dem Unterleib, aber den konnte man nicht als Fett bezeichnen. Sein Nabel war ein Außie. So nannte ihr Vater das immer. Nabel waren Bauchknöpfe. Dort hatte Gott uns geküßt, am Fließband oben im Himmel, als Beweis dafür, daß wir fertig waren. Manche waren Innies und manche eben Außies. Wenn man den Bauchknopf aufmachte, fiel einem der Hintern ab. Das sagte ihr Vater immer. Sie fröstelte. Es war kalt.

Aber als sie an Eddie dachte, war ihr wieder warm, sie fühlte sich vage, widerstrebend und ausweichend, aber auch seltsam glücklich. Sie schloß die Augen und dachte an seine Zunge, seine Finger, seine weichen, mädchenhaften Lippen. Er war so ganz anders als alle, die sie bisher gekannt hatte, und schon gar nicht wie die Freddis aus Ballybracken. Neureiche Bauern und Moorläufer, die von überlaufenden Senkgruben und rasch sterbenden Eltern redeten, deren Farmen sie dann erben würden, um eine Frau zu verführen. Alkoholisierte Gemeinderäte, die das Blaue vom Himmel versprachen, um einer in die Unterhose zu kommen, und die dann zu ihren verrunzelten Frauen in ihre spanischen Hacienda-Bungalows nach Hause fuhren. Geschniegelte Showbandmanager mit verfrühten Ejakulationen und gebraucht gekauften Hiace-Wagen, deren Kunstleder sich auf dem Kirchparkplatz nach Kneipenschluß unter dem nackten Hintern klebrig anfühlte. Vielleicht, überlegte sie sich, würde diesmal alles anders sein. Allmächtiger Christus, dachte sie, bitte, laß diesmal alles anders sein.

»Die nächste bitte«, zwitscherte die Frau, eine alte mit elegantem Silberhaar und marineblauem Twinset, die jetzt, eine Hand graziös auf der Schulter der blöden Empfangsdame, dastand. Beide Frauen schienen Marion anzustarren, freundlich, sanft. Ihre Haltung erinnerte Marion an ein Bild, das sie in der National Gallery gesehen hatte, nur wußte sie nicht mehr, an welches. Es war auch ein seltsamer Gedanke für diesen Moment.

Die Frau sah mit ihrem zuckerwattegrauen Haar ein wenig wie die Queen Mother aus. Auch sie sprach Marion an. Sie warf einen Blick auf die Liste in ihrer Hand. »Die nächste?« fragte sie und hob die Augenbrauen. »Ms.?« Sie betonte das Wort »Ms.« sehr stark, übertrieben, wie das Geräusch eines Zahnarztbohrers.

Marion lächelte im Aufstehen.

»Miss«, antwortete sie. »Wilde.«

»Wir reden uns hier gern mit Vornamen an«, sagte die Dame.

Marion schluckte hart.

»Salome«, sagte sie. »Salome Wilde.«

»Schön, Sie kennenzulernen, Salome«, sagte die Dame und winkte sie zu sich. »Was für ein schöner Name.« Als Marion den Tresen erreicht hatte, hob die Frau eine Klappe, trat einen Schritt zurück, strahlte und bedeutete ihr, sich durchzuquetschen. Wieder piepste das Telefon. »Ms. Callaghan ist die nächste, Audrey«, teilte die ältere Frau der Empfangsdame mit, die lächelte und das Telefon zwischen Kinn und Schulter klemmte. Sie roch angenehm, teuer, aber nicht exotisch. Ein Lorgnon baumelte ihr an einer Kette um den Hals. Sie trug einen goldenen Ring an ihrem rechten Ringfinger. Sie legte Marion im Gehen leicht den Arm um die Schultern.

»Seltsam«, sagte sie und sah Marion in die Augen. »Ich dachte immer, der Name würde Sa-lo-meh ausgesprochen.«

»Äh, ach, nein«, antwortete Marion und lief knallrot an. »Na ja, manchmal wohl, aber ich spreche ihn eben so aus. Saloom.«

»Na, das ist wunderschön, Liebe«, sagte die Dame ruhig und öffnete eine Tür. »Ganz, wie Sie möchten.«

Sie setzten sich an einen von einer Spanischen Wand abgeschirmten Tisch. Es war wie ein Besuch in der Bank. Die Dame stellte sich als Margaret vor. Sie mußte noch ein paar Fragen stellen. Marion sagte, ja, damit hatte sie gerechnet.

Margaret schrieb Marions vollständigen Namen – Salome Bernadette Wilde – und einige weitere Details freundlich auf, als ob das alles alltäglich wäre, was es natürlich auch war. Aber als Marion sich eine Zigarette ansteckte, stieß sie einen übertriebenen Laut der Verärgerung aus, runzelte die Stirn und sagte: »Liebe, ohne wäre uns lieber, bitte.«

Ungeschickt drückte Marion die Zigarette in einer Wedgwood Untertasse aus.

Margaret hob die Untertasse mit Daumen und Zeigefinger hoch, rümpfte dabei in übertriebenem Abscheu die Nase und stellte sie einen Armlang entfernt auf die Fensterbank. Marion errötete. Margaret grinste. Ihre unteren Vorderzähne wiesen eine winzige Lippenstiftspur auf.

»Nationalität«, sagte sie. »Nur für unsere Statistik.«

»Irin«, antwortete Marion.

»Ja«, strahlte Margaret. »Ich dachte ja, ich hätte den Akzent erkannt.« Sie verdeckte mit dem linken Ärmel das Formular, das sie sorgfältig in Großbuchstaben ausfüllte. »Wunderschönes Land«, murmelte sie. »Entzückend.«

»Stimmt«, sagte Marion.

»Wir haben Freunde«, sagte Margaret, »die irgendwo in Galway wohnen, in einem kleinen Ort.«

»Ach ja«, meinte Marion.

Margaret sah ein bißchen konfus aus.

Irgend etwas schien ihr nicht einfallen zu wollen, und dann zuckte sie die Schultern, strahlte und sah Marion ins Gesicht.

»Bei Connemara«, sagte sie. Marion nickte.

»Wunderschönes Land«, sagte Margaret. »Ich meine, so *ungezähmt,* wissen Sie.« Marion stimmte zu. »Na ja, wohnen stimmt nicht ganz, es ist eher ein *pied à terre,* verstehen Sie. Ich meine, ein ländliches *pied à terre*, falls es so etwas überhaupt gibt.« Marion wußte nicht, was ein *pied à terre* war, war aber nicht in der Laune, zu fragen. Sie nickte einfach wieder und sagte, wie schön. »Wir haben hier viele irische Mädchen, wissen Sie«, sagte Margaret und hob den Blick von ihrem Gekritzel. »Verständlicherweise, nehme ich an. Seit dieser Volksabstimmung.« Margaret schob die Lippen vor und schüttelte bedauernd den Kopf. »Sehr schade«, seufzte sie. Marion schwieg. Sie griff in ihre Tasche, holte ein Taschentuch und vier Fünfzigpfundnoten heraus und legte sie auf den Tisch. »Oder Frauen, natürlich.« Margaret lachte. »Heutzutage sollen wir sie doch als Frauen bezeichnen, nicht wahr? Nicht als Mädchen.«

Dann lachte sie wieder, plötzlich, wie nach einer hysterischen Bemerkung. Und auch Marion lachte. Margaret schob ihre Lippen vor und fragte, ob eine Quittung nötig sei. Marion schüttelte den Kopf. Margaret nickte. Ob sie Besuch bekommen würde? Marion sagte, nein, keinen.

»Schön«, sagte Margaret und setzte ein Kreuz in ein Kästchen im Formular. »Kein Besuch. Wissen Sie, Liebe, manchmal würde ich das absolut empfehlen.«

»Es gibt Mädchen, es gibt Frauen und es gibt Damen«, sagte Marion. »Kennen Sie das Lied?«

Margaret blickte über Marions Schulter ins Leere. Sie klopfte sich mit dem Kugelschreiber gegen die Zähne, und ihre Augen funkelten entzückt hinter ihrer Brille. Sie wiederholte diese Worte.

»Es gibt Mädchen, es gibt Frauen und es gibt Damen«, sagte sie mehrmals. »Entzückend, wirklich entzückend.« Aber schließlich schüttelte sie den Kopf. »Nein, Liebe«, seufzte sie, »ich glaube nicht. Wer singt das?«

Marion wußte es nicht. Sie sagte, es sei einfach ein blödes Country-Stück.

Margaret zuckte die Schultern, und ihr Lächeln verschwand. Sie mußte fragen, ob Marion sich alles gut überlegt hätte, und Marion sagte, ja, das hätte sie, mit einer Entschiedenheit, die sie beide überraschte, doch, absolut, sie hatte keinerlei Zweifel.

Auf dem Weg in den Operationssaal legte Margaret Marion sehr sanft den Arm um die Schultern und bat sie, sich wie ein braves Mädchen zusammenzureißen.

»Sind *Sie* denn je in Connemara gewesen, Liebe?« fragte Margaret. Und aus irgendeinem ihr unbegreiflichen Grund sagte Marion, unter Tränen, nein, das nicht. »Na, ich bin sicher, Sie kommen auch noch mal dorthin, Salome, Liebe«, flüsterte Margaret tröstend, »eines Tages haben Sie die Gelegenheit. Da bin ich mir sicher.«

Als Eddie an diesem Abend nach Hause kam, war er ernsthaft genervt und bereute, nicht mit einer blöden U-Bahn nach Richmond zu seiner Mutter gefahren zu sein. Zeitverschwendung? Sicher. Aber selbst das wäre die kleinere Zeitverschwendung gewesen, gemessen an dem, was er tatsächlich getan hatte, nämlich nichts.

Auf dem Arbeitsamt war nichts nach Plan gelaufen. Er

hatte zwei Stunden zusammen mit tätowierten Skins in Hosenträgern Schlange gestanden, um dann von einem Kerl mit einem Gesicht, das nur eine sehr gütige Mutter lieben könnte, zu erfahren, daß er in der falschen Schlange gelandet war und daß er nicht zu »Arbeitslos gemeldet«, sondern zu »Neuzugänge« gehörte, und »Neuzugänge« machte jetzt Feierabend, weil »Arbeitslos gemeldet« nicht genug Angestellte hatte. Anscheinend waren sie in »Arbeitslos gemeldet« nicht ausreichend besetzt, weil sich nicht genug Leute als nicht mehr arbeitslos abmeldeten. Nach einigen Minuten mit solchem Gerede wechselte der Typ dann das Thema und nervte wegen Eddies Adresse. Eddie sagte, er wüßte noch nicht so recht, wo er wohnen würde, und der Typ sagte, ohne eine feste Adresse hätte er überhaupt keine Ansprüche. Also erzählte Eddie ihm vom Brightside, riß ein paar Formulare und Broschüren an sich und ging im lokalen Drecksloch eine Tasse Kaffee trinken.

Aber die Anzahl der Cappuccinos, die man hintereinander trinken kann, ist begrenzt, und wenn er endlich eine Broschüre durch hatte, schien die nächste ihr zu widersprechen. Einkommenszusatz. Zusätzliche Unterstützung. Sozialhilfe. Arbeitslosengeld. Was zum Henker war denn der Unterschied? Und wie sollte er eine Sozialversicherungsnummer angeben können, wo er hier doch noch nie gearbeitet hatte? Und warum hatte er sich nicht über alles informiert, ehe er rübergekommen war? Die Studentenmitverwaltung faselte pausenlos darüber, »Eure Rechte in London« und so – die Info-Broschüre darüber wurde einem doch fast schon mit dem Examenszeugnis überreicht. Er wußte, daß Jennifer recht gehabt hatte, als sie ihm sagte, er sollte sich vor seiner Abreise so gut wie möglich über alles informieren. Wenn Jennifer an seiner Stelle wäre, würde ihr erstes Arbeitslosengeld extra für sie nach Dublin geflogen und von einem konservativen Politiker wie Norman Tebbit persönlich an ihrer Scheiß-Haustür abgegeben werden, garantiert. Nicht, daß Jennifer jemals arbeitslos sein würde, natürlich. Keine Chance. Leute, die viel von Arbeitslosigkeit redeten, kamen meistens irgendwie so durch. Das war ja gerade daran zum Kotzen.

Eddies Laune wurde durch die Tatsache verschlimmert, daß Marion nicht da war. Und nach dieser Erkenntnis fühlte er sich noch mieser, er verdrängte sie sofort. Schlechtgelaunt saß er im Café und stellte sich die Wirkung eines direkten Atomangriffes auf das Arbeitsamt vor, während er gleichzeitig drei rotgesichtige irische Arbeiter am Tisch gegenüber beobachtete, die lachten und Zigaretten rauchten, bis der Himmel vor dem Fenster dunkelrot und weiß wurde wie ein großes fettes Stück Speck, mit einer fettigen Spiegelei-Sonne.

Im Brightside war Mr. Patel nicht an seinem Tresen. Dort war überhaupt kein Mensch, und das Foyer wirkte ruhig und gespenstisch und roch nach Räucherstäbchen und Abflußreiniger.

Oben auf dem Zimmer roch er noch immer Marions süßen Duft, was immer sie zum Einschmieren auch benutzen mochte. Er nahm seine Gitarre und stellte sie rasch wieder ab. Er riß eine Seite aus seinem Schreibblock und fing an, einen Brief an Dean Bean zu kritzeln, aber als er den ersten Abschnitt beendet hatte, langweilte er sich auch schon. Was sollte er schreiben? Lieber Beano, also, hier bin ich, in einer Absteige am King's Cross mit einer ausgeflippten Frau, die ich fast nicht kenne, und ich bin doch erst seit zwei Tagen in diesem Scheibenkleisterland. Du hast recht, Dean, ich hätte den Oscar fürs größte Arschloch verdient. Liebe Grüße, Eddie.

Dann legte er sich aufs Bett, verschränkte die Hände unterm Kopf, starrte die Decke an und lauschte dem Gewinsel des Paares im Nebenzimmer. Ob er und Marion sich auch so anhörten? Wie Tiere, die einander in einem billigen Hotelzimmer erfreuten? Na, schlecht klang das nicht. Das mußte er zugeben. Es war durchaus nicht der schlechteste Klang, den Eddie je gehört hatte. Es war einfach das Geräusch von zwei Leuten, die sich vögelten, aber sich wahrscheinlich nicht liebten. Und mehr war nicht dran.

Er schnitt ein wunderbar fetziges G aus den »Sozialrechten für Bürger der EG« und klebte es neben die Buchstabenkette an der Wand.

Nebenan schienen sie sich ja wirklich zu amüsieren. Aus Spanien kamen sie. Oder aus Italien. Waren jedenfalls Ausländer. Ab und zu kam ein klatschendes Geräusch, *klatsch,* genau so, und dem folgten dann gewaltiges Gekicher, hektisches Quietschen der Sprungfedern und eine Explosion von ekstatischem Stöhnen. Jesus, dachte Eddie. Die Menschen sind wirklich ein Jammer, wenn die Hormone das Kommando übernehmen.

Er stand auf und ging ins Badezimmer, wo er die Seiten seines Schädels mit dem elektrischen Rasierapparat schor. Er rasierte an sich herum, bis sein Kopf seitlich glatt wie ein Ei war, dann betrachtete er sich fünf Minuten lang im Spiegel, drehte sich plötzlich zu ihm hin, arrangierte die Türen des Leuchtschranks so, um möglichst viele Gesichtswinkel zu erzielen, versuchte, sich selber in einem unerwarteten Moment zu erwischen. Er wußte, daß er damit aufhören mußte. Es wurde langsam zur schlechten Angewohnheit.

Im Foyer rief er dann Jimmy Shaw in seinem Büro an. Irgendein Bimbo nahm ab und konnte Eddies Namen nicht aussprechen. Schließlich kam Jimmy ans Telefon und hörte sich genervt an. Eddie hätte Glück, sagte er. Er mache heute Überstunden. Es war ganz schön was los, ein äußerst wichtiger Kunde, sonst wäre er schon zu Hause bei Ruth.

Eddie wollte quatschen, aber Jimmy sagte immer wieder: »Hör mal, ich will dich nicht aufhalten, ich weiß doch, daß du viel zu tun hast, Mann.« Eddie sagte, yeah, er hätte ganz schön viel zu tun, wüßte schon gar nicht mehr, wo ihm der Kopf stand, aber für Jimmy könnte er doch einen Moment freischaufeln, falls der später ins Bunch of Grapes kommen wollte. Jimmy lachte.

»Wirklich toll von dir, Eddie«, sagte er. »Wir sehn uns um acht.«

Auf der Straße war es kalt, und Eddie klappte den Kragen seiner Jacke bis zu seinen Ohren hoch. Er ging die President Street hinunter und stand dann vor St. Pancras, wobei er an seinen Vater und auch an seine Mutter dachte. Er sah eine Gruppe von streikenden Krankenwagenfahrern vor dem Bahnhof Unterschriften sammeln, das gelbe Licht eines Kohlenbeckens ließ ihre Gesichter aufleuchten. Sie traten von einem Fuß auf den anderen. Sie hauchten sich die Finger an und tranken aus Flachmännern. Und sie drehten sich um und winkten vage über die Straße, wenn eine Autohupe zu ihrer Unterstützung ertönte, klapperten mit ihren Eimern und riefen die verhärmten U-Bahn-Reisenden an, die sich müde an ihnen vorbei in den Bahnhof drückten. Als Eddie sich in die Unterschriftenliste eintrug, sagte der junge Typ in der Uniform: »Alles klar, Kumpel.« Er war ein Ire. Aus Dublin. Es gab einfach kein Entrinnen.

In der Gray's Inn Road kaufte Eddie sich ein Kebab, das nach Hundeatem roch, biß einmal hinein und warf den Rest in den Rinnstein. Dann ging er zu einem Zeitungskiosk und kaufte sich zwei Mars und ein Pornoheft, das er unter seinem Hemd in die Hose stopfte.

Im Brightside blätterte er im Porno, lag bäuchlings auf dem Bett und mampfte die Mars. Nackte Frauen sprangen in Himmelbetten herum, lagen auf allen vieren, hielten der Kamera ihren Hintern hin und starrten über ihre Schultern zurück wie nachdenkliche, auf der Weide überraschte

Kühe. Das Mittelbild zeigte eine nackte Frau, die ihre Knöchel hinter ihrem Kopf verschränken konnte. »Die schüchterne Wendy« lautete die Bildunterschrift. Es gab Leserbriefe, die von verführten Sekretärinnen und heimlich beobachteten lesbischen Nachbarinnen berichteten. Es gab Telefonnummern, die man anrufen konnte, und dann rief irgendeine Hausfrau zurück und erzählte Sauereien, während man sich einen runterholte. Davon wußte er. Dean Bean hatte eine angerufen, aber die machte es nur mit Kreditkarte. Die Bilder erregten ihn nicht. Anfangs wenigstens nicht. Ihm wurde etwas übel. Er sagte sich, daß es gut war, daß man solchen Kram in Irland nicht kaufen konnte. Sicher war er gegen Zensur, aber das hier war einfach pornographischer erniedrigender Müll. Verlegen warf er das Heft in den Papierkorb, als ob jemand ihn beobachtete. Er spielte ein paar Mollquinten auf seiner Gitarre, aber seine Finger waren zu kalt, zu steif, um etwas komplizierteres zustande zu bringen als den Vierer-Akkord-Riff von »Smoke on the Water«.

Eine halbe Stunde darauf fischte er die Zeitschrift wieder aus dem Papierkorb, ging ins Badezimmer, öffnete seine Hose, wichste ins Waschbecken und beobachtete sich dabei im Spiegel.

Im Bunch of Grapes warteten Jimmy und Ruth schon auf ihn, saßen auf einer langen Bank und glühten beide und waren rosa vor Schweiß. Er hatte sie seit etwa einem Jahr nicht mehr gesehen. Nicht, daß er sie jemals besonders gern gemocht hätte, aber Eddie hatte sie eben in seiner ersten Uniwoche irgendwie kennengelernt, wie das so geht, wenn man so verzweifelt ist, daß man glaubt, man wird nie Freunde finden, wenn man nicht alle Ansprüche aufgibt und mit jedem hergelaufenen alten Dussel redet. Als sie damals 1987 nach London gegangen waren, hatte Eddie versprochen, sie ganz bestimmt regelmäßig zu besuchen. Ihnen würde bei seinem Anblick noch schlecht werden, hatte er versprochen, so oft würde er auf der Matte stehen. Zum Kotzen. Aber irgendwie, genau wie sie es damals laut prophezeiten, hatte Eddie sich nie blicken lassen.

Jimmys Gesicht war in die Breite gegangen, und seine Haare waren so kurz, daß seine Ohren, eines davon mit Ohrstecker, ein wenig zu weit hervorzulugen schienen. Ruth hatte sich nicht verändert, war gut und gerne einen halben Meter kleiner als Jimmy, sehr puppenhaft, aber mit einem Mundwerk wie ein Marktweib und einer Masse von nicht zu bändigenden braunen Locken. Sie trug einen kastanienbraunen Blazer mit einem kitschigen nachgemachten Wappen auf dem Revers. Ihr Gesicht war weiß gepudert, und ihre Lippen waren so rot wie eine Marlboro-Schachtel.

Ruth und Eddie waren einmal zusammen im Bett gewesen, in der Nacht, nachdem die Examensergebnisse des ersten Jahres bekanntgegeben worden waren. Aber das wußte sie wohl nicht mehr, und Jimmy wußte es ganz bestimmt nicht, und ohnehin war verdammt viel passiert, seit sie Dublin verlassen hatten, also nicht der Rede wert.

Jimmy winkte, als er Eddies Irokesen über der Menge von glotzenden Anzugyuppies und miniberockten Sekretärinnen näher rücken sah.

»Eddie Virago!« schrie er, so laut er konnte. Eddie wanderte hinüber, setzte sich auf einen Barhocker und wickelte sich den Schal vom Hals.

»Na, wie läuft's?« fragte er. Jimmy und Ruth musterten ihn heimlich von Kopf bis Fuß, wie das nur Freunde tun, die sich eine Weile nicht gesehen haben.

»Gerade aus dem Studio gekommen«, sagte Jimmy.

»Ach?« fragte Eddie. »Stehst du jetzt Modell?«

»Nein, du Blödi«, sagte Jimmy. »Squash.« Er mimte mit der linken Hand eine Vorhand.

Eddie verdrehte die Augen.

»Weiß ich doch, du Sack«, sagte er. »Ich sehe, du hast hier noch keine Humortransplantation machen lassen.«

Jimmy lachte hämisch.

»Humortransplantation«, sagte er. »Spitze, Eddie, das ist einfach total wunderbar von dir.«

»Jedenfalls«, meinte Eddie, »schön euch zu sehen. Wie lang ist das jetzt ...«

»Oh«, seufzte Jimmy und musterte Eddies Gesicht. »Vielleicht zwanzig Zentimeter, würde ich sagen«, und er streckte die Hand aus und schlug Eddie herzhaft auf den Oberschenkel. Erst zwei Jahre in London, und Jimmy hatte jede Spur von Dubliner Akzent verloren. Jetzt sprach er wie ein gerissener Geschäftsmann aus der Gegend um London. »Also«, gickelte er, »was macht der alte Wichser, und damit meine ich nicht Charley Haughey.«

»Alles wie immer«, antwortete Eddie. »Scheiße, du weißt schon.«

»Der gute alte zynische Eddie«, sagte Ruth. Eddie zeigte sein tolerantes Lächeln.

»Verpiß dich, Ruth«, grinste er.

»Mit dir immer«, strahlte sie.

»Also«, sagte Jimmy und rieb sich die Hände. »Die Komplimente sind nun gemacht, was trinkt ihr?« Eddie bat um ein Pint Guinness. »Bist du sicher?« fragte Jimmy und verzog das Gesicht. »Das schmeckt hierzulande wie Pisse.«

»Glaub ich gern«, sagte Eddie.

»Bauer«, seufzte Ruth und nippte an ihrem Perrier.

»Das glaub ich gern«, sagte Eddie noch einmal.

Jimmy kaufte eine Runde und kam mit einem Tablett voller Pints zu seinem Sitz zurück.

Sie schwiegen ein oder zwei Minuten. Niemand schien ein Gespräch anfangen zu wollen.

»Tschuldigung«, sagte Ruth. »Muß mich frisch machen.«

Sie stand auf, brachte dabei den Tisch zum Wackeln und drückte sich an Jimmy vorbei, der in Richtung ihres Hinterns ein vages Zupacken andeutete. Eddie starrte die Plastik-Eichenbalken der Decke an und zählte in Gedanken bis zehn.

»Jedenfalls«, sagte Jimmy. »Den Haarschnitt hast du also noch.«

»Nein«, antwortete Jimmy. »Das ist eine Astralprojektion.«

»Ja«, meinte Jimmy. »So sieht es auch aus.«

Eddie fühlte sich seiner üblichen Hau-und-Stech-Routine nicht gewachsen, und deshalb nahm er einen tiefen Schluck von seinem Pint, klaute Ruth eine Zigarette, gab sich Feuer und fragte: »Na, und wie behandelt die Reklamewelt euch Yuppie-Arschlöcher?«

»Oh, ziemlich gut, Ed, weißt du, kann nicht klagen. Türlich, für jemanden mit deinen Prinzipien ist das alles total materialistisch und«, Jimmy hielt zwei Finger zum V-Zeichen der Hippies hoch, »o Maaaann!«

»Ich hab dir doch oft genug gesagt«, sagte Eddie, »ich hasse Hippies.«

»Na, aber immerhin redest du manchmal wie einer.«

»Ach, setz dich auf mein Gesicht«, seufzte Eddie.

»Warum?« fragte Jimmy. »Nase größer als Schwanz?«

»Das läßt sich beantworten«, sagte Eddie.

»Mmh«, sagte Jimmy mitten im Schlucken. »Fällt dir bloß gerade nicht ein.«

Als Ruth aus dem Raum zurückkehrte, den sie »für kleine Mädchen« nannte, erzählte ihr Jimmy, daß Eddie einfach keinen Witz mehr vertragen könnte, und deshalb sollten sie sich lieber ganz schön pronto an die »tiefe« Konversation machen. Ruth ignorierte ihn. Auch Eddie reagierte nicht. Er sagte, er wäre müde und wollte jetzt einfach keinen Streit.

»Laßt mir meine Ruhe«, sagte er. »Okay, Leute?«

»PAX!« sagte Ruth.

»Tampax«, sagte Jimmy. »Okay, okay, ich halt schön die Klappe, ich versprech's.«

Sie redeten eine Weile, über gemeinsame Bekannte, über Uni *faux pas,* über Dean Beans neue Unternehmungen, wer wen vögelte (oder *wem,* wie Ruth sagte), wo alle jetzt arbeiteten, wie gut die alte Clique es geschafft hatte, außer Eddie natürlich, aber das war ja nur eine Frage der Zeit, sie waren wirklich von ihm überzeugt.

»Du solltest Salome Wilde anrufen«, meinte Ruth, »damit die dich pusht.«

Jimmy sagte, Salome Wilde kotzte ihn langsam an.

»Ja«, antwortete Eddie. »Ich sehe dauernd ihren Namen. Wer zum Kranich ist sie?«

»Du kennst sie doch«, erklärte Ruth. »Sie war in Belfield, ein Jahr über uns. Geschichte, Vor- und Frühgeschichte. Jimmy hat sich einmal total lächerlich gemacht, als er bei einem Trinity-Ball versucht hat, sie aufzureißen.«

»Sie macht sich einen Namen«, seufzte Jimmy und verdrehte die Augen. »Sie moderiert ›Art Attack‹, einen Haufen Kamelscheiße im vierten Programm.«

»Ach so«, meinte Eddie. »Diese Kunstgeschichte, Mitternacht, das sieht doch kein Schwein.«

»Just dieses«, sagte Ruth. »Ist wirklich ziemlich mies. Kultur für die Prolos, weißt du, der Mann im Goldhelm und Jeffrey Archer. Aber manchmal sind auch Bands dabei. Und Salome macht ihre Sache wirklich sehr gut. Das muß ich zugeben.« Jimmy sagte, wann immer er eine Scheiß-Zeitschrift aufschlüge, sähe er noch ein Scheiß-Portrait von ihr. Ruth meinte, manche Leute hätten eben nur Glück. »Aber ich bin nicht neidisch, ehrlich nicht«, seufzte sie. »Magere Zicke.«

Eddie war überrascht. Soweit er sich erinnern konnte, war Salome Wilde an der Uni immer sehr ruhig gewesen, so ein zurückhaltender Typ, vernünftige Schuhe, rund um die Uhr in der Bibliothek, nach den Vorlesungen mit dem ersten Bus nach Hause. Gut aussehend, das schon, aber ein bißchen still.

»Intrigieren, Eddie«, flüsterte Jimmy. »Pausenloses Intrigieren. Die Stillen darfst du nicht aus dem Auge lassen. Und sie ist auch noch Protestantin, natürlich, Riesenvorteil fürs Fernsehen, aber hallo.«

Eddie erzählte ihnen von seinen Eltern, und sie sagten, das wäre wirklich übel und total mies für die Laune und blöder Nervkram.

»Scheidung?« fragte Jimmy. Eddie antwortete, falls Jimmy das vergessen haben sollte, Scheidung sei in Irland verboten. Ruth sah Jimmy an und schüttelte in gespielter Ungläubigkeit den Kopf. Jimmy wurde noch mehr rosa und sagte, natürlich hätte er das nicht vergessen, er meinte doch eine Annullierung oder wie zum Teufel die Kirche das eben nannte. Eddie sagte nein, das bezweifle er, sie schienen es nicht offiziell werden zu lassen. Dann erzählte er ihnen, daß er eigentlich lieber über etwas anderes reden würde.

Also sprachen sie über das seltsame Phänomen, daß alle ihre Unikumpel fett wurden, vor allem die Jungs. Jimmy meinte, all die Studentenjahre mit Pommes und Bier seien schuld.

»Dreißig Scheiß nochwas«, sagte er verzagt. »Warum aufpassen, wenn man leben kann?« Ruth sagte, recht so, und außerdem wären sie erst vierundzwanzig.

Ruth stand gerade auf Callanetics, ein Fitnessprogramm, das die Herzogin von York berühmt gemacht hatte. Es war offenbar besonders für Leute mit Problemen im unteren Bereich zu empfehlen. Jimmy, der fetter war als die meisten, versuchte immer wieder, das Gespräch von Fettpolstern, Zellulitis und Fettabsaugen abzulenken und über Wohnungspreise zu reden. Er und Ruth hatten sich in Golders Green eine Wohnung gekauft, nicht als Symbol behäbiger Zweisamkeit – hier deutete Ruth Gänsefüßchen an –, sondern vor allem als Investition. Aber seit dem Börsenkrach fielen die Wohnungspreise schneller, als man »Ich wette, er trinkt Carling Black Label« sagen konnte. Jetzt bezahlten sie für ihr Darlehen doppelt soviel, und die Wohnung war weniger wert, als sie selber dafür gelöhnt hatten. Eddie war das schnuppe. Er hatte das alles schon letztes Jahr gehört, als Dean Bean von einem Besuch bei ihnen zurückgekommen war. Er sagte ihnen, solche thatcheristischen Arschlöcher hätten schließlich nichts Besseres verdient.

»Ach, du bist doch nicht immer noch auf *dem* Trip«, stöhnte Ruth.

»Auf was für 'nem Trip?« schmollte Eddie in einem Tonfall, der klar machte, daß er genau wußte, wovon sie redete.

»Auf dem Trip«, kicherte sie und sah Jimmy an, »dem An-die-Wand-stellen-Bolschewistenscheiß.«

»Bin ich«, sagte Eddie.

»Also echt«, meinte sie. »Sogar Rußland hat jetzt den Kommunismus an den Nagel gehängt, und sieh dir die DDR an.«

»Was ist damit?« fragte Eddie.

»Erstens gibt's Honecker nicht mehr.«

»Kreisch, kreisch«, sagte Eddie. »Dann trink ich eben Carlsberg.«

Als er genug gelacht hatte, sagte Eddie, man brauche mit dem Examen nicht gleich alle Prinzipien fahrenzulassen.

»Na gut«, sagte Jimmy, »uns ist's schnurz, nicht wahr, Bobbel? Du nimmst die Skrupel und wir den Whirlpool.« Wieder schlug er Eddie auf den Oberschenkel. »Wir sind deine anpassungsfreudigen Freunde, also kannst du uns jetzt allen einen doppelten Wodka schmeißen, was« – er lächelte breit – »Genosse?«

Eddie sagte ihm, er sei ein Vollidiot.

»Skrupel«, blaffte er. »Du bringst es fertig, mir was von Skrupeln zu erzählen? Du hältst Skrupel doch für den Namen eines Nachtclubs in der Scheiß Carnaby Street.« Jimmy fand das wirklich gut.

»Und wenn nicht«, sagte er, »dann muß man ihn gründen.«

Als es später geworden war, hatten sie ein wenig zuviel getrunken. Jimmy stieg auf Whisky Soda um – »Mit Eis?« fragte Eddie. »Nein«, antwortete Jimmy, »lieber trinken als lutschen« –, und Ruth brach einen Streit über ihren Bruder vom Zaun, der gerade ohne einen Batzen Geld, echt, aus Australien zurückgekommen war, nur in stinkigen Hawaii-Shorts, alles, was er im Flugzeug getragen hatte, und der seinen Vater durch Drohungen gezwungen hatte, sein Studiendarlehen zurückzuzahlen, und sich dann am nächsten Tag mit einem neuen Darlehen drei neue Anzüge und einen Jean-Paul Gaultier-Designer-Regenschirm gekauft hatte, was immer das sein mochte, jedenfalls den einzigen, der in ganz Dublin zu haben war, mußte extra importiert werden. Jimmy bestand immer unerbittlicher darauf, daß sie sich hier wie ein Arsch aufführte, und ihr Bruder brauchte die Anzüge für Bewerbungsgespräche, und in einem Versicherungsbüro konnte man schließlich nicht wie Bob Scheiß Geldof antanzen, und sie wurde immer aggressiver und behauptete, sie liebe ihren Bruder bis zum absoluten Gehtnichtmehr, aber manchmal sei er eben ein egoistischer kleiner Sack, und Jimmy müßte das doch wissen, und alles, was Eddie tun konnte, war, stumm dabeizusitzen und an Marion zu denken und die Frauen im Bunch of Grapes zu zählen, die Schuhe mit weißen Stilett-Absätzen trugen.

Um halb elf kam eine sonnengebräunte Frau mit schrillen Ohrringen und einem engen roten Kleid angetobt und posaunte »Hallo Fremde« zu Jimmy und Ruth hinüber, mit netter tiefer Stimme. Sie wurde Eddie als Audrey Beckett vorgestellt, eine alte Freundin von Ruth aus der Nonnenschulzeit. Sie arbeitete hier für Papas Fleischkonservenfabrik und hielt die Front in der alten PR-Abteilung. Aber nebenbei arbeitete sie auch ein bißchen als Modell, nur so hier und da. Eddie wollte ihr einen ausgeben, aber sie hatte es eilig. Sie mußte sich in Hampsted kurz bei einem Fest sehen lassen. Aber sie glaubte, Eddie schon einmal irgendwo gesehen zu haben, ob er in Dublin irgendwelche Rugbyfans kennen würde? Nicht? Aber war er dann vielleicht zufällig ein Freund von Dean Bean?

»Ja, ja«, seufzte Eddie. »Jesus, London scheint sein Fanclub zu sein oder so.«

»Ach«, sie lachte, »das wundert mich nicht. Ich könnte dir einiges über unseren Beano erzählen.« Eddie fragte, ob sie wirklich nichts trinken wollte, aber sie war total pozzo, der Bambino stand im Halteverbot vor Harrod's gleich um die Ecke. »Nächstes Mal«, lächelte sie, »laß dir von Ruthie meine Nummer geben, dann unternehmen wir was.«

Sowie Audrey Becketts mit Armreifen winkende Hand durch die Glastüren des Bunch of Grapes verschwunden war, verschwand Ruths Lächeln, und sie bezeichnete Audrey als Kuh.

»Vielleicht«, keuchte Jimmy zerstreut, »aber meine Güte, sie ist schon eine Augenweide, das muß ich ihr lassen.« Ruth kniff ihn fest in die Wange. Jimmy krümmte sich und sagte: »Laß den Scheiß.«

»Laß du doch selber den Scheiß«, erwiderte Ruth. »Du fetter Idiot!« Eddie fragte lieber nicht nach Audreys Nummer.

»Hört mal«, sagte er. »Ich muß aufbrechen.«

Jimmy sagte, ja, sie würden auch jeden Moment ins Horn stoßen. Ruth versetzte ihm einen Rippenstoß, und er sah sie fragend an.

»Na los«, sagte sie. »Frag ihn.«

»Ach so, ja, ja. Wir haben am Samstag ein paar Leute zum Fressen bei uns«, sagte Jimmy. »Komm doch einfach auch.«

»Du kannst auch jemanden mitbringen«, sagte Ruth.

»Nein«, erwiderte Eddie. »Ich komm allein.«

»Na«, sagte Jimmy. »So treibst du es doch eh immer.«

»Bumm bumm«, kicherte Ruth und klatschte vor Vergnügen in die Hände.

Jimmy lachte, bis ihm die Tränen über die fetten Wangen liefen. Er versuchte immer wieder, aufzuhören, dann rotzte er plötzlich in sein Glas und brüllte wieder los, sah zu Eddie hoch, hielt sich die Nase zu, um sein Gekicher zu ersticken.

»He, immer mit der Ruhe, Ed«, sagte er immer wieder. »Ich wichs dich doch bloß ein bißchen an.«

Eddie sah seine beiden Freunde an, ihre identischen »I FED THE WORLD«-Sweatshirts, sie hielten Händchen und schüttelten sich vor Lachen, und er freute sich für sie, mit dieser besonderen Art von Freude, die man für Leute hegt, denen man sich absolut überlegen fühlt.

»Dann sehe ich euch zwei Scheiß-Reaktionäre am Samstag«, sagte er. Und Ruth warf ihm eine Kußhand zu, der er durch einen Schritt rückwärts auszuweichen versuchte, wobei er einen Tequila Sunrise über einen, wie ihm empört kundgetan wurde, echten Bruce Oldfield-Anzug kippte.

»Wer zum Henker ist Bruce Oldfield?« fragte er. »Mikes großer Bruder?«

Als er ins Hotel zurückkam, saß Mr. Patel hinter dem Tresen und las *Today.* Sobald er Eddie erblickte, sprang er auf und sah besorgt und erleichtert zugleich aus, als ob er erwartet hätte, Eddie niemals wiederzusehen. Er stand sehr gerade da und fuhr sich mit den Fingern durch die Haare.

»Gott sei Dank«, sagte Mr. Patel.

Eddie fragte, was denn passiert wäre. Mr. Patel antwortete, passiert sei im Grunde nichts. Aber Marion war wieder da und schlief oben.

»Woher wissen Sie das?« fragte Eddie.

»Es geht ihr nicht gut«, antwortete Mr. Patel. »Wir haben ihr heiße Milch gebracht. Sie ist wirklich arm dran und krank. Zittert.«

Das heiße Zimmer roch nach schmutzigen Socken und Körperpuder. Als vom Flur ein Lichtdreieck über das Bett fiel, konnten Eddie und Mr. Patel sehen, daß Marion schlief, auf dem Rücken, schwer atmend, während sie wie eine Leiche die Arme auf der Brust verschränkt hatte. Ihr Gesicht sah angespannt und mitgenommen aus, als ob sie Schmerzen hätte. Ihre langen Haare waren verfilzt und verschwitzt. Schweißperlen bedeckten ihre Stirn, und ihre Wangen glänzten im Licht. Sie trug ein langes schwarzes Chris de Burgh-T-Shirt, und ihr linkes Bein war angewinkelt, wodurch ihr weißer Oberschenkel fett wirkte.

»Sie ist gekommen, als Sie gerade weg waren, Eddie«, flüsterte Mr. Patel. »Sehr blaß, zitterte schlimm. Sie hat eine Weile im Foyer gesessen und den Kopf in die Hände gestützt, und dann hat sie seine liebe Last und Müh um eine Schmerztablette gebeten.« Eddie sah ihn verwirrt an.

»Meine Frau«, erklärte Mr. Patel. Eddie streckte einen Finger vor und stach Marion zwischen die Rippen, aber davon wurde sie nicht wach. Sie schnarchte leise, drehte sich auf die Seite und zog dabei die Beine bis zur Brust an. »Sie ist total kaputt«, flüsterte Mr. Patel. »Glaube ich.«

Eddie schaltete die Nachttischlampe ein. Hinten in der Ecke sah er auf der Kommode die Pornozeitschrift, der Länge nach zerrissen.

»Scheiße«, sagte er. »Verdammte Scheiße, Mann.«

Er drehte sich um und schaute noch einmal in Mr. Patels verwirrtes Gesicht. Aber Mr. Patel machte nur ein Kreuzzeichen, schnalzte mißbilligend mit der Zunge und verließ das Zimmer, wobei er die Tür sanft hinter sich schloß.

Eddie streifte in der Kälte seine Kleider ab und schlüpfte neben Marion ins Bett.

Sie erwachte mitten in der Nacht und sagte, jetzt wäre alles in Ordnung, und sie sei so glücklich darüber, hier mit ihm zu sein, daß sie nicht glaubte, jemals wegfahren zu können.

Eddie sagte, er hätte sie erst morgen zurückerwartet. Er berührte durch das T-Shirt ihre Brust, aber sie schob seine Hand fort, murmelte etwas über wahre und nie endende Liebe und schlief fast sofort wieder ein.

Als Marion eine Woche später dann endlich nach Irland fuhr, war Eddie, um die Wahrheit zu sagen, ziemlich erleichtert. Er redete sich selber ein, es hätte nichts damit zu tun, daß er sie vielleicht nicht gern mochte. Das nun wirklich nicht. Aber sie hatten den Flug umbuchen und eine Zusatzgebühr entrichten und zahllose Anrufe machen müssen, und Eddie war es auf den Geist gegangen, wie sie den ganzen Tag launisch und komisch im muffigen Schlafzimmer herumgelungert hatte, hager und sauer und angeblich krank. Gut, sie hatte behauptet, krank zu sein, aber immer, wenn Eddie vorschlug, einen Arzt zu holen, war sie ausgetickt und hatte ihn angefleht, das bleiben zu lassen. Das wurde richtig eine fixe Idee bei ihr. Und dann erst der Tag, an dem er angeboten hatte, ihre Eltern anzurufen. Jesus. Auf das verdammte Feuerwerk wären sogar Led Zeppelin stolz gewesen.

Sie war einfach nicht in Ordnung, schon seit dem Tag, an dem sie ihre Schwester besucht hatte, das stand fest. Aber sosehr er auch versuchte, Eddie begriff es nicht. Er überlegte, ob sie sich vielleicht gestritten haben könnten, irgendeine Kiste unter Schwestern vielleicht, aber er wollte nicht fragen. Eddie stocherte lieber nicht in Familienfehden herum, und da sie keine Andeutungen machte, hielt er eben die Klappe.

Als sie anfing, sich morgens zu erbrechen, überlegte er sogar in einem Moment der Panik, ob sie schwanger sein könnte. Aber als er allen Mut zusammenraffte und sie fragte, antwortete sie, nein, schwanger nicht, und dann verstummte sie wieder und sprach für den Rest der Nacht kein Wort mehr mit ihm. Er hatte also keine Erklärung, höchstens vielleicht ein vages Frauenleiden, von dem er lieber nichts wissen wollte.

Mr. Patel wurde langsam nervös. Er sagte, ihm sei ja klar, daß Marion nicht gesund war, aber das war auch sein Bankkonto nicht. Er mußte bald Leute anstellen, und wenn sie diesen Job nicht wollte, dann gab es genug Interessentinnen. Sie mußte ein wenig Tatkraft zeigen. Er wies darauf hin, daß er kein Wohlfahrtsunternehmen war, als ob das noch bewiesen werden müßte, und er redete immer weiter, bis Eddie ihn bat, sich abzuregen, und Marion sagte, er sollte sich keine Sorgen machen, sie wollte den Job immer noch, und sie würde jetzt nach Hause fahren und zum

Wochenende mit ihrem Kram wieder zurücksein. Versprochen.

Sie fuhr mit dem Thameslink nach Luton, direkt von King's Cross, und sah immer noch verhärmt und blaß aus. Sie versprach Eddie, an ihn zu denken, und er sagte, das sei nett von ihr. Auf dem zugigen Bahnsteig brach sie in Tränen aus und drückte ihn so fest an sich, daß er kaum noch atmen konnte. Er sagte, sie solle nicht vergessen, zollfreien Schnaps mitzubringen.

»Geht doch nicht, du Dussel«, schluchzte sie.

»Wieso nicht?« fragte Eddie.

»Weil ich nach Belfast fliege«, antwortete sie. »Ich meine, nicht ins Ausland.«

Am Tag nach ihrer Abreise hatte Eddie endlich Erfolg beim Arbeitsamt, erfuhr aber, daß er noch zwei Wochen auf seinen ersten Scheck warten mußte. Er war inzwischen ganz schön knapp bei Kasse. Die zweihundertfünfzig Pfund, die sein Vater ihm gegeben hatte, waren fast ganz draufgegangen fürs Essengehen mit Marion, ihr Flugtikket, Telefonieren, ab und zu ein Taxi, U-Bahn, Alk, Hasch, für zehn Pfund übernommen von einem glücklosen Hippie vor dem Sir George Robey, als er Marion eines Nachts zu einem Napalm Death-Gig geschleift hatte, um sie aufzumuntern. Schlechte Wahl.

Als er alle Ausgaben zusammenzählte, an die er sich erinnerte, kam er nur auf hundertfünfzig Pfund. Fünfzig hatte er noch, also fehlten nur fünfzig, ziemlich gut für Eddie, einen Mann mit dem finanziellen Planungstalent El Salvadors, wie Charlie immer sagte.

Neben den fünfzig Pfund von seinem Vater hatte er selber auch noch fünfzig, durch den letzten Scheck auf sein Studiendarlehenskonto mit Dispo, den er vor seiner Abreise aus Irland noch eingereicht hatte. Eddie dachte an Kieran Casey, diesen widerlichen schnurrbartzwirbelnden

Blödi in der Bank, der einem so schrecklich gern Geld gab, wenn man es brauchte, und der es dann als persönliche Beleidigung auffaßte, wenn man nicht auf sein erstes Kind eine Hypothek aufnahm, um es zurückzuzahlen. Bei Frauen war Kieran ein flirtgeiles Arschloch, Jennifer hatte nie Probleme mit ihm. Sie wickelte den Kerl einfach um den kleinen Finger und kam in Banknoten gewickelt wieder aus der Bank. Aber Typen, also das war etwas anderes. Typen hatten es schwer. Typen mußten vor seinem Büro Schlangestehen, als ob sie zur Beichte wollten, wenn sie mit ihm sprechen mußten. Und irgendwie wollten sie ja auch zur Beichte. Er stellte die übelsten Fragen. Er sah sich die Scheckbuchungen durch und kommentierte, »gut gegessen, was?« und »Schöne Ferien gehabt?« und »Jesus, Frauen gehen ganz schön ans Geld, was Eddie?« Jawohl. Kieran Casey war die Sorte Bankmann, die ihre Kunden zu Schimpfwortdichtern werden läßt.

Eddie dachte an Kieran Casey in seinem unterirdischen Büro in der College Row, umgeben von seinen Fotos aus der Debattiergesellschaft und vom Rugby Team, wo er Eddies Scheck las, auf dem vorne in großen schwarzen Buchstaben »Dublin Airport« stand und hinten in kleinen »Du mich auch, Kieran«. Himmel, der würde austicken. Eddie lachte laut los, als er sich das vorstellte. Er konnte dieses schmierige Arschloch richtig vor sich sehen, wie es auf und ab hüpfte und sich die Überbleibsel seiner Haartransplantation ausrupfte.

Aber so hielt Eddie es eben mit dem Geld; jetzt leben, später zahlen, sein Vater hatte das oft gesagt, und seine Mutter auch, obwohl sie bestimmt nicht viel Ahnung davon hatte.

»Du begreifst das einfach nicht«, seufzte sein Vater dann, »du siehst nicht den Zusammenhang. Wenn du die Karte in die Wand schiebst, dann kommt das Geld der Bank heraus, nicht dein eigenes. Du mußt eines Tages alles zurückzahlen, verstehst du? Warum kannst du den Zusammenhang nicht erkennen, Eddie? Du bist doch intelligent. Du sackst denen ihr Geld ein, Jesus.«

Aber jetzt freute er sich, weil er Kieran Casey einen Grund zur Sorge geliefert hatte. Das würde den lausigen Schleimer schon lehren, mit Eddies Freundin zu flirten. Was hatte Jennifer ihm noch erzählt, etwas, das Kieran ihr einmal gesagt hatte, mitten in einem seiner endlosen Monologe über seine Frau? »Nicht, daß ich sie nicht mehr liebe. Mir fehlt nur die Leidenschaft.« Jennifer hatte das eigentlich sehr traurig gefunden. Dieser Scheißschleimer. Eddie wußte sehr gut, daß Kieran das jeder feschen kleinen Studentin erzählte, seit James Piß Joyce am UCD studiert hatte.

»Und wenn James Joyce heute noch lebte«, sagte er ihr, »dann würde er sicher immer noch sein Studiendarlehen abbezahlen. Dafür würde dieses Arschloch schon sorgen.«

Aber heimlich wußte er, daß sein Vater recht hatte. Sein Vater hatte fast immer recht.

»Was glaubst du denn, wie eine Bank funktioniert, um Himmels willen?« fragte er immer. »Ich weiß das ja wohl. Ich habe schon mit achtzehn in einer Bank gearbeitet. Es liegt in ihrem Interesse, daß du nicht zurückzahlst. Du spielst denen in die Hände. Kannst du das nicht begreifen? Denk mal darüber nach. Jesus, Eddie, ich versteh dich nicht.« Natürlich war Eddie nicht der einzige, dem sein Vater das erzählte.

In der Charing Cross Road erinnerte er sich an lange Abende, an denen er mit Patricia auf der Treppe gesessen und sich all diesen Kram in der Küche angehört hatte. Das Scheppern von zerbrochenem Geschirr, das Geräusch der miteinander kämpfenden Körper seiner Eltern, die grunzten, sich gegenseitig gegen die Heizung stießen, auch Weinen. Und das war ein Geräusch, das du nicht gerne hörst.

Dann schien eine Zeitlang alles besser zu werden, nach dieser Eheberatungsgeschichte, bis letztes Jahr plötzlich wieder alles explodiert war und sie aus London angerufen hatte, von einem gewissen Raymond aus, von dem noch niemand je gehört hatte, um ihnen mitzuteilen, daß sie nie mehr nach Hause kommen würde. Plötzlich im letzten Sommer. Wie in diesem miesen Stück.

Er ging in die Redaktion des *NME* und gab eine Kleinanzeige auf.

> **Sänger und Lead-Gitarrist** (Dublin) sucht Mitreisende für wirklich strahlende Zukunft. Einfl. Clash, Pistols, Doors, Smiths, Stooges, Velvets. Headbanger und Hippies zwecklos.

Die scharfe Frau hinter dem Tresen kam auch aus Dublin. Sie hatte große blaue Augen und einen Ring in ihrer leichten Stupsnase. Sie musterte Eddie von Kopf bis Fuß, als ob sie ihn wiedererkannt hätte.

»Ich kenne dich«, sagte sie, »nichts verraten.«

»Ja«, sagte Eddie. »Ich bin wirklich ein Freund von Dean Bean.«

»Ach so«, sie lachte. »Genau. Genau. Wie geht's ihm?«

»Schön. Jesus«, Eddie seufzte. »Das ist irre. Ich bin in London noch keinem einzigen Engländer begegnet. Alle sind aus Dublin. Das ist genau wie die Mafia.« Sie nickte.

»Ja«, sagte sie. »Die Murphia.«

Sie unterhielten sich ein paar Minuten über Dean Bean. Dann fragte er, ob sie mal mit ihm einen trinken gehen wollte, aber sie sagte, im Grunde nicht, sie ging immer nur mit Hippies und Headbangern aus. Dann leckte sie ihren Finger und zeichnete einen kleinen unsichtbaren Strich in die Luft und lachte. Eddie lieferte sein allerlässigstes Achselzucken und schleppte sein Ego aus der Redaktion.

Eine Stunde später, als er sich das Schaufenster vom Collett's-Buchladen ansah, kam ein pickliger kleiner Ami mit einer Kamera auf ihn zu.

»Wow, Mann«, sagte der. »Geiler Irokese, kann ich ein Foto machen?«

Er war ein kleiner fetter Knabe mit einem T-Shirt, Aufschrift: »Plötzlicher Tod«, und einem richtig üblen Fall von Körpergeruch. Er trug blaue Shorts und Turnschuhe, genau wie seine kleine Freundin oder vielleicht seine Schwester, eine spitze Hip-Hop-Mütze und eine Lederjacke, unter der er an diesem warmen Oktobertag sicher tierisch schwitzte. Er sah so fett aus wie ein Wasserball auf Beinen. Er sagte, sie hätten überall in London nach einem echten Punk-Rocker Ausschau gehalten, aber nirgendwo einen gefunden.

»Die sind alle verschwunden«, sagte er. »Punk ist einfach tot, in der Stadt hier wimmelt es von öden Kylie-Freaks.«

Eddie hätte gern gesagt, verpiß dich, und das hätte den Kleinen sicher noch mehr beeindruckt als seine Erlaubnis, ihn zu fotografieren, aber er ließ es dann doch. Er stand neben dem fetten Knaben, legte ihm den Arm um die Schulter, versuchte, übel auszusehen, und hob den Daumen. Dann machte der Kleine ein Foto von seiner Freundin oder Schwester, die den Arm um Eddie gelegt hatte, ihn ansah, ebenfalls den Daumen hob und dabei kicherte, als ob es sich um ein geheimes und schreckliches Signal handelte.

»Jeez, Louise«, keuchte der fette Knabe. »Das ist vielleicht toll.«

Er hieß Herb und die Frau Tess.

»Wie bringst du das zum Stehen?« fragte Tess und nickte zu seinen Haaren hoch.

»Man braucht eine Tube Zahnpasta und schmiert sie in die Haare«, erklärte Eddie.

»Oh, igitt«, sagte die Frau. »Horror.«

»Meine Fresse«, keuchte der Knabe. »Stimmt das wirklich?«

»Ja«, sagte Eddie. »Zahnpasta oder Leim, weißt du. Oder sonst etwas, das klebt.«

»Was, wie Marmelade oder so?«

»Ja«, sagte Eddie, »das müßte klappen, aber du solltest lieber deine Mutter vorher fragen.«

»Meine Mutter fragen«, wiederholte der Knabe, und sein Gesicht war eine Studie in Sachen Skepsis. »Ist das denn zu *glauben?* Meine Mutter kann mich am Arsch lekken, Kumpel.«

»Fragst du deine Mutter?« fragte die Frau.

»Nein«, antwortete Eddie. »Ich habe meine Mutter schon länger nicht gesehen. Sie haben mich vor die Tür gesetzt, weißt du, weil ich so ein Rebell bin.«

Die Frau fand das eine Schande. Sie sagte: »Du solltest zu ihr gehen.«

»Bist du ein echter Punk?« fragte der Knabe. »Hast du Sid Vicious gekannt?«

»Gekannt«, fragte Eddie. »Machst du Witze? Siehst du diese Arme? Sid Vicious ist in diesen Armen gestorben. Ich habe ihn gefunden, drüben in New York, im Chelsea Hotel, als er im Sterben lag. Ich war Roadie bei den Pistols.«

»Himmel«, sagte der Knabe, »gibt's doch nicht. Du meinst, als er Nancy umgebracht hat?«

»Genau«, sagte Eddie. »Seine letzten Worte waren an mich gerichtet. Er sagte«, Eddie schaute zum Himmel auf, »er sagte: Eddie, sag ihnen, daß ich es nicht war. Sag ihnen, daß mir das untergeschoben worden ist, genau so, genau das hat er gesagt.«

»Heiliger Herr Jesus«, sagte der Knabe. »Das ist scheißunglaublich.«

Seine Freundin oder seine Schwester semmelte ihm eine gegen den Hinterkopf, und er bezeichnete sie als totale Faschistin. Eddie sagte, er müsse jetzt los. Er mußte zur Plattenfirma. Er hatte jetzt seine eigene Band. Er war mit ein paar verdammt wichtigen Leuten verabredet. Die beiden Kids wünschten ihm Glück und sagten, sie würden nach seiner ersten Platte Ausschau halten. Sie ließen ihn seinen Namen auf die Rückseite einer Dollarnote schreiben. Er unterschrieb mit wildem Schnörkel »Eddie Honey Bees Virago«.

Marion rief ein paarmal aus Donegal an. Aber jedesmal war Eddie unterwegs, wanderte in der Stadt herum, brachte seine James Joyce-Nummer, versuchte, sich zu orientieren und die Gegend langsam in den Griff zu kriegen. Sie hinterließen bei Mr. Patel vage, euphemistische Botschaften füreinander, aber sie erreichten sich nie direkt.

»Sie ist hin und weg von dir, Eddie«, sagte Mr. Patel dann immer. »Du hast wirklich Glück.«

Es war gar nicht leicht, London kennenzulernen. Es war viel zu groß, um überall hinzugehen, und die öffentlichen Verkehrsmittel waren keine große Hilfe. Sie schienen nie richtig zu funktionieren. Die Phantasie und Variationsbreite der Bahnsteigsansagen in der U-Bahn hätte Eddie fast beeindruckt. Geplatzte Rohre, Feueralarm, Personalmangel, selbstmörderische Yuppies, die sich vor die Züge warfen, jeden Tag schien es neue Entschuldigungen zu geben. Aber selbst wenn die ganze schäbige Mühle aus irgendwelchen Gründen doch mal funktionierte, hatte Eddie in der U-Bahn doch keine Vorstellung davon, wo in der Stadt er sich befand. Die Tage waren eine verwirrte Folge von flackernden Lichtern und wüsten Fahrkartenautomaten und ausgeweideten Rolltreppen und wütenden Stahlwürmern, die aus heißen Tunnels geschossen kamen. Und

Eddie kam abends noch verwirrter nach Hause, als er morgens losgezogen war, und tröstete sich damit, daß Stephen Dedalus in »Ulysses« fast dasselbe gemacht hatte, aber mit einer viel weniger beeindruckenden Frisur. Müßte man die Handlung kurz zusammenfassen, dann kam so ungefähr das heraus.

Eines Tages machte Eddie sich auf den Weg zu seiner Mutter, verirrte sich aber dermaßen in der Northern Line, daß er aufgab und für eine halbe Stunde auf einem Bahnsteig in Stockwell strandete, nur er und fünf große stiernakkige Schwarze, die über seine Haare lachten und »Funky cold Medina« auf einem schmerzhaft lauten Ghettoblaster spielten. Kein toller Aufenthaltsort, wenn man nach Richmond will. Überhaupt kein toller Aufenthaltsort, was Eddie betraf.

Aber Marion und Mr. Patel hatten alles geklärt. Sie hatten fast alles am Telefon abgemacht, und jetzt wußte er, daß sie ganz bestimmt ins Brightside zurückkommen wollte. Mr. Patel schien alles etwas ruhiger anzugehen. Er erzählte Eddie immer wieder, Marion sei eine liebe Dame und wirklich ein Gewinn, und Eddie stimmte so enthusiastisch wie möglich zu und fühlte sich dabei vage gereizt, als ob Mr. Patel ihm etwas einreden wollte, egal was.

Mr. Patel hatte auch mit ihren Eltern gesprochen. Sie hatten darum gebeten, einfach, um sich zu vergewissern, daß alles sauber und ordentlich ablief. Er solle das nicht übelnehmen, aber sie wollten einfach nicht, daß ihre Tochter für Gottweißwen arbeitete. Sie hatten nichts gegen Leute von ausländischer Konfession, aber trotzdem. Und zu recht. Mr. Patel meinte, heutzutage könnte man einfach nicht vorsichtig genug sein. Er bewunderte ihre Ehrlichkeit.

»Wirklich liebe anständige Leute«, sagte er, »aber das wissen Sie ja, Eddie.« Eddie sagte, daß er sie gar nicht kannte, und Mr. P. war überrascht. Er schien etwas fragen zu wollen, überlegte es sich im letzten Moment aber doch anders. Er hatte die Art von Diskretion, die nur die Besitzer von billigen Absteigen haben. Eddie bat ihn, Marion nach einer Nummer zu fragen, unter der er sie zurückrufen konnte, aber Mr. Patel sagte, daß Marion von einer Telefonzelle aus anrief. Marions Familie habe kein Telefon. »Das sind gute, arbeitende Leute. Alles mögliche, was Sie und ich für selbstverständlich halten« – reuevoll zeigte er auf Eddie und sich selber – »kennen die nicht.«

Manchmal klopfte Mr. Patel nachts an die Tür und lud Eddie zu einer Tasse Tee unten auf dem Maschinendeck ein – einer seiner Ausdrücke für das Foyer. Mr. Patel trank nicht. Das war gegen seine Religion. Aber manchmal, wenn er sich einsam fühlte, spätnachts, in der Kontrollzentrale – wieder das Foyer –, hatte er gern ein gutes Gespräch als Zeitvertreib. Eddie mochte diese Teesessions nicht so sehr, vor allem, weil Mr. Patel die ganze Zeit über sich reden wollte. Aber er ging doch hin und saß in dem eiskalten Zimmerchen, in dem der Fernseher in der Ecke volles Rohr dröhnte, trank Tee, der wie Unkrautvertilgungsmittel schmeckte; es gab nichts anderes zu tun, und Mr. Patel war schon in Ordnung, wenn man sich ein bißchen um ihn bemühte. Himmel, viel Mühe war das wirklich nicht. Eddie brauchte bloß ein interessiertes Gesicht aufzusetzen und alle paar Minuten »ach« zu sagen, und das konnte er nach vier Jahren Unistudium nun wirklich sehr gut.

Mr. Patel sprach energisch über seine Vergangenheit, so, als ob er eines Tages seinen Lebenslauf aufgeschrieben und auswendig gelernt hätte. Er war 1974 mit seinem Schwager und ihren beiden Frauen aus Pakistan hergekommen. Eddie fragte, ob das insgesamt zwei Frauen oder zwei Frauen pro Mann wären, und Mr. Patel sah leicht geschockt aus.

»Keine Panik, Mr. P.«, lachte Eddie. »Ich zieh Sie nur ein

bißchen am Sack.« Mr. Patel sah daraufhin noch geschockter aus, und deshalb hielt Eddie lieber die Klappe.

Zuerst hatten sie alle in einem Zimmer geschlafen, auf dem Boden. Das war oben in Kirkstall, einer schrecklichen Stadt, fand Mr. Patel, die Gott in letzter Minute zwischen Leeds und Bradford hatte fallen lassen, ein kaltes und übles Labyrinth von steilen Hügeln, Rottweilern, Messerstechern, Curryrestaurants, Betonbunkerkneipen und eifrigen Sozialarbeitern, die in gebrauchten vws durch die Gegend wuselten und den Leuten ihre Kinder wegnahmen. Mr. Patel schauderte, wenn er das Wort »Kirkstall« aussprach. Er sagte, daß Kirkstall im Krieg nicht bombadiert worden sei, und zwar einfach nur, weil die Deutschen es von ihren Flugzeugen aus gesehen und gedacht hatten, sie seien schon mal dagewesen. Dann lachte er sein schrilles mädchenhaftes »he, he, he«, und auch Eddie lachte.

Sie hatten einfach nichts gehabt, sagte er, als sie nach England gekommen waren. Die ganze Mitgift seiner Frau war für die Flugscheine draufgegangen. Aber dann hatte ein Vetter ihnen Geld geliehen, sie waren nach London gezogen und hatten in Catford einen Zeitungskiosk gekauft. Dort waren sie aber nicht lange geblieben. Sie verdienten gutes Geld, aber Mrs. Patel erwartete ihr erstes Kind, und Mr. Patel wollte nicht getrennt von ihr so hart arbeiten müssen. Seinem Vetter hatte das nicht sehr gefallen, aber es war eine schwierige Schwangerschaft gewesen, und das Kind – ein Sohn – war schon nach zwei Wochen gestorben. Daraufhin beschlossen sie, irgendwo anders noch einmal von vorn anzufangen. Deshalb hatten sie den Kiosk mit Gewinn verkauft, hatten für den Überschuß Aktien von British Steel gekauft, sie nach einer Weile wieder abgestoßen, noch ein Darlehen aufgenommen und die erste Anzahlung auf dieses Hotel geleistet. »Das Brightside«, hauchte er, »das Brightside Hotel«, und als er das sagte, hörte es sich an wie Poesie. Ihr Sohn Ali war in der Woche ihres Einzugs geboren worden.

Das Haus war die reine Bruchbude gewesen, als sie es zum ersten Mal gesehen hatten, aber Mr. Patel und sein Schwager hatten es auseinandergenommen, neue Fußbodenbretter gelegt, neue Rohre, neue Leitungen, ein neues Dach, neue Wände, neue Möbel, neue Teppiche aus zweiter Hand, alles. Mr. Patel sagte, sein Schwager sei in solchen Dingen einfach ein Genie.

»Aber Sie hätten mal die Rechnungen sehen sollen, Eddie«, sagte er und verdrehte die Augen. »Wow.«

Mr. Patel sagte, es sei schwer zu glauben, aber in früheren Zeiten sei das Brigthside ein berühmtes Gesellschaftshotel gewesen, in dem die Begabten und die Schönen verkehrten.

»Wie heute«, sagte Eddie, und Mr. Patel lachte.

»Vielleicht interessiert Sie das, Eddie«, sagte er, »daß der große irische Autor Oscar Wilde in seinen Glanzzeiten und auch während seinen Falls hier gewohnt hat. O doch. Wir haben unsere Hausaufgaben gemacht. Die damalige Besitzerin scheint eine nette, zivilisierte Frau gewesen zu sein, mitleidig, gebildet, wissen Sie, und sich des armen gehetzten Burschen erbarmt zu haben, als alle Welt gegen ihn war. Sie hat ihn oben versteckt, als die Polizei ihn abholen wollte.« Eddie war fasziniert. Er sagte, er habe einen Freund in Dublin, der seine Examensarbeit über Wilde schrieb, und der würde vor Neid erblassen, wenn er das hörte. Patel lachte. »Sag deinem Kumpel, er ist uns jederzeit willkommen«, sagte er. »Wir können ihm das Zimmer zeigen, in dem der arme Wilde wahrscheinlich gewohnt hat, das arme Schwein.« Mr. Patel lachte leise, und dann schüttelte er den Kopf. »Solche Intoleranz, und das bei einem so großen Mann, Eddie, wirklich, es ist tragisch, nicht wahr, worüber die Leute sich so aufregen.«

Dann fragte Eddie Mr. Patel nach Rassismus, aber Mr. P. mochte nicht darüber reden. Er sagte, er habe nicht viel davon gesehen, er selber nicht. Er wußte, daß es Rassismus gab. Das wollte er nicht leugnen. In den Zeitungen standen ja schreckliche Dinge, Überfälle auf asiatische Schulkinder, was die Polizei sich so alles erlaubte, und überhaupt. Aber er hatte Glück gehabt, seit er den ersten Fuß auf GBs Boden gesetzt hatte, das stand fest. Er und Mrs. P. machten sich überhaupt keine Sorgen, wirklich nicht. Sie blieben für sich und arbeiteten sehr hart. Er hielt es für besser, sich nicht allzusehr in diese Rassismusgeschichte hineinzusteigern. Lieber alle Energie in die Arbeit stecken. Niemand konnte so arbeiten wie die Asiaten. Wirklich niemand, und er hatte Leute aus aller Welt kennengelernt.

»Und deswegen können die Engländer uns nicht leiden, Eddie«, sagte er. »Wir können diese Nation von Krämern in Grund und Boden krämern.«

Eddie sagte, die Iren könnten sie auch nicht leiden, aber Mr. Patel lachte höhnisch und hielt das für Unsinn. Was war denn mit Terry Wogan? Den liebten sie doch alle. Eddie meinte, das sei etwas anderes, konnte aber nicht so recht erklären, wieso.

Mr. Patel mochte Eddie. Er sprach offen mit ihm und gestattete sich ab und zu sogar einen kleinen Fluch, als Beweis dafür, daß er Eddie in sein Vertrauen zog. Er sprach über persönliche Dinge. Er sprach über seinen toten kleinen Sohn Josuf, wie schrecklich das für sie gewesen war. Und manchmal sprach auch Eddie mit Mr. Patel. Er erzählte ihm von seinen Eltern, und Mr. Patel war teilnahmsvoll, aber so, daß es nicht peinlich wurde. Er saß weise nickend in der Ecke, hatte die Fingerspitzen aneinandergelegt und schob beim Nicken die Lippen vor. Familien waren so wichtig, sagte er, und Eddie stimmte zu.

Aber eins konnte Mr. Patel einfach nicht verstehen. Warum besuchte Eddie seine Mutter nie? Er wollte sich ja nicht einmischen, aber er konnte es einfach nicht verstehen. Eddie lachte laut, fand aber keine Entschuldigung. Er sagte, er würde wahrscheinlich hingehen, wenn er sich erst ein bißchen eingewöhnt hätte. Er hatte es einfach noch nicht geschafft, aber es war nur eine Frage der Zeit. Mr. P. sagte, er sollte es wirklich tun.

»Die Welt ist voller Frauen, Eddie«, seufzte er, »aber du hast nur eine Mutter.« Eddie fragte, ob das ein altes muslimisches Sprichwort sei. Und Mr. P. sagte nein, es sei ein Country & Western-Song.

Auf Eddies Anzeige im *NME* kamen ein paar Antworten, und Freitag abend traf er sich mit ein paar Leuten in De Hems Dutch Bar in der Macclesfield Street.

Und zwar mit einer kurzgeschorenen Amerikanerin, Ginger O'Reilly, einer Bassistin, und mit zwei Engländern, dem Drummer Brian Smith und einem Gitarristen, der darauf bestand, Clint Saigon zu heißen. Eddie fragte, ob er wirklich so heiße, und Clint sagte, ja, natürlich. Er sagte, er sei nicht so getauft worden, aber alle kannten ihn als Clint Saigon, und deshalb war es sein richtiger Name. Brian sagte, Brian Smith sei auch nicht *sein* richtiger Name.

»In Wirklichkeit heiße ich Tokyo Cosmonaut«, sagte er, »aber das find ich nicht aufregend genug.« Clint fand das nicht so witzig, im Gegensatz zu allen anderen.

Eddie erzählte, daß er, seit er sechzehn war, in allen möglichen Bands gewesen wäre, daß er das Rumflippen jetzt aber satt hätte. Er wollte einen ernsthaften Versuch machen, eine Großoffensive mit allen Schikanen voll hinein ins große Geld. Natürlich hatte er ein wenig Erfahrung gewonnen, zum Beispiel im Vorprogramm von The Police im Slane und so.

»Jesus«, brüllte Brian. »Das ist doch der größte Veranstaltungsort Irlands, oder?«

»Europas«, sagte Eddie. »Europas.« Natürlich war Eddies Band nur die allererste von sämtlichen Vorgruppen gewesen, aber immerhin, sie hatten eine tolle Presse gehabt, und aus dem mobilen Dorf samt Regenwald hinter der Bühne war die Nachricht gekommen, daß Sting höchstpersönlich sie geil gefunden hatte.

Alle waren beeindruckt. Und alle schienen dieselben Bands zu mögen, und deshalb verteilte Eddie Kopien von seinem Demotape, und sie verabredeten sich für nächste Woche zu einer Jam-Session und um, wie Brian sagte, »zu sehen, was dabei rauskommt.« Ginger sagte, sie wollte alle Entscheidungen der Band demokratisch treffen, und obwohl Clint behauptete, Kunst und Demokratie paßten nicht zusammen, war Eddie ihrer Meinung. Brian wurde von Eddie überredet, und Clint wurde am Ende überstimmt. Er mußte demokratisch sein, ob er das nun wollte oder nicht. Dann redeten sie über Bandnamen.

»The Honey Bees«, sagte Eddie. »So hieß meine alte Band. Es ist wirklich ein scharfer Name. Irgendwie scheint der bei den Leuten hängenzubleiben. Ich will den unbedingt behalten, das muß ich zugeben.« Die anderen fanden ihn nicht so toll, aber die einzigen weiteren Vorschläge waren Imelda Marcos und ihre Schuhe, von Ginger, oder Oliver North und sein Reißwolf, von Brian, und deshalb setzte sich am Ende die Honey Bees-Fraktion durch. Zumindest als Arbeitstitel. Und damit war der schwierigste Teil der Bandgründung geschafft.

Sie quatschten noch eine Weile über Acid House-Parties und Michelle Shocked, und jeder schmiß eine Runde. Das Bier im De Hems war stark, und die Nacht war heiß. Eddie sah zu, wie sie alle stritten und lachten und sich neckten und energisch auf Ansichten bestanden, die dem, was sie fünf Minuten früher gesagt hatten, absolut widersprachen. Das war okay. Sie schienen alle gut miteinander zu können, obwohl Brian vielleicht ein bißchen still war, vor allem, wenn Ginger redete. Aber trotzdem, Eddie nahm an, in kurzer Zeit würde alles klappen. Da war er sich sicher. Das waren die richtigen Leute, und er war der Anführer der Bande. Langsam sah alles heller aus, er spürte, daß sich die Räder drehten. Er leerte sein Glas und schnorrte von Brian eine Zigarette.

Kurz vor seiner zweiten Runde schlug Eddie sich vor die Stirn, fluchte laut, und ihm fiel plötzlich ein, daß er noch anderswo einen Termin hatte. Er ließ die Honey Bees im De Hems zurück, während sie sich über die zweite LP der Waterboys und über die Frage stritten, was man wirklich hörte, wenn man »Sergeant Pepper« von hinten abspielte, und er fühlte sich so leicht und glücklich, daß er sich ein Taxi nach Hause gönnte.

In dieser Nacht wurde von einer Bande irrer Libyer ein niederländisches Flugzeug in Wien gekapert.. Das war wirklich für alle unangenehm. Für alle außer Eddie. Seufzend vor Befriedigung schnitt er »HIJ« von Hijacked und KLM aus der Schlagzeile des *Evening Standard* und fügte sie den Buchstaben an der Schlafzimmerwand hinzu.

Dann lag er auf dem Bett und dachte nach. Langsam besserte sich die Lage. Erst einige Wochen in London, und hier saß er, war mit einer Frau zusammen und hatte seine allererste Band. Doch. Für ihn sah es wirklich gut aus.

Das war echt das, was Eddie als Fortschritt bezeichnete.

Die Wohnung von Jimmy und Ruth war wirklich ein Hammer. Sie lag auf dem riesigen aufpolierten Dachboden eines mißmutig aussehenden viktorianischen Hauses, das auf den alten jüdischen Friedhof von Golders Green blickte. Die Fußböden waren versiegelt und poliert, und um das Dach zog sich ein Oberlicht aus buntem Glas. Sämtliche Möbel waren schwarz, und Jimmy sagte, sie hätten sie über Schnöder Wohnen bezogen, ein Witz, den er Eddie, dem das alles neu war, erklären mußte.

Kartoffelchips und Erdnüsse und kleiner Salzkram in schwarzen Schüsseln auf dem schwarzen Couchtisch. Charlie Parker dröhnte aus den schwarzen Stereo-Lautsprechern. Ruth küßte die Luft zu beiden Seiten von Eddies Gesicht und hängte seine Lederjacke auf einen schwarzen Kleiderbügel.

»Bedien dich einfach selber«, sagte sie und wackelte mit dem Arsch, als sie rückwärts durch die Schwingtüren in die Küche ging. Ihr enges schwarzes Kleid sah aus, als ob es mit dem Flaschenzug angezogen werden müßte.

Jimmy kam in ein schwarzes Handtuch gewickelt ins Zimmer getobt, sein Bierbauch wuppte über.

»Verdammte Brut, Ruth«, kläffte er. »Die sind ja schon alle hier!« Er schnappte sich eine Dose Bier und sagte »hi« zu Eddie. »Kennst du alle?« fragte er. »Das ist Eddie Virago, Leute, früher Dublin, jetzt einer der vielen ungewaschenen Emigranten der Ryanair-Generation. Er ist übrigens arbeitslos, also wedelt nicht vor seinen Augen mit eurem sagenhaften Reichtum.« Eddie sagte, er solle sich verdrücken und etwas Kleidung überwerfen.

Neben Jimmy und Ruth waren noch einige ihrer alten Unifreunde anwesend. Na ja, nicht gerade Freunde. Leute, deren Gesichter Eddie kannte.

Ein Typ, der Fiesi genannt wurde – seinen richtigen Namen wußte niemand – und dessen Augenbrauen zusammenstießen, dann seine Freundin Fiona, stellvertretende Redakteurin in der, wie sie sagte, Handelspresse – genauer gesagt, einer Zeitschrift namens »Fleischereimagazin«. Eddie erinnerte sich vage an sie. Sie waren eins dieser Paare, die während der Vorlesungen Händchen halten und in der Mensa knutschen. Fiesi arbeitete als Müllsack-Vertreter auf »der nördlichen Schiene«. Seine Freundin bat ihn immer wieder, eine bestimmte Geschichte über ein wirklich witziges Erlebnis zu erzählen, das er oben in Carlisle gehabt hatte, aber dazu schien er keine Lust zu haben.

»Man hätte dabei sein müssen«, erklärte er.

Es gab noch eine andere Fiona, die eine gelbe Musselinbluse trug und mit den Grünen sympathisierte. Sie war Vegetarierin, und deshalb wurde das »Fleischereimagazin« taktvoll übergangen. Sie arbeitete als Geldbeschafferin für ein Komitee gegen Tierversuche, sagte sie. Als Eddie fragte, wie das so liefe, lächelte sie und sagte: »Ach, vergiß es.« Sie hatte einen Typen mitgebracht, der schüchtern und unbeholfen wirkte, wenig sagte und immer wieder mit einem Zahnstocher seine Fingernägel saubermachte. Er war offenbar Dichter. Eddie hatte seinen Namen nicht mitbekommen. Er trug eine Brille mit schwarzem Gestell wie Buddy Holly und einen schwarzen Rollkragenpullover. Er sah aus wie einer, der als Dichter verkleidet zu einem Kostümfest in Islington geht. Aber er war eben ein echter Dichter.

»Im wirklichen Leben«, wie er das ausdrückte.

Die Atmosphäre war eine Weile gespannt, als sie im Zimmer herumsaßen und auf das Wiedererscheinen von Jimmy und Ruth warteten. Eine der Fionas sah Eddie immer wieder ins Gesicht, als ob sie sich fragte, woher sie ihn denn bloß kennen könnte. Eddie hoffte, sie würde es aufgeben, aber nach fünfzehn Minuten beschloß er dann, ihrem Elend ein Ende zu machen.

»Doch«, sagte er resigniert. »Dean Bean.« Sie schnippte mit den Fingern und lachte.

»Richtig, daher.« Eddie seufzte. »Der ist wirklich ein Schnuffel«, sagte sie mit vernichtendem Lächeln. »Was macht er denn jetzt so?«

Fiesi fing aus irgendeinem Grunde an, über Klemmschrauben zu reden, der Dichter ließ sich auf die Knie nieder, um die Plattensammlung zu begutachten, wobei er manchmal das Kleingedruckte hinten auf einer Plattenhülle las. Immer, wenn irgendwer »Fiona« sagte, drehten sich beide Frauen gleichzeitig herum, und alle lachten sich scheckig, als ob das wirklich witzig wäre. Aber es gab auch ganze Minuten quälenden Schweigens, in denen alle darauf warteten, daß irgend jemand anderes ein Gespräch anfing, und als Jimmy endlich ins Zimmer kam, war Eddie so erleichtert, daß er ihn am liebsten geküßt hätte.

»Ja, Scheiße«, sagte Jimmy. »Fassen wir uns an den Händen und versuchen wir, Kontakt zu den Lebenden herzustellen.« Nachdem er sich in ein enges Paar stonewashed Jeans gezwängt hatte, sah Jimmy noch fetter aus als neulich in der Kneipe.

Jimmy bat um Entschuldigung, weil er keinen Methylalkohol hatte, wahrscheinlich eine ironische Anspielung auf Eddies Frisur. Dann schlug er Eddie auf den Rücken und lachte.

»Guter Witz, Jim«, sagte Eddie.

»Ich zieh dich ja bloß am Sack, Ed«, sagte Jimmy. »Was willst du trinken?«

Eddie bat um einen Gin Tonic.

»Mit kalt und sauer?« fragte Jimmy.

»Nein«, sagte Eddie. »Einfach und aufrecht.« Jimmy sah ihm ins Gesicht. »Vergiß es«, sagte Eddie.

Als Ruth aus der Küche kam, bat sie Eddie, doch bitte nicht auf den Läufer zu treten. Sie hatten ihn im Urlaub in

Tunesien gekauft, und er war *très* spezial für sie. Also setzte Eddie sich auf die Fensterbank, hörte sich das Geplapper an, und alle standen um den Läufer wie um einen Swimmingpool voller Piranhas. Der Dichter legte Nina Simone auf.

»Corso hat den Job beim BBC nicht gekriegt«, sagte Fiona die Vegetarierin, und Fiona die Fleischfresserin schüttelte entsetzt den Kopf und sagte, wenn sie so oft Enttäuschungen erlitte wie Corso, würde sie sicher aufhören zu atmen oder so. »Ja«, sagte die Vegi-Fiona, »der fühlt sich total angewichst, wartet auf ein bißchen Feedback.« Jetzt bewarb er sich an der Royal Film School in Elmers End. Jimmy meinte, keine Chance, er kenne sich aus, ohne da jemanden umzubringen, bestehe keine Chance, auch nur auf Kotzweite an den Laden ranzukommen. Fiesi lachte, und Eddie fragte, woher Jimmy das wüßte. Jimmy zwinkerte ihm frech zu und tippte sich an die Nase.

»Vorsprung durch Technik«, sagte er. »Beziehungen, Ed.« Der Dichter hielt das alles für totalen Quatsch. »Nein, serio«, sagte Jimmy. »Wir machen die ganze Werbung für die.«

»Wollen wir?« fragte Ruth und zeigte auf die Tür.

»Wollen wir was?« fragte Eddie.

»Essen«, antwortete sie. »Alles ist fertig.«

Eddie hatte noch nie Vichyssoise probiert. Er meinte, es sei wunderbar, was man heutzutage in Dosen füllen könnte, und Ruth sagte, laß den Scheiß. Er erzählte ihr, daß sie sehr gut aussähe. Sie sagte noch einmal, laß den Scheiß. Ruth hatte einen ihrer nervösen Tage.

Jimmy schnüffelte am Wein.

»Grober kleiner Jahrgang«, sagte er. »Dem würd ich nicht gern nachts in einer finsteren Gasse begegnen.« Niemand lachte. Jimmy hatte das offenbar vergessen, aber diesen Witz hatte er schon im ersten Semester gemacht, wenn sie manchmal für eine Flasche marokkanischen Weißwein oder Asti Spumante zusammenlegten, die dann in Dean Beans Wohnung geleert wurde.

Beanos Mitbewohner Johnny Speed arbeitete damals für die Simon Community. Die ganze Nacht fuhr er in Dublin herum und zwangsernährte verwirrte Alkoholiker mit Broten und Suppe, um dann um zwei Uhr morgens nach Hause zu kommen und alle in der Wohnung ebenso besoffen und doppelt so wirr vorzufinden wie die Penner, mit denen er sich die ganze Nacht herumgeschlagen hatte. Wenn ihnen dann die Zigaretten ausgingen, knackten sie den Vorrat an Players, den jeder Simon-Arbeiter für die schmachtenden Penner bekam, und sie reichten sie in hektischer Dankbarkeit herum, ehe sie sich darüber stritten, wer mehr Mittelklasse war als wer. Wie Dean Bean oft sagte, es waren herrliche Zeiten gewesen.

Als Ruth die riesig dampfende Schüssel Nußbraten hereinbrachte, strahlte sie vor ängstlichem Stolz, und alle sagten, wie gut das aussah. Sie wirkte jetzt unglaublich nervös. Wenn sie auf den Nägeln herumkaute, sah Eddie, daß ihre Hände zitterten. Das sah Ruth überhaupt nicht ähnlich. Er fragte sich, ob ihr etwas fehlte. Sie glättete sich immer wieder die Haare und blickte auf dem ganzen Tisch herum, als ob sie etwas vergessen hätte. Jimmy legte den Arm um sie und tätschelte ihre Schultern. Er sagte, sie sollte sich doch abregen.

Aber es lief nicht gut. Noch ehe der Avocadosalat verteilt wurde, kam es zu einer heißen Debatte über die SPD. Ruth wollte sie wählen, weil sie David Owens Hintern so geil fand, und das war schon das Intelligenteste, was an diesem Abend bisher gesagt worden war. Beide Fionas wollten die Grünen wählen. Sie sagten immer wieder, »wir haben diesen Planeten zerstört, wir haben die Welt ruiniert«, mit so schuldbeladener Stimme, als ob sie höchstpersönlich den

Planeten zerstört und die Welt ruiniert hätten. Fiesi meinte, das spiele alles keine Rolle mehr, da ja doch die Banken das Sagen hätten. Jimmy sagte, er bleibe bei Maggie, und die Poll Tax sei ihm doch scheißegal. Labour war ja gut und schön, aber ihre Gewerkschaftspolitik einfach das Letzte. Er sagte, Scargill hätte Kinnock an den Kiemen, und dabei machte er mit seiner rechten Hand eine Würgegeste, während er sich einen Pastaknoten in den Mund stopfte.

»Ich weiß, daß Maggie eine miese Fotze ist«, sagte er, »aber sie versteht ihr Scheißhandwerk, das muß man ihr lassen.«

Eddie stocherte in seinem Nußbraten herum und lobte ihn sehr. Er hatte einfach keinen Bock auf eine Diskussion über Politik. Er dachte aus irgendeinem Grund dauernd an Marion, hoffte, daß es ihr gutging, fragte sich, was sie von so einem Abend wohl halten würde, überlegte, was diese Leute wohl sagen würden, wenn sie sie je kennenlernten, was aber natürlich nie der Fall sein wird. Ruth fragte, ob er schon einen Job gefunden hätte, und er sagte, es gäbe einige definitive Möglichkeiten, noch nicht bestätigt, bitte Däumchen halten. Der Dichter fragte: »Ist eine definitive Möglichkeit nicht eine Tautologie?« Jimmy sagte, er sollte kein so pedantischer Wichser sein.

Nach dem Essen packte die fleischfressende Fiona einen dicken Packen Dope aus und drehte ein Horn. Jimmy nannte das »Whacky backy« und alle lachten. Es war gutes Kraut. Eddie zog fest an dem feuchten Joint und spürte die Wirkung langsam von seinen Füßen her aufwärts prickeln. Er fühlte sich besser.

Jimmy brachte aus der Küche eine Schüssel Kiwi mit Bananen, und Ruth holte eine große Schale Schlagsahne. Die vegetarische Fiona sagte, sie sei einfach verrückt nach Kiwis, könnte glatt dafür ausflippen, und aus irgendeinem Grund lachte der Dichter, haarscharf zu laut.

Eddie fing an, mit dem Dichter zu reden, der ihn den ganzen Abend ignoriert hatte. Eddie erzählte, daß er selber auch schon Gedichte geschrieben hätte. Das schien den Dichter nicht sehr zu interessieren. Eddie fragte ihn nach seinen Vorbildern, und der Dichter sagte, ach, Leute wie Ginsberg.

»Leute wie Ginsberg«, fragte Eddie, »was soll das heißen?« Der Dichter sagte, das sei nicht leicht zu erklären, und außerdem hatte er keine Lust, sich über seine Arbeit zu verbreiten. Ihm sei wichtiger, daß sie für sich selber stehen könne – oder eben nicht.

»Ein bißchen wie Eddies Haare«, sagte Jimmy.

Eddie fragte, ob er schon etwas veröffentlicht hätte, und der Dichter sagte, »hier und dort, hauptsächlich in kleinen Zeitschriften, aber die kennst du sicher nicht.« Eddie meinte, er sollte sich doch an einem Lyrikwettbewerb beteiligen, aber der Dichter hielt nichts von künstlerischen Wettbewerben, da die nur den hierarchischen Fetischismus der bürgerlichen Gesellschaft widerspiegelten. Und damit schien das Thema erledigt zu sein.

Fiesi fing jetzt mit der Freilassung der Guildford Four an und erzählte von einer Filmdokumentation über sie, die er letzte Woche gesehen hatte. Er sagte, es sei entsetzlich, was ihnen angetan worden sei, und er wirkte ehrlich betroffen. Jimmy hob sein Glas und sagte: »Auf die Guildford Four«, und alle nickten fromm und stießen an. Ruth fand es eine absolute Schande. Der Dichter sagte, er würde gern fünfzehn Jahre im Knast sitzen, wenn er danach die ganze Kohle bekäme, und beide Fionas fanden das nun wirklich das letzte. Er sagte, er hätte nur einen Witz gemacht, und überhaupt fände er die ganze Scheinheiligkeit zum Kotzen. Eddie sagte, da stimme er zu.

»Was ist mit Nicky Kelly?« fragte er. »Mit dem haben sie im Land der Scheinheiligen und fast Gelehrten ihr abgekartetes Spiel betrieben.« Auch in Irland passierten üble Dinge, aber niemand, sagte Eddie, niemand schien sich dafür auch nur im mindesten zu interessieren. Einen Moment lang schwiegen alle. Dann sagte Fiesi, das sei schon wahr, aber trotzdem. »Typisch«, sagte Eddie, »einfach typisch.«

Nordirland kam beim Camembert zur Sprache. Ein paar Typen waren letzte Woche in einer Kneipe erschossen worden, Bauarbeiter, die für die Britische Armee gearbeitet hatten. Worauf der übliche Streit losging, ob die IRA, verglichen mit den Provos, Terroristen waren oder nicht. Fiesi sagte ja, sie machten alles, was die Provos auch machten, entführten, mordeten, folterten. Fiona widersprach, sie könnte es nicht richtig ausdrücken, aber einen Unterschied gäbe es schon. Die vegetarische Fiona sagte, sie sei gegen jegliche Gewalt, außer in Südafrika, und der Dichter fragte: »Ach, hören die Regeln der Moral an der südafrikanischen Grenze auf?« Die ganze Kiste hinkte über den Tisch hin und her, alle gaben Meinungen von sich, die Eddie schon eine Million Mal gehört hatte. Eddie konnte sich ohnehin nicht konzentrieren. Es war ihm peinlich, daß er sich vorhin daneben benommen hatte. Er schwieg. Und all dieses Nordirlandgerede führte ihn wieder zu Marion. Es war komisch. Er war stoned. Aber alles war wahr.

Er dachte an die Form ihres Gesichtes, an ihr Lachen, daran, wie sie eine Zigarette hielt, eine Zeitschriftenseite umblätterte, ihren Kaffee umrührte, die Art, ihn anzusehen, bei der er sie manchmal ertappte, an ihr Lächeln, bei dem sie ihre Zähne nicht zeigte, und wie sie lachte, wenn sie etwas Trauriges sagte. Er erwischte sich dabei, wie er sie mit den drei Frauen am Tisch verglich und sich fragte, was würde Marion dazu sagen, wenn sie hier wäre. Er zog wieder an dem Joint und versuchte, sie zu vergessen. Das schaffte er nicht.

Mitten im Nachtisch machte das Telefon plötzlich das Geräusch von zerschlagenem Glas und unterbrach die lethargische Diskussion über Zensur, die gerade eingesetzt hatte. Und in seinem irrationalen Zustand war Eddie davon überzeugt, daß das Marion war. Er war sicher. Er machte sich bereit, ans Telefon zu gehen und mit ihr zu reden.

Aber dann hörte er Jimmy in der Diele »Ernste Scheiße« und »Spitzenleistung« und »Superpisse« sagen. Und als er zurückkam, sah er besorgt aus. Hugo Rogers hatte Ärger. Er hatte seinen neuen Job im Außenministerium feiern wollen, hatte auf dem Heimweg vom Strich in Leeson Street den Volvo seines geschätzten Alten zu Schrott gefahren und war einem Polizisten, der ihn auf der Baggott Street Bridge anhalten wollte, über den Fuß gesaust. Er steckte tief in der Scheiße und brauchte die Nummer von Jimmys Bruder Paul (»Pablo«, wie Jimmy ihn nannte), einem Anwalt.

Alles keuchte auf. Irgendwer fragte, ob der Polizist verletzt worden wäre.

»Na, über den Jordan ist er noch nicht, weißt du« – und Jimmy brachte seine Groucho Marx-Nummer mit einer unsichtbaren Zigarre.

Eddie meinte, das sei nur eine Frage der Zeit gewesen, schließlich war Hugo immer schon ein verantwortungsloser Wichser gewesen.

»Eddie«, mahnte Ruth.

»Na«, sagte Eddie. »Der Kerl denkt doch mit dem Schwanz.«

»Klar, und du warst schon immer ein herzloser Scheißer«, meinte Jimmy freundlich. »Interessiert dich vielleicht irgendwas außer dem Prinzip?«

»Prinzip?« fragte Eddie. »Der Kerl hat einen Bullen überfahren, verdammt nochmal.«

»Ein Schwein, Eddie, hast du sie nicht immer so genannt? Ein faschistisches Schwein?« Ruth fing an, abzuräumen. Eddie sagte, darum ginge es nicht. Er sagte, sie könnten ja allen Scheiß aus der Vergangenheit ausbuddeln, wenn sie Lust hätten. »Na, du hast dich geändert, was, Ed? Das Gewissen der Mittelklasse, soll das dein neues Image sein?«

Die vegetarische Fiona folgte Ruth in die Küche und hielt dabei den Joint vor sich hin wie ein Kreuz, das einen Vampir vertreiben soll.

»Du kennst dich ja aus mit der Mittelklasse«, sagte Eddie.

»Ja, und du nicht. Wo du doch in den Slums von Ranelagh darben mußtest.«

»Mein Vater«, sagte Eddie und stach mit dem Finger in die Luft, »gehört zur Arbeiterklasse.«

Jimmy klatschte langsam in die Hände und redete mit dem aufdringlichen Sean O'Casey-Akzent, den er für solche Gelegenheiten auf Lager hatte.

»Ach, so weit sind wir schon heute abend? Her mit Virago senior, dem guten Alten, der's zu was gebracht hat. Hier steht er, Miladies und Gents, kein Arsch in seinen proletarischen Hosen. Verbeugen Sie sich, Sir, bei Jesus, verbeugen.« Fiesi und seine Freundin fingen an, mit dem Besteck zu spielen. Der Dichter nahm die Brille ab, wischte sie mit einer Serviette sauber und setzte sie wieder auf. »O ja«, sagte Jimmy, »du hast dich verändert, Eddie, mein Alter.«

»Du nicht«, erwiderte Eddie sauer. »Und du wirst dich auch nie ändern.« Er merkte jetzt, daß er betrunken wurde, zusätzlich zu dem angeknallten Gefühl, das seinen Kiefer lähmte.

»Warum schreibst du kein Lied darüber, Eddie, eh? Das wird sie doch auf die Barrikaden treiben, das wird die Bourgeoisie das Zittern lehren.«

Eddie wurde rot. Jimmy wieherte vor Lachen, und alle anderen schwiegen. Fiona fragte Eddie nach seiner Musik, aber er war nicht in Stimmung.

»Hör mal«, sagte Eddie zu Jimmy. »Als ich dich kennengelernt habe, hast du Fotos in der Zeitung mit Penissen verziert. Wann hast du damit aufgehört?« Jimmy spuckte einen Mundvoll Rauch über den Tisch.

»Ich male sie nicht mehr, Eddie, und da solltest du vielleicht aufhören, dich wie einer zu benehmen.«

Fiesi seufzte laut und sagte, die Unterhaltung würde langsam ein bißchen nervig.

»Vielleicht«, sagte Eddie. »Aber er wird zu einer Scheißkarikatur seiner selbst.«

»Oooooo«, wieherte Jimmy. »Du bist ja so sexy wie keß, Eddie.«

In der Küche hing die langhaarige Fiona weinend über dem Tisch. Eddie stand in der Tür und betrachtete sie, aber sie schien es nicht zu merken. Sie erzählte Ruth eifrig, daß das Leben sie manchmal dazu brachte, sich wie eine Garnele in Aspik zu fühlen, schön, delikat, aber langsam vor sich hin faulend. Ruth drückte sie an sich und sagte, daß schon alles in Ordnung kommen würde.

Als Eddie sich an den Küchentisch setzte, rutschte Fionas Kopf von Ruths Schulter. Ihr Körper glitt zu Boden, und sie kippte auf die Seite, einen Arm ausgestreckt, immer noch den Joint in der Hand. Sie sah aus wie die vom starken Sturm umgeworfene Freiheitsstatue.

Eddie half Ruth beim Spülen. Das wollte er zwar nicht. Aber er wollte von Jimmy wegkommen, der jetzt energisch darauf bestand, dem Dichter die Zentralheizung zu erklären. Während sie das Geschirr einräumten, stiegen sie immer wieder über Fionas schnarchenden Körper.

Ruth fragte, ob er etwas von Jennifer gehört hätte. Eddie fuhr sie an.

»Was meinst du denn?« fragte er. »Du weißt doch, wie sie ist.« Ruth sagte, ja, das stimme. Sie fragte, ob ihm denn jetzt eine Neue um den Sack ging, aber er sagte, nein. Dann sagte er, na ja, gut, irgendwie doch. Ruth sagte, wie schön, fragte aber nicht nach Einzelheiten, was Eddie ein bißchen überraschte und sogar enttäuschte. Als er sagte, daß Jimmy sich schon wieder wie ein Arschloch aufführte, sah sie überrascht aus, weil er das überhaupt erwähnte.

»Du weißt doch, wie er ist.« Sie zuckte die Achseln.

Die Küchenwände waren gepflastert mit Fotos von Ruth und Jimmy, denen der Eiffelturm aus den Köpfen wuchs, die auf sonnenverbrannten Balkons Piña Coladas schlürften, deren Gesichter durch Pappfiguren der Mona Lisa lugten und über sonnenbeschienene Cafétische glotzten.

Als sie das Geschirr weggeräumt hatten, setzten Ruth und Eddie sich eine Weile in die Küche und knasperten eine Flasche Gin weg. Sie sprachen von früher, und Eddie wurde immer betrunkener. Irgendwann streckte er die Hand über den Küchentisch und berührte Ruth.

»Weißt du«, nuschelte er. »Ich habe dich schon immer attraktiv gefunden, Ruth, rein physisch.« Ruth wischte seine Finger von ihrem Ärmel.

»Verpiß dich, Eddie«, sagte sie.

Sie machten sich wieder an den Gin, als ob nichts passiert wäre. Aus irgendeinem Grund unterhielten sie sich über Irlands Aussichten beim Eurovisions-Schlagerfestival, wovon sie beide nicht die geringste Ahnung hatten. Und nach einem weiteren Joint wurde Ruth von wilder Freßlust überfallen. Eddie suchte Brot und nahm eine Packung Butter aus dem Kühlschrank. Sie aßen etwa zehn Minuten lang schweigend, manchmal begegneten sich ihre Blicke, und dann sahen sie schnell in eine andere Richtung, als ob sie einen Grund hätten, sich schuldig zu fühlen.

»Das muß man Irland lassen«, sagte sie schließlich. »Sie haben die erste Butter erfunden, die frisch aus dem Kühlschrank streichbar ist.«

»Ja«, sagte Eddie. »Ein großartiges Land.«

Als die Zeit zum Aufbruch gekommen war, holte Eddie seine Lederjacke aus dem Schlafzimmer. Fiesi und Fiona schliefen unter den Mänteln. Fiesi erwachte und starrte Eddie mit einer triefäugigen Grimasse an.

»Ach«, gähnte er. »Du bist das.« Er sagte, im Notfall könnte er Eddie wohl einen Job bei National Bags 'n' Sacks besorgen. – Eddie sagte danke, aber nein danke, so schlimm stand es noch nicht um ihn. Fiesi drängte ihm trotzdem seine Karte auf, obwohl Eddie sagte, das hätte doch ehrlich keinen Zweck. Fiesi versprach, ihn anzurufen, wenn er von etwas anderem hörte. »Wir Paddies müssen zusammenhalten«, hickste er. »Müssen die verdammte Flagge hochhalten, Eddie, was?«

Unten im Vorgarten zeigte Jimmy Reue und bat um Entschuldigung. Er sagte, Eddie könnte oben knacken, falls er das wollte. Sie hatten ein Schlafsofa. Eddie sagte, er würde vielleicht später auf das Angebot zurückkommen.

»Na los, Eddie«, sagte Jimmy. »Nicht sauer sein.«

Eddie vergrub die Hände in den Taschen und stampfte in der Kälte mit den Füßen auf. Auf den Pfützen in der Auffahrt hatte sich hauchdünnes Eis gebildet, und das Gras unter seinen Füßen fühlte sich steif an. Jimmy bat, ihm wenigstens ein Taxi rufen zu dürfen, aber Eddie sagte nein, das könnte er sich nicht leisten.

»Wir schwimmen ja nicht alle so im Geld wie ihr«, schmollte er. Jimmy wollte ihm gern ein paar Pfund vorschießen, aber Eddie warf ihm einen seiner beleidigtesten Blicke zu. Der Mond über Golders Green war ein hartes rotes Auge. Tiefblaues Licht schien von einem hohlen Himmel zu tröpfeln.

»Du kennst mich doch, Ed«, bettelte Jimmy. »Zuviel Feuerwasser. Ich bin ein Scheiß-Barclay-Banker, wenn ich besoffen bin.«

»Ja«, sagte Eddie. »Stimmt.«

Jimmy schlang die Arme um Eddie.

»Ich liebe dich, Mann, das weißt du, nun mach schon, Ed, nimm's nicht so krumm.« Eddie sagte, keine Panik. Alles lag am Dope, in der letzten Zeit hatte er das übertrieben, zuviel macht eben aggressiv. Jimmy sagte ja, er mache es kaum noch. »Ach, in Wirklichkeit bin ich jetzt ein ödes Arschloch«, seufzte er. »Ich meine, nicht, daß mir das unbekannt wäre, echt. Ich weiß es. Ich bin so öde wie der Scheißkanaltunnel, Ed, bin ich echt.« Sie standen im Garten, sahen zu den gelbbeleuchteten Fenstern der Wohnung und zu den Schatten hoch, die sich hinter den Vorhängen bewegten. Jimmy sah unruhig und verzweifelt aus. Er sagte, es wäre schön, Eddie wiederzusehen, und Eddie sagte, o ja, ganz bestimmt. Jimmy fragte Eddie, ob er denn wirklich nach Hause wolle, und Eddie sagte ja, ganz bestimmt, morgen viel zu tun, Leute treffen und so. Jimmy sah aus, als ob er gleich in Tränen ausbrechen würde. »Komm wieder mit rauf, Mann«, sagte er, »den alten Zeiten zuliebe. Laß uns noch ein Glas oder zwei kippen und über irgendwen lästern, ja?«

»Nein«, sagte Eddie. »Hör zu, ich bin wirklich nicht in Stimmung, okay?«

»Dieses Schlafsofa«, seufzte Jimmy. »Weißt du, das hat uns dreihundertfünfzig Eier gekostet, und wir haben es bisher nicht einmal benutzt.«

Eddie sagte, dann sollten sie es doch umtauschen. Dann sagte er, er sei wirklich nicht sauer, aber jetzt müßte er los. Jimmy stand in der Auffahrt und winkte traurig, als ob Eddie in den Krieg zöge. Und als Eddie zehn Yards zurückgelegt hatte, rief Jimmy wieder seinen Namen. Eddie verdrehte die Augen und wandte sich um. Jimmy schien plötzlich wieder betrunken zu sein. Er schwankte ein wenig und legte eine Hand auf den Torpfosten, um sich zu stützen.

»Sieh dir all die Sterne da oben an, Eddie«, fauchte Jimmy. »Weißt du, was sie da oben machen?« Eddie zuckte die Achseln. »All die Planeten da draußen, Mann, weit weg, alles Silber, weißt du, was wir sind? Wir sind die Scheiße, die die Leute auf diesen Planeten produzieren. Sie schießen das alles in den Raum, Ed, und hier kommt es runter, und daraus sind wir gemacht. Interplanetarischer Scheiß, du und ich, wir alle. Das ist die Wahrheit, Mann, das ist im Grunde alles, so weit ich sehen kann. Intergalaktischer Kot, weißt du, was ich meine?«

Hinter den Fenstern an der mit Bäumen bewachsenen Straße gingen die Lichter an.

»Spitze, Jimmy«, seufzte Eddie. »Das ist einfach Spitze.«

Er ging zu einer Telefonzelle und bestellte sich von dort aus ein Taxi.

Als Marion zurückkam, wurde die Lage erst ziemlich schräg.

Eddie hatte sich um einen Job als Lexikonvertreter in den Sozialblocks von Ostlondon beworben. Der Typ hatte einen Blick auf seine Haare geworfen und gleich losgelegt, was für Arschlöcher da oben in der Buchführung säßen, daß die ihm so einen Streich spielten, und woher wußten die überhaupt, daß er Geburtstag hatte? Er lachte sich erst einmal kringelig, dann klingelte er seinen Kollegen im vierten Stock an und bat ihn, runterzukommen und sich das anzusehen. Er konnte einfach nicht fassen, daß das alles kein Witz und auch kein Punk-o-gramm sein sollte. Als Eddie ihn endlich davon überzeugt hatte, daß er den Job wirklich wollte, war der Heini restlos durcheinander und sagte, er hätte das doch alles nicht persönlich gemeint; er schien davon überzeugt zu sein, daß Eddie ihn ausplündern wollte. Er stellte klar, daß er ja begriff, daß die Jugend ihre Individualität zum Ausdruck bringen müßte, aber seine kostbare Zeit durfte sie damit nun nicht vergeuden.

Als Eddie die Schlafzimmertür öffnete, saß sie mit angezogenen Knien auf dem Bett und starrte in den Wandspiegel über dem Tisch. Eddie zuckte bei ihrem Anblick zusammen.

»Hallo«, sagte sie. »Hier bin ich wieder.« Sie schien sich darüber zu freuen, ihn zu sehen. Eddie kam herein, und sie sah zum erstenmal seinen Anzug. »Allmächtiger Gott«, sagte sie, »eine schreckliche Schönheit ward geboren!«

Eddies erster Gedanke war, daß sie größer aussah als in seiner Erinnerung, obwohl sie so verkrümmt auf der Bettdecke hockte. Sie trug ein dickes weißes Baumwollhemd und einen schwarzen Rock, schwarze Wollstrumpfhosen und ein Paar abgelatschte Boots. Sie trug noch immer das Kruzifix um den Hals. Das Zimmer roch nach Regen. Sie sah gut aus, aber ihre Augen waren ein wenig feucht, und Eddie überlegte sich, ob sie sich vielleicht schon ein Horn reingezogen hätte. Das Fenster stand weit offen, das wies ebenfalls darauf hin. Und als er sich umdrehte, sah er auf dem Kissen eine Packung Rizzlas. Ihr Mantel hing auf einem Kleiderbügel am Fensterrahmen. Eine arg mitgenommene gelbe Rose schaute schlaff aus dem Knopfloch am Revers. Sie wirkte absolut fehl am Platz.

»Und hast du den Job gekriegt?« fragte sie.

»Ne«, antwortete er. »Das war nicht so richtig das, was ich suche.«

Eddie riß seinen roten Paisley-Schlips auf und warf ihn in den Kleiderschrank. Ihre Schuhe waren ordentlich auf dem Kleiderschrankboden aufgestellt. Ihre Kleider hingen an den Bügeln. Er zog sein Hemd aus und stopfte es in seinen Rucksack. Sie stand auf, zog das Hemd heraus und legte es ihm wieder über die Schulter.

»Bitte«, sagte sie. »Hinten steht ein Korb für schmutzige Wäsche.«

Sie hatte das Zimmer aufgeräumt, die Bücher geordnet, Eddies schmutzige Wäsche im Badezimmer gesammelt. Das Badezimmer roch nach Ammoniak und Bleichmittel. Ihre Toilettentasche lag neben dem Waschbecken, Zahnbürste und -pasta schauten oben heraus. Puderkissen und Nagelfeilen und eine Flasche Shampoo mit Erdbeeraroma lagen im Regal. Eine Schachtel Tampax und eine Flasche Vitamintabletten standen im Leuchtschrank, und als Eddie die Tür zumachte, sah er sein blasses Gesicht im Spiegel. Er zog mit den Zeigefingern die Augenlider herunter und starrte sich zehn volle Minuten lang an.

Er rasierte sich den Kopf und wusch sich die Achselhöhlen, und das Brummen seines Rasierapparates dröhnte durch seinen Kopf, seine Zähne fühlten sich hohl an.

Das Zimmer war so verdammt ordentlich. Wenn Eddie aufräumte, sah es nie so aus, war nie mehr als die Summe seiner aufgeräumten Bestandteile. Aber wenn sie aufräumte, sah das Zimmer unverdorben und neu und frisch aus, und es war fast eine Schande, die Laken zu zerknüllen oder in die Toilette zu pissen. Sie hatte unter dem Bett gewischt, um Himmels willen! So ein Typ war sie eben. Richtig häuslich.

Als sie aus dem Badezimmer kam, rauchte sie wieder einen Joint und las einen Artikel in einer Hochglanzzeitschrift.

»Du brauchst hier nicht sauberzumachen«, sagte er.

»Irgendwer muß das doch«, antwortete sie und bot ihm einen Zug an, ohne von ihrer Zeitschrift aufzublicken. Er nahm an. Sie gab ihm ein Zeichen, das Horn fertigzurauchen. »Hast du das gesehen?« fragte sie und hielt das Titelblatt einer Zeitung hoch. Die Schlagzeile verkündete düster, daß die Labour Party bei den Meinungsumfragen des Forschungsinstituts NOP Woche für Woche ihren Vorsprung vergrößerte. Eddie fand das toll. »Nicht wahr?« fragte Marion munter. »Wir brauchen NOP, das sind die nächsten drei Buchstaben.« Sie setzte sich gerade hin, an die Tapete gelehnt, griff nach ihrer Schere und schnitt die Buchstaben mit vier raschen Bewegungen ihres Handgelenkes aus.

»So«, sagte er, nachdem er sie an die Wand geklebt hatte, »wie war Donegal?«

Sie zündete sich eine Zigarette an und warf das Streichholz aus dem Fenster.

»Wie immer.« Sie zuckte die Schultern, »du weißt schon.«

Sie stützte den Kopf auf eine Hand und starrte Eddie an, der im Zimmer herumlief, Sachen verlegte, sie hochhob, sie wieder hinlegte, so tat, als ob er etwas suchte. Irgendwie fühlte er sich unter ihrem Glotzen schuldig. Er hatte das Gefühl, sie hätte vielleicht etwas Belastendes gefunden, etwas, das ihn überführte, obwohl er ja wußte, daß es nichts dergleichen gab. Sie fragte, ob sie ihm gefehlt hätte, und dabei sah sie ihn so an, daß Eddie das Gefühl hatte, sie wüßte mehr, als sie zugab. Er sagte nein, sie wären immerhin noch nicht verheiratet, und sie lachte schrill, als ob er etwas Absurdes von sich gegeben hätte.

»Hast du deine Ma schon besucht?« fragte sie.

»Ja«, sagte er und schaute aus dem Fenster. »Sie war nicht zu Hause.«

Marion roch nach Seife und Schweiß, und als sie sich küßten, hatte sie kalte Ohren. Ihre Fingernägel waren ganz kurz. Sie hatte wieder daran gekaut. Irgend etwas zwischen ihnen war nicht mehr dasselbe. Eddie konnte das spüren. Es schien so lange herzusein, daß sie hiergewesen war, obwohl es sich doch bloß um eine Woche handelte. Ihm ging auf, daß er im allertiefsten Herzen heimlich erwartet hatte, sie niemals wiederzusehen. Vielleicht hatte er das sogar gehofft. Vielleicht auch nicht. Sie verwirrte ihn einfach total und bis zum Gehtnichtmehr. Das wenigstens wußte er ganz sicher.

Sie wollte wissen, was er in ihrer Abwesenheit angestellt hatte und warum er bei ihren Anrufen nie zu Hause gewesen war.

»Hast du eine andere Frau, Eddie Virago?« fragte sie und kniff ihn in den Arm, bis er zurückzuckte, weil es wirklich weh tat, und er ihr auf die Finger haute.

Dann erzählte er ihr über die neue Band und das schreckliche Fest und alles und lachte, als er von der Party erzählte, obwohl sie ihn nicht zu verstehen schien. Er fühlte sich mitgefangen, und er sprach ziemlich übel über seine Freunde, um sich von ihnen doch ein wenig zu distanzieren. Aber nichts, was er sagte, konnte das nachdenkliche Grinsen auf ihrem Gesicht tilgen. Sie sagte, seine Freunde hörten sich an wie Idioten, und zu seiner Überraschung verletzte ihn das. Nicht, daß er das nicht wüßte, sie waren Idioten, aber trotzdem, sie waren seine Freunde, so sah er das.

Als sie ins Badezimmer ging, setzte sich Eddie aufs Bett und blätterte in ihrer Zeitschrift. Er entdeckte ein körniges Schwarzweiß-Foto von einer Bekannten. Jesus. Jimmy hatte also doch einmal recht gehabt.

»Salome Wilde sein ist alles«, brüllte die Überschrift. Eddie starrte das Foto eine Minute lang an. Sie sah wirklich sehr gut aus, das konnte er jetzt sehen, glatte Haut, wunderbarer Mund. »Zu recht oder unrecht«, stand darunter, »ich bin gerne ich.« Eddie warf die Zeitschrift in den Papierkorb.

»Eingebildete Kuh«, grunzte er.

Mr. Patel schwebte, wie er selber sagte, total in den Wolken. Er war so entzückt über Marions Rückkehr, daß er einen großen Blumenstrauß ins Zimmer brachte, riesengroße schlaffe grüne Nelken, und er sagte ihr, sie sei sehr willkommen, und er habe ja so gern mit ihren Eltern gesprochen. Dann saßen sie auf dem Bett und gingen Computerausdrucke durch über alles, was erledigt werden mußte, wo die Putzsachen waren, Arbeitszeiten, alles mögliche. Mr. Patel redete voller Besorgnis, als ob er fast damit rechnete, sie könnte es sich anders überlegen und gehen. Er fuhr sich beim Reden durch die glatten schwarzen Haare. Und er fragte immer wieder: »Sind Sie sicher, daß Sie zufrieden sind?« und »Sind Sie sicher, daß Sie das verstanden haben?« und berührte dabei ihr Handgelenk.

Eddie nahm seine Gitarre und wollte das Zimmer verlassen. Er fühlte sich plötzlich kreativ. Er fühlte sich immer kreativ, wenn er bei einem Vorstellungsgespräch gepatzt hatte. Marion fragte, ob er seine Anzugshose nicht ausziehen wolle. Er sagte nein.

»Du wirst dir deinen guten Anzug noch ruinieren«, schimpfte sie. Aber er sagte, er würde sich später umziehen. Mr. Patel sagte, wenn er reich wäre, könnte er sich für jeden Wochentag einen neuen Anzug kaufen, so Gott wollte. Marion brachte ihr hämisches Lachen. Das schaffte sie langsam sehr gut. Sogar besser als Eddie, und das war wirklich eine Leistung.

»Ich bin auf dem Dach«, sagte er. »Falls jemand nach mir fragt.«

Eddie hatte nie die Kunst gelernt, einen Lauf mit den Fingern zu zupfen. Er konnte nur Akkorde, und nicht einmal alle. Was Solos anging, konnte er nur drei oder vier, die er von obskuren Clash-B-Seiten geklaut hatte, und selbst bei denen mußte er mogeln und seinen kleinen Finger fest auf den Steg setzen, um sich nicht zu vertun. Joe Strummer war sein Gitarrenheld. Wenn der keine sechs

Saiten traf, dann interessierte ihn das auch nicht. Eddie war kein Virtuose, aber das brauchte er auch gar nicht, das war nicht nötig.

Er setzte sich aufs Dach und versuchte, einige trickreiche Läufe zu durchschauen, bis seine Fingerspitzen weh taten und sein Handgelenk müde wurde. Als er zu spielen aufhörte, kaute er auf der Hornhaut an seinen Fingerspitzen herum und nagte an den Schwielen, die Gitarrenspieler dort bekommen. Er konnte die saure Mischung von Schweiß und Stahl der Saiten schmecken.

Eddie hatte seit ewigen Zeiten kein Lied mehr geschrieben. Tatsächlich hatte Eddie, trotz allem, was er so erzählte, kaum je ein Lied geschrieben. Eddie war ein Mann der Ideen. Er hatte haufenweise Ideen für saubere kleine Akkorde, fetzige Riffs und kurze Wortspiele, die sich im Text gut gemacht hätten. Aber es fiel ihm schwer, etwas daraus zu machen. Und wann immer er irgendwem ein paar Takte vorspielte, dachten die immer, es höre sich an wie irgendwer anders, wie The Slits oder The Damned oder The Subway Sect. Das ging allen so, außer Dean Bean, der alles scharf und total abgefahren fand, selbst, wenn es Pisse war wie meistens. Aber Dean Bean war ein Freund. Der sagte alles, was man hören wollte. Das hatte Beano nun wirklich im Griff.

Als Eddie mit dem Lappen über die Saiten fuhr, erklang ein sanftes Pfeifen. Das war ein befriedigendes Geräusch. Er machte es noch einmal.

Die Falltür wurde gehoben, und Marion erschien auf dem Dach. Sie strich sich die Haare hinter die Ohren. Der Wind wehte es ihr wieder in die Augen, und sie warf ärgerlich den Kopf in den Nacken. Sie sagte nichts.

Und als Eddie sie ansah, wußte er, daß er verliebt war. Einfach so. Einfach, weil sie sich so bewegte oder so und weil sie so zu ihm herüberblickte und dabei mit einer Hand ihre Augen überschattete. Keine Geigen, kein Weichzeichner. Nur ein Gefühl, daß sich großer Ärger ansagte und daß es zu spät war, um noch etwas ungeschehen zu machen.

Verdammte Scheiße, aber er wußte, daß er einfach nicht aufhören konnte, sie anzuglotzen. Diese grünen Augen sahen zu schön aus, um wahr zu sein, auf jeden Fall schöner, als sie wirklich waren. Eddie kannte alle Zeichen. Dieselben Urängste, dasselbe Gefühl, daß alles um ihn herum zusammenbrach, daß sich in seinem Kopf Türen öffneten, dasselbe Gefühl von apathischer Unvermeidlichkeit, alles war da, und es war immer dieselbe verdammte Kiste. Eddie schluckte hart. Seine Finger bildeten einen Akkord. Die sterbende Sonne glühte phantastisch auf ihrem Gesicht.

Er spürte eine Bindung zwischen ihnen, und Marion bewegte sich auf ihn zu, als sei sie durch einen dünnen Faden an ihn gefesselt, der sie so dicht an ihn heranziehen würde, daß sie sich schließlich berühren müßten. Sie bewegte sich wie ein winziges Tier. Sie ging, als ob sie kein Recht darauf hätte, hier zu sein, wie eine Einbrecherin oder ein verwirrtes Geschöpf in einem Zoo. Sie trat aus dem kühlen Schatten des Schornsteins, wandte ihr Gesicht dem Boden zu und streckte ihm die Hände hin.

Sie küßten sich ungeschickt wie schlechte Schauspieler in einer miesen Seifenoper. Dann drehte sie Eddie den Rükken und preßte seine Arme gegen ihren Unterleib. Er stützte sein Kinn auf ihren Kopf. Fast wäre er dabei in seine Gitarre getreten.

Sie standen oben auf dem Haus und starrten über das graue diesige Gewimmel von King's Cross, hinüber zu den schäbigen Läden der Gray's Inn Road. Der Himmel war klar und wurde dunkler, und die plastilinfarbene Silhouette der Stadt schien wie mit der Spritzpistole lackiert. Der Geruch von Pommes und Diesel trieb von irgendwoher unten auf der Straße zu ihnen hoch.

»Was ist das Besondere an London?« fragte sie gleich darauf. »Nichts als Waschsalons.« Sie lachte. »Ist dir das schon aufgefallen, Eddie Virago? Es besteht nur aus Waschsalons und Taxivermittlungen.« Eddie sagte, das hätte er noch nicht gemerkt, aber doch, sie hätte recht.

»Das hält das Drecksloch in Gang«, sagte er, »saubere Klamotten und Kneipen, wo man hingehen kann.«

Sie setzten sich auf die Mauer und küßten sich wieder, mit neuer Zärtlichkeit. Eddie berührte ihre Wange, und sie liebkoste seinen kahlen Schädel. Sie küßte seine Mundwinkel. Er hielt ihre Finger, Elstern schrien in der Luft.

Sie blieben lange schweigend sitzen, hielten sich an den Händen, starrten einander in die Augen wie zwei Witzfiguren auf einer Valentinskarte. Dann sprang Eddie auf, verstaute mit viel Gedöns seine Gitarre und sagte, er müßte ihr etwas sagen.

»Hab ich mir schon gedacht«, seufzte sie.

Er wollte keine dicke, schwere Liebeskiste haben, und das sagte er ihr. Sie sagte, in Ordnung. Er wüßte nicht einmal, was das Wort »Liebe« bedeutet, sagte er, und »verliebt« sei einfach eine Albernheit, nur ein Wort. Sie stimmte zu. Alles Chemie, meinte sie, wie Magnetismus oder so. Sie hatte in der BBC 2 einen Dokumentarbericht gesehen.

Er wollte einfach keine richtig schwere Beziehung, und er wollte nicht wieder verletzt werden, jedenfalls nicht jetzt, vielleicht nie wieder. Er wollte das Risiko einfach nicht noch einmal eingehen. Er wollte sich nicht bloßstellen.

Sie sagte, es ginge ihr genauso. Das überraschte Eddie. Er war nicht auf die Idee gekommen, Marion könnte je in einen anderen verliebt gewesen sein. Natürlich mußte sie das gewesen sein, aber Eddie hatte einfach nicht damit gerechnet. Das ging ihm jetzt auf, wie eine Erkenntnis. Aber sie hatte eben nie jemanden erwähnt.

Sie sagte, sie wollte wissen, woran sie war. Ob sie nun zusammen waren oder nicht. Ob sie miteinander gingen oder nicht.

Eddie hatte diesen Ausdruck schon lange nicht mehr gehört. Miteinander gehen. An der Uni »hatte man eine Beziehung« oder »machte was zusammen, kein Druck«. Wenn man Jennifer war, »hing man zusammen rum«. Und war man Dean Bean, »machte man das Tier mit den zwei Rücken«.

Miteinander gehen. Es hörte sich an wie etwas, das ein Kind sagen würde. Er erinnerte sich, es einmal von seinem Vater gehört zu haben. »Als deine Mutter und ich noch miteinander gingen, hatten Männer vor Frauen Respekt.« Und sein unbeschreiblicher Gesichtsausdruck, als er das sagte, ein kindliches und glückliches Aussehen, das man kaum je noch zu sehen bekam.

»Warten wir einfach ab, was kommt«, sagte Eddie. »Ich will mich nicht zu sehr festlegen, verstehst du?«

Marion sagte, sie redete hier nicht über Kylie und Jason, sie wollte einfach wissen, woran sie war. Eddie krempelte einen Ärmel hoch.

»Was willst du?« fragte er. »Blut?«

Sie starrte seinen Arm an, als ob sie ihn noch nie gesehen hätte. Sie packte ihn, schüttelte ihn schlaff, wie etwas Totes.

Sie starrte auf die Bißspuren des verrückten Hundes, die sein Fleisch narbten seit dem Morgen, als sie sich kennengelernt hatten. Ihr Gesicht schmolz zu einem Lächeln.

»Das läßt sich machen«, sagte sie.

Sie gingen nach unten, zogen sich ganz aus und legten sich nebeneinander aufs Bett. Es war jetzt kalt. Der Gummizug ihres Rockbundes hatte eine rosa Kerbe in ihre Haut geschnitten. Sie hielten sich wortlos in den Armen. Und Eddie wünschte, er hätte die Bettwäsche gewechselt.

Kurz darauf hatten die Honey Bees eines Abends ihre erste Probe, in Clints Zimmer oben in Highgate. Es war eine Katastrophe. Zuerst hatte Brian nicht sein ganzes Schlagzeug ins Taxi bekommen. Dann war es fast unmöglich, das, was er schließlich mitgebracht hatte, zusammenzubauen. Am Ende hämmerte er an Clints Couchtisch auf ein einsames Snare ein, während Clint schmollend in der Ecke saß. Es gab keine Gitarrenverstärker, deshalb schlossen Eddie und Clint die Stereoanlage an, worauf die Lautsprecher ihren Geist aufgaben. Dazu kam noch, daß Ginger einfach die mieseste Bassistin war, die Eddie je gehört hatte. Sie konnte ihren Baß nicht einmal stimmen, und außerdem sah er aus, als ob sie ihn erst am selben Nachmittag gekauft hatte, was sie schließlich auch zugab.

Nach fünf geschlagenen Stunden schafften sie eine komplette Fassung von Elmore James' »Madison Blues«, dem einzigen Stück, das sie alle kannten, klare zwölf Takte, die niemand, sagte Clint, absolut niemand verpfuschen konnte, nicht einmal Stockmarket und Waterman. Eddie sah ein, daß das alles eine ganz schön lange Zeit dauern würde. Als er nach Hause kam, erzählte er Marion, wie phantastisch alles gelaufen sei.

»Ein paar Problemchen«, gab er zu, »ist doch klar, aber die hat man anfangs immer. Das ist doch überall so.«

Marion lächelte und hielt das für Ironie.

In den nächsten paar Wochen hatten sie mehr Spaß denn je. Redeten stundenlang, erfuhren alles voneinander, blieben viel zu lange auf, tranken zuviel, liebten sich noch viel mehr, alles, was man macht, wenn man in einer fremden Stadt niemandem verantwortlich ist und sich widerstrebend verliebt. Und sie konnten ja nicht ahnen, daß die Zeit vergehen und jeder von ihnen seine eigene Erinnerung an diese Wochen hegen würde – so als hätte es sie nie gegeben; und alles auf diese vage boshafte Art, zu der Liebende neigen, wenn alles unwiderruflich kaputtgegangen ist.

Manchmal traf sich Marion im nächstgelegenen irischen Pub, dem Pride of Erin, mit Freundinnen. Aber Eddie kam nur einmal mit. Marions Freundinnen gingen ihm auf den Keks. Allesamt klatschsüchtige Landeier aus Donegal wie sie, und der Pride kam ihm irischer vor als irgendein Pub, den er je in Irland besucht hatte. Er war auf dieselbe Weise irisch wie Disneyland amerikanisch. Irgend etwas daran ging ihm einfach auf die Nüsse, und nach dem ersten Abend sagte er, er würde lieber nicht mehr hingehen. Das machte ihr ehrlich nichts aus. Irgendwie war es ihr lieber so, das behauptete sie wenigstens.

In der Guy Fawkes Night gingen sie zu Fuß den ganzen Weg zur South Bank, um sich das Feuerwerk anzusehen. Sie schlenderten Arm in Arm über die Charing Cross Bridge wie ein Paar aus einem Liebeslied. Die Luft über dem Fluß war erfüllt von beißendem Rauch, seltsame Farben ließen die Gesichter verschwimmen, und dann das dumpfe Lärmen der fernen Explosionen. Eddie war nicht sehr für Feuerwerke. Sie füllten den Himmel nie so völlig aus wie einen Fernsehschirm.

Sie ließen sich in der aufgemotzten Bar des National Film Theatre mit Bacardi vollaufen, und Marion sagte, Guy Fawkes sei der einzige Mensch in der Geschichte, der gegenüber dem britischen Parlament die richtige Einstellung gehabt hätte.

Der November senkte sich über die Stadt, und im Regen funkelte und glänzte alles. Ein U-Bahn-Streik wurde angekündigt. Eddie wurde rekrutiert, um Marion und Mrs. P. beim Umgang mit den hektischen Geschäftsmännern aus den Vorstädten zu helfen, die über das Brightside hereinbrachen, um auf Feldbetten und stinkenden Matratzen und schließlich, als alle Zimmer belegt waren, auf Kissen auf dem Flur zu schlafen. Es war eine absolute Goldgrube. Mr. P. zockte ab. Das Brightside sah aus wie ein Lazarett in der Innenstadt von Saigon.

Eddie stolzierte gern wie ein Feldwebel durch den Flur und erteilte aller Welt Befehle. »Privileg« wurde sein Lieblingswort. »Wenn es euch hier nicht paßt, dann könnt ihr ja gehen«, sagte er immer wieder. »Das ist euer Privileg.« Es törnte ihn ganz schön an, daß diese fettleibigen Rechnungsprüfer und wichtigtuerischen Tebbit-Fresser Befehle von einem entgegennehmen mußten, der aussah wie der ärgste gemeinsame Alptraum, ein wandelndes Argument für allgemeinen Militärdienst. Und Marion lachte ihn an, wenn er durch den Flur stolzierte, und sah dabei aus, als sei sie stolz auf ihn, aber als wäre es ihr gleichzeitig auch etwas peinlich. Natürlich war das zweite der Fall.

An einem Sonntagnachmittag machten sie am Fluß einen Spaziergang und ließen sich vor der Tate von einem abgefackten Heini auf einem Klappstuhl in Kohle portraitieren.

»Sie liebt dich sehr«, sagte der Künstler, ein exilierter Russe, wenigstens behauptete er das. »Ja«, murmelte er immer wieder. »Das sehe ich ihr an den Augen an. Sie liebt dich sehr, sehr, mein Freund. Du Hurensohn hast wirklich Schwein.« Das Portrait gelang nicht besonders.

Nachts wußte Eddie, daß er zu tief hineingeraten war. Er ertappte sich bei kitschigen Gedanken oder dabei, daß er Marion anstarrte, wenn sie im Frühstückszimmer herumlief und abräumte. Er versuchte sogar, ein Lied über sie zu schreiben, aber ehrlich, was reimt sich schon auf Marion? »Babylon« war das einzige, was ihm einfiel, nicht gerade ein passendes Wort für ein Liebeslied, nicht einmal für ein Post-Punk-Liebeslied. Aber alles hatte etwas Besonderes, und den köstlichen Schmerz, daß es nicht dauern konnte – ach, Eddie hätte es fast genossen.

Marion schnitt weiter ihre Buchstaben aus, und schon bald war das erste Alphabet vollendet – »Trade Union Vote to Go« lieferte das schwer erhältliche TUV –, und sie machte sich an den zweiten Durchgang. Seltsamerweise ließen die kleinen Alphabete das Zimmer anheimelnd warm wirken, und es wurde zu einer wirklichen Herausforderung, wer von ihnen die nächste Buchstabenfolge fand. Ein typisches Spiel für Verliebte. Mr. Patel besorgte ihnen von seinem Schwager einen tragbaren Schwarzweißfernseher. Eines Tages fand Eddie hinter einer Kneipe in der President Street eine schrottreife elektrische Heizsonne, die funktionierte, als er damit nach Hause kam. Marion war außer sich vor Freude. Sie liebten sich im roten Licht. Das Zimmer war gemütlich und warm und behaglich, und obwohl es klein war, fand Eddie es schön, mit Marion hinaufzugehen, die Tür zuzumachen und die ganze verrückte Welt auszusperren.

Ende November gab es die ersten Streitereien. Und dann wußten sie wirklich, daß es kein Zurück mehr gab. Marion fing an, um Hilfe zu bitten, bei Briefen, bei Stellenbewerbungen, bei Anfragen wegen Kursen. Eddie sagte ihr, sie hätte doch schon einen Job, hier im Brightside, aber sie sagte, sie hätte zuviel Freizeit, und irgendwer müßte hier doch mal was tun. Eddie fand das einen Schlag unter die Gürtellinie. Wenn sie dachte, er fände es toll, von ihrem Geld zu leben, dann würde sie sich noch wundern.

Sie hatte sich diese Idee mit Abendkursen in den Kopf gesetzt, und Eddie fand das zuerst sehr gut. Sie sagte, sie wollte viel lernen und etwas über die Welt erfahren. Sie sagte, London schien dazu der geeignete Ort.

Aber die Art, wie sie das machte, ging Eddie so auf die Nüsse, er hätte schreien können. Sie fragte ihn, was sie sagen und wie sie Probleme in Worte fassen sollte, und er antwortete: »Sag, was du willst, frag mich doch nicht, was meinst *du* denn?« Die ersten Male, als er das sagte, war das gut gemeint. Er wußte, daß sie das Gefühl haben mußte, unabhängig zu sein.

Aber nach einer Weile wurde es öde. Sie fetzten sich eines Nachts, nachdem Eddie ein bißchen Acid eingeworfen hatte, und Eddie sagte, er fände sie blöd, weshalb sie zuerst ein wenig und dann sehr viel weinen mußte. Danach sagte er, es täte ihm leid, und sie sagte, ihr täte es auch leid, aber ihr war klar, daß er besser mit Worten umgehen konnte als sie, und sie brauchte nur ein bißchen Hilfe. Das wäre doch nicht zuviel verlangt, meinte sie, ein bißchen Hilfe. Sie würde ihm ja auch helfen, wenn sie nur wüßte, wie.

Eddie fühlte sich so klein mit Hut. Er sagte, sie helfe ihm doch jeden Tag, und ohne sie könnte er in London doch gar nicht zurechtkommen, absolut keine Chance. Dann heulte auch er los, und davon mußte sie noch schlimmer weinen. Sie saßen auf dem Bett, umarmten sich und heulten wie die Babies. Er war einfach so gefrustet, sagte er, so total daneben. Egal, was er machte, er schien in diesem Scheißloch von einer Stadt keinen Fuß auf den Boden zu bekommen. Er hatte Angst. Alles, was er sehen konnte, war Versagen. Alle seine Freunde kamen zu was, bloß er nicht, und er wußte, daß sie hinter seinem Rücken über ihn lachten. Sie drückte ihn an sich und sagte ihm, er sollte sich einfach keine Sorgen machen. Es war doch nur eine Meinungsverschiedenheit. Er war überhaupt kein Versager, und alle hatten Meinungsverschiedenheiten, und alles zwischen ihnen würde noch in Ordnung kommen, das wüßte sie. Und sie sagte, das alles sei zu erwarten. Das sei der Preis, den man dafür bezahlen mußte, daß man so sehr verliebt war. Eddie bat sie, diese Wörter nicht zu benutzen, und sie sagte okay, aber er wüßte sicher, was sie meinte.

»Denk an alles Gute«, weinte sie, »das ist alles.« Und Eddie lachte.

Von diesem Abend an bat Marion Eddie aber nie mehr um Hilfe. Er gab vor, das nicht zu bemerken, aber er wußte es. Sie schrieb ihre Briefe und füllte die Formulare selber aus. Sie saß still im Zimmer, starrte aus dem Fenster über King's Cross und saugte an ihrem Kugelschreiber, in ihre Gedanken gehüllt wie in eine Decke. Wie in eine Gebärmutter. Und Eddie mochte noch so oft seinen Rat anbieten, sie nahm ihn nie an.

Von der Nacht an, in der das zweite XYZ angeklebt worden war, stand es, wie Eddie später gern sagte, geschrieben an der Wand.

In der ersten Dezemberwoche fand Eddie einen Job bei derselben Müllsackfirma, für die Jimmys Freund Fiesi Malone arbeitete. Etwas anderes konnte er nicht bekommen. Er hatte jeden Montag den *Guardian* gekauft und sich um an die fünfzehn Media-Jobs pro Woche beworben (Marion hatte ihm geholfen, die Bewerbungen auf Mr. Patels PC zu schreiben). Zuerst hatte er eine Arbeit finden wollen, die ihm bei seiner musikalischen Karriere nützlich sein würde. Bei einer Plattenfirma, Rockvideos oder so. Langsam wurde seine Definition dessen, was seiner Karriere helfen könnte, weiter und weiter, bis sie schließlich ganz verschwand. Eddie ließ einfach Bewerbungen für alles mögliche vom Stapel, mit der Wut eines Ministers, der der Presse verbotene Informationen zuspielt.

Aber meistens machte man sich nicht einmal die Mühe, zurückzuschreiben, und die Antworten, die doch kamen, waren so herablassend, daß es nur noch schlimmer war. Warum bildeten die Leute sich ein, es sei ein Trost, daß ihre

Anforderungen so unerreichbar hoch waren? Das machte alles nur noch schlimmer. Am Ende konnte Eddie dem Briefumschlag ansehen, ob er eine Absage enthielt oder nicht. Er wußte es einfach. Absagen waren leicht. Vorladungen zu einem Gespräch waren etwas schwerer, und die Adresse war meistens mit der Hand geschrieben.

Als Fiesi anrief und von dem Job bei National Bags 'n' Sacks erzählte, riet Marion, ihn anzunehmen. Und Eddie wußte, daß er kaum eine Wahl hatte.

Der Job würde ihn auf den Beinen halten, bis das mit der Musik am Laufen war, das erzählte er wenigstens seinem Vater. Der war sich da nicht so sicher. Er fragte, ob Eddie deshalb so lange studiert hätte. Aber Eddie sagte, er könnte es sich einfach nicht leisten, wählerisch zu sein, und müßte nehmen, was immer in Reichweite lag, im Moment wenigstens.

»Und was verdienst du da?« fragte sein Vater.

»Ach, weiß ich nicht«, antwortete Eddie. »Zehn pro Jahr plus Provision, irgendsowas.« Sein Vater sagte, das hörte sich ja nicht überwältigend an. »He, Dad, danke«, erwiderte Eddie. »Danke für den Input, okay?« Sein Vater sagte, er wollte ihm doch bloß helfen.

Eddies Boß hieß Miles Davis, »keine Verwandtschaft«. Er sah aus wie einer der ganz rechten Tory-Abgeordneten, blonde Haare, dünne Lippen und Anzüge aus dem NEXT-Katalog. Miles kam aus Romford, Essex, derselben Stadt wie Steve Davis, sein Held und Namensvetter. Er hatte eine scheußliche kleine Erinnerungsplakette auf seinem Tisch, auf der stand »MACH DEN ABSCHLUSS« und gab zu, daß er dafür hundertfünfundvierzig Pfund plus Mehrwertsteuer bezahlt hatte bei einem Wochenendseminar zum Thema: »Wie verkaufe ich Leuten Sachen, die sie nun wirklich nicht brauchen?«

Das Büro der National belegte zwei Einheiten in einem

vom Wind umtosten zugigen Klotz aus Betonplatten namens »Blue Moon Business Park« und lag irgendwo zwischen Slough und der M 21. National Bags 'n' Sacks war das einzige Büro hier. Das lag daran, daß das restliche Gebäude langsam im Schlamm des Bodens versank, während sich der Architekt im Affenzahn mit scheißhohen Schulden und der Squaw seines Expartners nach Südamerika abgesetzt hatte. Behauptete Miles jedenfalls.

Miles nannte die Sekretärin »es« und den BMW »sie«. Mitten im Gespräch mit Eddie sagte er ohne die geringste Ironie: »Ich habe ihm (d. h. ihr) letzte Woche erlaubt, sie (d. h. es) um den Block zu fahren.« Und er redete von Bags 'n' Sacks als von »B 'n' S«. Er meinte, B 'n' S sei gut zu ihm gewesen, B 'n' S sei ein weites offenes Feld, und wer B 'n' S respektierte, werde auch von B 'n' S respektiert. 'türlich gab es überall auch die Ewiggestrigen, die gab es überall, aber nicht hier im National. National war eine vorwärtsstürmende, knackärschige, effektiv zum Erfolg verdammte Mannschaft. Miles würde einige Veränderungen einführen und die Welt von B 'n' S dermaßen auf den Kopf stellen, daß die am Ende nicht mehr wüßten, welch guter Geist sie denn gebissen hätte. Für den Anfang verhandelte er schon mit dem Aufsichtsrat, um im Briefkopf der Firma aus dem ganz schön veralteten National Bags 'n' Sacks das glatte und fetzige Natty Sax 'n' Bagz zu machen. Und er war verdammt scharf drauf, für sein Produkt die Werbetrommel zu rühren.

»Und wenn dir mal einer weismachen will, Reklame hätte keinen Sinn, Ed, weißte, waste dann zu antworten hast?« Eddie sagte, nein, keinen Schimmer. Miles zwinkerte ihm zu. »Dann sagste ihnen«, strahlte er, »wir wissen doch alle, voller Tank, voller Schrank, Ed, das sagste ihnen einfach.«

Miles beugte sich dabei über den Tisch und klopfte mit

seinem Kugelschreiber auf die Schreibunterlage. Er behauptete, schon viel von Eddie gehört zu haben, vor allem Fiesi hatte ihn angeblich sehr gelobt. Aber für den Anfang wollte er doch erst mal ein paar Konzepte hissen und sehen, ob irgendwer salutierte. Er wollte wissen, wie Eddies karrieremäßiger Horizont aussah und woher Eddie kam. Eddie sagte Rathmines, über King's Cross, und Miles sagte, nein, hintergrundtechnisch. Wie sahen denn wohl Eddies Parameter aus?

Eddie stöhnte innerlich. Er merkte schon, daß das hier ein höchst anstrengendes Gespräch werden würde.

Miles Haare waren so mit Gel vollgeschmiert, daß sie wahrscheinlich ganz spontan auflodern würden, wenn irgendwer im selben Zimmer ein Streichholz anmachte. An der Wand hinter seinem Schreibtisch hatte er eine Pinwand. »Sie müssen nicht verrückt sein, um hier zu arbeiten«, kicherte die, »aber es hilft.« Daneben hing ein gerahmtes Foto von Samantha Fox mit der Widmung: »Für Miles, in Liebe, Sammi *xxx*.« Und daneben hing ein Poster einer wohlgeformten jungen Frau auf einem Tennisplatz, die der Kamera den Rücken kehrte und deren kurzes weißes Röckchen hoch über ihre Arschbacken rutschte. »Irre«, meinte Miles dazu.

Neben »Stichwort« und »Parameter« schien »Irre« eines von Miles' Lieblingswörtern zu sein. Er bezeichnete sein Team, auch »die Jungs« genannt, als ein bißchen irre, aber gewissermaßen doch in Ordnung. »Gewissermaßen« war ein weiteres Lieblings-Stichwort. Profitmarge, Projektionen, Spreadsheet-Programme, alles war im Grunde gewissermaßen irre.

Eddie erkundigte sich nach seinem Honorar. Miles sagte, er würde zu Anfang vier Kilo machen, dazu Provision und Essensmarken im Werte von sieben Pfund pro Monat bekommen. Eddie sagte, alles klar.

»Ei der Daus«, sagte Miles. »Jetzt sitzt du fest. Ich führ dich mal durchs Reservat.«

Eddie sollte in einem Zimmer mit vier Glaswänden und fünfzehn roten Telefonen arbeiten, das auch »Goldfischglas« genannt wurde. An den Tischen gab es keine Stühle. Auf seinem berühmten Wochenendseminar hatte Miles gelernt, daß man stehend viel effektiver verkaufen konnte.

»Halt sie auf Draht, Eddie«, sagte er, »und sie halten *dich* auf Draht. Das ist mein Motto.«

Eddies Job bestand darin, die Leute auf einer Liste anzurufen, die die Firma von irgendeinem Hypothekenverein gekauft hatte. Für jeden Kontakt bekam er eine Provision von £ 1.71 brutto. Ein Kontakt bedeutete, daß irgendwer bereit war, einen Vertreter kommen zu lassen, der dann einen Gratiskostenvoranschlag für »Alles in Sack und Pack« erstellen sollte. Miles sagte, das sei überraschend schwierig. Viele Leute legten einfach gleich auf. Andere glaubten, ein Preisausschreiben auf einer Cornflakespakkung oder so gewonnen zu haben, und man brauchte vielleicht zehn Minuten, um ihnen das wieder auszureden. Fast alle wollten wissen, woher man ihre Nummer habe. Und ein oder zwei sagten dann: »Verpiß dich.«

Miles gefiel Eddies Frisur nicht. Er sagte, man müsse sich selber respektieren, dann würde man auch von den Kunden respektiert. Eddie wies darauf hin, daß niemand ihn mehr respektierte als er selber, und am Telefon würde ihn doch niemand sehen. Aber Miles hatte doch seine Vorbehalte. Er sagte, sie hätten eben sehr strenge Regeln, anzugs- und krawattentechnisch. Alles war eine Haltungsfrage. Als Eddie sich glatt weigerte, sich die Haare schneiden zu lassen, zeigte Miles für eine Sekunde den blöden Ausdruck, für den sein normalerweise eher leeres Gesicht wie geschaffen schien. Dann sagte er, »ich muß verrückt sein, aber für dich mache ich eine Ausnahme, Ed. Ich habe bei dir ein gutes

Gefühl. Ich meine, bringt mich doch in die Klapsmühle, Ed, aber für dich werde ich die Regeln knacken.«

Keith, Russel und Johnny K. waren die Jungs, die drei »Teamleiter«. Sie waren genauso gekleidet wie Miles, abgesehen davon, daß sie weiße Socken trugen. Johnny K. war ruhiger als die beiden anderen, auf seine eigene Weise aber genauso ein Hirni. Jeder von den Jungs leitete eine Gruppe von zehn örtlichen Vertretern, zu denen Fiesi gehörte und die übers ganze Land verstreut waren.

Die Jungs sprachen das Wort »fuck« so aus, daß es sich auf »Park« reimte. »Farking hell«, sagten sie, und das bei jeder Gelegenheit. Manchmal ließen sie den »fuck«-Teil vollständig fallen und verwendeten nur die Endsilbe, »king« oder den Ausruf: »'kinell!« Sie zogen Eddie wegen seiner Haare auf. Sie sagten, sein ganzes Haarspray würde noch dieses »'king Ozondings« ruinieren. Eddie erklärte, er benutze nur ozonfreundliches Haarspray, worauf sie in ein Höllengeschrei ausbrachen und ihn einen 'king-Schwulen nannten. Dann erklärten sie Keith, er würde dieses Ozongedöns bestimmt nicht stören, schließlich habe er schon seit Jahren kein 'king Deo mehr benutzt. Manchmal, wenn die Langeweile sie überkam, sprang plötzlich einer auf und packte den anderen im Schritt, was beim dritten zu hysterischem Gegacker führte. Maria, die Sekretärin, nannte sie blöde Lausebengels. Die Jungs kugelten sich ganz brav.

»Farking Lesbe«, sagte Keith und wurde rot. »Kann nicht mal 'nen 'king-Witz vertragen.«

Trotz allem zockte Eddie genug Kohle ab, um den Wolf von der Tür des Brightside zu verjagen – oder aus dem Foyer, wie Mr. Patel präzisierte – und ein paar Kopien von seinem Demotape machen zu lassen. Das Demo enthielt nur zwei Lieder, geschrieben von einem alten Freund von Eddie namens Jonesy, der jetzt als Ingenieur in Südamerika arbeitete. Es enthielt auch zwei Instrumentalstücke, mehr oder weniger geschrieben von Eddie, mit Betonung auf »weniger«. Abends steckten er und Marion die Demos in gepolsterte Briefumschläge, verfaßten markige Briefe, die eine subtile Mischung aus Arroganz und Bettelei darstellten, und machten alles versandfertig. Manchmal lagen die Demos schon wieder im Brightside, wenn Eddie von der Arbeit kam, waren per Fahrradboten direkt zurückgeschickt worden mit einer oberflächlichen Mitteilung der Plattenfirma, die meinte, das sei nicht gerade das, wonach sie suchten. Der Strom der zurückgesandten Demotapes schwoll so unbarmherzig an, daß Eddie sich vor dem Nachhausekommen fürchtete. Mr. Patel erklärte, kreative Künstler hätten diese Probleme immer.

»Sehen Sie sich Jeffrey Archer an«, riet er. »Der arme Bursche war doch fast bankrott, ehe er sich als Schriftsteller durchgesetzt hat. Und sehen Sie sich ihn jetzt an!«

Die Jungs waren Ärsche, aber nachdem Eddie sich erst einmal klargemacht hatte, daß sie *komplette* Ärsche waren, konnte er mit ihnen umgehen.

Sie sonderten endlose Geschichten über ihre Fahrten quer durchs ganze Land ab, saugten sich Stories über frustrierte Hausfrauen und nymphomanische Tramperinnen ab, die direkt den Leserbriefseiten ihrer Pornozeitungen entsprungen waren. Die Wände im Goldfischglas waren mit entsprechenden Zeitungsfotos und so grundlegenden Ausfalttafeln einschlägiger Magazine gepflastert, daß sie einem Gynäkologen als Schauwand hätten dienen können. Ein Bild war an einer Dartscheibe befestigt, und jeden Morgen versuchten die Jungs, die Brustwarzen der gespreizt dahängenden Frau zu treffen, während sie darauf warteten, daß ihr IBM die Adressen des Tages ausspuckte.

»Die reinsten Herzensbrecher«, antwortete Eddie, als Marion fragte, wie sie denn so wären.

Wie für Miles waren auch für sie Frauen sächlich. Sogar von der Ehefrau sprachen sie als »es«. Ihre Kinder waren »Pimpfe«. Der Montagmorgen hatte seine besondere Routine. Die Jungs kamen hereingetorkelt, reckten sich, gähnten, krümmten sich, streckten sich. Das lag an der anstrengenden Hausarbeit, ihr Euphemismus dafür, daß sie mit ihren Frauen ins Bett gegangen waren. »Farking Hell, es brauchte es einfach«, sagte er, »sonst wäre 'kinell losgebrochen. Es würde noch glauben, ich hätte mir ein 'king Auswärtsspiel geleistet oder so.« Und das sagten sie Woche für Woche, jeden öden Montag, den Eddie durchhielt.

Die Zeitungen, die sie lasen, schienen ausschließlich aus zehn Wörtern zu bestehen – Marsmensch, Dividenden, Blödmann, Schwuler, Ficken, Schlüpfer, Kraut, verdammt, feucht und Thatcher, oder, üblicher, Thatcha.

Das alles kotzte Eddie an, aber er brauchte den Job, und es stellte sich heraus, daß er ihn auch noch gut machte. Er hatte den Dreh einfach raus. Wenn Scheiße eine Kunst wäre, dann wäre Eddie ein alter Meister gewesen. Sagte Miles, und der mußte es ja wissen.

»Du bist der beste 'king Lügner, der mir je begegnet ist, Eddie«, sagte er, »und he, weißt du was, das ist ein Kompliment.«

Der Trick war, ganz schnell rüberzubringen, daß der Kostenvoranschlag nichts kostete. Eddie fand heraus, daß er mehr nicht zu tun brauchte. Er nannte sich Eddie Smith, weil Virago zu lang war und zu viele kostbare Sekunden verstrichen, wenn er den verwirrten Opfern am anderen Ende der Leitung seinen Namen wiederholen mußte. Miles steuerte noch seine eigene Technik bei. Er lieferte Eddie alle Theorien und Initialwörter und Gedächtnisstützen, die er auf seinem Seminar aufgeschnappt hatte; er flüsterte sie in der Mittagspause mit der verstohlenen Miene eines KGB-Agenten in Eddies Ohr.

Miles schien ihn zu mögen. Er sagte, demnächst würde er Eddie und Eddies kleine Frau mal in sein Tipi einladen, aber Eddie behauptete, keine kleine Frau zu haben, und außerdem hatte er meistens am Abend mit seiner Musik vollauf zu tun. Miles schien das nichts auszumachen.

»Ein andermal«, sagte er zu Eddie. Er sagte: »Verstehste, Ed, du und ich, wir sind verschieden.« Eddie gab zu, daß er damit wahrlich recht hätte. »Aber in mancher Hinsicht sind wir uns auch sehr ähnlich, Ed«, sagte Miles dann. »Und weißte was? Das gefällt mir.«

Aber es gab auch ein Problem. Im Laufe der Zeit waren die Jungs immer schwerer zu ertragen. Er konnte das nicht einmal mit Marion besprechen, da er wußte, wenn er ihr auch nur die Hälfte von den Reden der Jungs erzählte, dann würde sie ihn runterputzen, weil er nicht schon längst das Handtuch geworfen hatte.

Sowieso rückte Weihnachten näher, überlegte Eddie. Er würde bis zum neuen Jahr aushalten, sich nach etwas Besserem umsehen. Das mußte sich doch finden lassen. Er rief seinen Vater an und bat um Geld für den Flug, um am Heiligen Abend nach Hause zu kommen. Sein Vater sah das nicht ein. Er fragte, warum Eddie sein Ticket nicht selber bezahlen könnte. Eddie erklärte, daß er leider gerade im Moment ein bißchen knapp bei Kasse sei.

»Kleiner finanzieller Engpaß, Dad«, sagte er. »Nur vorübergehend, weißt du.« Nach einem Tornado von Seufzern gab sein Vater klein bei und versprach, Geld zu schikken. Aber das wäre dann Eddies Weihnachtsgeschenk. Sonst nichts, und keine Klagen. Das war sein Angebot. Er konnte das Geld schließlich nicht aus dem Ärmel schütteln. Eddie sagte, alles klar.

Dann, schon nach drei Wochen Job, passierte etwas.

Sie waren alle auf ein Glas ins Mucky Duck gegangen, um mit Fitzy, dem zweiten Buchhalter, einen zu trinken.

Fitzy hatte nämlich zur großen Verblüffung der Jungs beschlossen, die Welt der jetzt offiziell umgetauften Natty Sax 'n' Bagz nach Weihnachten zu verlassen, um aufs College zu gehen. Miles war glücklich. Er hatte dem chilenischen Sicherheitsministerium soeben 57 000 schwarze Supa-Whoppa-Müllsäcke andrehen können, und deshalb sah die Zukunft lichter aus. Also schmiß er die Getränke. Es hatte sehr schön angefangen, massenhaft gratis Schlangenbiß, denn, wie Miles sagte, ihm sei es »was wert, den Stamm bei Laune zu halten«.

Aber dann kehrte Johnny K. von einem weiteren seiner zum Scheitern verurteilten Beutezüge in Richtung Barfrau mit einem Korb zurück, schlug dabei unkoordiniert mit den Armen und murmelte unzusammenhängend vor sich hin. Er packte Keith und Eddie und zog sie mit sich an die Theke.

»Seht euch das an«, sagte er voller Bewunderung. »Ist das nicht eine dicke Kiste?«

Sie brauchten einen Moment, bis sie gerafft hatten, daß Johnny K. auf eine große runde Uhr auf der Spiegelwand hinter der Theke zeigte, auf der die Namen fast aller Cocktails standen, von denen Eddie je gehört hatte – sowie eine Menge ihm unbekannter –, schön verteilt um das ganze Zifferblatt.

»Fark me«, sagte seufzend Keith. »Ich weiß, worauf du hinauswillst.« Johnny K. hatte eine Idee, und die Jungs sollten nicht enttäuscht werden. Sie würden jetzt bis Mitternacht die Uhr umtrinken. Tod oder Ehre. Kotzhausen oder Koma.

Als ihr »Olé, olé, olé, olé« endlich verstummt war, riet der resigniert aussehende Wirt zur Vorsicht. Er sagte, diese Cocktails seien ganz schön tödlich, und er würde für nichts die Verantwortung übernehmen. Aber Miles ließ sich nicht abweisen. Er zog zwei Fünfzig-Pfund-Noten aus seiner Brieftasche und stopfte sie dem Wirt ostentativ ins Jackett. Er sagte, er hätte hier das beste verdammte Verkaufsteam der christlichen Hemisphäre, und er würde es jetzt nicht im Stich lassen. Die Jungs grölten und hämmerten auf die Tische, als die Barfrau nervös zu ihnen herübergestapft kam, gebeugt von der Last ihres vollen Tabletts. Hände packten Gläser voller exotischem Laubwerk und psychedelischen Farben. Eddie lachte. Er wußte, er würde am Ende alles ins Klo des Brightside zurückschaufeln, aber egal, das spielte im Moment keine Rolle. Er war glücklich. Er hatte genug Kohle. Und als die ersten süßlichen Gebräue mit ihren eleganten Namen durch seine Kehle glitten, war er schon so betrunken, daß für ihn überhaupt nichts mehr eine Rolle spielte.

»Also«, zwitscherte Miles und schwenkte mit rotem Gesicht seine Uhr. »Wer als letzter bei 12 ankommt, ist ein Liberaldemokrat. Okay, Ed?«

»Miles«, nuschelte er. »Ich bin knatschbesoffen, ich hab Hunger, aber mir ist alles scheißegal. Okay?«

Johnny K. teilte ihm mit, das sei die richtige Einstellung. Und daß es manchmal guttat, Hunger zu haben. Er sagte, die Iren fräßen ohnehin zu viele Kartoffeln, und das schlüge ihnen auf den Geist. Eddie sagte, die Engländer fräßen alles, so lange es nur aus einer Konservendose käme.

»Wenn General Galtieri die Engländer wirklich anwichsen wollte«, sagte er und rührte kurz in seinem Langsamen-Fick-im-Stehen, »dann hätte er einfach all die kleinen Schlüssel am argentinischen Dosenfleisch weglassen sollen.«

Keith kicherte und nippte elegant an seinem dritten Harvey-Wallbanger.

»Das ist nicht sehr nett, Eddie, das ist nicht sehr christlich.«

»Na, ich bin ja auch kein Scheißchrist.«

»Du bist doch wohl kein verdammter Jude, oder?« fragte Keith entsetzt.

»Ich bin ein Agnostiker, damit du's weißt«, säuselte Eddie und erledigte seinen Knieflattern in drei Zügen.

»Ooooh«, rief Keith, »ohoo, das bist du also? Na, ich bin ein Scheiß-Stier.«

»Wieso haben die einen Zigarettenautomaten auf dem Frauenklo?« jammerte Johnny K., an niemanden besonders gerichtet.

»Das ist ein Tamponautomat, du Hirni«, seufzte Maria.

»Religion ist Opium fürs Volk, Keith«, sabbelte Eddie höflich und blies den Schaum von seinem Multiplen-Orgasmus. »Das hat schon Marx gesagt.«

»Groucho, ja?« kicherte Miles zu hysterischem Gelächter.

»Ich mein das ernst, Ed, Kumpel«, verkündete Keith und bohrte sich in der Nase, »wie ist das denn mit, du weißt schon, echt Natur und so, nein, nicht lachen, Johnny, du Möwenficker ... wie würdest du, also, das alles erklären?«

»Was faselst du da?« nuschelte Eddie.

Keiths triefäugiger Blick starrte ins Leere, als er sich nachdenklich im Schritt kratzte. Er pichelte einen Mundvoll Lendenöffner und schnaufte, als etwas davon auf seinen Oberschenkel tröpfelte.

»Also, ich denk an ein Blümchen, ja, ich meine, eine verdammte Blume, okay, ich meine, was zum Henker, Fresse halten, Maria, warum zum Henker gibt es die denn überhaupt? Kleine häßliche räudige Fotze von einer Blume, hat niemand was von. Hat doch keinen Sinn, oder?«

»'nz einfach«, Eddie rülpste, »Evolution.«

»Evoscheißlution?« höhnte Keith. »Steck dir das doch sonstwohin, Eddie, ja? Die gibt's, weil Gott sie dahingestellt hat, klar? Ich meine, ergibt doch 'nen farking Sinn.«

»Jungs, Jungs, Jungs, Jungs, Jungs, Jungs«, sagte Miles. »Jungs, bitte.«

»Verpiß dich doch«, schnappte Keith, »und gib mir noch so 'n Ding mit so 'nem 'king Papierschirmchen.«

Eddie hatte das Gefühl, sein Gehirn würde gleich in Zeitlupe implodieren.

»Nein, hör mal, Keith«, widersprach er und kippte seinen Rambo-Brecher in einem Schluck. »Das mußt du doch einsehen, Mann, okay«, er wischte sich die Lippen am Handrücken ab, fühlte sich heiß und zufrieden und bemerkte plötzlich, wie seltsam nett und freundlich und überhaupt angenehm Keiths blaue Augen waren. »Ich meine, ich liebe dich, Mann, also will ich, daß du die Wahrheit erkennst.« Verwirrt und errötend merkte Keith, daß eine Hand sein Revers berührte. »Du mußt verstehen; Keith, du mußt dich befreien, Mann, verdammt. Ich meine, schalte dich in die Wirklichkeit ein, verstehst du, was ich sage? Ich meine, hast du je Keats gelesen? Oder William Blake?«

»Er hat recht«, seufzte Johnny K., schob die Lippen vor, nickte und schlabberte hilflos an seiner Luftgestützten-Landrakete herum. »Er hat ja so recht.«

Eddie warf den Arm um Keiths Schulter und zog ihn an sich.

»Verpiß dich, du schwules Schwein«, riet Keith. Eddie lachte und knuffte seinem Kollegen mannhaft die Brust. Dann leerte er auf dem feuchten Tisch eine Streichholzschachtel und machte sich daran, Darwins Leben und Werk zu erklären, während Keith sich mit wahrer Hingabe seinen Weg durch einen sehr großen Hand Shandy bahnte.

Drei Paripariser, einen Wälz-mich-rum und einen halben Um-Himmels-willen-peitsch-mich-jetzt später war Eddie noch immer nicht weit gekommen. Keith regte sich langsam ab. Mit düsterer Miene kippte er seinen Bollock-Blender und schlug dann auf den Tisch.

»Es gibt einen farking God, und es ist mir doch scheißegal, was du hier von Beagles erzählst, du Arsch.«

»Nein«, widersprach Eddie. »Jesus war ein guter Mensch, aber er war nur ein Prophet.«

»Wer redet hier von Profit?« fragte Miles.

»Komm mir hier jetzt nicht mit Jesus«, warnte Keith und wackelte mit einem Finger. »Ich mein das ernst, Eddie, ein Witz ist ein farking Witz, aber komm mir jetzt nicht so.«

»Friede auf Erden allen, die guten Willens sind«, schlickste Johnny K., dem rosa Flüssigkeit aus den Nasenlöchern quoll.

»Es gibt keinen Gott«, schnaubte Eddie und schluckte bittere Mundfüller seines doppelten Schwanzzünglers. »Das ist einfach verdammte *fucking* Bauernpropadanda, Keith, und das weißt du verdammt genau. Was soll denn das, Mensch, ich meine, auf was für einem Scheißtrip bist du denn, ha? Willst du den verdammten Papst pushen, oder was?«

Keith pfiff seinen Schlappe-Brauer ein, verschränkte die Arme, rülpste laut, schloß die Augen und nickte energisch.

»O ja, da haben wir's, für alle anderen ist das gut genug, aber nicht für unseren farking sogenannten gebildeten ... na, ich sag dir, Eddie Virago, oder wie immer dein verdammter Krabbel-zu-Fuß-durchs-Rote-Meer-Name lautet. Ich gehöre zur Arbeiterklasse und bin stolz darauf.«

»Aber Keith«, nuschelte Johnny K., »hast du letztesmal nicht die Tories gewählt?«

»Ha!« rülpste Eddie, haarscharf zu laut. »Ha.« Miles sah ihn nervös an.

»Mußt du kotzen oder was?« erkundigte er sich und bedeckte sein Glas mit der Hand.

»Hab ich farking nicht, du Möwenfotze«, kläffte Keith. »Und überhaupt, darum geht's hier nicht. Das ist was anderes.«

»Himmel«, seufzte Maria. »Du bist wirklich ein Vollidiot, was, Keith?«

»Na, wenigstens bin ich keine farking Lesbe«, kläffte Keith, »wie andere Arschlöcher, die ich hier aufzählen könnte.«

Eddie hatte Schwierigkeiten, seinen Kiefer zu bewegen. Sein Magen fühlte sich an, als hätte er eine Waschmaschine verschluckt. Ihm fiel auf, daß jedes Wort von Keith jetzt mit einem »S« anzufangen schien. Das ging ihm auf die Nüsse. Das und die Tatsache, daß Keiths außergewöhnlich scheußliche und gerissene blaue Augen zu eng beieinander saßen. Ja. Das war ihm noch nie aufgefallen, aber das war einwandfrei der Fall, Irrtum ausgeschlossen. Er konnte es jetzt sehen, dieses widerliche Schwein. Und seine Nase war auch zu groß. Jesus, dieses ekelhafte kleine Arschloch. Leute wie Keith, überlegte sich Eddie, sollte man einfach an die Wand stellen und abknallen. Oder, noch besser, zu Tode prügeln.

Heiße, wütende Luft schien an Eddies Ohren vorbeizujagen, als er seinen Stoß-mich-blöde kippte.

»Na, ich sag dir, so Stechschrittdjangos wie du haben den verdammten Spanischen Scheiß-Bürgerkrieg angefangen. Ja, du, du persönlich, du Fascho. Ja, du. Brauchst dich nicht umzusehen, ich red mit dir, Adolf.«

»Warum können wir uns nicht alle liebhaben«, jammerte Johnny K., »warum können wir uns nicht alle ...«

»Weihnachtspläne, Ed?« fragte Miles munter.

»Ach, verpiß dich, du Reaktionär«, sagte Eddie.

Keith schluchzte plötzlich über seinen Versenk-die-Belgrano und murmelte: »Aber ich meine, das arme kleine Jesuskind, ganz allein in seinem kleinen Stall, er und die farking Kühe und Scheiße und Stroh. Ganz allein in der Welt. Niemand kümmert sich um ihn. Armer kleiner Bastard.« Und er schneuzte sich laut in seinen grün-braunrot gemusterten Schlips.

»O wie niedlich«, pöbelte Eddie, »wie niedlich, was würde wohl am Weihnachtstag der Pastor dazu sagen, daß du den mutmaßlichen Nachkommen des Allwissenden Gottes als illegitimes Kind der Liebe bezeichnest? Wirklich ganz entzückend.«

»Das ist das verdammte Problem mit euch Iren, ihr habt keine farking Religion. Ihr betet doch alle die verdammte Sonne an.«

»Zuviel verdammte Religion«, knurrte Eddie. »Das ist das Problem. Was wir wirklich brauchen, ist, daß organisierte Massen der Arbeiterklasse«, er merkte, wie er aufsprang und eine Faust ballte, »sich zusammenschließen, die Ketten der Hörigkeit abwerfen und ihre gemeinsamen kapitalistischen Unterdrücker stürzen.« Irgendwo im Hinterkopf hörte er tosenden heroischen proletarischen Applaus.

»Wen hast du hier gemeint, du Wichser?« fauchte Keith.

»Hat irgendwer von Ketten der Hörigkeit geredet?« fragte Miles. »Ich glaube, davon hab ich schon gehört.«

»Arbeiterklasse, mein Arsch«, erklärte Johnny K.

»O Himmel, nicht schon wieder«, stöhnte Maria und griff nach ihrem Mantel, Musik klimperte aus der Jukebox. Miles leerte seinen J.-Danforth-Heuler und zündete sich eine Zigarette an. Alle schienen ihn anzustarren, alle außer Keith und Eddie, die zu sehr damit beschäftigt waren, einander anzuglotzen. Dann kippte Keiths Kopf vornüber und berührte seine Hände. Er fing an zu weinen. Seine

Schultern bebten, und Johnny K. drückte beruhigend seinen Oberschenkel.

»Ich hau dann ab, Jungs«, sagte Fitzy. »Und vielen Dank für diesen netten Abschied.«

»Du bist ein Wichser«, weinte Keith. »Du bist ein herzloser Wichser, Eddie.«

»Und du«, kreischte Eddie, »du bist ein verdammter Monotheist!«

Hinter dem Tresen seufzte der Wirt tief und schnippte mit den Fingern. Der schwarze Rausschmeißer kam von der Tür herübergewandert, legte Eddie seine massiven Hände auf die Schultern und drückte ihn sanft wieder auf seinen Stuhl.

»Ganz richtig, Mann«, sagte Eddie zum Rausschmeißer. »Nelson Mandela durch und durch, ja? Jeder Schuß ein verdammter Siedler, okay?«

»Komm uns nicht so, Paddy«, sagte Keith und lächelte plötzlich. »Du bist hier nicht in 'king Belfast.«

Wieder sprang Eddie auf und fühlte sich jetzt seltsam nüchtern, total nüchtern, schwärzlich nüchtern, nüchterner sogar, als wenn er überhaupt nichts getrunken hätte, nüchterner als je in seinem ganzen Leben – falls das jemanden interessierte, obwohl es verdammt noch mal doch niemanden etwas anging. Reiner destillierter Haß strömte durch seine Adern. Verachtung brannte in seinem Gehirn. Er öffnete den Mund, aber es kam kein Wort. Alles verschwamm vor seinen brennenden Augen. Hitze sickerte aus seinen Poren. Alle in der Kneipe schienen ihn anzustarren. Er glotzte Keith an, und ihm ging so ganz nebenbei auf, während er anfing, rhythmisch hin und her zu schwingen, daß er ihn gern ermordet hätte, am liebsten auf eine bizarre, vor allem aber außergewöhnlich schmerzhafte Weise.

»Hör jetzt auf, Ed«, sagte Miles. »Spiel hier nicht verrückt. Hier, nimm noch einen Multiplen-Orgasmus.«

Eddie warf den Kopf in den Nacken und heulte die Dachbalken aus Eichenimitat an.

»Maggie, Maggie, Maggie, raus, raus, raus.

Maggie, raus,

Maggie, raus,

Maggie, Maggie, Maggie ...«

»Raus, raus, raus«, sagte Miles zerstreut.

»'kinell«, sagten beide Keiths und schüttelten ihre schielenden und scheußlichen Köpfe. »Ist ja wohl kein Wunder, oder?«

»Was ist kein Wunder?« spuckte Eddie.

»Kein Wunder, daß bei euch im Leprechaunland der Teufel los ist.«

Vier Johnny K.s kicherten in ihre Gläser.

»Halt die Fresse!« brüllte Eddie die Armee von kaleidoskopischen Keiths an, die vor seinen Augen tanzten. »Ich warne dich.«

»Na los, Paddy«, höhnten die, »wär mir doch ein Vergnügen!«

Miles leerte seine Missionarsstellung und versuchte, etwas zu sagen.

Aber es war zu spät. Die Kneipe schien zu explodieren. Getränke und Gläser und Aschenbecher und Oliven und Zitronenscheiben und rosa Papierschirmchen flogen durch die Luft. Irgendwer schrie. Die Jukebox machte einen Sprung. Eddie fand sich an der Wand wieder, und Keiths lächelndes Gesicht ragte dicht vor seinem eigenen auf. Er hörte, wie sein Hemd zerriß, als Keith ihn am Kragen packte. Irgendwo sah Eddie Blut. Und wie Johnny K. und Russell Miles gepackt hielten. Er hörte Glas splittern. Er sah, daß ein Unbekannter ihn anlächelte.

Keith bewegte die Lippen. Er schloß die Augen. Seine Wangen bewegten sich, als er laut schnaufte. Und dann spuckte er Eddie in die Augen.

Keiths breite sommersprossige Stirn traf Eddies Nase. Dann zog er die Schultern hoch, knirschte mit den Zähnen und stieß noch einmal mit dem Kopf zu. Eddie ergab sich dem Schmerz. Er spürte, wie sein Körper herumgeschleudert wurde. Seine Wange schürfte an der Gipswand entlang. Sein Arm wurde hinter seinem Rücken verdreht. Er sah sein Blut gleichmäßig auf die Fliesen tropfen, wo es auf dem Lack herumglitt, bis es verschwand. Ein Knie preßte sich in seine Kniekehlen und zwang ihn auf die Knie, wie zum Beten. Sein Hosenboden fühlte sich warm und feucht an. Irgendwo tobte das Feuer.

Eddie lag auf dem Rücken und starrte die Decke an, konnte nicht reden. Er bewegte die Arme, aber der Schmerz jagte über seinen Rücken und zerriß seinen Körper überall, bis er nicht mehr wußte, wo er herkam. Gesichter starrten auf ihn herunter. Das Zimmer fing an, sich zu drehen, erst langsam, dann blieb es stehen, schließlich steigerte es sich zu einem wirbelnden Karussell aus Lärm und Feuer. Alles sah schwarz und weiß aus, und als er schluckte, überschwemmte der beißende und metallische Geschmack von Blut seine Kehle. Er spürte etwas Klebriges in seinem Gesicht. Es fühlte sich an wie Honig. Er dachte an Marion. Irgendwo in seinem verwüsteten Kopf wünschte er nur noch, sie wäre da. Er sah ihr schmales Gesicht im Feuer, und er sah sie vor Schmerz aufschreien, ihre Augen dunkel und ihre Haare glühend, ihre Hände streckten sich aus den Flammen, um ihn zu berühren.

Als Eddie erwachte, bohrte sich ein Preßluftbohrer voller Energie in sein Gehirn. Er lag flach auf dem Rücken in einem mit weißen Fliesen ausgekleideten Zimmer, und Miles stand über ihm, ohne Schlips, mit offenem Kragen, sein weißes Hemd war von Blutflecken übersät. Hinter ihm standen zwei Polizisten, einer schwarz, einer sehr weiß und sehr müde.

»Fuck sei Dank«, stöhnte Miles. »O Jesus.«

Er bat Eddie, nicht zu sprechen. Er sagte ihm, er habe sich in die Zunge gebissen und sein Blut eingeatmet.

Die Krankenschwester war Irin. Sie nähte die Wunden an seinem Kopf und legte ihm einen Eisbeutel aufs Gesicht. Sie fand, U2 täten sehr viel für Irland.

»Wenn du auch nur ein Wort über Dean Bean verlierst«, warnte Eddie sie, »schreie ich, okay?«

»Armer Junge«, seufzte sie. »Der redet im Fieber.«

Miles erzählte, daß Johnny K. und Russel keine Probleme hätten, daß sein anderer Angestellter die Nacht dagegen wohl hinter Gittern verbringen müßte. Eddie konnte nicht richtig reden.

»Wollen Sie Anzeige erstatten?« stöhnte der schwarze Polizist. Eddie nickte wütend. Miles legte ihm die Hand auf die Schulter.

»Hör mal, Eddie, Kumpel«, sagte er. »Das ist verrückt, und wir wollen doch nicht, daß du irgendwelche Dummheiten machst.«

»Der Wichser wird angezeigt«, sagte Eddie, »und Pfoten weg von mir, Miles.«

Eine Stunde später, als er sich besser fühlte, stolperte Eddie zur Telefonzelle im Foyer und rief Marion an. Sie hatte sich schreckliche Sorgen um ihn gemacht. Sie sagte, seine Stimme hörte sich an, als ob er den Mund voll Marshmallows hätte. Zuerst wollte sie nicht glauben, daß er aus einem Krankenhaus anrief. Aber als er mit seinem zerschlagenen und blutigen Gesicht in der Tür des Brightside zusammenbrach, tat sie es doch.

Er erzählte Marion, er hätte versucht, einer kleinen alten Dame zu helfen, die in der All Saints Road von zwei Skinheads überfallen worden war.

Marion sagte, in diesem Land gäbe es wirklich einige perfekte Arschlöcher, und Eddie meinte, ja, und das Problem wäre, daß sie seine Brieftasche geklaut hätten, mit seinem ganzen Monatsgehalt, und jetzt wäre er pleite. Sie sagte, keine Panik. Sie würde ihm ein paar Pfund rüberschieben.

Mr. Patel sprang auch ein. Er kam ins Zimmer, als Eddie in seinen Mikhail-Gorbatschow-Boxershorts mit einem nassen Handtuch auf dem Gesicht zitternd mit gespreizten Armen und Beinen auf dem Bett lag. Er fragte, ob Eddie sich einen Moment aufsetzen könnte. Strahlend vor Stolz reichte er ihm einen Briefumschlag. Eddie bat Marion, ihn zu öffnen. Darin steckten Thames-Water-Anteile im Wert von 200 Pfund. Mr. Patel hatte sie ihnen erst Weihnachten geben wollen, sagte er, als Geschenk, weil sie ihm doch beim U-Bahn-Streik so sehr geholfen hatten, aber unter diesen Umständen könnten sie sie auch gleich haben. Er hoffte, sie würden ihnen zu einem guten Start verhelfen, und sie würden sie klug verwenden, für ihre Zukunft. Er fand es einfach ganz schrecklich, sagte er, was Eddie passiert war. Er wollte nicht, daß sie einen schlechten Eindruck von England bekamen.

»Die meisten Leute hier sind nicht so«, sagte er traurig. »Diese Tiere sind faule Äpfel, Eddie.«

Am Montagmorgen rief Miles Eddie und Keith bei Arbeitsbeginn zu sich ins Büro.

»Ihr beide seid gute Jungs«, teilte er ihnen mit. »Die Welt ist euer Aschenbecher. Für euch beide liegt in diesem Spiel eine große Zukunft, aber ich kann nicht zulassen, daß ihr euch hier wie die verdammten Apatschen benehmt, oder?« Er befahl ihnen, sich zu küssen und sich zu versöhnen, die Friedenspfeife zu rauchen. Keith starrte den Teppich an und sagte, es täte ihm leid. Er hatte gar nichts gegen die Iren und gegen die verdammten Juden übrigens auch nicht. Alles kam nur vom Suff. Miles erklärte, ihm ginge es meilenweit am Arsch vorbei, woher alles kam, das dürfte jedenfalls nicht wieder passieren. Keith erzählte, der eheliche Haftinspektor hätte ihn reichlich vermöbelt, als er von seiner Nacht im Knast nach Hause gekommen war, falls das ein Trost sein könnte. Eddie schüttelte seine Hand und sagte, alles klar. Keith sah ehrlich bedrückt aus, und er sagte immer wieder, daß ihm alles leid täte und daß er gegen niemanden etwas hätte, bis es anfing, peinlich zu werden. Miles sah aus wie ein stolzer Vater beim Sportfest. Er sagte, beide würden eine Weihnachtszulage bekommen. »Aber gebt nicht alles für Wein, Weib und Gesang aus«, stichelte er. »Für Gesang ausgegebenes Geld ist meistens verschwendet.« Dann sagte er, sie könnten wieder an die Arbeit gehen, und sie würden nicht mehr über die Sache sprechen. »Wir sind hier ein Team«, sagte er. »Und wenn die Scheiße zur Klimaanlage rausdampft, wir sind ein Team. Vergeßt das nicht!«

Einige Tage später, als die Weihnachtswoche über London hereinbrach, kam Eddies Flugschein an. Und als Marion abends von der Arbeit zurückkehrte, erzählte er ihr, daß es gute Nachrichten gäbe. Der Manager der Hothouse Flowers hatte drüben in Dublin sein Demotape gehört und bezahlte Eddies Flug, damit er über Weihnachten bei ein paar Sessions für ihre neue Platte in Dublin mitmachen könnte. Sie konnte es nicht glauben. Sie nahm ihn in die Arme und küßte sein immer noch zerschundenes Gesicht wieder und wieder. Er fragte, ob es ihr etwas ausmachte, allein mit der Fähre nach Donegal heimzufahren, und sie sagte, natürlich nicht. Sie küßte ihn noch einmal und sagte, die Nachricht hätte Weihnachten für sie einfach perfekt gemacht. Eddie sagte, er würde auf dem Cover nicht erwähnt werden oder so, aber es würde eine Mega-Erfahrung für ihn sein. Sie meinte, es wäre einfach spitze, und sie kaufte eine Flasche Sekt. Sogar Mr. Patel nahm einen Schluck. Und auch Mrs. Patel.

Mr. Patel sagte, sie hätten wirklich Grund zum Feiern. Tränen füllten seine schönen braunen Augen. Mrs. Patel war wieder guter Hoffnung. Er winkte zu seiner Frau hinüber, wie ein Zauberer einer Dame im Pailettenkleid applaudiert, die er gerade zersägt und wieder zusammengesetzt hat.

»Ich bin so stolz auf sie«, weinte er und hielt ihre winzige Hand. »Ich wünsche Ihnen beiden auch das Glück, das wir gefunden haben.«

Eddie wollte einen Zug durch die Gemeinde machen, aber Marion konnte nicht. Sie mußte ihre Sachen für die Reise packen. Sie mußte am nächsten Morgen früh los.

»Wir sind nicht alle große Rockstars wie du, Eddie Virago«, neckte sie. »Uns geht's nicht allen so gut wie dir.« Und dann sagte sie, sie sei stolz auf ihn.

»Ja«, Eddie zuckte die Schultern. »Weiß ich doch.«

»Frohe Weihnachten, Eddie«, sagte sie. »Ich werde an dich denken.«

Und sie liebten sich im Dunkeln, während die weißen Gitter der vorübergleitenden Autoscheinwerfer an der alphabetisierten Wand auf und nieder tanzten.

Die O'Connell Street war von grauem, trügerischem Schnee bedeckt, der sich unter dem Matsch hart wie Marmor zusammenballte. Grölende Gruppen von Dubliner Heiligabendtrinkern quollen aus den Pubs und Discos. Streifenwagen patroullierten, bremsten scharf an vereisten Ecken, rote Lichter naß in Schaufenstern, deren Puppen traurig glotzten. Das Wasser im Anna Livia-Denkmal – das Flittchen im Whirlpool – war fest gefroren, Chipstüten, Coladosen, Kondomverpackungen und Hamburgerpapierchen waren allesamt im Aspik des durchscheinenden

Eises geliert. Das GPO schimmerte in blassem gelbem Licht, und sämtliche Fenster zeigten als Dekor grüne Fahnen mit der goldenen Aufschrift »Willkommen zu Weihnachten in der Heimat«. Hinten in der Henry Street glitzerten die sternförmigen Lichter verheißungsvoll im lila Smog. In der Talbot Street sah es genauso aus. Eddie sah einen torkelnden Betrunkenen in einem Nikolauskostüm einem Taxi winken und hineinspringen, wobei er nur kurz innehielt, um eine Zigarettenpackung aus seiner Brusttasche zu fischen. Zwei Soldaten warteten an einer Bushaltestelle, fette Tornister zu ihren Füßen. Vor den Türen der Imbiß-Buden standen lange Schlangen. Die Billardkneipen und Spielhallen waren voller junger Typen in Jeans, die fluchten und Billardkugeln in die Löcher schmetterten. Und die ganze Straße schien vom überschwenglichen Summen der Jackpotglocken und dem beharrlichen Dröhnen übersteuerten Heavy Metal zu vibrieren. Paare rutschten auf dem Asphalt hin und her, Weihnachtslichter in ihren Augen, lachten, küßten, balgten sich. Unter dem Daniel O'Connel-Denkmal teilte sich eine Gruppe von stämmigen Fahrenden, alles Frauen, die sich in karierte Decken eingehüllt hatten, eine Flasche mit irgendeiner dampfenden Flüssigkeit und zählte in einen schäbigen kleinen Korb ihre Tageseinnahme. Und überall auf der Liffey tanzte das schwarze Wasser im Licht, überall, bis hinter der silbernen Halfpenny Bridge und beim Phoenix Park, wo der Neonregenbogen am riesigen Papstkreuz hoch und runter glühte.

Eddie ging vorsichtig am schwarzen Rumpf des Trinity College vorbei zur Westland Row und fühlte sich zugleich mißtrauisch und erregt. Dublin zu Weihnachten war eine gefährliche Stadt. Zu viele Bekannte, die darauf warteten, aus dem Schatten zu springen und einem mit ihren letzten Erkenntnissen vor der Fresse herumzuwedeln.

Kennedy's war total überfüllt. Heiße feuchte Luft und

der Geruch von Schweiß und Guinness versengten Eddies erfrorene Wangen, als er die Tür aufstieß. Laute traditionelle Musik drang aus den Lautsprechern, und einige Studenten in Duffle-Coats sangen mit und hoben die Faust, wenn der rebellische Refrain an der Reihe war. Eddies Ohrläppchen und seine Nase schmerzten vor Kälte, und auch die Seiten seines geschorenen, stoppeligen Kopfes taten weh. Eine riesige Wolke von Zigarettenrauch hing unter dem Leuchter, wälzte sich von einer Seite des Tresens auf die andere, behielt aber immer ihre lila Form. Schäumende Pints mit gelblichen Häubchen gingen von Hand zu Hand, schlabberten über den Boden und in den Nacken der Leute. Eddie zwängte sich seitwärts durch die Menge, erkannte Gesichter, saugte die ganze geschwätzige, flirtgeladene Kakophonie eines Heiligen Abends in sich auf.

»He, Schwanzlutscher«, ertönte hinter ihm eine Stimme, »wo steht's?«

Eddie fuhr herum und sah gerade noch ein Paar rosa Lippen, die sich auf seine Wange senkten.

»Dean Bean«, lachte er. »Was steigt denn hier?«

»Hier steigt nichts, nur die Miete«, lachte Beano und packte Eddies Hand. »Was steigt bei dir?«

»Mir geht's super«, sagte Eddie. »Einfach super.«

»Jesus, Mann«, fragte Beano. »Was zum Henker ist mit deinem Gesicht passiert?«

Eddie antwortete, das sei eine lange Geschichte.

Dean Bean kaute Kaugummi und war wie immer geübt lässig. Seine knochigen Knie lugten aus seinen Levi's, und sein braunroter Pepita-Pullover sah aus, als ob er dringend eine Runde durch den Waschsalon nötig hätte. Er packte Eddie am Ellbogen und dirigierte ihn aufs Herrenklo, wo er eine kleine Tabaksdose aus der Hosentasche zog. Er schaute verschwörerisch über die Schulter, unschuldige

Augen funkelten, dann zog er Eddie in eine Klozelle. Die geöffnete Dose war mit weißem Pulver gefüllt.

»I'm dreaming«, krähte er, »of a white Christmas«, und er rollte eine blaue Zwanzigpfundnote auf. »Toll, dich wiederzusehen, Kumpel«, sagte er, schlug Eddie in den Rükken und drückte ihm die Dose in die zittrigen Hände. Eddie konnte sehen, wie ihn das nachdenkliche Gesicht von W. B. Yeats vom Geldschein her anstarrte, während er hart an dem sauren weißen Pulver schnupfte. »Heimgekehrt der Held«, sagte Beano, schloß die Augen, schnupfte fest, tippte sich auf die Nasenflügel. Eddie schnaufte, bis seine Augen anfingen zu tränen.

Beano sagte, die Clique hätte ein paar Tische im Hinterzimmer in ihrer Gewalt. Aber Eddie wollte erst einmal wissen, wer da war. Es gab einige Leute in Dublin, denen er nun wirklich nicht in die Arme laufen wollte. Und er war auch nicht auf dem richtigen Gute-alte-Zeiten-Trip.

»Trip?« fragte Beano. »*Trip*? Wo zum Henker hast du dich denn rumgetrieben, Mann? Planet Woodstock?«

Eddie spürte zu seiner Überraschung, daß er rot anlief.

Beano riet ihm, sich abzuregen, und zog seine Stielaugen ein. Er zerrte Eddie aus dem Männerklo und ins Hinterzimmer an einen Tisch, an dem Eddie diverse angeödete Gesichter erkannte, unter anderem, ganz am Ende, die von Jimmy und Ruth. Beano schlug Eddie noch einmal auf die Schulter und brüllte: »He, alle herhören, wir haben einen Neuzugang zu vermelden!« Alle starrten. Mürrisches Lächeln. Ruth winkte Eddie zu, er solle sich zu ihnen setzen. Sie sah wieder nervös aus. Und Jimmy betrunken und verschwitzt und haarscharf zu alt.

»Später«, formten Eddies Lippen stumm. Sie machte ein enttäuschtes Gesicht.

Eddie setzte sich zu Dean Bean und Ronnie Kavanagh, und irgendwer reichte ihm ein Glas.

»Gefällt dir drüben, ja?« fragte Ronnie plötzlich.

»Geht so«, antwortete Eddie.

»Also ich find's schrecklich. War ein paarmal da. Bier schmeckt wie Pisse.«

Beano lachte laut: »Du mußt's ja wissen, Mann.«

»Mir gefällt's«, sagte Eddie.

»Sei dir gegönnt.« Ronnie küßte sich den Bierschaum von der Oberlippe. »Bier hat geschmeckt wie *Pisse*!«

Beano sagte, er tränke ohnehin zuviel. Er sollte sich vorsehen. »Ich bin selber eine suchtgefährdete Persönlichkeit«, sagte er.

Ronnie erwiderte, ihm sei das noch nie aufgefallen.

»Ich kann trinken, und ich kann es auch lassen«, sagte er.

»Deine Persönlichkeit meinte ich.«

Beano zeigte ihm den Finger.

»Und wie steht's im Rock 'n' Roll-Geschäft?« fragte Beano und trommelte auf Eddies Arm. »Awopbopaloobob.«

»Ach, das läuft schon«, antwortete Eddie bescheiden. »Ich hab ein paar Labels, die mich beschnüffeln, weißt du. Hab ein bißchen auf Sessions gearbeitet, gutes Geld.«

»Heilige Mutter Gottes im Schlafsack«, brüllte Beano. »Meine Fresse!«

»Ach ja?« meinte Ronnie. »Für wen?«

»Für Jesus and Mary Chain«, antwortete Eddie leichthin und zündete sich eine Zigarrette an.

»Du verdammtes Arschloch«, sagte Beano. »Wieviel?«

»Zwei fünfzig pro Tag«, antwortete Eddie und zuckte lässig die Achseln. Ronnie nippte an seinem Pint.

»Auf drei Eier aufrunden wollten sie wohl nicht, was?« fragte er.

Dean Bean lachte wieder und bezeichnete Ronnie als Arsch. In seinem Arkansas-Akzent hörte sich das Wort komisch an.

»Guter Witz, Ron«, lächelte Eddie. »Und was treibst du so?«

Ronnie arbeitete im Büro seines Vaters als Knabe für alles und wartete auf das Ende des Einstellungsstops im öffentlichen Dienst. Er schrieb immer noch ein wenig, aber nicht viel. Nur so am Wochenende. Gelegenheitsgedichte.

»Sehr gelegentlich«, meinte Beano, aber Ronnie ignorierte ihn. Er hatte was mit einer Deutschen, die hier in Dublin Volkskunde studierte.

»Du kennst doch die Sorte«, sagte er. »Magische Leprechauns und Aran-Unterhosen.« Offenbar auch bei den Grünen engagiert, das waren ja wohl alle da drüben.

Charlie fragte Eddie, was er so liebestechnisch in London am Laufen hatte. Er sprach es lang und wollüstig aus, liiiiiiebe, wie ein Soulsänger.

»Na los, Ed«, sagte er, »wer schlägt dir die Sahne, ha?« Ronnie lachte schnaufend.

»Nix«, antwortete Eddie. »Nix da, Massa. Nicht noch mal. Nicht nach dem letzten Reinfall.«

»Ein Biß und dann Schiß, was?« fragte Beano.

Am anderen Ende des Tisches warf jemand ein Pint Guinness um, und eine große Frau, die Eddie nicht kannte, sprang fluchend auf, ihr weißes Kleid war vorn mit braunen Flecken übersät.

»Zwei Bissen, ausgeschissen«, sagte Eddie, und Ronnie kicherte in sein Glas. Aber Beano hörte plötzlich nicht mehr zu.

»Ach, Jesus Christus«, seufzte er tief. »Wen haben wir denn da? Ich meine, wenn man vom Teufel spricht ...« Eddie lehnte sich sehr ruhig zurück. Er wußte, was passieren würde.

Irgendwer zwängte sich zwischen sie und hielt Eddie von hinten die Augen zu. Er wußte sofort, um wen es sich handelte. Es war ihr Parfüm. Süß und teuer und anspruchsvoll. Er hatte es immer gehaßt. Er berührte ihre Finger und spürte, wie sie seine umschlossen.

»Bist du's denn wirklich, fragte sie?« fragte Jennifer. Sie hatte diese Angewohnheit, ab und zu von sich selber in der dritten Person zu sprechen. Sie fand das cool, und manchmal klappte das. Aber nur selten.

Jennifer sah gut aus. Sie hatte ein wenig abgenommen, aber ihre wunderbaren Augen waren klar und hell, ihre Haut hatte die Farbe von Milchkaffee. Sie redeten eine Weile, aber Ronny und Beano führten jetzt eine gebrüllte Diskussion über Descartes, und es war einfach zu laut. Jennifer schmiegte sich an Eddie, damit er sie hören konnte, und ihr Pfefferminzatem liebkoste sein Gesicht. Und dann warf sich noch jemand auf seiten der Anti-Cartesianer in die Debatte, und Eddie konnte gar nichts mehr hören, soviel Mühe er sich auch gab, und er schlug vor, für ein paar Minuten nach draußen zu gehen.

Draußen in der Gasse ließen sie sich fortreißen, küßten sich und bibberten in der Kälte. Eddie schob seine Hand unter Jennifers Rock und befingerte sie, während ihre Hüften gegen die Tür stießen. Es war, als ob sie eine halbvergessene Sprache sprächen. Ihr Atem war wie Rauch, und Eddies Absätze rutschten immer wieder auf dem Eis aus. Schließlich, mitten in einem besonders enthusiastischen Vorstoß, fiel er rückwärts in eine Pfütze und zerschrammte sich die Hand an einem Mülleimerdeckel. Sie lachte nicht. Also stand er wieder auf, und sie befummelten sich fertig, während das rhythmische Geschrei der Pogues in »Fairytale of New York« aus dem Notausgang dröhnte.

Als Eddie kam, sagte sie etwas auf Spanisch. Und als sie kam, sagte Eddie gar nichts.

»Sie meinte, wahrscheinlich war das keine so großartige Idee«, sagte Jennifer. Eddie meinte, dafür sei es jetzt ein bißchen zu spät. »Wahrscheinlich hältst du mich für eine

Nutte«, sagte sie. Eddie sagte, das sei albern, natürlich nicht.

»Außerdem«, er zuckte die Achseln, »ist Weihnachten.« Jennifer knöpfte ihre Bluse zu und wollte wissen, was das damit zu tun hätte.

»Auld Lang Syne«, sagte er. »Du weißt schon. Friede und Wohlwollen.«

»Danach gingen sie um den Block und redeten über Nicaragua«, sagte Jennifer träge und glättete ihren Rock. Sie sagte, das sei ein sehr schönes Land, und alle Politiker seien Dichter. Und Eddie erzählte ihr, wie gut alles in London für ihn lief und daß es das Beste war, was er verdammt noch mal je getan hatte, dieses blöde Loch von einem Land zu verlassen. Sie fragte, ob ihm seine Freunde nicht fehlten.

»Freunde?« Eddie lachte. »O ja, tolle Freunde, wirklich, eine Sammlung von Scheißverlierern und Eckenstehern, die sich alle gegenseitig einen runterholen und den Dolch in den Rücken stoßen.« Jennifer fand dieses Urteil ein bißchen hart. Eddie sagte, schließlich sei Weihnachten. Das brachte immer sein inneres Arschloch zum Vorschein.

»Du wirst dich nie ändern, Eddie«, sagte sie. »Du bist eben ein Schauspieler.« Er wußte nicht, was sie meinte. Außerdem spielte es sowieso keine Rolle.

Als sie wieder hineingingen, saß ein gutaussehender Kerl in schwarzem Blazer am Tisch, hatte den Kopf in eine Hand gestützt, nippte an einem O-Saft und betrachtete Dean Bean mit einer Art spöttischer Nachdenklichkeit. Er hatte eine Frisur wie ein modebewußter Jesuit und eine leichte Stupsnase. Beano war in seinem Element. Wie üblich hatten Alk und Koks ihn völlig unzurechnungsfähig gemacht. Er fuchtelte mit den Armen und faselte von der verlorenen Generation. Seine Augen leuchteten dabei erregt, und immer wieder zündete er sich Zigaretten an, ließ sie auf den Boden fallen und versuchte, sie wieder aufzuheben.

»Sozialismus!« schrie er. »Die Irische Labour Party würde doch den Sozialismus nicht einmal erkennen, wenn der sie in den Arsch bisse! Meine Fresse, die stand doch nur da und guckte sich eine verlorene Generation an.«

»Jessas«, seufzte Jennifer. »Ist es denn nicht toll, zu einer verlorenen Generation zu gehören? Ich wüßte wirklich nicht, worüber Beano sonst reden könnte.«

Sie stellte ihm Leppo vor. Leppo war Rugbyspieler und Centre in der irischen Nationalmannschaft. Sein Händedruck war warm und kräftig, aber sein Atem roch sauer. Eddie hatte sein Gesicht schon in der Zeitung gesehen, aber das wollte er nicht zugeben. Sie waren nicht fest zusammen oder so, er war einfach nur Jennifers derzeitiges Affärchen. Er sah aus wie die Sorte Typ, die noch im Dreck ihr Gewehr präsentieren. Jennifer sagte irgendwas von einem Autogramm für Eddies Alten, aber Eddie sagte nix da, der stand nicht mehr auf Rugby, jetzt war Radfahren angesagt, seit Stephen Roche die Tour de France gewonnen hatte.

»Pezzos Spiel«, sagte Leppo, warf den Kopf in den Nakken und lachte.

»Und was ist mit Scheiß-Südafrika?« nuschelte Charlie. »Was ist mit Nelson Mandela?« Leppo sagte, he, bei welcher Mannschaft spielt der noch, und lachte. Dann sagte er, nein, echt, Rugby war sowieso kein Spiel für die Schwarzen. Beano sagte, kann schon sein, aber irische Spieler sollten nicht nach Südafrika fahren und die Apartheid unterstützen. Aber Leppo meinte, wenn er je die Gelegenheit bekäme, dann würde er auch hinfahren und sich selber umsehen – mit Kußhand. Man konnte doch nicht über etwas reden, fand er, das man nicht selber erlebt hatte.

»Ich meine«, gackerte er, »ich werd mich vom verdammten Papst doch auch nicht übers Ficken beraten lassen, oder?«

Eddie fühlte sich mies. Leppo fing an, von der Bank in

London zu erzählen, in der er arbeitete, von Darlehen oder so, Zinssätzen, aber das Koks verschärfte jetzt alles. Als Eddie zu sprechen versuchte, durchjagte ihn eine entsetzliche Angst. Er sah, wie Jennifer lachte und Leppos Arm berührte, wenn sie ihn unterbrechen und selber etwas sagen wollte, sah, wie seine Finger ihre Hand drückten. Die Farben funkelten. Die Musik kam ihm elektrisch und komisch vor. Wenn er Jennifer ansah, kräuselte sich ihr Gesicht wie ein Spiegelbild im Wasser. Und ab und zu kam irgendwer mit einem aufgeweichten Bierdeckel oder einer Serviette und bat Leppo um ein Autogramm. Jedesmal riß er denselben Witz: »Komm mir ja nicht mit 'nem Scheck, okay?«

Eddie entschuldigte sich und taumelte in die Toilette, wo er sich zwei Finger in den Hals steckte und in die Pißrinne kotzte. Daran war nicht Leppo schuld. Es kam einfach vom miesen Koks, das wußte er, und er wollte jetzt keine Paranoia kriegen, nicht an Heiligabend, der war ohnehin schon verrückt und paranoid genug. Typisch Dean Scheiß Bean. Auf den war mit Drogen einfach kein Verlaß. Der nahm eben alles. In der richtigen Laune trippte der auch auf Meister Proper. Eddie hatte ihn sogar einmal nach einem Fest in Foxrock gesehen, als es spät und kalt war und Dean Bean versucht hatte, die Blätter einer Aspidistra aufzurollen und sich reinzupfeifen, während er schwärmerisch von der Dämmerung gefaselt hatte.

Als er aus dem Klo kam, waren Jennifer und Leppo aufgestanden. Er hielt ihr wie irgendein Scheiß-Herzog den Mantel auf, und sie versuchte, die Armlöcher zu finden. Dadurch drückten ihre Brüste gegen die Bluse. Beano schaukelte auf seinem Hocker hin und her, mit geschlossenen Augen, summte »Walk away, Renee« vor sich hin, mit verzerrtem Gesicht. Leppo rauchte eine Zigarette, hielt sie wie Noel Coward, tat so, als wüßte er nicht, daß der halbe Pub ihn anglotzte.

Und dann passierte etwas Komisches. Ganz plötzlich fühlte Eddie sich müde. Alles in dem irren, wirren Pub schien jetzt in seinen brennenden Augen stillzustehen. Alles erstarrte. Er hörte Wellen, die sich an Steinen brachen. Die vielen Menschen kamen ihm vor wie Roboter, eine verblichene braune Pose auf einem alten Foto, ein erstarrtes Tableau ohne Licht, ohne Bewegung, ohne irgendeine Möglichkeit. Eddie hatte das Gefühl, am Rande irgendeiner Gefahr zu stehen, und er schluckte hart, um sich wieder in die Wirklichkeit zu zerren. Er wollte zittern und sich hinlegen, spürte aber, daß er sich nicht einmal bewegen konnte.

Schließlich drang Jennifers Stimme zu ihm durch.

Sie lud ihn zu dem Fest ein, zu dem sie unterwegs waren, draußen bei RTE, aber Leppo meinte, es könnte Problemchen geben. Das Fest war nämlich eigentlich nur für geladene Gäste gedacht, klar?

Eddie sagte, ihm wäre das egal. Er sagte, er müßte ohnehin schon auf zwei Feste. Und er wäre schon letztes Jahr bei der RTE-Sause gewesen. Scheiß, sagte er. Angeber und Dilettanten und übergewichtige Bimbos ohne Talent. Sie lachte wieder.

»Sie sagte auf Wiedersehen«, sagte sie und küßte ihn auf die Wange. Leppo sagte, er sollte in London mal durchklingeln.

»Dann tun wir uns zusammen«, sagte er, »und vernichten ein paar Flaschen.«

Als Jennifer gegangen war, blieb Eddie ein paar Minuten sitzen und erinnerte sich daran, wieviel Spaß sie zusammen gehabt hatten. Jetzt kannte er sie kaum noch. Sie war so selbstbewußt, daß es ihm auf den Keks ging. Sie war so selbstbewußt und selbstsicher und sah so scharf und brillant aus und überlebte ganz einfach ohne ihn. Himmel. Es war zum Austicken.

Dean Bean lehnte sich über Eddies Schoß, seine graue Zunge wackelte hin und her.

»Alte Liebe«, sagte er, »rostet nicht.«

»Ja«, sagte Eddie. »Oder so.«

Als er auf den Tisch sah, entdeckte er einen Umschlag mit seinem Namen und einem nassen braunen Glasabdruck. Niemand wußte, wie er dorthin gekommen war. Er öffnete ihn neugierig. Eine aus *The Face* ausgerissene Seite war vierfach zusammengefaltet. »Der diskrete Charme der Salome Wilde«, lautete die Überschrift über dem weißen, bescheidenen Gesicht. Eddie klappte die Karte auseinander. »Isse nich langsam zum Spein?« stand dort. »Fröhliche Weihnachten wünschen Jimmy und Ruhut.« Er blickte auf, aber sie waren weg. Er zerknüllte die Seite und die Karte und machte sich über Dean Beans Bier her.

Er ging den ganzen Weg nach Hause, weil kein Taxi ihn mitnehmen wollte. Vorbei an der National Gallery, ein solider Brocken in all dem Schnee, durch Merrion Row, vorbei an den schwarzen Gittern von Stephen's Green, durch Earlsfort Terrace und Harcourt Street, vorbei an der zerfallenen fensterlosen Ruine des TV-Clubs, über die Brücke und durch das jetzt verlassene Flachland von Ranelagh, wo er so viele Feste besucht und so viele Freunde gehabt hatte. Einige waren in Australien. Andere in den USA. Ein oder zwei im Knast. Er dachte an die Nacht, als Ritchie Mulcahy und er sich Zutritt zu einem miesen 21. Geburtstagsfest im Harcourt Hotel erquatscht und über Lyrik geredet hatten. Und an damals, als Beano vor dem Onion Field an seiner Schulter geweint und ihm erzählt hatte, er sei sein bester Freund auf der ganzen Welt. Und auch an andere Nächte, ein verschwommener Nebel aus wilden Festen und anderer Leute Freundinnen.

Im Laden, der rund um die Uhr auf hat, versuchte ein Bulle außer Dienst, die spröde Frau hinterm Tresen anzubaggern. Seine Pistole war hinten in den Gürtel gequetscht, und seine Bomberjacke hatte sich hochgeschoben, so daß die Knarre zu sehen war. Er hatte traurige Augen. Der Mond stand kalt und rot am Himmel. Er hing über der großen grünen Kuppel der Kirche von Rathmines wie eine blöde Weihnachtsbaumkugel.

Und als er die alte Bahnlinie überquert und die Beckett Road erreicht hatte, fühlte sein Magen sich besser. Auch sein Kopf war jetzt klarer, und obwohl sein Speichel zäh war, als er ausspuckte, wußte er, daß er wohl nicht mehr kotzen müßte.

Als er an Marion dachte, unterdrückte er die Erkenntnis, daß er ohne ihre Nähe sehr viel glücklicher war. Sie schien ihm sehr fern, und er hatte fast das Gefühl, sie niemals kennengelernt zu haben. Seine Vorhaut schmerzte noch von der Episode in der Gasse, und er mußte pissen. Eddie fühlte sich mies.

Eine teure Karre stand vor dem Haus, die Fenster waren beschlagen und die Scheinwerfer an. Als er näher kam, sah Eddie Patricia und ihren Typen, sie saßen auf dem Rücksitz, zogen sich Hamburger rein und quatschten. Eddie überließ sie ihrem Vergnügen. Patricia kurbelte das Fenster herunter, als er vorbeikam, und Cliff Richard rieselte aus der Karre. Sie fragte, ob Eddie dem neuen Mann ihres Lebens guten Abend sagen wollte, aber Eddie sagte nein danke und ging die Auffahrt hinauf.

»Charmant«, sagte sie. »Mein großer Bruder, Leute.«

Im Vorderzimmer brannte noch Licht. Eddie konnte von der Straße aus sehen, daß sein Vater einen heißen Kampf mit dem Weihnachtsbaum ausfocht. Er hielt den Schraubenzieher in der Hand und stach wütend damit auf irgendwas ein, als ob er erwartete, daß der Baum ihn beißen wollte, er tänzelte vor und zurück wie ein Fechter in einem Mantel-und-Degen-Film. Eddie blieb im Garten stehen und starrte durch das Fenster ins Haus. Schneeflocken prikkelten auf seinen Lippen.

Als Eddie die Diele betrat, stand sein Vater da, ein Abbild übergewichtigen Zorns in lila Weihnachtsjacke. Der Baum war schuld. Die elektrischen Kerzen wollten nicht, wie jedes Jahr.

»Ich hab es ihr einmal gesagt, ich hab es ihr tausendmal gesagt«, seufzte er, »sie soll neue Lichter kaufen. Jesus. Jeder muß uns doch für blöde Bettler halten.« Eddie setzte sich auf die Sofakante und sah zu, wie sein Vater an den Birnen herumfummelte. »Irgendwann an einem Scheiß-Weihnachtsfest«, pöbelte er, »werden wir noch in unseren Betten geröstet werden.« Eddie kicherte pflichtbewußt los. Sein Vater fuhr herum und erklärte, das sei kein verfluchter Witz.

Ein plötzlicher und betäubender Knall zerriß das Schweigen. Ein türkiser Blitz beleuchtete das Zimmer. Eddies Vater heulte auf und wich vor dem Baum zurück. Er ließ den Schraubenzieher fallen, bohrte sich die Hand in die Achselhöhle und brüllte vor Schmerz. Die Lichter funkelten jetzt heller, dann verloschen sie eins nach dem anderen, vom Fuße des Baumes in einer Spiralbewegung bis zur schmalen Spitze, es folgten die Lampen an der Wand und in der Diele, bis das gesamte Erdgeschoß im Finstern lag.

Der Baum kippte zur Seite und schlug gegen die Wand, wodurch ein Bild zu Boden krachte. Winzige Plastikglokken und Kugeln rollten über den Teppich. Flammen züngelten an den Zweigen hoch. Eddie rannte in die Küche und füllte einen Kochtopf mit Wasser. Er konnte seinen Vater hören, der immer noch im Dunkeln heulte.

Eddie kippte das Wasser über den Baum.

»Jesus, du Idiot!« schimpfte sein Vater. »Weißt du, was die Tapeten mich gekostet haben? Jesus!«

Nachdem sie Kerzen angezündet und die Wand trocken

getupft hatten, setzten sie sich in das flackernde orange Licht und tranken den zollfreien Scotch, den Eddie in letzter Minute in Heathrow an sich gerissen hatte. Seinem Vater ging es jetzt wieder gut. Er hatte nun einmal diesen Tick.

Zuerst war er noch ein bißchen vergrätzt, und sie hatten sich nicht viel zu sagen. Immer wieder stand er auf und probierte den Lichtschalter aus, um festzustellen, ob vielleicht durch ein Wunder der Strom wieder da war. War er aber nicht. Eddie bot an, einen Blick in den Sicherungskasten zu werfen, aber sein Vater wehrte ab, dafür war auch morgen früh noch Zeit genug, und dann würden sie einen Elektriker holen.

»Kostet wahrscheinlich vierzig Eier«, sagte er, »Zu Weihnachten, vierzig oder fünfzig mindestens, schon wieder scheißfünfzig aus deinem Leben verschwunden.« Eddie schenkte immer wieder nach, und langsam wirkte sein Vater etwas munterer. Er seufzte tief, und es tat ihm leid, Eddie als Idioten bezeichnet zu haben. »Das zweite Weihnachten ohne Mam«, sagte er, »das zieht mich einfach ein bißchen runter.« Eddie sagte, vergiß es. Er sagte, sein Vater solle an all das Gute denken.

Er fragte, ob Eddie in London je seine Mutter besuchte.

»Nein«, antwortete Eddie. »Nicht oft.« Sein Vater nickte in sein Glas, und seine Finger trommelten auf dem Couchtisch.

»Du weißt ja, daß ich sie geliebt habe«, sagte er plötzlich im Versuch, entwaffnend zu sein, »oder?« Eddie lachte und sagte, sicher, das wisse er. Sein Vater sagte: »Ich weiß nicht warum, aber das ist mir jetzt wichtig, das ist jetzt verdammt wichtig für mich.« Eddie sagte, keine Panik. Er wisse das.

»Manchmal klappt es einfach nicht«, sagte er. Sein Vater meinte, man wisse einfach nie, wohin das alles noch führen sollte. Man könne einfach nicht sehen, welche Wendung das Leben noch nehmen würde. Sie tranken noch einen. Eddie sah, daß sein Vater sich entspannte. »Sag mir, woran du denkst, Dad«, bat er. »Ich weiß, du hast was Bestimmtes.«

Und Eddies Vater lachte leise, und er erzählte eine Geschichte über einen Mann namens Pascal, der einmal in der Bank gearbeitet hatte, damals, in der Baggott Street-Filiale. Pascal war ein Einzelgänger. Er lebte bei einer jüdischen Familie zur Untermiete, hatte keine Freunde, hatte nie etwas mit Frauen. Na gut, eines Tages sagten die Kollegen: »Hör mal, Pascal, häng Weihnachten nicht allein rum, mach irgendwo Ferien.« Zuerst hatte er nicht gewollt, aber schließlich hatte er zugestimmt. Er hatte zwei Wochen Spanien gebucht, war jeden Abend ausgegangen, hatte sich betrunken, hatte ein Techtelmechtel mit einer Deutschen. Er hatte zu Silvester Eddies Eltern angerufen, um ihnen ein frohes neues Jahr zu wünschen, und er hätte sich noch nie so köstlich amüsiert, und vielen Dank dafür, daß sie ihn zu diesem Urlaub überredet hatten. Er hatte sogar die Deutsche ans Telefon geholt, Greta hieß sie, sie sollte auch guten Tag sagen.

»Aber sie konnte nicht viel Englisch«, sagte sein Vater, »und du weißt ja, wie Mam und ich es mit den Fremdsprachen halten.«

»Ja«, stimmte Eddie zu. »Weiß ich.«

»Als er aus Spanien zurückkam, weißt du, was er da getan hat?« Eddie antwortete, nein, keinen Dunst. Sein Vater nahm einen Mundvoll Whisky. Eddie machte sich bereit für die kitschige Pointe. »Er hat sich umgebracht, Eddie. Er hat eines Nachts eine Überdosis Schlaftabletten genommen. Als sie ihn gefunden haben, war er schon tot, kein Abschiedsbrief, nichts.«

Einige Minuten lang hing Schweigen im Raum. Auf der Straße hörten sie ein paar betrunkene Kids miauen, die aus der Mitternachtsmette kamen. Die Uhr tickte unverdrossen. Es schien sehr lange zu dauern, bis einer von ihnen etwas sagte.

»Jesus«, sagte Eddie. »Das ist entsetzlich, Dad.«

»Ja«, antwortete sein Vater. »Ich glaube, ihm war einfach aufgegangen, was er versäumt hatte in seinem Leben, verstehst du? Ich glaube, er hat das plötzlich erkannt, das geht ja manchmal so, man hört das immer wieder.« Wieder schwiegen sie. »Das kommt vor«, sagte sein Vater. Der süße, traurige Duft der Tannennadeln hing schwer im Zimmer. »Und um diese Jahreszeit muß ich immer an ihn denken.«

»Ja, Dad«, sagte Eddie. »Das kann ich gut verstehen.«

«Ja«, sagte er, »wirklich«, und wieder senkte sich Schweigen über das Zimmer, ein Schweigen, das sich auszudehnen schien, bis es auch den Geist dieses traurigen und toten Bankangestellten umschloß, der ganz allein in einem möblierten Zimmer gestorben war und dabei von Sangria und sich selbst geträumt hatte.

Die Stille hielt so lange an, daß es fast unerträglich wurde, und Eddie wollte schon gähnen und erklären, er müsse ins Bett, denn er hatte das Gefühl, daß sein Vater allein sein wollte. Gerade als er das sagen wollte, brach sein Vater das Schweigen, als ob ihm etwas eingefallen wäre.

»Noch eins, Eddie«, sagte er. »Wie alt bist du jetzt?«

»Vierundzwanzig«, antwortete Eddie.

»Ich wollte dir das schon sagen, als du einundzwanzig geworden bist.« Sein Vater lächelte verlegen. »Nur eine Kleinigkeit, aber eigentlich mag ich gar nicht Dad genannt werden. Will ich einfach nicht. Und in deinem Alter, finde ich, solltest du mich mit meinem Namen anreden können. Ich meine, wenn du mich einem Freund vorstellst, möchte ich nicht, daß du sagst, das ist Dad, verstehst du? Nur eine Kleinigkeit.«

»Was?« fragte Eddie. »Ich soll dich Francis nennen?«

»Frank«, antwortete sein Vater. »So heiße ich, so nennen mich alle.«

»Okay«, meinte Eddie unsicher. »Es wird ein komisches Gefühl sein, aber wenn das dein Wunsch ist.«

»Ja«, sagte sein Vater entschieden. »Das ist mein Wunsch. Von jetzt an bin ich Frank.«

»Und ich werde auch frank sein«, sagte Eddie. Sein Vater lachte und schenkte ihnen beiden noch einen Zoll Whisky nach.

»Ja«, sagte er. »Das wäre toll, Eddie, das wäre wirklich toll.« Die Uhr draußen in der Diele schlug zwei. Sie tranken den Whisky und redeten über Perestroika.

Um vier Uhr morgens bat sein Vater Eddie, hinauszugehen und Patricia zu sagen, sie sollte jetzt endlich ins Haus kommen. Doch als Eddie auf die Straße trat, war alles still und schwarz, und das Auto des Freundes war verschwunden. Schnee fiel auf die Straße, häufte sich auf den Autodächern und am Rand des Fußweges. Weißer Staub.

»Manchmal bleiben sie die ganze Nacht weg«, seufzte sein Vater und schüttelte klagend den Kopf. »Die ganze Nacht.«

Eddie goß sich noch einen Whisky ein und ertappte sich bei dem Gedanken daran, was seine Mutter jetzt wohl machte und ob sie sich an den traurigen kleinen Geist erinnerte, von dem sein Vater erzählt hatte.

Auf der Treppe meinte Frank, Patricia sollte ein bißchen mehr Selbstachtung haben.

»Die ganze Nacht«, sagte er. »Das geht doch einfach nicht. Sie wird noch ihren guten Ruf verlieren, und dann wird es ihr leidtun.« Er blieb einen Moment auf der Treppe stehen, betastete das Geländer und fuhr sich mit den Händen durch die Haare. Dann drehte er sich um und ging langsam nach oben.

Nach der Hälfte blieb er wieder stehen. Wieder berührte er das Geländer, packte es und ließ es dann wieder los. Eddie starrte ihn von unten her an.

»Ich liebe dich, mein Sohn«, sagte sein Vater, ohne sich umzudrehen. »Das weißt du, oder nicht?«

»Doch, Frank«, sagte Eddie sanft. »Das weiß ich.«

»In diesem Land sagen wir das nicht sehr oft«, meinte Frank. »Schon gar nicht unter Männern.«

»Nein«, sagte Eddie. »Tun wir nicht.«

Und als Frank verschwunden war, stolperte Eddie wieder ins Wohnzimmer, um den restlichen Whisky zu erledigen. Er saß still in dem sanften Licht und versuchte, die Erinnerungen an längst vergangene Weihnachtsfeste zu verdrängen. Er trank erbarmungslos, bis die Flasche leer war. Er trank, bis ihm der Magen weh tat, bis sich das Zimmer drehte und sein Kopf von brausendem Wind erfüllt war. Als er sich die letzte Kippe ansteckte, zitterten seine Finger.

In der Stille versuchte Eddie, sich die Einsamkeit der Väter vorzustellen, die schreckliche Tiefe ihrer Liebe, ihre Macht, ihre unsägliche Verletzbarkeit. Der Rauch biß ihm in die Augen. Heiße Tränen liefen ihm brennend übers Gesicht. Eddie ließ den Kopf hängen und weinte wie das Kind, von dem er wußte, daß er es immer bleiben würde.

Der Rest dieses Weihnachtsfestes ging vorbei, wie Weihnachten das so an sich hat, in einem Nebel von Schwulst und Sentimentalität. Eddies Mutter wurde nicht mehr erwähnt. Am Weihnachtsmorgen brachte Patricia innerhalb von fünf Minuten den Sicherungskasten in Ordnung. Dann steckte sie den triefenden Truthahn unter die Mikrowelle, Eddie spülte, und danach saßen sie mit Frank im

Fernsehzimmer, sahen sich »Der Doktor und das liebe Vieh in Dallas« an und tranken leichte Gin Tonics.

Der einzige schwierige Augenblick kam nach dem Dessert, als Frank die Hand zu einem Toast hob.

»Auf abwesende Freunde«, sagte er und kniff die Augen zusammen, ehe er laut hustete und ins Badezimmer stürzte. Patricia beruhigte Eddie, das wäre nicht so schlimm, alles käme vom Wein. Eddie sagte, das wisse er.

Patricia hatte Rod an diesem Tag an die fünfzehnmal angerufen. Sie nannte ihn »Hasi Basi« und redete mit einer gurgelnden Babystimme. Eddie meinte, es müsse wunderbar sein, so jung und verliebt, und Patricia meinte, er solle hier nicht den zynischen alten Wichser spielen.

»Entzückende Sprache«, sagte Frank und wischte mit müder Resignation den Staub vom Monopoly-Brett. »O ja, richtig entzückend.«

An den nächsten Abenden besuchte Eddie mit Patricia und Rod, der einen Ford Sierra hatte und mieses Heavy Metal schätzte, eine Reihe Parties. Rod machte eine Ausbildung als Immobilienmakler, schien aber in Ordnung zu sein. Sein höchstes Ziel war, nach Australien auszuwandern. Er schien Eddie zu mögen, obwohl Eddie nicht viel von ihm hielt und das klar zum Ausdruck brachte. Aber Rod gehörte zu den Leuten, die man total anwichsen kann, und sie halten das für einen Witz. Die halten das für Ironie. So einer war Rod.

Sowie sie bei so einer Party angekommen waren, verschwanden Rod und Patricia für den Rest des Abends und überließen Eddie seinem Schicksal. Er gab sich alle Mühe, so viel gratis Alk einzuwerfen wie nur menschenmöglich, quatschte Frauen an, verzapfte jeden Scheiß über sein Leben in London. Manchmal war er Roadie bei Terence Trent D'Arby, manchmal angehender Designer bei Katherine Hamnett, manchmal auch Rechercheur beim *New States-*

man and Society. Aber egal, welchen Spruch er auch brachte, am Ende torkelte Eddie immer allein nach Hause. Er hätte herumhängen können, um von Hasi Basi mitgenommen zu werden, aber dazu war er zu stolz. Lieber ging er fünf Meilen durch den Regen, um Patricia am nächsten Morgen erzählen zu können, er hätte eine Nummer geschossen und sei früher gegangen, während sie noch oben in der Garderobe Rod den Schnabel lutschte.

Als ob sie das interessierte, so oder so.

»Eddie Virago«, neckte sie ihn, »der Mann, der sich nach unten geschlafen hat.«

Marion rief einmal an. Das lief nicht so gut. Sie hatten sich nur wenig zu sagen. Sie hörte sich sehr weit weg an und ziemlich down. In Donegal schneite es schon seit Tagen. Eddie fand, das klänge pittoresk, aber sie sagte, nein, es war bloß kalt, und der Wasserspeicher war eingefroren, und es hatte überhaupt nichts Pittoreskes, wenn man vier Tage lang nicht baden konnte. In der Leitung gab es ein leichtes Echo, so daß Eddie den Nachhall seiner Worte hören konnte, als ob er in einen Bleicheimer spräche. In Ballybracken war einfach nichts los, sagte sie. Tote Hose. Und die Haarnetzfabrik hatte gerade verkündet, daß sie dichtmachen und nach Portugal umziehen würde, und deshalb hatte die ganze Stadt den Depri.

Sie sagte, er fehle ihr, wahrscheinlich mehr als sie ihm. Sie warf ihm vor, Smalltalk zu machen. Aus irgendeinem Grund widersprach Eddie ihr nicht. Als die Verbindung verstummte, sagte sie immer wieder »Hallo, hallo«, als ob sie glaubte, sie seien getrennt worden, und das fand Eddie total bescheuert. Er sagte, sie mache sich zu sehr von ihm abhängig. Sie hängte auf, und als Eddie zurückrief, nahm niemand ab. Er stellte sich ihre Fußstapfen im Schnee vor, wie sie in die Stadt zurücktrottete und ihn dabei verfluchte.

Es war ein mieser Tag. Eddie war düster gestimmt, saß

im Haus herum, hatte die Füße auf den Tisch gelegt und wartete darauf, daß das Telefon noch einmal schellte, aber das tat es nicht, jedenfalls nicht für ihn.

Ja, es war ein mieser Tag. Und die nächsten Tage, an denen sie nicht anrief, waren auch mies. Aber alles sollte noch schlimmer werden. Und der 30. Dezember, tja, das war der Tag, an dem wirklich alles in den Teich ging.

Um elf Uhr morgens klingelte es an der Haustür. Patricia riß sich müde vom Küchentisch los und latschte in die Diele, während Eddie seinen Toast mit Truthahn mampfte, seinen Kater pflegte und versuchte, dem unvermeidlichen Jahresüberblick einen Sinn zu entlocken. Frank war zu Onkel Joe hinübergegangen, um sich auf dessen Parabolglotze amerikanische Pferderennen anzusehen. Die Küche duftete nach Mandarinen, die Frank am Heiligabend gekauft hatte und die unangerührt in der großen weißen Schale auf dem Tisch lagen.

Eddie hörte in der Diele eine Stimme, die nach ihm fragte. Zuerst achtete er nicht weiter darauf. Er hatte gerade zur Hälfte einen Artikel über Bonos Pläne für die 90er Jahre durch. Nichts blieb so ganz haften. Dann hörte er die Stimme wieder, und Eddie glaubte schon an Sinnestäuschung.

Er faltete die Zeitung zusammen, schluckte hart, sprang auf, starrte das Fenster an und wünschte sich, irgendwie verschwinden zu können. Aus irgendeinem Grund packte er die Überbleibsel seines Truthahntoastes und schmiß sie in den Mülleimer. Dann setzte er sich wieder hin, schlug die Arme übereinander und versuchte, cool und lässig auszusehen.

Er hörte, wie Patricia ihn rief, dann rannte sie auf Socken die Treppe hoch. Es lief ihm kalt das Rückgrat hinunter. Er hörte, wie die Haustür im pfeifenden Wind geschlossen wurde. Er hörte, wie sein Name von einer Stimme gerufen wurde, die kaum mehr war als ein Flüstern. Er warf noch einen Blick aus dem großen Küchenfenster, auf die hintere Mauer, dorthin, wo die Wolken dick und scheußlich waren. Wieder hörte er seinen Namen, diesmal etwas mutiger. Eddie leckte sich die Finger, fuhr damit über seine Wimpern und überprüfte sein vages Abbild im Kessel. Dann ging er in die Diele.

»Jesus«, sagte er. »Toll, dich zu sehen. Unwirklich.«

Neben der Tür, hinter einem halb umgekippten Rucksack, stand Marion.

Sie stand zuerst sehr still da, zupfte an den Haaren und starrte in der Diele umher wie in einer Kirche oder einem Museum. Sie lächelte. Sie sah gesund und gut aus. Ihre Haut war von der Kälte rosa. Sie schien eine Schicht von Kleidern über der anderen zu tragen, gelbes Ölzeug, eine Wollmütze wie Dexy von den Midnight Runners und schwarze Fäustlinge. Es raschelte, wenn sie sich bewegte. Als sie wieder lächelte, waren ihre Zähne weißer als in Eddies Erinnerung. Ihr Atem roch nach Rauch.

»Überrascht?« fragte sie und knöpfte ihren Mantel auf.

»Ja«, antwortete Eddie. »Wie ausgespuckt.«

Oben wurde die Badezimmertür zugeknallt, und der gedämpfte Klang des Radios blubberte gegen das rauschende Wasser an.

»Was für ein englischer Ausdruck«, sagte sie.

Sie küßten sich unter dem Mistelzweig, den Frank eine Woche zuvor optimistisch an die Dielenlampe geklebt hatte. Eddie sagte immer wieder, welche Überraschung, und sie entschuldigte sich, weil sie ihm nicht rechtzeitig Bescheid gesagt hatte.

»Keine Panik«, sagte er. »Kein Problem. Echt nicht.« Marion sagte, die Küche sei größer als das komplette Erdgeschoß bei ihr zu Hause. »Ach ja?« lachte Eddie. »Wirklich?« Er sah sich um, als ob er erwartete, daß die Wände daraufhin schrumpfen würden. Dann lachte er wieder und meinte, ja, die Küche sei wohl recht groß, jetzt, wo sie es sage. Aber Marion lachte nicht. Sie musterte die Rechnungen, die von kleinen bananenförmigen Magneten an der Kühlschranktür festgehalten wurden. Sie starrte in den Garten hinaus, als ob sie im Gras etwas Seltsames entdeckt hätte. Dann schlüpfte sie aus ihrem Mantel und hängte ihn über eine Stuhllehne. »Recht so«, sagte Eddie. »Schmeiß ihn irgendwo hin.« Sie saßen in der Küche, tranken Kaffee und rauchten. Eddies Kopf war von vager Panik verwirrt. Seine Finger trommelten auf dem Tisch. Sie sagte immer wieder, dieses Haus sei unglaublich. »Also«, sagte er. »Was ist los? Scheiße. Toll, dich zu sehen.«

»Nichts«, antwortete sie.

»Ach?« meinte er. »Ruhig, ja?«

Sie redeten eine Weile über die Tapeten im Wohnzimmer. Sie fragte ihn, wieviel die Anlage gekostet hätte.

»Ich wußte ja, daß du mich gar nicht sehen willst«, sagte sie mitten in ihrer zweiten Tasse Kaffee.

»Spinn doch nicht rum«, lachte Eddie. »Ich bin bloß ein bißchen überrascht.« Er merkte, daß er langsam Kopfschmerzen kriegte. Sie sagte, sie hätte die Scheiße zu Hause einfach über gehabt, Familienkrach, besoffen herumtorkelnde Brüder, während die Schwestern am Eßtisch ihre heulenden Babies zwangsernährten.

»Ach was?« kicherte Eddie. »Kein Babyfan?«

»Nein!« sagte sie stirnrunzelnd. »Bin ich nicht. Was immer das sein mag.« Deshalb hatte sie bis heute morgen zu Hause herumgehangen und dann den ersten Bus genommen. Eddie sagte, für ihn sei Weihnachten okay gewesen, ziemlich hektisch, natürlich, wo er zu so vielen Festen eingeladen gewesen war, aber trotzdem okay. Sie reichte ihm ein Päckchen. Sie zerrte es aus ihrem Rucksack, es war in blaues Papier eingewickelt, ein gelbes Sporthemd mit einem kleinen Krokodil über der Brusttasche. Sein Geschenk. Sie hatte es im Neujahrsausverkauf erstanden. Er sagte, es sei sehr schön, obwohl er es sich nicht selber ausgesucht hätte. Er hatte es noch nicht geschafft, etwas für sie zu kaufen, aber er habe es noch vor. Sie sagte, das sei nicht nötig, sie hätte doch auch erst in letzter Minute daran gedacht. »Keine Panik«, sagte sie. »Es war sehr billig.«

Sie setzte sich auf Eddies Schoß und küßte ihn ganz schön ernsthaft, und ihre Hände erforschten einander durch die Kleider.

»Können wir irgendwo hingehen?« fragte sie nach einigen Minuten.

»Naja, wir müssen vorsichtig sein«, meinte er. »Nachher kommt Gloria.« Marion wollte wissen, wer Gloria wäre. »Niemand. Einfach eine Frau«, antwortete Eddie. »Einfach eine Frau, die für Dad bügelt, weißt du.« Marion prustete los. Sie hielt das für einen Witz.

»Das ist ja wie ›Das Haus am Eaton Place‹«, sagte sie.

»Laß das, Marion«, sagte er und knabberte an seinen Fingernägeln. »Dad braucht eben ein bißchen Hilfe.« Marion kniff ihn in den Arm.

»Jetzt, wo deine Mutter nicht mehr da ist?« fragte sie anklagend. Eddie sagte, ja, im Grunde schon.

Sie gingen ins Gästezimmer und schlossen die Tür ab. Als sie anfingen, sich zu lieben, konnte Eddie hören, wie das Radio im Badezimmer immer lauter gedreht wurde. »Drugstore Woman«, John Lee Hooker. Das Bett knackte zu laut, deshalb machten sie auf dem Teppich weiter. Eddies Knie wurden vom Teppich aufgeschrammt. John Lees heulende Gitarre klirrte durch die Wände.

Danach saß sie in Unterwäsche auf der Fensterbank und rauchte den unvermeidlichen Joint. Eddie sagte, das sei nicht gerade eine Superidee, sie sollten sich besser anziehen, Gloria könnte jetzt jeden Moment hereinplatzen.

»Na gut«, seufzte sie und stieg in ihren Rock. »Wir wollen doch Gloria nicht enttäuschen. Heutzutage ist es so schwer, gutes Personal zu bekommen.«

Sie fragte nach seiner Arbeit mit den Hothouse Flowers. Eddie sagte, alles sei spitze gelaufen, viel besser als erwartet. Er zuckte zusammen, als er seine Jeans über seine zerkratzten Knie zog.

»Es ist bloß so«, erklärte er, »alles läuft so ein bißchen pst, pst, Verträge, verstehst du, eigentlich dürfen sie keine Sessionmusiker nehmen, Steuergründe oder sowas, und wenn du es für dich behältst, bin ich wirklich überaus dankbar.«

Patricia föhnte sich unten in der Küche die Haare. Eddie stellte ihr Marion vor.

»Ja«, strahlte Patricia in den Spiegel, »wir haben uns schon getroffen, oder, Marion?« Marion sagte, doch, sie hätten sich schon mal gesehen. Patricia sagte, sie müsse jetzt los.

»Ach ja?« fragte Eddie. »Hasi Basi ist auf der Lauer, was?« Patricia gab keine Antwort. »Insider-Witz«, erklärte er Marion. Sie schüttelte den Kopf, als ob ihr das egal wäre. Sie tranken noch eine Tasse Kaffee. Eddie griff zu einem Kugelschreiber und bat Marion, ihre Dubliner Nummer auf einen Zettel zu schreiben, dann könnten sie sich später treffen. »Es ist toll, daß du in der Stadt bist«, sagte er. »Wir werden richtig einen losmachen. Es gibt so viele Leute hier, die du unbedingt kennenlernen mußt.«

»Es ist bloß«, sagte sie, »ich weiß nicht, wo ich in Dublin wohnen kann.« Eddie sagte, o verdammt. Er kratzte sich am Kopf. »Ja«, fuhr sie fort, »und deshalb hab ich gehofft, ich könnte vielleicht ein paar Tage bei dir bleiben.«

»Was?« lachte Eddie. »Du meinst, hier? In diesem Haus?«

»Nein«, antwortete sie. »Ich schlafe im Gartenschuppen.«

Eddie fing an, kleine Fetzen von der Zeitung abzureißen und sie geistesabwesend zu kauen. Er bot ihr eine weitere Tasse Kaffee an.

Schließlich sagte sie, da Eddie sie offenbar nicht hier haben wollte, würde sie zur Freundin ihres Bruders nach Cabra gehen. Eddies Lachen wurde zu kreischendem Falsett, so komisch fand er die Vorstellung, sie nicht bei sich haben zu wollen. Natürlich wollte er das. Zum Kranich, das war doch das Allernatürlichste. Er war bloß nicht auf die Idee gekommen, echt nicht. Er hatte ganz einfach nicht daran gedacht.

»Ich bin heute ein bißchen lahm«, stammelte er. »Aber echt, das ist eine affengeile Idee.«

Eddie nahm eine von Marions Zigaretten und rief seinen Vater bei Onkel Joe an. Als sein Vater ans Telefon kam, fragte er: »Was ist los, Eddie, warum rufst du an?« Eddie sagte, er wolle bloß guten Tag sagen. Sein Vater seufzte. »Okay, okay, was willst du, Eddie?«

»Es ist sozusagen was passiert, Frank«, antwortete Eddie.

»Nicht Mam, oder?« fragte Frank besorgt. Eddie sagte nein, nicht Mam. Nur eine Freundin aus London. Frank fragte, was Eddie damit sagen wollte, und Eddie sagte, wirklich, nur eine Freundin, eine Frau, die im selben Haus wohnte. Frank fragte, ob sie etwas miteinander hätten, und Eddie sagte, kein Stück, nichts da. Dann sagte er, na ja, irgendwie schon, so könnte man es vielleicht auch ausdrükken. Er unterbrach sich.

»Brr«, gab er zu. »Vage.«

Frank war zuerst sehr dagegen. Er hielt es wirklich nicht für eine tolle Idee. Aber Eddie sagte, er könnte sie doch nicht einfach aus dem Haus werfen, und ihre einzige andere Möglichkeit war eine Bekannte in Cabra. Das schien den Fall zu entscheiden. Frank gab nach, aber nur, wenn sie nicht im selben Zimmer schliefen und wenn sie anständig angezogen im Haus herumlief. Er wollte nicht, daß sich sein Haus in die Folies Bergères verwandelte – »auch wenn deine Mutter *nicht* da ist«. Das wäre nicht gut für Patricia. Eddie sagte, Frank mache sich zu viele Sorgen um Patricia.

»Sie ist doch einundzwanzig«, erinnerte er. Frank sagte, für Eddie sei einundzwanzig vielleicht alt, aber für ihn nicht. Eddie sagte: »Hör mal, Frank, als du einundzwanzig warst, warst du schon verheiratet und hattest ein Kind.«

»Genau«, erwiderte Frank. »Muß ich noch etwas hinzufügen?«

Beim Essen schien Frank Marion gegenüber Hemmungen zu haben. Sie nannte ihn Mr. Virago, und er sagte: »Bitte, Marion, nenn mich Frank. Nicht schüchtern sein.« Aber als sie ihn Frank nannte, schien ihm das nicht zu gefallen. Und ihr auch nicht. Und seltsamerweise auch Eddie nicht.

Frank sagte nicht viel. Er hatte fast während des ganzen Essens die Zeitung gegen den Milchkrug gelehnt, schnalzte mit der Zunge oder schüttelte angesichts der atemberaubenden Blödheit der Politiker in resignierter Ungläubigkeit den Kopf. Wenn er etwas sagte, dann irgendwie immer das Falsche, und Eddie war das peinlich. Er fragte sie einmal, ob sie sich in London nicht total fehl am Platz vorkäme. Ein andermal sprachen sie über Literatur, und Eddies Vater fragte sie nach ihren Lieblingsschriftstellern. Sie sagte, sie hätte keine. Sie läse einfach nie Bücher. Eddie sagte, doch, du liest doch, und sie fuhr ihn an, schloß die Augen, knirschte mit den Zähnen, nein, sie las nicht. Patricia meinte, Marion könnte doch sicher für sich selber reden, und Marion lief lila an. Dann sagte Eddies Vater: »Ach, wo du doch von da oben kommst, kennst du doch sicher haufenweise Volkserzählungen, nehme ich an, Märchen und sowas.« Marion sah verwirrt aus. »Wo du vom Land kommst, meine ich«, erklärte Frank. Das schien alles nur noch schlimmer zu machen.

Als sie erzählte, daß ihr Vater in einer Wurstfabrik arbeitete, sagte Frank, ach, sein eigener Großvater sei offenbar Landstreicher gewesen. Das hatte ihm wenigstens sein Bruder Joe erzählt, der einmal die Familiengeschichte erforscht hatte.

»*Wir* haben ganz schön viele Skelette im Schrank, Marion«, strahlte er, und er lachte sehr lange.

Eddie wußte, daß Marion Frank nicht mochte. Wenn er nicht da war, sprach sie nicht viel über ihn. Eddie lieferte seine Sammlung von witzigen Vater-Anekdoten, aber Marion schien sie allesamt nicht komisch zu finden. Sie schien auch Patricia nicht besonders zu mögen. Sie sagte, Patricia färbe sich die Haare zu blond und sage pausenlos »echt«, was Eddie nie aufgefallen war. Sagte er, echt nicht.

Patricia konnte Marion auch nicht leiden. Sie sagte nicht viel, aber Eddie wußte es. Patricia erzählte Rod, Marion sei ein »echtes Original« und ein »wirklich einzigartiges Geschöpf« und »erstaunlich anders als die anderen, mit denen Eddie zusammengewesen ist«. Ein verdammt vernichtendes Urteil – nach Patricias Maßstäben.

Ihre Anwesenheit war eine Belastung, und irgendwie wußte Eddie, daß es so nicht weitergehen könnte. Irgendwas würde passieren, das war klar, sogar ihm. Aber was dann am Ende passierte, war ein Streit, nicht zwischen Eddie und Marion, nicht einmal zwischen Patricia und Marion. Der endgültige Schlagabtausch fand schließlich zwischen Marion und Frank statt. Und als er kam, war er der zweite Aufguß vom OK Corral.

Silvester war ohne Zwischenfälle vergangen, besser sogar, als Eddie erwartet hatte.

Dean Bean und Marion waren total weg voneinander.

Beano hielt sie für eine scharfe Nuß, total. Wenn sie etwas sagte, brüllte er vor Lachen, packte sie an den Schultern und schüttelte sie hin und her, wie ein kleiner Hund, der mit einer Puppe spielt.

»Du bist vielleicht komisch«, brüllte er, »wie du schon redest, Mensch, Jesus, das haut einen um.« Und sie lachte auch über Beano. Er erzählte ihr, warum er seinen Namen geändert hätte, und sie bezeichnete ihn als Scheißtrottel, der wirklich keine richtigen Sorgen hätte. »Ja«, nickte er, »recht hast du, Marion, du hast ja so recht, Mensch.«

Aber Eddie war nervös, weil auch Jennifer auf diesem Fest aufgetaucht war. Der Rugby-Spieler hatte Auszeit, sagte sie. Ihr Begleiter für diesen Abend war ein trockengeföhnter und anzugtragender Verlagsmann, der aussah, als ob er sein Kommunionsgeld bis heute gespart hätte. Als Jennifer Marion kennenlernte, sagte sie: »Ich höre, du hast das Unglück, im Moment mit Eddie eine Runde zu drehen.« Eddie fragte sich, wer ihr das erzählt haben könnte. Als Jennifer ihnen den Rücken zuwandte, sah Eddie, wie Marion und Beano sich über ihren Gang bepißten.

Auch Ruth und Jimmy ließen sich sehen, blieben aber glücklicherweise nicht lange. Eddie konnte sie in der Diele aufhalten, wo sie sich darüber unterhielten, daß sie im neuen Jahr irgendwann mal zusammen essen wollten. Er wollte unbedingt vermeiden, daß sie Marion kennenlernten. Er wußte, es würde dabei zur totalen Explosion kommen. Scheiße. Zum reinsten Tschernobyl würde das führen. Als Ruth vom Klo zurückkam, sagte sie, auf der Tanzfläche hüpfe eine wirklich öde und blöde Frau herum, die allen auf den Keks ging.

»Du weißt doch, wie solche Feste laufen«, Eddie zuckte die Achseln. »So jemanden gibt's immer, oder?«

Als Jennifer gehen wollte, brachte Eddie sie zur Tür.

Sie sagte: »Sie scheint sehr nett zu sein, Eddie, schade,

daß du mir nichts von ihr erzählt hast.« Sie zog einen kleinen Spiegel aus der Tasche und kämmte sich die Haare.

»Ich dachte, du wärst dann eifersüchtig«, antwortete er. Jennifer lachte. Sie bewegte die Lippen und verteilte den Lippenstift.

»Eifersüchtig?« lachte sie. »Auf die?« Dann küßte sie Eddie auf die Wange und sagte, bis nächste Weihnachten. Eddie sagte, vielleicht würde er sie irgendwann mal in Nicaragua besuchen. »Ja«, sie seufzte. »Sicher, Eddie, mach das.« Eddie sagte, doch, ganz bestimmt, er hätte sich schon seit Jahren gewünscht, mal zu sehen, was da unten so anlag.

»Hasta luego!« rief sie, winkte ihm mit den Autoschlüsseln ihrer Mutter zu, verschwand und lief über die Auffahrt davon, auf dem Fuß gefolgt von einem verwirrten, anzugtragenden Verlagsmenschen.

Als er ins Haus zurückkam, tanzte Marion zu Elvis Costellos »Pump it up« mit einer langhaarigen Frau in einem schenkellangen Pullover und hüpfte Arm in Arm mit Dean Bean und Freda und noch einer Frau herum, die Eddie nicht kannte. Beano war wie immer total weggetreten, spielte eine unsichtbare Gitarre, stampfte mit den Füßen auf und warf seinen Kopf im Takt des Schlagzeugs von einer Seite auf die andere.

Eddie stellte sich in die Küchentür, sah zu, trank eine Dose jamaikanisches Bier. Die Musik war so laut, daß die Bodendielen vibrierten. Immer, wenn sie an ihm vorüberwirbelte, gab sie entweder vor, ihn nicht zu sehen, oder sie lachte noch lauter, bis er davon überzeugt war, daß sie das alle extra machte. Sie wußte, daß er das scheißbeknackt fand.

Um Mitternacht fiel sie allen im Zimmer um den Hals, nur Eddie nicht.

Einige Stunden später reicherte Beano ihre Tequilas mit Angel Dust an, das war seine Vorstellung von einem Neujahrswitz. Marion fand das lustig, sie atmete schwer und schwenkte ihre Arme wie eine Windmühle, und gerade das ging Eddie ganz besonders auf die Nüsse. Sie wirkte so zu Hause und glücklich, viel mehr als je zusammen mit ihm. Als er Beano kritisierte, sagte sie: »Ach, Mann, schick mich ja nicht auf einen Hast-du-kein-schlechtes-Gewissen-Trip, spiel hier jetzt nicht den Pharisäer.« Und sie sagte, er sollte nicht so ein verdammter Korinthenkacker sein, sie wollten sich ja bloß ein bißchen amüsieren.

Auf der Heimfahrt wurde ihnen im Taxi beiden schlecht. Marion sagte, ihr guter Vorsatz für das neue Jahr sei, mit Eddie glücklich zu sein, für immer und ewig, und der Taxifahrer murmelte lakonisch »Amen«. Als sie in ihr Schlafzimmer schlichen und umkippten, wiederholte sie das immer noch, murmelte im Schlaf, vermischt mit allem möglichen Scheiß über ihre Familie, den Eddie noch nie gehört hatte und den er gerade jetzt erst recht nicht hören wollte.

Am nächsten Morgen kaute sie am Küchentisch an den Nägeln und zündete sich eine Zigarette an. Rauch schwebte durch das Zimmer, was Eddie höchst schweißtreibend fand. Er fühlte sich einfach schrecklich. Er hatte grausamen Durchfall, und sein Arsch tat bei jeder Bewegung weh. Wenn er seine schmerzenden Augen schloß, hatte er immer noch das Gefühl, gar nicht dabei zu sein. Egal, wieviel Wasser er sich auch in den Rachen goß, seine Zunge blieb wie ausgedörrt.

Frank machte seinen Morgenlauf, Patricia war in die Kirche gegangen. Komische Idee, sagte Eddie. Aber Patricia erzählte ihm, eine ziemlich gute Folkgruppe mache die Musik, und viel anderes gebe es auch nicht zu tun, und wahrscheinlich würden sie danach alle einen trinken gehen, die ganze Clique. Sie könnten gern mitkommen, sagte sie, aber Eddie antwortete, beim bloßen Gedanken an Alk könnte er schon seine Milz auskotzen. Patricia bedauerte das sehr und gab sich alle Mühe, um nicht erleichtert auszusehen. Und deshalb saßen Eddie und Marion allein in der kalten Küche, hörten sich im Radio Gay Byrne an und taten so, als ob alles in Ordnung wäre.

Frank kam hereingestürzt, rosa und verschwitzt in seinem schäbigen schwarzen Trainingsanzug, er keuchte leise. Er stand mit gespreizten Beinen mitten in der Küche, die Hände in die Hüften gestemmt, vorgebeugt, und schnappte nach Luft.

»Gesund«, sagte er und hob einen Daumen. Nur das, im Aufstehen: »Gesund.« Er fing an, auf der Stelle zu rennen und hieb wie ein Boxer in die Luft. Er sah aus, als ob er jede Minute einen Herzanfall erleiden könnte. Eddie sagte, nun übertreib nicht, aber Frank lachte, kippte ein großes Glas Wasser und spuckte ins Spülbecken. »Und wie geht's den Turteltauben heute morgen?« kicherte er, klatschte in die Hände und hämmerte sich gegen die Brust.

»Großartig, Frank«, sagte Eddie.

»Großartig«, sagte Marion. »Frank.«

Frank knipste die Lampen aus. Er sagte, in dieser Küche gäbe es genug Licht, um den Broadway auszuleuchten. Eddie wußte, es würde *so* ein Tag werden.

Frank machte sich mit viel Tamtam seine Spiegeleier, meißelte ganze Brocken Schweinefett vom kalten Block, kratzte mit dem Schieber am fettigen Rand der zischenden Pfanne herum. Er zog Speckscheiben aus der Packung und warf sie in die Pfanne mit der Mimik einer Hexe, die Froschbeine in einen Kessel gibt. Wenn er etwas in die Pfanne geworfen hatte, trat er zurück und hob die linke Hand, als ob er erwartete, daß Flammen herausschlagen könnten. Er schlug Eier auf und drehte immer wieder die Schalenhälften um, um ja jeden Rest Eiweiß rauszukriegen. Er pfiff. Er war gut gelaunt. Er spielte ihnen etwas vor.

Bei dem Streit ging es um Abtreibung. In der Zeitung

stand ein blöder Artikel über die vielen Irinnen, die im vergangenen Jahr zu Abtreibungen nach England gefahren waren, und Gay Byrne sagte dazu etwas im Radio. Er sagte: »Und natürlich gibt es in Irland absolut keine Abtreibung, das reden wir uns gern ein, o ja, das heilige Irland, Freunde«, dann wurde ein Werbespot eingeschoben.

Marion fand das alles widerlich.

»Ja. Aber was sollen sie machen?« fragte Frank. »Sie haben doch kein Geld, die armen Dinger. Es sollte hier erlaubt werden.«

»Das habe ich nicht gemeint. Geld ist nicht alles«, sagte Marion. »Es ist einfach nicht richtig. Es ist Mord.«

»Diese Pfaffen!«, kläffte Frank mit dem Mund voll Wurst. »Geld ist eine große Hilfe«, sagte er, »es gibt nichts, was nicht mit Geld in Ordnung gebracht werden kann. Wenn dir jemand was anderes erzählt, na, dann ist das gut und schön, weißt du. Aber hör lieber auf mich, Liebe«, er lachte und berührte ihren Arm.

Marion starrte Franks Finger auf ihrem Pulloverärmel an, er sah ihr in die Augen, und sein Lachen verstummte. Ihr Gesicht war dunkel vor Zorn. Seine Augen sahen wäßrig aus. Sie schüttelte leicht ihren Arm, und er zog seine Hand zurück. Er hielt sich die Hand vor den Mund und hustete. Marion sah jetzt noch wütender aus. Sie schob die Lippen vor und schlug aufs Geratewohl die Zeitung auf. Eddie sah Frank an, und Frank zuckte die Schultern.

»He, reg dich ab, Marion«, sagte Eddie. »Ich finde, Abtreibung sollte erlaubt sein. Jede Frau sollte abtreiben dürfen, wenn sie das will. Ich meine, niemand redet doch davon, daß es Pflicht wird.«

»Gut«, erwiderte sie. »Mir ist egal, was irgendwer sagt. Ich finde es nicht richtig.«

»Na, ich finde *dich* nicht richtig«, sagte Eddie. »Mein Bauch gehört mir, jawohl«, und er hob kurz die Faust.

»Typisch Mann«, sie spuckte die Worte aus. »Überläßt alles den Frauen.«

»Aber hör mal, Liebes«, sagte Frank.

»Sag nicht ›Liebes‹ zu mir«, sagte sie. »Ich bin dagegen, damit basta. Manchmal muß man sich entscheiden.«

»Aber ich meine, was, wenn du nun selber in dieser Lage wärst?«

»Redest du hier von mir?« fauchte sie und stemmte die Hände in die Hüften.

»Nein«, sagte Frank. »Natürlich nicht. Ich meine, nur so als Argument, was wäre, wenn du, du weißt schon, Probleme hättest.«

»So eine bin ich nicht«, sagte sie. »Sag so was nicht noch mal.«

»Also jetzt reg dich doch ab«, sagte er. »Ich sag ja gar nichts. Ich meine doch bloß, daß die meisten gebildeten Leute dieses Argument verstehen würden, das ist alles.«

»Und ich bin nicht gebildet genug, ja?«

»Jesus, Liebes, nein, ich sage dir nur, vielleicht siehst du die Dinge anders, nehme ich an.«

»Na, von *dir* hätte ich auch nichts anderes erwartet«, sagte sie und sprang auf. Der Milchkrug kippte um und goß seinen Inhalt über Eddies Schoß. »Kein Wunder, daß deine Ehe in die Brüche gegangen ist«, fauchte sie.

Sie stürzte aus dem Zimmer, knallte mit aller Kraft die Tür zu, so fest, daß die Krähen im Garten in die Luft sprangen. Eddie stützte seinen dröhnenden Kopf in die Hände.

Frank starrte in den Garten. Er lachte. Dann sah er aus, als ob er gern etwas kaputtgeschmissen hätte. Die Schaukel bewegte sich im Wind, und die schwarze Kette klapperte gegen das Gestell. Frank kreuzte sorgfältig Messer und Gabel auf seinem Teller.

»Sie muß weg«, sagte er ruhig, ohne Eddie anzusehen. Dann stand er übertrieben ruhig auf, ging zum Spülbecken, wusch seine Tasse ab. Danach drehte er das Wasser voll auf und fuhr mit der kleinen roten Plastikbürste durch das Bekken, während er die andere Hand in den Nacken legte. Und dann drehte er sich um, um in den Garten zu gehen. Er zeigte auf Eddie und hob die Augenbrauen. Sein Gesicht war rot. Er hatte Säcke unter den Augen. »Sie muß raus«, sagte er. »Jetzt«. Seine Stimme zitterte.

Sie weinte auf der Straße, und es gab nichts, was Eddie hätte tun können. Jeder einzelne verdammte Nachbar schien Hunde oder Kinder auszulüften, und jeder einzelne lächelte wissend, sagte aber nichts, als sie auf dem Weg aneinander vorbeidrängten.

Eddie sagte, er fände sie zum Kotzen.

»Herr Jesus Christus«, sagte er. »Wie konntest du so mit ihm reden? Das ist mein Vater, um Himmels willen.«

Daraufhin weinte sie nur noch mehr. Sie sagte, daß Eddie doch gerade immer davon redete, man müßte zu seinen Prinzipien stehen. Eddie sagte ja, aber er wisse doch ganz genau, daß sie keine Abtreibungsgegnerin war.

»Woher weißt du das?« fragte sie. »Wir haben das Thema doch nie erwähnt.«

»Hör auf, mich zu verarschen, Marion«, sagte er. »Ich kenne dich gut genug.«

»Du weißt überhaupt nichts über mich, Eddie Virago«, widersprach sie. »Du steckst doch so voll Scheiße, daß sie dir schon aus den Ohren quillt.«

Eddie schaltete auf seine ruhige Stimme um.

»Das hast du mit Absicht gesagt«, sagte er. »Ich weiß nicht, was im Moment in dich gefahren ist, bist du eifersüchtig oder was ist los, verdammt? Was ist in dich gefahren?«

»Eifersüchtig auf was?« fragte sie.

»Auf meine Beziehung zu Frank«, antwortete er. »Du bist eifersüchtig.«

»*Frank*«, sie lachte. »Eben, das auch noch.«

»Ja«, sagte er, »Frank.«

»O ja, ich könnte ›Frank‹ allerlei über sein liebes Söhnchen erzählen. Schöne Beziehung, meine Fresse. Der Mann hat doch keine Ahnung von dir. Du hast eine Scheißangst vor ihm.«

Eddie sagte, er wisse, daß sie das nicht ernst meinte. Er verstehe, daß es schwer für sie war. Er sagte, er wußte, daß die Tage bei ihnen, na ja, daß sie ihr wohl klargemacht hatten, daß er anders war, daß er einen anderen Hintergrund hatte.

»Aber Geld ist nicht alles«, sagte er. »Das solltest du dir klarmachen, und he, Dad ist so sehr Arbeiterklasse, mehr geht gar nicht.«

Sie schlug Eddie hart ins Gesicht.

»Du Arschloch«, sagte sie. »Du bist ein verdammtes Parvenü-Arschloch, Eddie Virago, mir wird schlecht von dir, scheiß auf dich und auf deine ganze Familie.«

Eddie machte auf dem Absatz kehrt und ging, sein Gesicht pochte in der Kälte. Gut so. Absolut gut so. Sie war ohnehin verrückt, daran gab's gar keinen Zweifel. Verdammte ausgetickte Kuh. Er hatte nicht darum gebeten, in der Mittelklasse geboren zu werden. Er würde es ihr zeigen, dieser Scheißtussi. Jesus. Die hatte doch ein Rad ab, völlig klar. Nicht alle Scheißtassen im Schrank oder so. Na, sollte sie sich doch verpissen. Er würde sofort Mr. Patel anrufen, ihm sagen, daß er nicht zurückkommen würde, ihn bitten, seinen Kram irgendwohin zu schicken, vielleicht zu seiner Mutter, ja, das würde der Scheiß-Else eine Lehre sein. Jesus. Jetzt war alles aus zwischen ihnen, und das keine Minute zu früh. Scheiße, er würde es ihr zeigen.

Eine halbe Stunde später fand Eddie sie unten in Rathmines. Sie versuchte wegzulaufen, aber er hielt ihre Arme fest und wollte sie nicht loslassen. Sie sagte, sie würde schreien, aber das tat sie nicht. Nicht sofort. Erst, als er sagte, sie würde sich nicht trauen. Da brüllte sie los wie eine Irre. Eine alte Frau mit einem Laufgestell starrte sie an, während sie sich mitten auf der Straße anfetzten.

»Du bist ein Scheißidiot, Eddie, das sagen alle deine Freunde hinter deinem Rücken, denen machst du nichts vor.«

Eddie sagte, sie könnte sich soviel Scheiß aus den Fingern saugen und soviel schreien, wie sie wollte, sie müßten diese Kiste jetzt klären.

»Was ist los mit dir?« fragte er immer wieder. »Bist du krank oder was? Hast du irgendwelche Probleme?« Marion fing wieder an zu weinen, und sie weinte wie ein kleines Kind, ihr Gesicht verzerrte sich unter Tränen, die sie zu ersticken drohten. »Ich liebe dich«, sagte er. »Das weißt du, gib's zu, ich liebe dich.«

Marion sagte, sie glaube, sie müsse durchdrehen.

»Ich fühle mich so schrecklich«, weinte sie und zerrte sich dabei wild an den Haaren. »Irgendwas läuft in meinem Kopf ab.« Sie wollte zu einem Arzt. Sie sagte, sie fühlte sich wirklich nicht wohl, das sei keine Schau.

Also saß Eddie einige Stunden im Wartesaal des St. Vincent-Spitals und fragte sich, wie zum Teufel er in diese Scheiße hineingetappt war und wie er jemals wieder herauskommen sollte. Als sie wieder zum Vorschein kam, fühlte sie sich besser. Sie hatte ein gutes Gespräch mit einer Schwester gehabt. »Das war nur so eine Frauengeschichte«, sagte sie. »Hormone. Ich möchte nicht darüber reden. Nur eine Kleinigkeit. Das interessiert dich sicher sowieso nicht.«

Eddie sagte, er könnte gern in die Apotheke gehen, wenn

sie ein Rezept einlösen müßte, aber sie sagte nein, nicht nötig, sie brauchte nur ein bißchen frische Luft.

Sie nahmen den Bus in die Stadt, setzten sich im Stephen's Green auf das bereifte Gras und beobachteten eine übergewichtige Blaskapelle auf dem Podium. Später trat eine Gruppe von kleinen Mädchen in grünen und mit Harfen und keltischen Mustern reichverzierten Kleidern auf und führte ein paar irische Tänze vor. Ehepaare schlenderten über die matschigen Wege, zerrten widerstrebende Kinder hinter sich her und zwangen sie zum Entenfüttern.

Eddie sagte, er wisse wirklich nicht mehr, wohin sie unterwegs wären. Manchmal fragte er sich, ob sie wirklich genau wisse, wer sie war, und ob sie von einer Beziehung noch immer dasselbe erwarteten.

Sie sagte: »Heißt das, daß du Schluß machen willst?« Er sagte, nein, absolut nicht, er wollte nur ein paar Ideen auslüften, und wieso das überhaupt ihre erste Reaktion war, wenn er mal was sagte. »Du bist doch ein viel zu großer Schlappschwanz, um Schluß zu machen«, sagte sie. »Das ist dein Problem.« Er sah ihr in die Augen.

»Diese Beziehung bedeutet verdammt viel für mich«, sagte er bedeutungsschwer. »Ich will sie jetzt nicht aufgeben.«

Aber er wußte, daß er log. Sie saßen in Kehoe's im Séparée, Marion kippte Gin Tonic, als ob dieses Getränk jeden Moment unmodern werden könnte, und Eddie fühlte sich hundemüde. Er hatte tierische Angst, irgendein Bekannter könnte in den Pub kommen. Obwohl er sich rasiert hatte, fühlte sich sein Gesicht stachelig und unangenehm an, und seine Augen und seine stoppelige Schädelspitze juckten grausam.

Sie sah so schön aus, so verletzlich, als sie lachte, ihr Gesicht wieder Farbe bekam, sie seine Hand zwischen den ihren hielt, als sie mit sich selber sprach.

»Frohes neues Jahr«, sagte sie bitter.

Eddie nahm einen tiefen Schluck Guinness. Es schmeckte sauer und giftig. Ihm schauderte.

Am Tag, an dem sie abfuhr, war es hell und kalt, ein klarer Wintertag, an dem der Frost wie Puderzucker die Berge um Dublin bedeckte. Die Bäume in der Beckett Road standen vor dem Himmel wie Scherenschnitte. Kreischende Kinder zerlegten auf den Rasenflächen Schneemänner. Und Eddie war so gut drauf, daß er fast glaubte, alles würde schließlich irgendwie in Ordnung kommen.

Morgens holte er Marion bei Dean Bean in Donnybrook ab; als er dort ankam, stand sie mit dem Rucksack in den Armen auf der Türschwelle. Beano war weggegangen, erzählte sie. In die Stadt. Er hatte eine Verabredung, aber er würde nachher auf ein Glas mit Eddie ins Crombie Inn kommen.

»Das ist ein Süßer«, sagte sie, »findest du nicht?« Eddie sagte, ja, einer unter einer verdammten Million. »Nein, wirklich«, sagte sie. »Er ist ein absoluter Schatz.«

Sie fuhren früh nach Dun Laoighre hinaus und wanderten durch das Einkaufszentrum, setzten sich zu Eis und Kaffee in eines dieser scheußlichen offenen Restaurants, lungerten mit Hausfrauen in Jogginganzügen in den Passagen herum, durchwühlten die Buchläden. Als Eddie ihr gerade den Rücken zugedreht hatte, kaufte sie ihm einen dünnen Band mit Becketts Gedichten. Sie sagte, ihr Großvater sähe genau aus wie Samuel Beckett. Eddie sagte, alle Großväter sähen genau aus wie Samuel Beckett, das sei doch gerade der Sinn der Sache.

Normalerweise mochte Marion Becketts Sachen nicht. Aber sie hatte einmal ein Gedicht gelesen, in dem er wünschte, seine Geliebte sei tot und er könnte durch die Straßen gehen und an sie denken, im Regen, ganz allein, in einem langen Mantel.

»Das war wunderschön«, sagte sie. »So traurig.« Sie konnten es in dem Buch nicht finden, aber Eddie sagte, sie würden später richtig danach suchen.

Dann gingen sie durch den People's Park und sahen zu, wie die Rentner auf dem mit Hundekacke übersäten Rasen Bowling spielten. Einige Rentner sahen ebenfalls aus wie Samuel Beckett, aber nicht alle. Marion zeigte auf ein altes Paar, die Frau in einem buntbedruckten Kleid mit Verbänden um die Knöchel, der Mann in einem grellen Hemd und gelber Trompetenhose und einem Sonnenhut. Sie überlegte, ob sie und Eddie wohl je so sein könnten. Eddie sagte, nie im Leben. Er würde ums Verrecken keine gelbe Trompetenhose anziehen.

Sie gingen den ganzen Weg bis zum East Pier und setzten sich hin und blickten auf Dalkey Island hinüber. Draußen bei den Schlammbänken saß ein kleiner Junge ganz allein in einem kleinen grünen Boot, mühte sich mit den Rudern hin und her. Näher zum Strand hin surften wackere Yuppies in Gummianzügen scharf vor dem Wind, und dabei heulten und johlten sie vor Vergnügen. In Sandycove wanderte eine Meute von Nonnen auf Zehenspitzen über den Strand, und der Wind, der den strengen Schatten des Joyce-Turms und das Architektenhaus umtoste, zerrte an ihren weiten weißen Schleiern. Eddie erzählte Marion alles über Stephen Dedalus, wie er von der Uni abgegangen war, um das nie erschaffene Gewissen seines Volkes zu werden.

»Jesus«, sagte sie. »Da haben sie in der Unibar ganz bestimmt losgelacht.« Marion war glücklich. Sie sang mit ihrer schrecklichen Stimme Fragmente von Bros-Liedern, mit weitaufgerissenen Augen, und dirigierte dabei mit den Fingern. Oben auf dem Turm ging sie um die Zinnen herum und fuhr mit der Hand über die Steine. Sie sagte, hier könnte man sich bestimmt gut lieben, und Eddie meinte, das sei eine sehr Joyce-hafte Bemerkung. »Typisch irisch. Alles muß Joyce-haft bei dir sein«, seufzte sie. »Einfach nur schweinisch geht nicht.«

»Typisch irisch«, sagte Eddie, »ist übrigens das allertypisch Irischste, was irgendwer überhaupt sagen könnte. Vor allem wenn man es so sagt wie du.«

An den Landungsbrücken nahm sie ihm das Versprechen ab, nicht sofort zu gehen. Er sollte ihr nachwinken, bis das Schiff das Hafenbecken verließ und außer Sicht geriet. Und Eddie meinte, er wäre nicht auf diesem sentimentalen Trip, aber für sie würde er eine Ausnahme machen.

Sie sagte, das, was passiert sei, täte ihr leid, aber sie hätte sich in der letzten Zeit einfach nicht wohl gefühlt. Eddie sagte, das sei schon in Ordnung.

»Das wird schon gehen«, sagte er. Sie fragte, ob sein Vater wohl je wieder mit ihr reden würde. Eddie meinte, für eine wundervolle Beziehung wären sie wohl nicht geschaffen, nein. Sie schob ihre Lippen vor und nickte.

»Meine Nerven«, sagte sie. »Meine Mutter hat immer über ihre Nerven gejammert, und ich hab nie gewußt, wovon sie redete. Jetzt weiß ich's.« Eddies Mutter hätte auch immer über ihre Nerven geklagt. Vielleicht gehörte das ja einfach zum Muttersein dazu. Marion meinte, ja, wahrscheinlich, obwohl sie das nicht beurteilen könnte. »Es gibt keine Fotos bei deinem Vater zu Hause, nirgendwo ist ein Foto von deiner Mutter.« Eddie sagte, er sei sicher, daß er irgendwo eins hätte. Er würde es irgendwann mal rausfischen und ihr zeigen.

»Es hieß immer, sie sähe aus wie Audrey Hepburn«, sagte er. Marion meinte, er müßte wirklich seine Mutter besuchen, wenn er wieder zu Hause in London war. »Ja, ja«, sagte er. »Nun sag schon.«

»Du kommst zurück zu mir«, fragte sie, »ja, Eddie Virago?«

»'türlich komm ich«, sagte Eddie und pflanzte eine Kuß auf ihre kalte Wange. »Wir sehen uns morgen. Mein Flugzeug geht um sieben Uhr morgens. Du liegst noch im Bett, und schon bin ich bei dir.«

»Vergiß nicht zu winken«, sagte sie. »Das hast du versprochen. Ich paß auf. Und wenn das Boot untergeht und ich ertrinke, stell dir vor, wie mies du dich dann fühlen wirst.«

Eddie sagte, natürlich würde er winken, aber das tat er nicht. Sowie sie die Sperre passiert hatte, klappte er verstohlen seinen Kragen hoch und latschte zur Bushaltestelle. Er wußte, sie würde das nie sehen können, nicht vom anderen Ende des langen Piers. Keine Chance.

Er setzte sich in die Nora Barnacle-Lounge des Crombie Inn, ganz oben im Einkaufszentrum, blickte auf Dublin Bay und schrieb ihr einen Brief. Er hatte einfach das Gefühl, sich dabei klarer ausdrücken zu können. Aber jede Seite, fast schon jede Zeile, kam ihm so voller Klischees und nichtssagend vor, daß er alles entweder durchstrich oder zerriß. Er sah zu, wie das Postschiff über das Wasser glitt, vorbei an Howth, hinaus in den Nebel, bis es nur noch eine winzige schwarze Schnecke war, die im Wasser eine silbrige Spur hinterließ. Er fragte sich, ob er es wohl je schaffen würde, sie zu verlassen.

Dean Bean kreuzte auf, natürlich zu spät. Aber er schmiß die erste Runde, deshalb beklagte Eddie sich nicht.

Er sagte, sei nicht böse wegen neulich, dem Angel Dust und allem.

»Ich bin ein totales Arschloch«, gab er zu. »Das weiß ich. Ich bin einfach der totale Wichsfrosch, Mann, war schon richtig, daß du mich angepißt hast.«

Sie tranken schweigend ein Pint. Aber sie waren gute

Freunde, und Schweigen machte ihnen nichts aus. Eddie holte die nächste Runde.

»Marion«, sagte Beano und sog die schwarze Flüssigkeit durch den Schaum. »Jesus, Mann, das ist eine scharfe scharfe Frau, weißt du, ich glaub, die ist einfach astrein, das muß ich dir sagen, Eddieboy.« Eddie sagte, ja, stimmt alles. »Das muß ich dir lassen, Eddieboy, bei der Frau bist du endlich auf Gold gestoßen.« Eddie entschuldigte sich dafür, ihm Marion aufgehalst zu haben, aber sie hatte einfach nicht gewußt, wohin. Beano sagte, vergiß es. Sie verstanden sich wirklich megagut, und es war doch auch bloß für ein paar Tage. Und es war toll, eine wie sie kennenzulernen. »So einer wie ich kommt hier rüber«, sagte er, »und dann trifft er bloß solche Unitussis, und dann denkst du, alle Irinnen stünden auf Dekonstruktivismus und Debütantinnenbälle, weißt du. Aber da oben, das ist wie ein anderes Land.« Eddie lachte.

»Ja«, sagte er. »Darum dreht sich der ganze Nervkram ja gerade.«

Sie tranken noch ein paar Pints und einen Whisky, und dann fuhren sie in die Stadt ins McGonagle's. Eddie wollte nach Hause. Er sagte Beano, sein Flugzeug ginge um sieben, aber Beano sagte, ach was, letzter Abend in Dublin und so, sie müßten einfach noch ein paar kippen.

»Auf die alten Zeiten.« Eddie lachte.

»Beano, du bist fünfundzwanzig, das reicht noch nicht, um ›auf die alten Zeiten‹ zu sagen.« Beano meinte, das wisse er, aber Scheiße, er sei eben jung und frei und aus auf eine Sauferei. Eddie sagte, okay, aber er habe kein irisches Geld mehr. Beano sagte, null Problemo. Er würde blechen.

In der höhlenhaften Finsternis des McGonagle's traf Beano eine Bekannte, eine blonde Swatchfetischistin mit falschem Dubliner Akzent. Sie traten sich gegenseitig auf die Füße, während der DJ eine schrecklich blöde Glitzernummer aus den 70er Jahren auflegte und Eddie versuchte, dazu einen Slamdance zu liefern. Die Frau schien entweder sehr blau oder sehr angeknallt zu sein, und Eddie blieb nichts anderes, als zuzusehen, wie sie und Beano einander anmachten, sich gegenseitig in die Ohren brüllten, sich anlachten.

Danach saßen sie alle drei in einem der eiskalten Erker und tranken aus Plastikbechern polnischen Beaujolais. Paare hielten sich unter dem sich drehenden Spiegelleuchter umklammert. Irgendein Arschloch lief mit einem Rauchwerfer über die Tanzfläche, und das Trockeneis ließ alle Augen tränen. Beano ging hinüber, redete mit dem Heini, brach einen Streit vom Zaun, der endete mit Händeschütteln, und er ging hinaus. Eddie krümmte sich, als er seinen Becher leerte. Er erkannte die Signale. Beano wollte noch viel mehr einwerfen.

Die Frau fing an, Eddie von ihrem Freund zu erzählen, den sie gerade entlassen hatte.

Sie sagte zu Eddie: »Ich glaube, mein Wachsen hat einfach das Gleichgewicht in unserer Beziehung erschüttert, meinst du nicht?« Eddie sagte, es täte ihm leid, daß sie an einem Gewächs litte und hoffte, es wäre nicht zu schmerzhaft.

Sie bestellte noch eine Flasche Wein, und Eddie half ihr beim Trinken. Sie soff immer mehr, und dann brach sie in Tränen aus und sagte, sie wüßte verdammt noch mal schon gar nicht mehr, wer sie wirklich wäre, und sie wollte mit den tieferen Partien ihres Selbst in Berührung kommen. Und in diesem Moment kam Beano angetorkelt.

»Ja sicher«, sagte er. »Wer möchte das nicht?«

Sie tanzten eine halbe Stunde, Eddie, die Frau, Dean Bean und ein Typ mit langen schmutzigen Haaren und einer alten gebatikten Armeejacke, der offenbar Ringelpiez tanzen wollte.

Danach zog die Frau mit dem Hippie ab, und Beano und

Eddie lungerten eine Weile im Eingang von McDonald's in der Grafton Street herum. Beano schien noch nicht nach Hause zu wollen. Er war in einer komischen Stimmung. Er klatschte immer wieder in die Hände und behauptete, gerade erst richtig wach zu werden.

»Wie wär's mit Kaffee?« lachte er.

»Damit unsere Arterien was zum Nachdenken haben, was? Was meinst du, Eddie? Es ist doch noch früh. Wie wär's? Ha?«

Alles war geschlossen, und deshalb spendierte Beano ein Taxi zu Eddies Haus. Für eine halbe Stunde, sagte Eddie, keine Minute länger.

Frank schlief schon, und Patricia war wie immer unterwegs. Eddie führte Beano ins Wohnzimmer und bat ihn, ganz leise zu sein.

Beano kicherte wie blöd weiter. Als er das Rizla an die Lippen hielt, um den Kleberand anzulecken, vergaß er, die Zunge herauszustrecken. Er rieb das Zigarettenpapierchen gegen seine Lippen und fluchte und lachte, während Tabak und Dope sich über seinem Hemd verteilten.

Als Beano sich die Ärmel hochkrempelte, konnte Eddie die Narben an seinen Unterarmen sehen, kleine schwarzblaue Nadelstiche, einige bluteten noch. Beano drückte wieder, aber Eddie sagte nichts. Er wollte jetzt nichts kaputtmachen. Morgen um diese Zeit wäre er wieder in London, und Beano würde auf sich selber aufpassen müssen. Er hatte früher sowieso schon alles gesagt. Beano wußte, was er da riskierte. Und falls nicht, dann hätte er es jedenfalls wissen müssen.

Beano war in einer seiner sentimentalen Stimmungen. Unter Drogeneinfluß wurde er immer weich. Er wollte über Fehler reden. Über alle Fehler, die er bei Frauen gemacht hatte. Und über das erste Jahr, als er und Eddie im See schwimmen gegangen waren, in der Nacht, nach Bekanntgabe der Examensergebnisse, meine Fresse, das war der größte Fehler von allen. Und was, wie hieß sie doch noch gleich, alles über ihn verbreitet hatte. Was er versucht und was er nicht versucht hatte. Er hatte versucht, ihr Hemd aufzuknöpfen. Sie hatte jedem erzählt, er sei ein Vergewaltiger.

»Kannst du dir das vorstellen, Ed«, blaffte er, »ich, ein Vergewaltiger? Kannst du das fassen? Ich meine, ist doch krankhaft!«

Sie sprachen über ihre Freunde. Fergus wollte Filmregisseur werden. Jetzt war er arbeitslos. Casey wollte Romane schreiben. Er war illegal in New York und arbeitete in einem Krankenhausbüro. Jimmy Sterne, der große zukünftige Rechtsanwalt und Verteidiger der Armen, arbeitete jetzt in einem Fernsehreparaturladen in Auckland. Paul O'Brien, Irlands erster Anarcho-Taoiseach, managte eine Disco in Carrickmacross, Tim Stocker, der Mann, der die Boomtown Rats an die Uni geholt hatte, als er da fürs Unterhaltungsprogramm zuständig war, leitete jetzt den Pornovideo-Laden seines Onkels. Die Frauen hatten es weiter gebracht. Michelle Gratton arbeitete für eine große Kugellagerfabrik in Cork und zockte dick Kohle ab. Sinéad und Maureen hatten beide Reisestipendien, ein Jahr in Genf, ein Jahr in Rom, ein Jahr in Budapest. Susan Lever war Nachrichtensprecherin beim Century Radio. Eimear arbeitete bei Aertel. Jennifer war in Nicaragua. Katie Ross war in London bei irgendeiner Frauenzeitschrift angestellt. Und die Salome Scheiß Wilde, natürlich, die Kuh, hatte ins Schwarze getroffen und moderierte diese bescheuerte Kunstshow im Channel Four. Ja. Die Frauen brachten es wirklich. Aber die Typen, Jesus, die Typen. Eine Sammlung von Primadonnen, war mal, war nie, möchte gern – rundum verkrachte Existenzen.

»Wenn Scheiße Energie wäre«, seufzte Beano, »dann

könnten wir Sellafield das Geschäft vermasseln.« Er lachte, als er sein Bier trank. »Wir hatten es geglaubt, Eddie, das ist das Komische. Wir waren die Schlimmsten. All der Wichs über die Macher der Zukunft.«

Eddie sagte, er hätte das nie geglaubt. Und überhaupt ging's ihm doch ganz gut, und er sei in keiner Hinsicht ein Versager. Alles machte sich gut für ihn, und das neue Jahr würde noch besser laufen. Er schrieb jetzt mehr denn je, hatte genug für eine ganze CD, wirklich gute Sachen. Und sein Gitarrenspiel wurde jeden Tag besser, das meinten alle. Er sagte, auch bei Beano würde die Kiste bald laufen, sowie er erst einmal wüßte, was er wollte. Das brauchte heutzutage seine Zeit. Das mußte man verstehen. Aber Dean Bean war ein begabter Mann. Der würde noch ganz oben im Topf landen, kein Problem.

»Wie jeder Abschaum«, sagte Beano.

»Laß den Scheiß, Mann«, lachte Eddie. »Fang doch wieder an zu schreiben, Beano, du bist ein echter Wortschmied.«

Beano sagte, er schreibe jetzt nicht mehr viel.

»Jeder kann schreiben«, pöbelte er. »O ja, der Große Irische Roman, Jesus, Mann, den könnte ja sogar ein Computer schreiben. Ein bißchen Mutterliebe, ein Hauch von masochistischem katholischem Schuldgefühl, eine Spur symbolisches Britenfressen, ganze Scheißhaufen von hellen Augen und geblähten Nüstern und verschwitzten keltischen Hüften, alles eingewickelt in eine Soße aus rotzgrüner Joycescher Wichse.« Wieder lachte Eddie. »Wie gesagt«, sagte Beano, »das kann doch jeder.« Dann meinte Eddie, nichts sei schlimmer, als Ehrgeiz ohne das entsprechende Talent.

»Arme Leute«, sagte er und schüttelte schmerzlich berührt den Kopf.

Sie öffneten Franks Barschrank und gossen sich zwei

große Gläser Portwein ein. Eddie füllte die Flasche mit Johannisbeersaft wieder auf und stellte sie vorsichtig zurück.

»Noch eins, Eddie«, sagte Beano. »Wir kennen uns doch schon lange, nicht?«

»Ja«, sagte Eddie argwöhnisch. Er mochte Unterhaltungen nicht, die so anfingen.

»Ich wollte dir nur noch eins sagen, Mann. Es ist bloß – also, sei jetzt nicht sauer, okay, aber ich finde, wenn man in die Enge getrieben ist, ist es immer das Beste, das offen zu sagen, weißt du. Das sehe ich wenigstens so.« Eddie fragte, was er damit meine. Er sagte, nichts. Wolle nur Freunden gegenüber offen sein. Er sagte, manchmal redeten die Leute eben so über Eddie. Vielleicht könnte er ein bißchen ehrlicher sein, nicht übertrieben, nur vielleicht ein bißchen ehrlicher, das war alles. »Und auch mit Marion. Es geht mich ja nichts an, Ed, aber du machst doch keinen Scheiß mit ihr, oder?« Eddie erwiderte, natürlich nicht, und wollte wissen, was Marion über ihn erzählt hätte.

»Wir haben eine sehr ehrliche Beziehung«, meinte er.

Beano sagte, sie hätte ihm überhaupt nichts erzählt. Sie kam ihm nur irgendwie zerbrechlich vor. Eddie erwiderte, das sei ihm bekannt, das sei sogar ihm aufgefallen, und Beano sagte, he, geil dich ab, das wüßte er doch.

»Niemand weiß das besser als du, Ed«, lächelte er.

»Ich denke bloß laut, weißt du, liegt alles an der Mary Jane.« Er bot Eddie den Joint an, aber der lehnte ab. Er beugte sich vor und schlug Eddie auf den Oberschenkel. »Mensch, Eddie, nun lach doch, ja?« Eddie meinte, es sei wirklich alles in Ordnung. Beano drehte noch einen Joint und sagte, es sei so toll gewesen, Eddie wiederzusehen, und er sei ein wirklich guter Freund. Eddie sagte, dieses Gefühl werde erwidert. Aber die Atmosphäre im Zimmer hatte sich geändert, und das wußten sie beide.

Beano ging um halb fünf, als die Vögel anfingen zu singen und der Milchwagen durch die Beckett Road schepperte. Ehe er aufbrach, sagte Eddie: »Ach, ich hab ja ganz vergessen, dir dein Weihnachtsgeschenk zu geben.« Er griff in die Tasche und reichte Beano eine Papiertüte, ohne ihn anzusehen. Das würde ihm eine Lehre sein.

»O Jesus, Mann«, sagte Beano. »Das wäre doch nicht nötig gewesen.«

»Na ja«, sagte Eddie. »Ich wußte doch, daß du Sam Beckett magst, deshalb konnte ich nicht widerstehen.«

Beano war fertig. Er blätterte mit beschämtem Gesicht im Buch. Er sagte, Eddie sei einfach toll, und wenn er etwas gesagt hätte, was Eddie verletzen könnte, dann täte ihm das leid.

»Jesus, ich komm mir so klein vor, wenn ich bloß gewußt hätte, daß du mir was schenken willst, dann hätte ich dir auch was gekauft.« Eddie sagte, vergiß es. »Du bist großartig, Eddie«, erwiderte Beano. »Bist du wirklich.« Dann stolperte er über die Einfahrt, drehte sich um und winkte mit dem Buch. »Toll von dir, Ed!« rief er. »Laß dich nicht unterkriegen, ja, Mann?«

»Wichser«, sagte Eddie, als er die Tür zumachte.

Eddie knipste alle Lampen an und räumte ein bißchen auf. Er versuchte, wach zu bleiben, denn er wußte, wenn er jetzt noch ins Bett ging, würde er niemals rechtzeitig für seinen Flug wach werden. Er ging durchs Haus, räumte auf, überlegte sich wider Willen die ganze Zeit, daß die Anwesenheit seiner Mutter wie ein Spuk auf dem Haus gelastet hatte.

Er konnte sie sich einfach nicht aus dem Kopf schlagen. Bilder und Vorstellungen und dummes Zeug, das sie oft gesagt hatte, schwebten durch seine Gedanken, und er fragte sich, warum. Dann wußte er es plötzlich. Es war schon wieder dieser verdammte Geruch. Der Weihnachtsgeruch der ersterbenden Nadeln, die dick auf dem Teppich lagen, süß und geheimnisvoll. Der Geruch brachte ihm einfach so viele Erinnerungen. Wie bei Proust, echt. Aber je mehr er an sie dachte, um so weiter weg schien sie zu sein. Er sah auf die Uhr. Es war viel zu früh, um sie anzurufen. Aber sie fehlte ihm so sehr, daß er fast vergessen hatte, wie sie aussah. Er konnte sich ihr Gesicht nicht vorstellen, egal, wieviel Mühe er sich auch gab. Also gab er den Versuch auf und schrieb seinem Vater einen Brief.

Sein Kopf fing an zu dröhnen. Seine Finger zitterten beim Schreiben. Er dachte an seinen Vater und hoffte, daß der zurechtkommen würde. Er wollte schreiben, »Frank, ich liebe dich«, das wollte er wirklich. Aber er stellte fest, daß er das aus irgendeinem Grund nicht konnte.

Das Taxi kam um halb sechs, und um Viertel nach hing Eddie über einem Tisch in der Abflughalle, umgeben von Geschäftsmännern in teuren Anzügen mit scharfen, vom Duschen noch nassen Frisuren und Frauen in eleganten roten Kleidern und limonengrünen Mänteln.

Als er nach seiner Kaffeetasse griff, zitterten seine Finger, und der Kellner warf ihm einen Blick voll brüderlichen Mitgefühls zu.

Der Gestank der See strömte von Donnycarney her auf die Startbahn. Eddie sah sich den gedrungenen, schwarzgelben Klotz des Dubliner Flughafens an, seinen Lieblingsort in ganz Irland. Er wünschte, ein Haufen Fotografen verewigte seinen Abflug. Er hätte gern in die Luft geschlagen und V-Zeichen gemacht.

»Schöne Weihnachten?« fragte die Stewardess.

»Ja«, antwortete Eddie. »Und selber?«

»Ruhig«, sagte sie, »aber doch, ja.« Sie ging weiter durch den Mittelgang und bot saure Drops an. »Schöne Weihnachten?« fragte sie alle. »Schöne Weihnachten?« Ihre Stimme erhob sich zu einem Geschrei der Ehrlichkeit.

»Schöne Weihnachten? Ruhig? Oh, bei mir war's auch ruhig.«

Als das Flugzeug abhob, war der Himmel noch weiß, und nur dort, wo die Sonne versuchte durchzudringen, waren die Wolken gelb umrändert. Rauch strömte aus den Tragflächen. Eddie versuchte, die *Irish Times* zu lesen, aber er konnte die Augen nicht offenhalten. Er versank in einem paranoiden Schlaf, aus dem er alle paar Minuten mit einem plötzlichen, Übelkeit erregenden Ruck hochfuhr, wenn das Flugzeug hüpfte oder wackelte. Einmal, als er wach wurde, schien das Meer zur Seite gekippt zu sein, und Eddie starrte stumpf durch das Fenster auf das schäumende graue Wasser vor seinen Augen.

Er versuchte, stumm zu beten, nicht kotzen zu müssen, aber ihm ging auf, daß er den Text des Ave Maria vergessen hatte. Wow, dachte Eddie, was für ein großer Tag.

Da es keine Kotztüten gab, erbrach er sich in ein aufgerolltes Exemplar des *Daily Telegraph*. Dann versank er wieder in murmelnden Schlaf. Und irgendwer legte eine Decke über ihn.

Als das Flugzeug in Luton auf die Landebahn aufsetzte, wurde Eddie lallend wach. Er schleppte sich die Treppe hinunter und in die Ankunftshalle. Ein gutaussehender Schwarzer in einem himmelblauen Jackett stellte ihm ein paar Fragen. Nur aus Sicherheitsgründen, sagte er. Eddie konnte den Blick nicht von diesem Jackett abwenden. Auf der Brusttasche stand in fetzigen goldenen Buchstaben »LA«. Eddie hätte fast laut losgelacht.

»LA« bedeutete Luton Airport. Nicht das andere LA. Luton Airport war so weit von LA entfernt wie überhaupt nur möglich. Kein Zweifel.

Es war einfach so eine witzige kleine Angelegenheit, die Eddie mit großer Begeisterung endeckte. LA. Gelandet in LA. Wenn Marion das hörte.

Eddie stolperte schließlich um drei Uhr nachmittags ins Brightside. Marion war auf der anderen Seite der Stadt in der Bank. Sie hatte bei Mr. Patel einen Zettel hinterlegt.

»Sie hat gehofft, der Verkehr wäre nicht zu schlimm«, sagte er. Dann meinte er, es sei toll, Eddie wieder im Haus zu haben, und daß ihm ihre Plaudereien gefehlt hätten. Eddie fragte nach Mrs. Patel. Mr. Patel sagte, der ginge es gut, morgens ein bißchen Übelkeit, aber okay, den Umständen entsprechend. Er drückte beide Daumen. Eddie fragte, ob er wohl ein Glas Wasser haben könnte, und Mr. Patel nahm zwei Gläser, roch daran und füllte sie dann am Wasserhahn. »Ja«, sagte er, »ich bete jeden Tag für sie.«

»Das ist stark«, sagte Eddie. »Ich freue mich für Sie.«

»Ja«, sagte Mr. Patel, »das ist stark.« Eddie stieß mit ihm an. »*Sie* ist stark.«

»Ja«, sagte Eddie, »wirklich«.

»Nein«, sagte Mr. Patel und hob einen Finger. »Sie ist durch das Kind stark.« Er deutete eine Schwellung über seinem Unterleib an und lachte. »Stimmt das?«

»Stimmt«, antwortete Eddie. »Und jetzt, wenn Sie mich entschuldigen, muß ich knacken.«

Das Zimmer oben kam ihm zu voll vor. Papier und Rechnungen und anderer Müll schienen jeden Zentimeter zu bedecken. Hemden und Handtücher hingen zum Trocknen über dem Balkongeländer. Eddies Gitarrenkasten lag auf dem Tisch, und darauf stand eine Vase mit verwelkenden Geranien. Ein Stapel zerrissener Zeitschriften belegte den Stuhl, daneben lag die Schere. An der Wand klebten einige neue Buchstaben, aber langsam war kein Platz mehr, und die Buchstaben waren auch kein Trost. Inzwischen war kaum noch ein freies Stück Tapete zu finden, nur hier und da ein kleines Eckchen. Die vielen starren, gefrorenen Buchstaben schienen die Luft aus dem Zimmer zu saugen und die Wände näher zusammenzurücken.

Und plötzlich fühlte Eddie sich richtig daneben. Nur für eine Sekunde. Ihm war heiß und kalt zugleich. Er zitterte. Es war kalt, aber als er sich in die Achselhöhle griff, war das Baumwollhemd schweißnaß.

Er legte sich für ein paar Minuten aufs Bett und hoffte, daß er keine Grippe erwischt hatte. Er öffnete sein Hemd. Dann knöpfte er es wieder zu. Dann langweilte er sich.

Er stand auf und ging hin und her und trat gegen alles, was herumlag. Er blickte über die Schulter. Dann ging er zur Tür und drehte den Schlüssel im Schloß um.

Er knöpfte sein nasses Hemd auf und zog es aus. Dann öffnete er seine Hosenknöpfe und ließ Jeans und Unterhosen gleichzeitig fallen und streifte sie über seine Schuhe. Danach zog er Schuhe und Socken aus und warf sie in die hinterste Zimmerecke.

Er betastete sein Stirn und schmeckte Alkohol an seinen Fingern.

Dann kniete er sich auf den Boden und öffnete langsam die Schubladen, als ob ihr Quietschen ihn verraten könnte. Er kam sich vor wie ein Einbrecher. Er schleuderte ihre Sweatshirts und ihre Blusen durch die Luft. Er hielt sich einen ihrer BHs vor die Brust und lachte. Zwischen ihrer Reizwäsche, die sie nie trug, fand er einige Briefe. Einer stammte von der Bank und teilte mit, daß sie ihr Konto nun allzusehr überzogen hätte. Einer von ihrer Mutter sprach die Hoffnung aus, daß jetzt alles besser sei, wir müßten schließlich alle die Vergangenheit hinter uns lassen, und das Leben bestand nicht nur aus Schrecklichem, es gab darin auch Freude.

Die Schrift der Mutter glich fast völlig ihrer eigenen.

Er las den Brief noch einmal und fragte sich, wovon darin wohl die Rede sein könnte. Er saß lange auf dem Bett, ging ihn wieder und wieder durch und suchte einen Hinweis für die Lösung dieses Rätsels. Dann legte er alles zurück in die Schublade und war überzeugt, daß Marion ihm auf die Schliche kommen würde.

Eddie wußte nicht, was er suchte.

Weiterhin angeödet, hob er die Kissen hoch, sah unter dem Bett nach, befühlte den oberen Rand des Kleiderschrankes, griff hinter die Heizkörper. Man weiß doch nie, was die Leute in Hotelzimmern alles vergessen, vor allem in einem billigen Hotel wie dem Brightside.

Er hob die Matratze hoch. Die Galaxis aus Buchstaben starrte ihn von der Wand her an.

Eddie zog den Ordner heraus. Es war ein blauer Plastikhefter, auf dem mit Kugelschreiber »The Doors« geschrieben stand. Marions Politik-Notizen. Geistesabwesend blätterte er die Fotokopien mit dem unleserlichen Gekritzel durch und kam schließlich zur letzten. Er sah seinen Namen, »Eddie Virago«, der mehrmals in verschiedenen Schriften an den Rand geschrieben war, dann »Marion Mangan«, dann »Marion Virago« und schließlich »Eddie Mangan«. Eddie lächelte.

Unter den Plastikrand des hinteren Deckels waren ein paar zusammengefaltete Kopien geschoben. Eddie zog sie heraus. Es schien eine Art Liste zu sein, aber sie war nicht alphabetisch. Man konnte an den groben schwarzen Linien um jede Eintragung erkennen, daß sie ausgeschnitten und aufgeklebt worden waren. Namen von Richtern, Politikern, Polizeibeamten, daneben ihre Adressen. Ein oder zwei waren mit rotem Kugelschreiber eingekringelt. Bei anderen waren winzige Wörter, die Eddie nicht entziffern konnte, an den Rand gekritzelt. Über einem war ein rotes Kreuz vorsichtig von unten rechts bis oben links über die Eintragung gemalt worden.

Eddie legte sich wieder aufs Bett. Er las die ganzen Papiere von Anfang bis Ende durch. So etwas sah er nicht zum ersten Mal. Es war ernsthaft Scheiße.

Draußen brach schon der Mond durch die Wolken, eine rote Narbe quer über das Fleisch des Himmels, und die Wolken dahinter sahen aus wie große lila Schrammen. Diese Buchstaben gingen wirklich zu weit, wie sie so einfach an den Wänden auf- und abmarschierten. Wie blöde stumme Soldaten. Oder wie hübsche Jungfern, eine nach der anderen. Eddie legte sich auf den Rücken und glaubte fast, Flammen zu sehen, als er die Augen schloß.

Als nächstes wurde ihm bewußt, daß er heulte und mit den Händen in die Luft schlug. Marion war im Zimmer, sie saß am Fenster und spielte langsam einen Akkord auf seiner Gitarre. Sofort stand sie neben ihm. Er sank auf das Kissen zurück, und sein Herz hämmerte lauter als je zuvor, so laut, daß er sehen konnte, wie seine Brust sich hob und senkte.

»Schon gut«, sagte sie. »Nur ein Alptraum.« Eddie reckte den Hals und sah sich im Zimmer um. Auf dem Schrank stand ein Eimer, in den Wasser tropfte. Er schmeckte Salz, als er sich die Lippen leckte. »Du mußt ein schlechtes Gewissen haben«, lächelte sie.

Eddie legte sich wieder hin und schlug die Hände vors Gesicht.

»Ich habe kein Gewissen«, sagte er. »Ich habe es mir wegoperieren lassen.«

»Es ist acht Uhr«, sagte sie.

»Du siehst dünn aus«, sagte er. »Nimmst du ab?«

»Meine Kursnotizen«, sagte sie und nahm den Ordner von der Tagesdecke. »Was hast du denn erwartet? Liebesbriefe?«

»Wozu brauchst du die ganzen Adressen?« fragte er.

»Für meinen Abendkurs natürlich«, sagte sie und

stopfte den Ordner in eine Schublade. »Ich muß all diesen alten Trotteln schreiben und ihnen einen Fragebogen schicken.«

»Ist das wirklich alles?« krächzte er.

»Eddie«, lachte sie. »Was ist los mit dir?«

Sie sagte: »Willkommen zu Hause« und wollte ihn zur Feier des Tages zum Essen einladen. Sie hatte hinten in der Montgomery Street einen neuen Laden gefunden, der billig aussah. Eddie war nicht in der richtigen Stimmung, aber sie bestand darauf. Sie überredete ihn, sich zu rasieren.

»Marion«, sagte er und zitterte immer noch, als er aus dem Badezimmer kam. »Stört es dich, wenn ich dich etwas frage?«

»Nein«, antwortete sie mißtrauisch.

Wind warf Staub gegen die Fensterscheibe. Der Luftzug wirbelte ein Papier in die Luft, es hüpfte auf und ab wie an einer Schnur.

»Tut mir leid, daß ich das fragen muß«, sagte er, »aber ich finde, du solltest mir die Wahrheit sagen.« Marion stand auf und machte ein ängstliches Gesicht. Sie ging zum Schreibtisch und nahm sich eine Zigarette aus dem Päckchen.

»Du kannst mich alles fragen, was du willst, Eddie, das weißt du. Wenn du die Antwort verträgst, kannst du mich alles fragen.« Eddie schnappte sich das hüpfende Papier und legte es aufs Bett. Er fragte sich, was genau sie damit meinte.

»Es ist wegen Beano«, sagte er schließlich. »Verrückt, das weiß ich, aber zwischen euch hat's doch nichts gegeben, oder?« Marions Gesicht schmolz zu einem Lächeln.

»Du bist total verrückt«, lachte sie. »Dean Bean ist viel zu nett für mich.« Sie zeigte auf ihren Hals, und dann nickte sie zu Eddie hinüber. »Du blutest«, sagte sie. »Du hast dich geschnitten.«

Zehn Minuten später, als er auf dem Bett lag und sein Geld zählte, nahm Marion ein Kissen und preßte es wie blöd lachend auf Eddies Gesicht. So was fand sie witzig.

Im Januar fand Marion eine Halbtagsstelle an der Kasse des Navarone-Supermarktes in der Cypress Avenue.

Und wenn etwas bei dieser Arbeit ihr wirklich Spaß machte, dann Ladendiebe zu fangen. Das war kein Sadotrip. Manchmal taten sie ihr sogar leid. Aber Eddie wunderte sich darüber, daß ein Tag für sie erst rund war, wenn sie einen erwischt und ihm vor allen anderen Kunden klargemacht hatte, was er da anstellte.

Zuerst argumentierte Eddie dagegen. Er erklärte, daß alle, die so verzweifelt sind, um in Läden etwas mitgehen zu lassen, es verdienten, in Ruhe gelassen zu werden. Aber sie erwiderte, darum ginge es ja gerade. Wenn sie vom Ladendetektiv erwischt würden, landeten sie im Knast. Also mußte sie sie vorher vom Klauen abhalten. Eddie mußte zugeben, daß sie da nicht unrecht hatte.

»Das ist das Blöde an euch Cappuccino-Liberalen«, kläffte sie. »Ihr seid so damit beschäftigt, die Welt zu retten, daß ihr gar nicht richtig zum Denken kommt.«

Danach taugte es nur noch als Witz. Sie kam abends nach Hause, und Eddie fragte dann: »Heute was gefangen?« Er meinte, sie sollte kleine Ladendiebinnen auf ihre Kasse malen, winzige verwirrte Comicdamen mit winzigen, ausgebeulten Plastiktüten, für jeden erwischten Ladendieb eine. Früher oder später machte das Schule. Sogar Mr. Patel fragte schon:

»Hallo, Liebe, heute irgendwen eingesackt?«

Einmal fragte das sogar Mrs. Patel, die sonst nicht gerade redselig war. Marion meinte, sie seien alle bloß neidisch, weil sie den interessantesten Job hätte. Und dagegen konnte Eddie nichts einwenden.

B'n'S war weiterhin der totale Nervkram. Im Februar froren beim Kälteeinbruch alle Wasserrohre im Büro zu, und Eddie saß elend schlotternd im Goldfischglas und hauchte seine Finger an. Miles war mies gelaunt. Das kalte Wetter war ein Geschenk des Himmels, sagte er, jedenfalls was B'n'S betraf. Die Mülleute würden streiken, und der Müll würde sich in den Straßen türmen. Aber die Hälfte aller Autobahnen war geschlossen oder sowieso am Arsch, und deshalb konnte er die Ware nicht liefern. Er schien den ganzen Tag in seinem Büro zu sitzen und per Telefon den Bürokraten flammende Reden zu halten und die Sekretärin anzuschreien.

»Diese Welt ist voll von Arschlöchern«, sagte er. »Das ist mein verdammtes Scheißmotto.«

Die Jungs konnten Eddie nicht mehr schocken. Aber ihre Zoten und ihre NEXT-Anzüge und ihre schrecklichen Pickel ödeten ihn dermaßen an, daß er oft mit dem Gedanken spielte, die ganze Kiste zu schmeißen und nach Hause zu gehen. Sie saßen den ganzen Tag im Büro herum und bauten Penisse aus Büroklammern, warteten darauf, daß das Telefon klingelte, und mußten unbedingt herausfinden, wer am lautesten furzen konnte. Das war schon schlimm genug. Aber wenn die Jungs in eine philosophische Stimmung flippten, wurde es unerträglich.

An einem besonders kalten Nachmittag kam es im Goldfischglas zu einer Diskussion, ob Prinzessin Diana als Jungfrau geheiratet hätte oder nicht. Johnny K. behauptete, ganz sicher zu wissen, daß sie keine Jungfrau gewesen war.

»Hör mal«, sagte Keith. »Farking Hell, woher willst du sowas denn überhaupt wissen? Die ist wohl viel in Peckham unterwegs, oder was?« Johnny K. tippte sich an die Nase und sagte, das wüßte er eben, er hätte das aus sehr zuverlässiger Quelle. Keith fand das alles Müll. »Ich meine, die können doch nicht riskieren, daß in ein paar Jahren einer kommt und sagt, ich hab die Königin gefickt, oder, Johnny? Das würde doch in allen Zeitungen stehen, oder etwa nicht, du Scheißwichser? Es würde Anfragen im Parlament geben und überhaupt.«

Eddie saß mit verschränkten Armen in der Ecke, hörte einfach zu und wünschte sich weit weg.

Marion wurde manchmal launisch, vor allem abends, aber im Laufe der Zeit konnte Eddie besser mit ihr umgehen. Ihm ging auf, daß sie wirklich allein gelassen werden wollte, wenn sie aus dem Zimmer rannte und schrie, er sollte sie allein lassen. Marion war keine Taktikerin, und Eddie fand es schwer, sich daran zu gewöhnen. Seine früheren Freundinnen, na ja, er war einfach nicht daran gewöhnt, jemanden beim Wort zu nehmen. Wenn sie eine halbe Stunde in der President Street hin- und hergelaufen war, kam wieder alles in Ordnung. Eddie saß dann auf dem Bett, spielte Gitarre und wartete auf ihre Rückkehr. Und als er erst einmal gelernt hatte, nichts zu erwähnen, was er oder sie während des Streits gesagt hatten, war alles in Ordnung. Meistens.

Am Morgen des Valentinstages hatten sie eine wilde Fetzerei über die beste Methode, ein Ei zu kochen, und sie ging, ohne auf Wiedersehen zu sagen, in den Supermarkt. Nachmittags hätte Eddie sie gern vom Büro aus angerufen, war aber zu stolz. Abends kam sie nicht nach Hause, und Eddie machte sich Sorgen. Er hatte eine halbe Stunde damit verbracht, die anonymen Valentinskarten zu öffnen, die er sich selber geschickt hatte, und sie auf der Fensterbank aufzustellen. Um neun Uhr ging er nach unten und fragte, ob Mr. Patel wüßte, wo sie war. Er konnte Mr. Patel ansehen, daß der von ihrem Streit wußte. Sie setzten sich ins Hinterzimmer, sahen sich die Nachrichten an und versicherten sich gegenseitig, daß kein Grund bestände, sich Sorgen zu machen. Mr. Patel meinte, Frauen seien eben launisch.

»Man muß ihnen genug Leine lassen«, sagte er. »Sie ist wahrscheinlich einfach zu einer Freundin gegangen.« Um elf Uhr war sie immer noch nicht gekommen. Eddie fing an, im Foyer hin- und herzulaufen wie ein werdender Vater und rauchte dabei eine nach der anderen. Um halb eins rief sie an, und Mr. Patel kam nach oben, um Eddie die schlechten Nachrichten mitzuteilen. Marion war im Krankenhaus.

Sie fuhren zusammen zum Krankenhaus und waren auf das Schlimmste gefaßt. Mr. Patel sah im Auto noch entsetzter aus als Eddie. Er sagte, wenn Marion auf die Privatstation müßte, dann könnte er das sicher über seine Versicherung drehen.

»Das schaff ich schon, Eddie«, beharrte er. »Machen Sie sich bloß keine Sorgen deshalb.« Eddies Kiefer fühlte sich zu taub an, um zu sprechen.

Aber als sie ins Krankenhaus kamen, ging es ihr einigermaßen, sie stand draußen, sah verängstigt aus, und ihre Hände waren mit weißem Mull verbunden. Ihre Kleider waren schwarz und versengt, und ihre Haare klebten schweißnaß an ihrer Stirn. Sowie sie Eddie und Mr. Patel sah, rannte sie zum Auto und brach in Tränen aus. Sie preßte Eddie an sich, und Mr. Patel legte den Arm um beide und klopfte ihnen auf die Schulter. Er sagte, alles würde gut gehen.

Folgendes war passiert: Gegen Mittag hatte Marion sich ein Brot kaufen wollen. Eine der anderen Frauen, Muriel, war im Personalzimmer eingenickt, und dann war das Feuer ausgebrochen. Mittags war immer viel los, deshalb war es niemandem aufgefallen. Sicher war es eine Zigarette gewesen. Das war Mr. Patels Theorie.

»Als ich zurückkam, brannte sie«, kicherte Marion. »Ihr

Rücken brannte, und ich habe versucht, das Feuer zu löschen.« Sie war immer noch ein bißchen hysterisch. Sie lachte die ganze Zeit, ohne ersichtlichen Grund. Sie erzählte Eddie: »Sie sagte ›Ich brenne‹, einfach so, und das sagte sie immer wieder.« Eddie sagte, sie sollte versuchen, nicht daran zu denken. Sicher würde Muriel wieder gesund werden. »Nein«, erwiderte Marion. »Das glaub ich nicht. Sie haben gesagt, sie müßte noch Wochen im Krankenhaus bleiben.« Eddie sagte, sie sollte sich keine Vorwürfe machen, und sie sah ihn seltsam an. »Mach ich nicht«, sagte sie. »Wenn ich nicht gewesen wäre ...« Mr. Patel meinte, richtig, und sie sollte lieber stolz auf sich sein. Wieder lachte sie. Dann wurde sie sehr still.

In dieser Nacht schlief Marion überhaupt nicht. Sie saß am Fenster und las mit der Taschenlampe und starrte auf die Straße hinunter. Als Eddie um sieben Uhr aufwachte, saß sie immer noch da, nackt, neben einer Tasse Kaffee und einem vollen Aschenbecher. Ihre Augen waren dunkel. Auf dem Tisch lag ein Stapel ausgeschnittener Buchstaben, vielleicht einen Zoll hoch. Sie sah sehr dünn aus.

Eddie nahm sich ein paar Tage frei, um sich um sie zu kümmern. Er konnte sehen, daß sie arg mitgenommen war. Sie blieb zwei Tage im Bett, hielt die Vorhänge geschlossen, rauchte ununterbrochen und trank flaschenweise billigen Wein. Eddie meinte, sie sollte das vielleicht ein bißchen drosseln.

»Das ist wirklich nicht gut für dich«, sagte er. »Echt nicht.« Aber sie wollte nicht hören. Sie antwortete Eddie, er sollte gar nicht erst so anfangen, dazu hätte sie nun wirklich keinen Nerv. Sie sagte, wenn er Vorlesungen halten wollte, dann sollte er sich doch zurück ins UCD verpissen. Als er sie in den Arm nehmen wollte, wehrte sie sich. Er brachte ihr Brote, aber sie wollte nicht essen.

In den folgenden Wochen schrieb Eddie ein paar Lieder.

Eines hieß »Das alte eins zwei«. Ein anderes »Wachsmann«. Er spielte beide Marion vor, um sie aufzumuntern, und ihr gefielen sie. Er sagte, sie sollte wirklich ehrlich sein. Sie sagte, die Lieder seien wirklich schön. Er sagte, sie sollte hier nicht rumkaspern, er könnte Kritik einstecken.

»Okay«, gab sie zu, »sie gefallen mir, aber nicht so sehr.« Sie fetzten sich.

Eddie sagte, er könnte kotzen, so wie sie ihn entmutigte. Er wollte wissen, warum er ihr die ganze Zeit helfen müßte, und immer, wenn er auch nur die winzigste Spur von Ermutigung von ihr brauchte, ließe sie ihn im Stich. Sie saß sehr still auf dem Bett, ihre verbundenen Hände ruhten vor ihr auf der Decke, und ihre Augen waren geschlossen.

»Kannst du nicht begreifen, warum ich nicht ehrlich zu dir bin?« fragte sie sehr ruhig. »Kannst du das wirklich nicht verstehen?«

Später verziehen sie einander. Sie liebten sich zum ersten Mal seit Wochen, aber etwas hatte sich geändert, und es lag nicht nur daran, daß Marion ihre schmerzenden Hände ruhig halten mußte. Danach stand sie auf und ging nach unten in die Küche. Sie sagte, sie wollte bloß nachsehen, ob der Herd ausgeschaltet war. Sie glaubte, Brandgeruch zu riechen. Sie war überzeugt davon. Eddie bot an, er könnte gehen, aber das wollte sie nicht. Sie zog sein Hemd an und ging nach unten. Seit dem Brand geschah das nun zum fünften Mal. Sie kam mit einem Glas Milch zurück ins Bett.

»Man weiß ja nie«, flüsterte sie im Schlaf. »Nur die Tapete steht zwischen uns.«

Clint fand eine abschließbare Garage, in der The Honey Bees üben konnten, ein altes Loch mit Betonboden, das nach vermoderten Teppichen und Batteriesäure roch und dessen Tor mit rassistischen Graffiti vollgeschmiert war. Die Garage lag in einer Gasse hinter der Gray's Inn Road und gehörte Clints taubem Onkel. Eine Höhle mit der Akustik einer Taucherglocke, aber wenigstens brauchten sie für ihr Probelokal nichts zu bezahlen und konnten es so lange benutzen, wie sie wollten. Das Schlagzeug war immer viel zu laut, und der einzige Verstärker brannte durch, deshalb war ihr Sound zäh und voll kreischendem Nachhall. Es gab auch kein Mikrophon – sie konnten sich einfach keins leisten –, deshalb mußte Eddie heulen, bis ihm der Hals weh tat, um durch den Lärm durchzutönen.

Ginger hatte über Weihnachten wie besessen geübt. Sie hatte von Buzzocks Scheiben ein paar Baßläufe abgekuckt, aber eine Virtuosin war sie noch immer nicht. Ihre rechte Hand stimmte nie. Sie ging die Saiten an, als ob sie an einem Mückenstich kratzte. Und ihre linke Hand war unelegant und ungeschickt, sie wickelte sich um den Hals des Basses, als ob sie irgendein Tier erwürgen wollte.

Die anderen hatten alle geschrieben, und sie enthüllten ihre Lieder mit dem Stolz von Renaissance-Bildhauern, die zum ersten Mal ihre Statuen vorzeigen. Nur Eddie wollte mit seinem neuen Kram nicht herausrücken.

»Ich bin noch nicht so weit«, sagte er. »Kunst darf man nicht drängen.«

Brian sagte, er hasse Ginger, weil sie einfach eine Scheißmusikerin sei. In Wirklichkeit haßte er sie, weil ihm irgendwer erzählt hatte, sie sei eine Scheißlesbe. Clint meinte, er hätte nichts gegen Lesben.

»Ehrlich gesagt«, meinte er, »das ist so ungefähr meine Lieblingsphantasie, weißt du, zwei Frauen zusammen.« Eddie sagte, darum ginge es hier wohl nicht.

Wenn The Honey Bees spielten, hörten sie sich an wie eine Gruppe, die das bringt, was sie für Musik hält. Keiner machte was falsch, aber nichts klang richtig. Es nahm irgendwie keine Form an, und, wie Clint geheimnisvoll sagte, und »wenn es keine Form annimmt, dann ist es kein Aspik«. Zum Beispiel war ihr Timing immer haarscharf daneben. Das war Brians Fehler. Brian hatte Van Goghs Ohr für Musik. Als Clint ihm das mitteilte, sagte Brian: »Ha, das ist spitze, danke, Clint«, als ob er ein Kompliment bekommen hätte. Manchmal mußte Eddie eine Nummer aussetzen, neben Brian stehen, mit einem Besen den Takt schlagen und mit der schwergeprüften Miene eines mittelalterlichen Märtyrers »eins, zwei, drei, vier« zählen.

Marion besorgte ihnen einen Gig im Pride of Erin. Falls sie das wollten. Eine ihrer schrecklichen Freundinnen hatte was mit dem stellvertretenden Manager, Séamus Mulligan, dem Fredi, der die Bands engagierte. »Famous Séamus« nannte er sich selber. Normalerweise gab es im Pride of Erin Trad & Country, aber sie würden den Bees doch eine Chance geben.

»Die suchen immer billige Nummern«, sagte sie.

Eddie schickte ein Band. Famous Séamus rief eines Nachts an und sagte, er fände sie total beschissen, um ganz ehrlich zu sein, es war einfach nicht seine Art Musik, ein bißchen zu ausgeflippt für ihn, aber wenn sie in zwei Wochen als Vorgruppe von The Hounds of Ulster spielen wollten, dann ließ sich das einrichten. Eddie sagte, okay, er sei aber nicht gerade stolz.

»Nein«, lachte Séamus, »wär ich auch nicht an deiner Stelle, aber ich find das korrekt, es zu versuchen.«

Als Eddie das dem Rest der Band mitteilte, hätten sie sich fast auf der Stelle aufgelöst. Brian sagte, sie wären einfach noch nicht reif für einen Auftritt. Eddie sagte, von Madison Square Gardens sei ja nun nicht gerade die Rede, und irgendwo müßten sie doch anfangen. Clint sagte, er hätte nichts anzuziehen. Nur Ginger fand es den Versuch wert.

»Scheiße«, sagte sie, »warum nicht?« Es gab haufenweise Gründe, warum nicht, aber Eddie widersprach allen Tatsachen mit der unnachgiebigen Sicherheit eines Stalinisten.

»Höchste Zeit«, sagte er, »daß wir in ein paar Hintern treten.«

Am Tag des Gigs nahm Eddie sich einen Tag frei, und Miles war davon nicht sehr begeistert. Er sagte, Eddies Marktwert fiele schneller als Cecil Parkinsons Hose, und er sollte sich ja in acht nehmen. Eddie versprach, sich das zu überlegen.

»Sei nicht so sauer, Miles«, sagte er. »Ich hab in letzter Zeit zu Hause ganz schön viel Ärger gehabt.« Miles schüttelte den Kopf und sah vergrätzt aus. Er zeigte auf die Tür.

»Siehst du das da, Eddie?« fragte er. »Dahinter läßt du dein Privatleben. Wenn du hier reinkommst.« Sie betrieben hier schließlich keinen billigen Cowboyladen. Eddie sagte, er wüßte das, und schwor, es würde nicht wieder vorkommen.

Er traf sich um vier Uhr mit Clint auf dem Parkplatz des Pride, um die Anlage aufzubauen. Clint hatte dem Freund seines Mitbewohners, der bei der Post arbeitete, einen Postwagen entrissen, um den gemieteten Kram aus dem Laden herbeizuschaffen. Als sie die Baßkästen in die Bar wuchteten, sah Famous Séamus nicht gerade glücklich aus.

»Braucht ihr wirklich soviel Verstärkung?« fragte er. »Wir müssen an die Vorschriften denken, wißt ihr, an die Anwohner und so.« Eddie versprach, die Dezibels in vernünftigem Rahmen zu halten. »Ja«, sagte Séamus, »ich meine, wenn wir die Stones wollten, dann hätten wir sie angerufen.« Er schien das sehr witzig zu finden.

Die Bühne war aus umgedrehten Bierkästen gebaut, und

darüber hing ein riesiges grünes Kleeblatt aus Plastik, das aufglühte, als Famous Séamus es anschaltete. Eddie und Clint hantierten eine Stunde lang mit Steckern herum, sagten, »gib mir einen Ton« und versuchten verzweifelt, den Eindruck zu erwecken, sie wüßten, was sie taten. An der Wand verkündete eine große Inschrift in keltischen Buchstaben: SWINGEN STRENG VERBOTEN!

Marion kam gleich nach Feierabend. Sie setzte sich in eine Ecke, lernte und nippte an einem O-Saft, während Eddie und Clint den Soundcheck durchgingen. Marion war wieder in seltsamer Stimmung. Eddie fragte, ob sie etwas mehr Treble oder etwas mehr Baß brauchten, bis sie ihm schließlich mitteilte, sie hätte nicht den geringsten Dunst, wovon zum Henker er da rede. Clint fragte, ob das Eddies Freundin sei, und Eddie sagte ja, irgendwie schon. Clint sah aus, als ob ihm etwas Beleidigendes auf der Zunge läge, er es aber in letzter Sekunde heruntergeschluckt hätte.

»Na gut«, er zuckte die Schultern.

Marions Bekannte trafen ein. Zu zweit und zu dritt. Alles Frauen. Alle aus Donegal. Sie stellte sie Eddie vor, der fast schon alle ein- oder zweimal getroffen hatte, sich aber nicht an ihre Namen erinnern konnte. Sie starrten seine Haare an.

»Du bist also der berühmte Eddie Virago«, sagte Angela.

»Ja«, sagte Eddie. »Der bin ich.« Angela sagte, sie hätte einmal ein Foto von ihm gesehen.

»Du hast darauf wie ein Ausländer ausgesehen«, kicherte sie. »Wie ein heimtückischer Ausländer.« Dann redete sie über ihre eigenen Haare. Sie hatte vor, ein Vermögen für helle Strähnen zu investieren.

Ginger und Brian kamen um sieben, beide sehr nervös. Brian zerrte seine Sachen aus dem Taxi und schleppte sie schwitzend ins Pride.

»Warum hab ich nicht Scheiß-Flöte gelernt?« stöhnte er. Ginger wanderte über die Tanzfläche, als ob sie etwas suchte. Dann zeigte Famous Séamus ihnen die Garderobe, eine baufällige Fertigbauzelle im Hinterhof, deren Wände mit IRA-Slogans bedeckt waren.

Eddie trank ein schnelles Glas mit Marion und ihren Freunden, aber die redeten über »zu Hause«, und deshalb hatte er keine Ahnung, was er sagen sollte. Er versuchte, mit ihnen über ihre Arbeit zu sprechen. May Rose machte Teilzeit in Büros. Angela war bei einer Versicherung. Bridget war Verkäuferin beim einzigen Apotheker Londons, der keine Kondome verkaufte. Sie redeten gerade über einen Grundschullehrer namens Maxwell, der zu Hause in Ballybracken schon wieder eine Sechzehnjährige geschwängert hatte.

»Du hast ihn mal vernascht«, stichelte Angela, an Marion gerichtet.

»Hab ich nicht, du miese Lügnerin«, Marion errötete und sah zu Eddie hinüber.

»Hast du wohl«, beharrte Angela. »Nach Mary O'Connors Hochzeit. Und ich hab Fotos als Beweis.«

In der Garderobe zwängte Clint sich in eine enge Lederhose. Ginger bibberte in der Ecke in einem schwarzen Cocktailfähnchen, preßte die Finger an die Stirn, um sich »einzustimmen«. Brian trug Bermuda-Shorts und ein weißes T-Shirt. Er steckte sich eine Packung Marlboro in den Ärmel, genau wie James Dean.

»Brian«, sagte Eddie. »Du rauchst doch gar nicht.« Brian sagte, das sei alles fürs Image.

Sie schrieben die Reihenfolge der Stücke auf und zogen sich ein paar Joints rein. Clint fragte immer wieder, ob sie sein neuestes Lied spielen würden, »Whose Dog Are You?« Er wollte einfach nicht darauf verzichten, egal, wie sehr Eddie auch dagegen war.

»Machen wir?« fragte er. »Ach bitte, na los, Leute, machen wir?«

Das Problem war, daß »Whose Dog« bei den Proben keinen einstimmigen Anklang gefunden hatte. Eddie fand, es hörte sich ein bißchen kitschig an, und er konnte nicht verstehen, was es bedeuten sollte. Und Brian meinte, es hörte sich an wie jedes andere Lied einer Garagenband, das er je gehört hatte, aber wenn alle anderen dafür wären, würde er nicht nein sagen.

»Na los, Leute«, bettelte Clint. »Ich weiß, es ist kein Meisterwerk, aber laßt es uns doch probieren. Ha? Nur aus purem Jux?« Ginger zuckte die Achseln.

»Okay«, sagte Eddie. »Machen wir's«, und setzte es ans Ende der Liste.

»Aber werdet bitte nur nicht zu laut«, bat Famous Séamus, ehe sie auf die Bühne gingen. »Echt, Jungs, dabei stehen meine Eier auf dem Spiel, versteht ihr?« Sie standen neben der Bühne, und Clint keuchte immer wieder »Rock 'n' Roll, Rock 'n' Roll« – wie ein Gebet. Séamus sagte, The Hounds würden um halb neun spielen, The Honey Bees müßten also um Viertel nach acht fertig sein, komme, was wolle. The Hounds nahmen sowas sehr genau. Das waren echte Profis.

Famous Séamus stand in einem Silberlaméjackett auf der Bühne, warf das Mikro von einer Hand in die andere und schwitzte andeutungsweise. Er tippte nervös gegen das Mikro, und als er hineinblies, schien ein Hurrikan über der Kneipe auszubrechen.

»Mylords, Ladies und Gentlemen«, begann er, »wie Sie wissen, suchen wir hier im Pride immer nach den strahlenden Sternen der Zukunft, und etliche davon haben hier ihren ersten Auftritt gehabt, eine Galaxis von Sternen, sogar Bib Bob and his Rambling Buddies.« Séamus steckte sich das Mikro unter die Achsel, während er den Applaus dirigierte. »Aber egal, heute abend gibt es etwas anderes, etwas mehr aus der Richtung von Top of the Pops, eine neue und begabte Gruppe, die versprochen hat, nicht zu laut zu sein, hi hi hi, also, bitte, Applaus jetzt« – Séamus warf einen Blick auf eine Karte in seiner Hand – »begrüßt Eddie Virago and The Honey Bees.« Er steckte zwei Finger in den Mund und stieß einen schrillen Pfiff aus.

Clint sah Eddie an.

»*Eddie Virago* and The Honey Bees?« fragte er. »Seit wann?« Eddie zuckte die Schultern.

»Mißverständnis«, flüsterte er. »Egal, mach, daß du rauf kommst.«

Als sie anfingen, befanden sich fünfzehn Leute im Pub. Sieben davon kannte Eddie persönlich. Dann gab es noch Brians Boss, Clints Bruder und Gingers Kusine. Und fünf Fremde.

Brian klapperte mit seinen Stöcken das Intro. Sie begannen mit »Mind Dross«, einem soliden und pseudohippiehaften Stück, das Ginger geschrieben hatte, mit viel bundlosem Baß und seltsamen Gitarrengeräuschen und Moll-Quint-Akkorden. Eigentlich sollte am Ende dieses Stückes mit einem Preßluftbohrer ein Loch in die Wand gehämmert werden, aber der Manager des Pride hatte sich da einfach nicht erweichen lassen. Ginger hatte darauf bestanden, daß Famous Séamus ihn fragte, vielleicht gäbe es ja doch eine Chance. Aber sie hatten gerade erst frisch renoviert, keine Hoffnung also. Es gab noch ein Video, das dazu gehörte, mit Schlagzeilen der Fernsehnachrichten und Reklamefetzen. Eine ironische Untersuchung der Gefahren der westlichen Zivilisation, meinte Ginger. Da immer mehr Leute in die Bar strömten, entging dem Publikum dieser Aspekt.

»Könnt ihr was von den Pogues?« rief irgendwer.

»Christy!« rief jemand anders. »Spancil Hill, Rifles of the IRA.«

Während Brians »Extra Extra«, ihrem einzigen Halb-

Country, kam es zu einem langsamen Händeklatschen. Ginger sang erstaunlich gut, mit geschlossenen Augen, klammerte sich am Mikro an, als ob sie sonst auf die Nase fallen würde.

Extra extra
The news is out
You're leaving town
And there's no doubt.

Im mittleren Achtel versuchten Eddie und Clint, eine zweite Stimme zu singen, und steckten sich dabei folkig die Finger in die Ohren. Aber im Grunde verdoppelten sie einfach die Melodie, bis Ginger ihnen einen wütenden Blick zuwarf und sie aufhörten. Clints Solospiel begann in der falschen Tonart, mäanderte auf gewundenen Wegen über das Griffbrett und fand irgendwie den Weg zurück nach g-Moll, als der Refrain angesagt war:

The gossip column's
Working overtime.
We're old news baby.
We're all sold out.

Als Ginger fertig war, brachte Brian einen kleinen Wirbel auf dem Snare und applaudierte hinter seinem Schlagzeug. Marions Freundinnen tickten aus, johlten und jubelten. Ginger verbeugte sich, ein wenig verlegen, fand Eddie.

»Guten Abend«, sagte Eddie. »Wir sind The Honey Bees.« Der Klang seiner Stimme im Mikrophon überraschte ihn. Er trat einen Schritt zurück und lachte.

Nach einigen Coverversionen wurde es langsam voll. »Madison Blues« lief ganz gut. Aber sie verhackstückten Iggy Pops »Cry for Love« so grausam, daß sie in der Mitte aufhören und von vorne anfangen mußten, und nicht einmal Marions Clique applaudierte. Eddie hatte einen Solopart mit Brians Lied »Fear of the Freedom«, und das kam ein bißchen besser an. Das Publikum schien es für ein Rebellenlied zu halten. Drei untersetzte Fredis klatschten die ganze Zeit mit hocherhobenen Händen und machten sich darüber lustig, wie Eddie die Worte ausspuckte. Dann kam der Rest der Band zurück, und Clint warf sich mit großer Begeisterung direkt auf den Verzerrer und hämmerte die Einleitung zu »Whose Dog Are You?«

»Na los, Eddie«, brüllte er und hüpfte auf der baufälligen Bühne herum. »Jetzt schieß los, okay?« Und Eddie trat ans Mikrophon und fing mit klappernden Nerven an zu singen:

Sometimes. Sometimes. Sometimes.
I wish I was a terrorist
Far across the sea
With a neutron bomb
And a 47 gun
For everyone to see.

And I'd ride across the riversides
And tumble through the plains
In the sweltering sun
When the morning's come
And the snowstorms and the rains ...

Clint sah ekstatisch aus. Er formte mit den Lippen die Worte, während er auf seine Saiten haute, krümmte sich vor Qual, als sie ihm in die Finger schnitten. Ginger hüpfte wirkungsvoll hin und her und sah cool und lässig aus. Brian hämmerte so hart in seiner Bude herum, daß die ganze Bühne bebte. Und mitten in »Whose Dog« passierte etwas Komisches. Eddie konnte sehen, daß das Publikum plötzlich auf ihn achtete. Das leise Gebrabbel der Gespräche schien zu verstummen. Er hatte das Gefühl, gerade aufzuwachen. Er fing an, hinter sich wirklich die Trommeln zu hören, das Schmettern der Becken, das im ganzen Saal widerhallte. Er spürte, wie Gingers Baß sein Rückgrat durchschlug. Aus dem Augenwinkel heraus sah er Clint in Protzpose gehen, manische Power-Akkorde losefetzen und sich wie ein Blöder konzentrieren. Irgend etwas fing an, Form anzunehmen. Die Musik ließ ihn schweben. Hinten konnte er Marion sehen, die ihre Schultern hin und her schüttelte. Eddie schluckte hart. Sein Kopf dröhnte, als er die Augen schloß. »Scheiß auf die Miesmacher«, dachte er, »das ist es!« und er fing an, die Wörter auszuspucken, als ob er ihre Bedeutung wirklich verstanden hätte, knurrend durch zusammengebissene Zähne.

Won't be a dog for the solid citizens
A dog for the CIA
Won't be a jumped-up jewel
A trumped-up fool
Making heroes for a heroin age
Won't be a dog for the masters in the penthouse
A dog for the pentagon thing
A dog digging dirt
On the teenage flirt
A dog for the microwave gang ...

Aus Eddies Gitarre sprudelten die Noten von überallher. Weiter oben am Hals war der Klang dumpf und knurrend und drohend. Seine Finger rutschten auf den Bünden hin und her, hämmerten, schlugen auf den Tremolo-Arm ein. Nun wieder ganz unten schrien die höchsten Noten. Die Adern in seinem Hals pochten. Brians Schlagzeug hielt alles aufrecht, solide dröhnend. Beim letzten Refrain brüllten Clint und Ginger ins Mikro:

A dog for the needle in the haystack
A dog for the winning smile
Burying lies in truth's disguise
With your finger on the Judas dial.

And I'm wondering how
It's all I can do
Yeah I'm wondering now
Whose dog are you?

Eine Flutwelle aus heulender Gitarre und Trommelwirbel ließ das Lied in einer Heavy Metal-Fanfare enden. Und als es zu Ende war, drehte das Publikum durch, klatschte, jubelte, schrie nach mehr. Marion war aufgesprungen, hatte die Finger in den Mund gesteckt und pfiff. Ein donnerndes Fußstampfen dröhnte durch den Saal. Hinter der Bar hob Famous Séamus ein Glas. Eddie stand sehr still da und hätte am liebsten geheult. Sie spielten noch einmal ihr gesamtes Repertoire durch, dann zog Clint den Stecker heraus und sagte, man sollte aufhören, wenn es am schönsten sei. Brian warf seine Trommelstöcke ins Publikum. In der Garderobe fielen sie einander um den Hals.

»Das war phantastisch«, johlte Brian. »Wir haben wirklich dick zugelangt.« Ginger und Clint öffneten eine Flasche Tequila. Eddie hatte den Kopf in die Hände gestützt, und sein einziger klarer Gedanke war, daß er wünschte, sich bei Gott wünschte, Dean Bean und Jennifer hätten das alles miterlebt.

Danach setzten sie sich zu Marion und ihren Freundinnen an die Bar. Ginger war gelöster, als man je erlebt hatte. Angela erzählte ihr, sie sei großartig.

»Das war mein Lieblingslied«, sagte sie, »das, was du gesungen hast.« Ginger sagte, das sei Brians Lied, das Lob gelte also ihm. Brian sagte, nein wirklich nicht, wichtig war, wie sie es gesungen hatte. Clint, schon ganz schön breit, sagte, Scheiße, was waren wir alle großartig.

Marion hielt Eddies Hand und meinte, er sei phantastisch.

»Ich konnte es nicht fassen«, sagte sie, »du warst wirklich gut.« Eddie sagte, sie sollte nicht so überrascht sein. Sie gab ihm eine Kassette. May Rose hatte alles auf ihrem Walkman aufgenommen. Eddie ließ den Walkman um den Tisch gehen, und nacheinander hörte jede Honey Bee sich das Band an, wie festgewachsen und strahlend. Brian trommelte mit den Fingern in der Luft. Clint sah aus, als ob er vor Glück gleich tot umfallen würde.

Eine halbe Stunde später erfüllte wildes Johlen und Schreien die Kneipe, und alle Lichter gingen aus.

»Mylords, Ladies und Gentlemen«, sagte die Stimme von Famous Séamus. »Zeit für das Hauptereignis. Bitte, klatscht jetzt in die Hände und heißt auf echte, gute Pride of Erin-Art Cricklewoods Stars willkommen«, Famous Séanus wackelte mit den Hüften, »The Hounds of Ulster!«

Die Scheinwerfer flackerten auf. Das Neonkleeblatt fing an zu glühen, grün, weiß und oranges Röhrenlicht jagte um die Bühne. Der Applaus tobte. Wie eine Explosion. Gewissermaßen.

The Hounds of Ulster erwiesen sich als zwei Männer mittleren Alters mit identischen Aranpullovern und Schnurrbärten. Der Schlagzeuger sah aus wie aus einer Anti-Raucher-Werbung entsprungen, sein Gesicht war ganz grau und dünn und traurig und spannte sich wie eine Maske über den Schädel. Er war halb kahl, hatte sich aber auf einer Seite seiner glänzenden Kuppel die rostbraunen Haare wachsen lassen und sie sich dann über den Skalp gefegt. Es sah entsetzlich aus. Wenn er den Kopf schüttelte und die Haare über sein Ohr fielen, war es noch schlimmer. Immer, wenn er das machte, hörte er auf zu trommeln, um sie zurückschieben zu können.

Der andere Typ spielte eine billige elektronische Orgel mit einprogrammiertem Baßrhythmus. Er war fett und trug eine enge weiße Hose, über der sein Bauch hervorquoll, und weiße Kunstlederschuhe.

»Guten Abend, Kilburn«, brüllte er nach der ersten Nummer. »Toll, euch wiederzusehen.« Guinness-Pints wurden auf die Bühne gereicht. »So ist's richtig«, sagte der Keyboardspieler. »Steck noch eine Münze in die Jukebox, Baby.« Wenn er einen Witz erzählte, wirbelte der Schlagzeuger kurz über das Snare und die Becken. »Wollt ihr einen richtig Guten hören?« fragte er. »Paddy geht in Donegal die Boreen entlang, ja?« Marion und ihre Freundinnen jubelten los. »Aye«, sagte der Typ. »In Donegal, und dann hält so ein Brite mit seinem Auto an.« Buhen und Zischen. »Der Brite sagt: ›Hey, Paddy, kannst du mir den Weg nach Donaghadee sagen?‹ Paddy sagt zum Briten: ›Bei Jesus und allen Heiligen, woher wissen Sie meinen Namen, Sir?‹ Der Brite sagt, ›hab ich geraten, Paddy, hab ich geraten‹. Paddy darauf: ›Na, dann kannst du auch den Weg nach Scheiß-Donaghadee raten.‹« Noch ein Schmettern, und alles lacht.

Sie spielten eine Einleitung, die die Menge mit Gebrüll erkannte.

Der Laden war jetzt brechend voll, und überall babbelten irische Akzente. Der Saal roch verschwitzt und heiß und maskulin. Ginger mußte sich durch die Menge zwängen, um den Tresen zu erreichen. Zigarettenrauch hing in der Luft. Unrasierte Männer in Jeansjacken gingen von Tisch zu Tisch und verkauften *An Phoblacht: Republican News* und *The Irish Struggle*. Leidenschaftliche Frauen in Lederjacken sammelten Geld »für die Bewegung«. The Hounds of Ulster sangen:

England, your sins they will haunt you,
The seeds of your hatred are sown,
Ireland's brave sons, with their armalite guns,
Will show you the way to go home.

Der Refrain hob sich und schwoll im Saal an, wurde von Ecke zu Ecke weitergeworfen. Famous Séamus hinter der Bar fuchtelte mit der Faust in der Luft herum, und er sang mit geschlossenen Augen mit, eine Hand umklammerte durch sein Silberlaméjackett sein Herz.

Als die Frauen mit den Sammelbüchsen an ihren Tisch kamen, klapperten sie damit vor allen Gesichtern herum. Eddie war der einzige, der nichts gab. Sogar Clint und Brian spendeten ein bißchen. Niemand sagte etwas, aber Eddie spürte die Blicke aller.

»Gehörst du nicht zu uns, Eddie?« stichelte Angela. »Bist du nicht stolz auf den Kampf deines Landes?« Marion sagte, sie sollte die Klappe halten.

»Nicht heut abend«, sagte sie müde. »Bitte nicht.«

Neues Beifallsgeschrei erstickte den Rest ihres Satzes. Eddie sagte, sie würden später darüber reden.

»Irgendwelche Wünsche?« wurde auf der Bühne gefragt.

»Verpißt euch«, schrie jemand aus der Dunkelheit, und alles lachte.

»Setz dich auf deinen Stuhl, und ich laß's laufen«, sagte der Organist. Der Schlagzeuger ließ wieder das Becken schmettern.

May Rose fragte Eddie, ob er etwas trinken wollte. Er bat um einen Tequila, und sie starrte ihn mit seltsamer Miene an, die Snobismus mimen sollte.

The Hounds of Ulster spielten »Blueberry Hill«, und es ging über in »Danny Boy«, gefolgt von Elvis Presleys »One Night with you«. Dann wurde aus Versehen auf den Rumbaschalter gedrückt, und der fetzte durch ganz »Molly Malone« hindurch.

Mitten im Refrain klopfte einer Eddie auf die Schulter. Als er sich umdrehte, stand hinter ihm ein sehr fetter Typ mit Stupsnase, doofem Hundeblick und feistem Gesicht. Er hatte einen Militärschnitt, richtig kurzgeschoren, aber wasserstoffweiß gefärbt. Seine Augenbrauen waren schwarz. Er trug einen schwarzen Kunstfellmantel, und als der sich öffnete, konnte Eddie darunter eine scharlachrote Weste sehen. Der Typ trug hautenge Leopardenhosen. In seinen Ohren steckten kleine papageienförmige Ohrringe.

»Du Eddie?« fragte der Typ in schriller weibischer Cockneystimme.

»Schon möglich«, sagte Eddie. Clint und Brian verdrehten die Augen. Angela und May Rose kicherten.

»Ja«, fuhr der Fettsack fort. »Na, vielleicht kann ich was für dich tun, Eddie.«

»Ach ja?« fragte Eddie. »Dafür bin ich immer zu haben.«

»Jake ist der Name«, sagte der Fettsack und setzte sich auf einen Hocker, der viel zu klein für seine Dimensionen war. »Aber hey, du kannst mich Jake nennen. Liam?« rief er und schnippte mit den Fingern zum Barjungen hinüber. »Noch eine Salve von Erfrischungen hier herüber, bitte.« Jake bestellte für alle am Tisch etwas zu trinken. Er hatte vorhin die Band gehört und war hin und weg von ihnen. »Orgiastisch«, sagte er. »Verdammte Axt. Jesus and Mary Chain trifft Dylan trifft Scheiß, was weiß ich, Scheiß-Strawinski oder so, irgendeinen von diesen Spitzenwichten.« Als Marion vom Klo zurückkam, stellte Jake sich ihr vor: »Jake Mullan«, strahlte er. »Motorvatin' Management Productions. Ich glaube, ihr werdet noch mal riesig.«

»Stimmt«, sagte Eddie. »Werden wir auch.«

Jake hatte total viel Erfahrung mit irischen Gruppen, bis zurück zum armen alten Phil Lynott und Thin Lizzy und davor den Showbands. Er war bei der ersten Lizzy-Tour in den USA gewesen.

»Jesus, Mann«, seufzte er. »Ich könnte euch Sachen über den Wicht erzählen, Himmel, seine Motelzimmer, Matratzen von einer Wand zur anderen, versteht ihr?« Danach hatte er The Radiators, The Boomtown Rats, Van the Man, The Petrols, Chris de Burgh, all diese irischen Heinis gedealt. Er kannte die Szene drüben gut, war sehr oft hingefahren, um sich neue Gruppen anzuhören. »Mr. Sham Rock«, sagte er, »das bin ich. Kennst du The Hedge?« fragte er. »Von U2, kennst du den?« Eddie sagte, nicht so gut. Jake nickte. »Den Kerl lieb ich«, grinste er. »Toller Typ, echt, hat wunderbare Kurze. Und seine Alte ...« Jake schüttelte hektisch den Kopf, mit geschlossenen Augen, als ob ihm die richtigen Worte fehlten, um ihren Zauber zu beschreiben. »Sie ist eine livin' doll«, sagte er, »so eine echte three-times-a-Lady, verstehst du, was ich meine?« Er bildete mit Zeigefinger und Daumen ein O. »Spitzennummer«, sagte er.

Jake war so fett, daß er beim Sprechen außer Atem geriet, und er mußte immer wieder Pausen einlegen und hart schlucken, ehe er weiterreden konnte. Seine Hände bewegten sich beim Sprechen, ballten sich zu Fäusten, zeigten, zählten seine Argumente mit den Fingern mit, schlugen auf den Tisch. Er mußte schreien, um sich gegen The Hounds of Ulster zu behaupten. Er sagte, er wollte mit Eddie und den Jungs ins Geschäft kommen.

»Und mit dir auch«, sagte er und nickte Ginger zu. »Nimm den Witz nicht übel, ja? Ich glaube, ihr seid ganz groß drauf, wißt ihr, echt ernsthaftes Potential, das meine ich wirklich. Aber ihr braucht ein bißchen Starthilfe.« Ginger und Brian fingen in der Ecke eine erregte Diskussion an. »Ich könnte mir zum Bleistift gut eine Spur Blech beim letzten Stück denken«, sagte Jake. »Wißt ihr, eine Prise Hornographie, das braucht ihr, das reißt alles raus.« Eddie sagte, er solle zur Sache kommen. Brian legte seine Hand auf Gingers und flüsterte ihr etwas ins Ohr. Sie lachte.

Im Grunde wollte Jake Geld. Er sagte, für hundert Eier könnte er ihnen bis Ende nächster Woche einen Termin bei einer großen Plattenfirma besorgen. Hundert Eier auf den Tisch des Hauses, bei Mißerfolg Geld zurück. Keine blöden Fragen, keine dummen Lügen.

»Ich habe Ausgaben«, sagte er, »Money, honey, wie es im Lied so heißt. ›Wenn du mit mir rumdröhnen willst‹.« Eddie sah die anderen an. »Take it or leave it, Leute«, sagte er. »Mir zieht das nicht die Haut vom Rüssel.« Ginger sah skeptisch aus.

»Woher sollen wir wissen, daß du uns nicht über den Tisch ziehst?« fragte Ginger. Jake sagte, Ginger könnte ihn jederzeit nach Belieben über den Tisch ziehen, dann lachte er und sagte, das solle nur ein Witz sein.

»Echt, Süße«, sagte Jake. »Ich weiß, was du meinst.« Er gab ihnen seine Karte und sagte, sie könnten jederzeit im Büro anrufen, wenn sie sich unglücklich fühlten, und dann würde er die Kohle gleich wieder zurückschieben. Ein faireres Angebot konnte er doch wohl nicht machen, oder? »Setzt mal euren Salat hier drauf«, sagte er. »Na los«, und hielt ihnen einen Zettel hin. Er sah Ginger wieder schuldbewußt an. »Tut mir leid«, sagte er. »Gar nicht auf mich achten. Okay, ich hab das nicht so gemeint ...«

»Salat?« fragte Clint.

»Salat und Gurke«, sagte Jake. »Teflonnummer.«

»Was denkt man?« fragte Eddie.

»Keine Ahnung, Ed«, sagte Brian mißtrauisch. »Echt nicht.«

»Ich bin sauber, Jungs«, sagte Jake. »Könnt in der Szene fragen, wen ihr wollt. Jake Mullan steht zu seinem Wort, ist die Wahrheit.«

»Scheiße«, sagte Clint. »Riskieren wir's.«

»Keine Rede von Riskieren, Mann«, sagte Jake. »Ihr unterschreibt hier eure goldene Zukunft.«

Clint hatte zwanzig. Eddie lieh sich zwanzig von Marion. Mehr konnten sie nicht zusammenscharren. Angela sagte, sie würde kurz mal zum Geldautomaten laufen. Marion sagte, sie sollte sich nicht lächerlich machen, aber Eddie fand es toll von ihr, wenn es ihr wirklich nichts ausmachte.

»Macht es nicht«, sagte sie. »Sogar wenn du ein Westbrite wärst.«

Ginger sagte, sie hielte die Idee nicht für gut, wollte sich aber an die demokratischen Entscheidungen der Band halten.

Mary Rose zischte »psssst!« Die Hounds wollten jetzt *Amhrán na bhFiann* spielen. Das, wie Eddie Jake erklärte, war die irische Nationalhymne. Jake stand zusammen mit allen anderen auf, senkte den Kopf und verschränkte die Arme hinter dem Rücken. Der Text war auf Irisch, deshalb kannte Eddie ihn nicht. May Rose sang mit voller Piepsstimme. Angela kam mit dem Geld zurück.

Draußen auf dem Parkplatz half Eddie Ginger und Brian beim Aufladen. Jake bückte sich, um die Schnürsenkel seiner lila Schuhe mit dicken Crêpesohlen zuzubinden. Dann schob er sich die hundert Ecken in die Schuhe. Er entschuldigte sich noch einmal bei Ginger für seine Grobheiten.

»Ich kann nichts dafür«, sagte er. »Ich bin mies. So hat mich der große Obermacker eben gemacht.« Ginger sagte, diesmal würde sie es ihm noch durchgehen lassen. »Okay«, sagte er und ging rückwärts über den Parkplatz zurück. »Bis bald, Jungs.«

»Alles klar, Jake«, sagte Brian. Alles klang so falsch.

»Ja«, sagte Jake und deutete mit der Hand ein Telefon an. »Meldet euch. Ramma Lamma Ding Dong. Okay? Hängt euch doch ans Telefon.«

Ehe er in seinen Wagen stieg, zupfte er an seinem Hintern herum und zog den Stoff zwischen seinen riesigen Arschbacken hervor.

»Komischer Typ«, sagte Ginger.

Famous Séamus, jetzt ohne Silberlaméjackett, kam aus dem Pride gerannt, als der Cortina vom Parkplatz bretterte. Es ging um eine Runde. Insgesamt dreizehn hatte ihr Freund mit der komischen Frisur bestellt. Er hielt die Rechnung zwischen Daumen und Zeigefinger. War noch zu bezahlen. Wenn er allein entscheiden könnte, dann wär's ihm schnuppe, aber der Boss war in dieser Hinsicht sehr streng. Der Wind ließ das Papier in seiner Hand flappen. Er sah aus wie Neville Chamberlain in einem Aranpullover.

Eddie sah mit schwerem Herzen zu, wie die Rücklichter hinter dem Gitterfenster verschwanden.

Marion sagte, sie hätten Jake und ihr Geld jetzt sicher zum letzten Mal gesehen, aber Eddie achtete nicht auf sie.

»Wir müssen das erstmal schuldig bleiben«, sagte er.

Ginger und Brian prusteten los, und dann legten sie hinten im Wagen die Arme umeinander. Famous Séamus begann, sich die Ärmel hochzukrempeln. Er sagte, da gäb's nichts zu lachen.

Eine Woche schleppte sich dahin, und Jake rief nicht an. Jeden Abend, wenn er nach Hause kam, und jeden Morgen, bevor er losging, verhörte Eddie Mr. Patel. Marion wurde richtig blasiert und sagte, Eddie sollte öfter mal auf sie hören.

»Der Typ war ein Betrüger«, lachte sie, »das hätte jeder

sehen können. Jeder außer dir.« Eddie sagte, sie hätte kein Vertrauen zur menschlichen Natur, und sie sagte, nein, hätte sie nicht, vor allem dann nicht, wenn es um andrer Leute Geld ging. Besonders um das Geld ihrer Freunde.

Aber als Eddie gerade schon aufgeben und seinen Stolz herunterschlucken und Clint und Brian für alles verantwortlich machen wollte, rief Jake doch an. Einige Abende später kam er zum Brightside, um die Geschichte durchzukauen.

Zuerst wurden die hundert Ecken nicht erwähnt, und als Eddie sich ein Herz faßte und danach fragte, sagte Jake, er würde schon noch dazu kommen, keine Panik, alles liefe schon gut an. Nichts Endgültiges, sagte er, aber gewisse Räder setzten sich in Bewegung. Es war ein Prozeß, erklärte er. Man durfte die Dinge nicht zu sehr drängen. Aber er konnte für Eddie eine lichte Zukunft sehen, wirklich hell, die Augen taten ihm geradezu weh davon.

»Hör mal, Mann«, sagte er. »Wie es schon im Lied heißt, die Zukunft ist so hell, ich muß eine Sonnenbrille tragen, was?« Er sagte, er habe das Band ein paar wirklich wichtigen Leuten vorgespielt, engen persönlichen Kumpels von ihm, und im Grunde hatte es ihnen gefallen. Das war die Sonnenseite. Aber es war eine Yin-Yang-Situation. Es gab auch eine Schattenseite. Die Schattenseite war, daß Eddie ein paar harte Entscheidungen treffen müßte. »Rock and Roll«, Jake lächelte philosophisch, »besteht nicht nur aus Tussis und Cadillacs, weißt du, nicht nur aus Träumen, Ed, sondern auch aus Geschäft.«

Eddie sagte, das sei ihm bekannt.

Jake sagte, das Ganze sei ein Dschungel, in dem es von Alkoholikern, Kinderschändern, Nervenwracks und Primadonnen nur so wimmelte, und Eddie brauchte einen Hai, um die Barrakudas in Schach zu halten. Er sagte, er wollte Eddie eine Frage stellen. Ganz offen.

»Bist du loyal, Eddie? Bist du, ich meine, Leuten gegenüber loyal?« Eddie sagte ja, und Jake nickte beifällig. *»Moi aussi«,* sagte er. »Illoyalität ist nicht meine Kiste, Eddie, aber seien wir doch ehrlich ...«

Eddie fragte, was er meinte. Eddie fragte sogar eine halbe Stunde lang, wovon er hier eigentlich redete, mit wenig Erfolg. Jake redete wie ein Politiker. »Hey«, sagte er schließlich, »ich hab dir doch gesagt, Loyalität ist mein zweiter Vorname, Ed.« Jake machte mit den Fingern ein V-Zeichen. »He ain't heavy, he's my brother, das sage ich immer. Jake Loyalität Mullan, das bin ich. Kannst alle in der Branche fragen.« Eddie sagte, das sei ihm bekannt. Das Lächeln erstarrte auf Jakes feistem Gesicht. »Es geht bloß um Ginger und die anderen«, sagte er, »ich meine, sie sind tolle Leute, mißversteh mich nicht.« Eddie sagte, nein, keine Angst. Jake sagte, er wollte absolut offen und ehrlich sein. »Laß uns hier ein bißchen Glasnost einführen, Ed, okay? Geben wir doch zu, wie es ist.«

»Ja, bitte«, sagte Eddie.

»Okay«, sagte Jake. »Ich werde dein Franklin D. Roosevelt sein, okay, Ed?«

In diesem Moment kam Mr. Patel herüber und sagte, Marion werde am Telefon verlangt. Er sah Jake an, als ob er ihn nicht so recht billigen könnte, eine nützliche Waffe, die jeder Hotelier in seiner mimischen Waffenkammer haben sollte. Eddie sagte, Marion sei oben auf dem Zimmer. Jake nahm wieder seinen verschwörerischen Ton an.

»Also, Ed, was ich meine, ist, daß Brian zum Bleistift, na ja, ich meine, wir reden hier nicht gerade über Mr. Percussion, oder? Ich meine, meine verflixte Großmutter hat mehr Gefühl für Rhythmus als Brian, und dabei hat sie seit drei Jahren einen künstlichen Darmausgang, Ed, verstehst du, was ich meine?« Eddie sagte, er habe eine vage Vorstellung, doch.

Jake sagte, das sollte jetzt alles nicht endgültig sein, er wollte bloß mal ein paar Ideen lüften. Aber man brauchte einen scheißheißen Trommler. Das war einfach unverzichtbar. Er sagte, eine gute Rock 'n' Roll-Band sei wie ein Schiff, und das Schlagzeug sei der Maschinenraum. Es war ja schön und gut, wenn der Kapitän mit der Leadgitarre herumtänzelte und alle anderen in der Takelage herumfuhrwerkten, aber wenn unten im Rhythmusdepartement nicht alles hunky dory war, dann gab's bald Titanic City, aus und vorbei, bevor irgendwer bebopaloola, she's my baby sagen könnte.

»Und damit kommen wir zu Ginger«, sagte er. »Wiederum, tolle Frau, sieht auch gut aus, aber ich muß doch sagen.«

Marion kam durchs Foyer und ging in die Telefonzelle. »Sie würde die Kiste wohl nicht ein bißchen aufnutten, oder? Image-technisch?« Jake schüttelte sein dickes Haupt und machte einen Schmollmund. »Ginger, meine ich«, sagte er. Wieder wackelte er herum. »Den Sex-Appeal-Faktor aufdrehen. Die alten Dreipennyteile raushängen lassen?« Eddie glaubte das nicht. Und außerdem wollte er auch nicht in so einer Band sein. Jake sagte, da habe er recht, ganz seine Meinung. »Du bist ein Mann der Prinzipien, Eddie«, sagte er. »Genau wie ich. Woman is the nigger of the world, was? Clint ist okay. Mit Clint kann ich leben. Clint geht haarscharf durch. Sünde, daß er Clint heißt, aber was soll man machen? Na, umtaufen vielleicht. Jedenfalls kann er mit seiner Gitarre umgehen, und das bedeutet in diesem Geschäft doch immer noch was, Ed, ha, haha, ich meine, es ist nicht alles bloß Lucy in the Sky with Diamonds . . . LSD«, erklärte er, »Pfund, Schilling, Pence.«

Jake wollte sagen, daß man in diesem Geschäft manchmal harte Entscheidungen treffen mußte, und er glaubte, so ein Zeitpunkt sei jetzt gekommen. Er sagte, wenn Eddie personaltechnisch flexibel sein könnte, könnten sie vielleicht richtig übers Geschäft reden. Er dachte da an ein paar Musiker für Eddie, erschreckend tolle Knaben, er setzte sie nun schon seit Ewigkeiten ein, hier und da, bei allem möglichem, und jetzt wurden sie langsam richtig heiß.

Eddie sagte: »Im Klartext heißt das also, wenn du sagst, ich sollte flexibel sein, dann meinst du, ich soll sie loswerden?«

Jake sagte, es ginge hier nicht in erster Linie um *seine* Wünsche. Es sei eine Frage der professionellen Einstellung. Ihm war das doch alles schnuppe. Was er wollte, sagte er, war, daß Eddie sich das alles durch den Kopf gehen ließ und dann, wie der Film heißt: Do the Right Thing.

»Weg mit ihnen«, sagte Eddie sofort, »mir ist das recht, ehrlich.«

Jake fing an zu sprechen und senkte plötzlich die Stimme, als er Marion die Telefonzelle verlassen und durchs Foyer gehen sah.

»Wenn du das willst, Ed. Und ganz persönlich muß ich dir sagen, daß du recht hast, aber ich bin froh, wenn ich dir die Entscheidung überlassen kann.«

»Ja, ja«, sagte Eddie. »Weg mit ihnen.«

Ziemlich dramatisch zog Jake zwei rote Striche über die Namen in seinem Notizbuch. Seine Zungenspitze kam zwischen seinen Lippen zum Vorschein, als er nickte, langsam, nachdenklich. Jetzt war ein ganz anderes Spiel angesagt. Jake konnte jetzt etwas klarer sehen. Die Dinge nahmen Form an.

»Reizende Frau, übrigens«, sagte er und nickte vage in Richtung Treppe. »Mary Anne, oder?«

»Marion«, sagte Eddie. »Wie in Faithfull.«

»Ja«, lachte Jake. »Das hoffe ich doch, Eddie, das hoffe ich doch.« Eddie fragte, ob sonst noch etwas anläge, er hätte viel zu tun. »Nur noch eine letzte Kleinigkeit, Eddie, nur eine winzige Kleinigkeit, der Name.«

Jake sagte, ehrlich gesagt, The Honey Bees sei ein scheußlicher Name. Er sagte, es hörte sich an wie eine miese Motown-Mädchenband. Reiner Kitsch. Eddie stimmte zu. The Honey Bees wäre Gingers Idee gewesen. »Ja, hab ich mir schon gedacht«, kicherte Jake. Er sagte, sie brauchten etwas Aggressiveres, etwas Fetzigeres, etwas richtig Griffiges, etwas, ehrlich gesagt, »etwas mit Eiern«. Jake klappte seinen Notizblock zu.

»The Diehards«, sagte er. »Überleg dir das, Mann. The Diehards. Ein richtiger Name zum In-den-Hintern-Treten.« Jakes fettes Gesicht hob sich zur Decke, und seine Hand malte unsichtbare Buchstaben in die Luft. »Eddie Virago«, sagte er langsam, »und die Diehards. Das hat doch ein gewisses *cherchez la femme,* was? Meinst du, du könntest damit leben, Ed? Meinst du? Ja. Hab ich mir doch gedacht.«

Eddie sagte, ja, das wäre ein Potential. Deshalb wollte Jake jetzt ein Treffen mit seinen Leuten arrangieren und dann, mit dem neuen Demotape, den Ball sofort ins Rollen bringen.

Dann mußte er los. Er erwartete einige Ferngespräche, dann war auf John Peels 50. Geburtstag eingeladen. Die Undertones traten noch einmal zusammen, nur um dort zu spielen. Das konnte man sich nicht entgehen lassen. Eddie sagte, er würde gern mitkommen, aber Jake wehrte ab: »Tut mir leid, Ed, geht nicht, das ist nur für geladene Gäste. Wir sehn uns«, sagte er. »Laß dich nicht einmachen, Baby.«

Mr. Patels Augen musterten Eddie, als er durchs Foyer ging. Er telefonierte im Hinterzimmer. Er hatte den Hörer zwischen Wange und Schulter geklemmt. Er machte sein überlegenes Gesicht.

Eddie klopfte an die Badezimmertür und teilte Marion die guten Nachrichten mit.

Sie drehte die Dusche ab, öffnete aber nicht die Tür. Sie freute sich, weil Jake so zuversichtlich war. Eddie ging ans Fenster, ihm war schwindlig vor Glück.

»Ich hab dir doch gesagt, daß du dich in Jake getäuscht hast«, sagte er.

»Ja«, sagte sie. »Du hast recht gehabt.«

»Jetzt geht's los, Babe!« rief er. »Ich schlage zu. Ich stoße los.« Er boxte in die Luft.

»Nebenbei, Eddie«, sagte sie, ihre Stimme war ein zitterndes Echo im Badezimmer. »Dieser Anruf eben.«

»Was ist damit?« lachte er und fing an, sich einen riesigen Joint zu drehen.

»Meine Mutter ist tot«, antwortete sie.

Eddie war nicht wild darauf, nach Belfast zu fahren, aber was sollte er machen? Beim Job fanden sie die Idee auch nicht weiter geil. Miles sagte, es sei eine Frage des Pflichtgefühls. Er sagte, B'n'S erfordere sehr viel Pflichtgefühl, es sei nicht einfach ein Job. Er sagte, es kotze ihn ganz schön an, Eddie das zu erklären.

Eddie sagte bitte. Miles seufzte. Er senkte den Kopf und preßte sich die Finger an die Schläfen. Eddie merkte, daß Miles' Haare oben dünn wurden, glaubte aber nicht, daß er ihm das ausgerechnet jetzt erzählen sollte. Miles sagte, Eddie setze ihn unter Druck. Eddie sagte, es sei eine wichtige Privatangelegenheit.

Miles sagte: »Hör zu, Eddie, hör auf, mir den Schwanz zu lutschen, okay?« Eddie sagte, er wollte durchaus nicht den Eindruck vermitteln, daß er an Miles' Schwanz oder sonstigen anatomischen Einzelheiten sauge. Er sagte Miles sagte: »Jesus, Eddie, du bist wirklich nicht auf den Mund gefallen, oder?«

Eddie sagte, »Na komm schon, Miles, gib mir frei.«

»Okay, Eddie«, fauchte Miles. »Du kannst gehen, aber tu uns beiden den Gefallen und komm nicht zurück.« Eddie fragte, ob das ein Rausschmiß sein sollte, und Miles sagte, ja, er gäbe ihm frei. Er konnte die restliche Kohle und noch die Kohle für einen weiteren Monat abholen und sich verpissen. »Du hast die falsche Einstellung, Eddie«, fauchte er. »Leute wie du reiten andre in die Scheiße. Du bist einfach unzuverlässig.« Eddie sagte, Miles sei jetzt wirklich unvernünftig. Miles meinte, so eine Bemerkung von Eddie sei nun wirklich ein guter Witz. Eddie sagte, okay, wenn Miles ihn hierhaben wollte, dann würde er eben nicht verreisen. Miles sagte, nichts da. Jetzt nicht mehr. »Du hast es in den Sand gesetzt, Eddie«, knurrte er. »Du hast deine Chance gehabt und daraus die Achselhöhle eines Arabers gemacht. Und jetzt verpiß dich!«

Eddie erzählte Marion, Miles habe ihm zur Beerdigung nicht frei geben wollen, und deshalb habe er ihm gesagt, er solle sich den Job dahin stecken, wo keine Sonne scheint. Marion war nicht beeindruckt. Sie wollte gar nicht, daß er mitkam, das behauptete sie wenigstens. Aber Eddie wußte, daß sie das nur sagte. Also mußte er darauf bestehen.

Der Flug war okay. Und abgesehen von ein paar angeödeten Soldaten, die in den Blumenbeeten vor dem Flugplatz hockten, und ein paar Panzerwagen mitten in Belfast wies nichts auf die Unruhen hin. Hier und da waren die Rinnsteine grün, weiß und orange oder rot, weiß und blau gemalt, aber das machte Eddie nichts aus. Er hatte es schon so oft in der Glotze gesehen. Was ihm mehr zu schaffen machte, war die Atmosphäre von aufgesetzter Normalität. Erschöpfte Frauen beim Einkaufen, große Schwestern mit Kinderwagen, Eckensteher, die an den Wänden der RUC-Stationen herumlungerten und denen Kippen auf der Unterlippe klebten.

Als der Bus für eine Pinkelpause anhielt, kämmte sich Eddie seinen Irokesen über die Ohren. Dann zog er eine Sprühdose mit schwarzem Haarlack hervor und knallte sich die Haare zu. Dann setzte er sich eine formlose schwarze Strickmütze auf. Er sah idiotisch aus, aber es war ein Fortschritt, und obwohl Marion nichts sagte, wußte er doch, daß sie ihm dankbar war. Er konnte nicht wie eine Mischung aus Joey Ramone und Hiawatha zur Beerdigung ihrer Mutter gehen. Das wußte sogar Eddie.

Auf der irischen Seite der Grenze kamen ein paar Gardaí in den Bus und wackelten ein paar Minuten im Mittelgang herum, ließen sich Pässe zeigen und versuchten, hart auszusehen. Die Hügel von Antrim waren schiefergrau und gelb, und als der Bus in Ballybracken ankam, ödete die Landschaft Eddie schon gründlich an.

Marion war still. Nach den ersten Tränen war sie philosophisch geworden. Sie sagte, sie sei glücklich darüber, daß ihre Mutter als erste gegangen war.

»Sie wäre niemals ohne Daddy zurechtgekommen«, sagte sie. »Wenn der den Anfang gemacht hätte.«

Ihr Bruder Mario holte sie an der kleinen Bushaltestelle ab. Er küßte Marion ungeschickt und schüttelte Eddies Hand, ohne auch nur ein Wort zu sagen. Er musterte Eddie von Kopf bis Fuß, und Eddie hatte das Gefühl, daß er Mario nicht besonders gefiel. Mario war sehr still, und seine Augen saßen ein wenig zu dicht beieinander. Er trug ein kariertes Hemd und eine grüne Trompetenhose aus Cord. Er wollte einen im Hotel trinken, aber Marion wehrte ab.

»Mario?« flüsterte Eddie hinten im Auto.

»Lanza«, erklärte sie. »Mein Vater mochte den leiden.«

Sie ließ ihren Tränen zum ersten Mal wirklich freien Lauf, als sie das Haus in der Factory Street betraten. Alles war zum Schneiden dick mit Zigarettenrauch erfüllt. Überall waren Nachbarn, standen auf der Treppe

Schlange, um Mrs. Mangan im Schlafzimmer in ihrem Sarg zu sehen. Irgendwer stieß Eddie an und nickte zu dessen Mütze hinüber. Aber er nahm sie nicht ab.

Ein gerahmtes Bild des Herzen Jesu lächelte tugendsam von der Schlafzimmerwand, und das Zimmer roch nach Weihrauch. Kleine Karten mit schwarzen Rändern und Kreuzen bedeckten die gelben Spitzendeckchen auf beiden Nachttischen. Ein Glas Wasser stand auf der Fensterbank. Ein blaßblaues Hemd auf einem Bügel zierte die Vorderseite des Kleiderschrankes.

Mrs. Mangan hatte die Hände auf dem Bauch gefaltet, ein Rosenkranz lag zwischen ihren nikotingelben Fingern. Ihr Gesicht sah trotz allem gut aus. Ihre Haut wirkte wächsern. Sie sah aus, als ob sie jeden Moment die Augen aufmachen könnte, und das war ein bißchen unheimlich. Eddie sah diese Tote an und konnte eine wirkliche Ähnlichkeit mit Marion erkennen, vor allem in den hohen, betonten Wangenknochen und im Schwung ihrer blassen Lippen. Es war seltsam, ihr auf diese Weise zum ersten Mal zu begegnen.

Eddie fiel ein, daß Marion wahrscheinlich in diesem Bett empfangen worden war. Vielleicht ein seltsamer Gedanke, aber er kam ihm eben, und er konnte ihn nicht wieder verdrängen.

Im Zimmer drunter saß ihr Vater in einem niedrigen Sessel beim Torfherd in der Ecke und hatte die Hände vors Gesicht geschlagen.

»Daddy«, sagte Marion weich, »das ist Eddie, von dem ich dir erzählt habe.« Aber Mr. Mangan blickte nicht auf. Seine Handrücken waren rot und runzlig. Er schluchzte stumm, und sein ganzer Körper bebte, während Leute von beiden Seiten versuchten, ihn zu trösten.

Eddie meinte, vielleicht hätte er besser nicht kommen sollen. Er kam sich vor wie ein Eindringling. Marion sagte, er solle nicht albern sein. Sie schlug ihm vor, für eine Weile nach draußen zu gehen, vielleicht einen Spaziergang durchs Dorf zu machen. Sie wollte mit ihrem Vater sprechen.

Eddie ging die Hauptstraße auf und ab, vorbei an den Pommesbuden und Kneipen. Die Leute unterwegs starrten ihn an. Sie sahen alle aus wie die Opfer von verpfuschten Zangengeburten. Eddie kam sich vor wie ein Fremder in einer Stadt im Wilden Westen. Dieses Gefühl wurde noch dadurch verstärkt, daß alles in der Hauptstraße amerikanische Namen zu haben schien. Es gab eine Stars and Stripes-Pizzeria, eine Yankee Doodle-Bar und Imbiß, ein Bostoner Teehaus, einen Hollywood-Frisiersalon, einen Route 66-Grill, eine Prairie Moon-Hamburgerbar, eine Miami Vice-Boutique, komplett mit einer riesigen Südstaatenflagge im Fenster und einem lebensgroßen Onkel Sam auf dem Bürgersteig.

Alte Männer nahmen ihre Hüte ab und sagten: »Schöner Tag heute.« Als er sich Zigaretten kaufte, erzählte der Typ hinter dem Tresen ihm eine Viertelstunde vom Angelscheinsystem der Regierung und wie es den Tourismus versaute.

»Sind Sie auch Tourist?« fragte er.

»Nein«, antwortete Eddie. »Ich bin aus Dublin.« Der Typ sagte, das hätte er doch gemeint.

Eddie ging durch die ganze Stadt. Vorbei an den Sozialwohnungen aus Beton, wo die Elektrozäune aufhörten und die Steinmauern anfingen. Neben einer winzigen alten zerfallenen Kirche lag ein protestantischer Friedhof, lauter Gräber von Frauen, die »im Kindbett« oder »bei der Niederkunft« gestorben waren. Die Grabsteine waren grün und mit Moos bewachsen. Keine einzige Frau, die hier begraben war, war älter geworden als vierzig.

Eddie starrte über die Felder und versuchte, sich vorzustellen, was Dichter und Mörder in dieser kargen und perversen Landschaft gesehen hatten. In der dunstigen Ferne schienen die dürren schwarzen Armeewachttürme wie seltsame Pflanzen aus der Landschaft erwachsen zu sein, und Eddie dachte an Riesen und Bohnenranken. Nichts schien sich zu bewegen, nicht einmal die räudigen Kühe. Eddie überlegte sich, daß das hier einer der wenigen Orte war, die er kannte, wo an der Landschaft nicht das faszinierte, was zu sehen war, sondern das, was fehlte.

Um halb fünf ging Eddie zurück in die Factory Street und stand eine Weile bei Marion in der Diele herum, trank Tee und quatschte mit Katherine, einer der älteren Schwestern. Katherine war Krankenschwester. Sie hatte ein rundliches sympathisches Gesicht und orangen Lippenstift. Er sagte, das mit ihrer Mutter täte ihm sehr leid, und sie sagte, mach dir keine Sorgen, ihre Mutter habe ein hartes Leben gehabt und sei ohne besser dran. Sie war nach Daddys Unfall nie mehr sie selbst gewesen, meinte Katherine. Sie hatte Probleme mit den Nerven.

»Bist du die Schwester, die in London lebt?« fragte Eddie. Katherine sah verwirrt aus.

»Nein«, sagte sie. »Marion ist als einzige von uns in London.« Eddie erklärte, er meinte von Marion gehört zu haben, daß es in London noch eine Schwester gäbe. Katherine sagte, nein, soweit sie wüßte nicht, falls Daddy keinen Fehltritt begangen hätte, und sie lachte. »Gott möge mir verzeihen«, kicherte sie und bekreuzigte sich, »weil ich gelacht habe. Wo die arme Mammy doch oben liegt.«

Eddie stand allein in der Diele und rauchte eine Zigarette, dachte an irgendwas und lauschte auf das Grollen des Donners in der Ferne, als sich die Tür öffnete und Marion ihn ins Vorderzimmer rief. Sie sah stark und tatkräftig aus. Sie sah aus, als ob sie zu allem imstande wäre.

Ihr Vater beugte sich jetzt über den Herd, er hockte da und hatte der Tür den Rücken gekehrt, während er mit einem Schüreisen, dessen Ende rot glühte, in den Flammen herumstocherte.

»Daddy«, sagte sie, »hier ist Eddie.« Ihr Vater grunzte, legte das Schüreisen weg, wischte sich die Hände an seiner Tweedhose ab und drehte sich zu Eddie um. Er streckte die Hand aus. Eddie hätte fast gelacht. Seine eigene Hand zitterte, und Tee schlabberte über die Untertasse.

Marions Vater hatte nämlich keine Nase. Unter den dunklen Augen und den schweren Augenbrauen, wo die Nase hingehört hätte, befand sich eine Narbe aus schuppigem lila Gewebe mit zwei schwarzen Atemlöchern. Eddies Augen musterten das Gesicht. Er konnte nicht glauben, daß irgendwer keine Nase haben könnte. Er suchte nach einer Nase, nach irgendeiner Nase, aber es gab keine. Er blickte in die toten Augen von Marions Vater. Er wollte sagen: »Sie haben ja keine Nase«, verkniff es sich aber. Er hätte sich gern um Hilfe an Marion gewandt.

In Eddies Kopf drehte sich alles. Stumm und dumm schüttelte er die feuchte heiße Hand, die ihm gereicht wurde. Er versuchte, nicht hinzustarren, kam aber nicht dagegen an, und der Mann wandte den Blick ab, verlegen über Eddies Verlegenheit.

»Nett von dir, daß du rübergekommen bist«, sagte er barsch und blickte in die Küche hinüber, die an das kleine Zimmer anschloß. Er roch nach Torf.

»Das Mindeste, was ich tun konnte, Mr. Mangan«, krächzte Eddie mit rotem Gesicht.

»James«, sagte Marions Vater und wandte sich wieder ab, diesmal zum Fenster. »Du brauchst mich nicht Mr. zu nennen.«

Marions Vater gab ihnen ein Zeichen, sich zu setzen, und warf wieder einen Blick in den Herd. Eddie sagte, das mit

Mrs. Mangan täte ihm sehr leid, und Mr. Mangan nickte rasch und dankte.

»Es ist eine Tragödie, Eddie«, seufzte er. »Aber es ist Gottes heiliger Wille.« Er erkundigte sich nach Eddies Herfahrt, nach dem British Airways-Flug, nach Eddies Studium und nach seiner Musik. Er liebte selber Musik, sagte er. Er schien alles über Eddie zu wissen. Es war ganz klar, daß Marion über ihn gesprochen hatte, und deshalb lief Eddie vor Stolz rot an, was ihn selbst überraschte.

Um acht Uhr schickte Mr. Mangan seinen jüngsten Sohn Pascal zum Einkaufen. Marion und ihre Schwestern wuselten herum und deckten den Tisch, während die Jungen stumm vor der Glotze saßen und rauchten. Nach einer Viertelstunde kam Pascal zurück und umklammerte eine Flasche billigen Wein in einer Plastiktüte. Mr. Mangan öffnete den Wein und reichte Eddie das erste Glas über den Tisch.

»Was hältst du davon, Eddie?« fragte er. Eddie lachte unsicher. Alle im Zimmer sahen ihn an. Er antwortete Mr. Mangan, er sei nicht gerade ein Weinkenner. »Riech doch mal dran«, meinte Mr. Mangan. »Sag uns, ob das eine blöde Plörre ist oder was.« Marion versetzte ihm unter dem Tisch einen Tritt. Eddie nahm das Glas, schnupperte daran, probierte einen Mundvoll und sagte, der Wein sei sehr gut. »Das ist schön«, sagte Mr. Mangan und verteilte Butter über seinen Kartoffeln.

»Willst du selber denn kein Glas trinken?« fragte Eddie, als er seins gekippt hatte.

»Nein, Eddie«, antwortete Mr. Mangan. »Ich trinke nur Milch. Der Wein ist für dich.« Eddies Gesicht schien zu brennen. »Und für alle anderen natürlich«, sagte Mr. Mangan mit vager Handbewegung. »Falls jemand was will.« Außer Marion wollte niemand.

Später machten sie einen Ausflug in Katherines Fiat. Sie

stellten den Wagen hinter dem Bezirksgericht ab und liebten sich auf dem Beifahrersitz, ein Gewühl von Gummi und Leidenschaft. Später hielten sie sich umschlungen und hörten im Radio, wie Dave Fanning Van Morrison spielte, wobei der Schalthebel in Eddies Oberschenkel stach. Regen fegte über die Windschutzscheibe und wusch die Welt davon. Eddies berührte ihre Wange. Marion wußte, woran er dachte.

»Jesus«, sagte er zu ihr, »das hättest du mir sagen können.«

»Ich hab es dir gesagt«, erwiderte sie. »Erinnerst du dich nicht?«

»Ich dachte, du machst Witze«, sagte er.

»Nein. Hab ich nicht. Er hat keine Nase.« Sie lachte und zuckte die Schultern. Dann löste sie sich von Eddie und fing an, ihr Hemd zuzuknöpfen. »Manche Leute haben eben keine«, sagte sie. »Das ist nicht ihre Schuld.« Eddie schaltete das Radio aus. »Er ist in der Fabrik mit dem Gesicht in die Maschine geraten. Diese Maschine, mit der Schweinemägen zerschnitten und zu Wurstpelle verarbeitet werden. Er trug einen Schlips. Und der hat sich in der Maschine verfangen und seinen Kopf hineingezogen.«

»Jesus«, sagte Eddie.

»Ja«, meinte sie. »Und das Schlimmste ist, daß er einfach die Vorstellung nicht loswird, daß einer seine Nase in der Wurst gefunden hat. Sie haben behauptet, sie hätten die Maschine saubergemacht, aber er hat ihnen nicht geglaubt. Er kann jetzt keine Würste mehr essen.« Eddie war schlecht.

»Nein«, sagte er. »Das kann ich mir vorstellen.«

»Mammy sagte immer, das wäre eine Schande«, erzählte Marion. »Weil man die Würste umsonst kriegt, weißt du, wenn man in der Fabrik arbeitet, auf Lebenszeit Gratiswürste. Aber Daddy läßt jetzt keine mehr ins Haus. Und er trägt auch keinen Schlips. Seit damals hat er keinen Schlips mehr getragen. Nie. Mammy sagte immer, er sähe wie ein Penner aus, wenn er im Hemd zu den Gemeinderatssitzungen ging.«

»Bitte«, sagte Eddie, und plötzlich lächelte sie und sah sehr jung aus.

»Ich wünschte, du hättest sie kennengelernt«, sagte sie. »Ihr hättet euch verstanden.«

Sie sagte, sie wüßte bestimmt, daß sie ihm das schon erzählt hätte, aber das zeigte doch nur, daß man nie wissen könnte, was alles mit den Leuten passieren kann.

»Ach?« fragte Eddie. Sie küßte sanft sein Gesicht.

»Also ruf bitte deine Mutter an, um Himmels willen, Eddie. Man weiß doch wirklich nie. Man weiß einfach nicht, was morgen passiert.« Eddie sagte, er wüßte, daß sie recht hätte. Er versprach es.

Die Fenster waren jetzt beschlagen. Sie sagte, sie müßten jetzt nach Hause fahren. Eddie wischte das quietschende Glas mit dem Handrücken ab. Dann schaltete er die Scheibenwischer ein.

»Allmächtiger Herr Jesus«, sagte er. »Scheiße.«

Ein Mann stand in einem Hauseingang, vielleicht zehn Yards vor ihnen, im Regen und starrte ins Auto. Als Eddie die weißen Scheinwerfer einschaltete, erkannte er ihn schaudernd.

Mario stand im strömenden Regen und blickte ins Auto. Er sah wütend aus, sagte aber nichts. Dann lächelte er, und seine krummen Zähne waren gelb. Er drehte sich um, vergrub die Hände in den Hosentaschen und ging langsam davon.

Regen prasselte auf das Autodach. Marion sagte, er solle sich nicht um Mario kümmern. Er hatte einfach ein schlichtes Gemüt. Er konnte nichts dafür. Eddies Herz hämmerte. Er war ein bißchen ein Einzelgänger, erzählte sie.

Eddie war plötzlich schlecht. Er sah zu, wie Mario um

die Ecke verschwand, mit im verregneten Laternenlicht hochgezogenen Schultern. Er öffnete das Fenster, um ein wenig Luft zu schnappen. Die Dunkelheit wirkte dichter als sonst.

Die Nacht vor der Beerdigung blieb Marion mit ihrem Vater und den Schwestern in einem Bungalow vor dem Dorf, wo ihre älteste Schwester mit ihrem Mann wohnte.

Eddie mußte im Haus ihrer Eltern schlafen, zusammen mit fünf von ihren Brüdern auf dem Boden des winzigen Schlafzimmers oben im Haus. Er konnte nicht einschlafen. Das luftlose Zimmer roch nach Schweiß und Dreck, und er sehnte sich nach Marion. Und ihm war nur zu bewußt, daß im Nebenzimmer, auf der anderen Seite der Tapete, eine Tote lag.

Um drei Uhr morgens weckte ihn einer der jüngeren Brüder, Leo, und flüsterte: »Eddie, du heißt doch Eddie?« Eddie sagte ja. Leo sagte: »Hör mal, Eddie, trinkst du manchmal was?« Eddie sagte, das sei durchaus schon vorgekommen, ja. »Na, möchtest du jetzt was?« zischte Leo.

»Jesus«, sagte Eddie. »Es ist halb vier.« Der Junge starrte Eddie an wie einen Vollidioten.

»Und macht's dir was aus, wenn ich was trinke?« fragte er nervös.

»Ist mir doch egal«, antwortete Eddie.

Als er sich wieder hinlegte, tat ihm sein Tonfall leid. Als die Sonne aufging, sah Eddie, wie die Faust des Jungen sich unter der Bettdecke auf und abbewegte.

Am nächsten Morgen wartete die Familie schweigend auf den Leichenwagen. Als die Männer den Sarg nach unten trugen, sah Mr. Mangan auf die Uhr und wandte sich dann ab.

»Daddy«, sagte Marion, »willst du keinen Schlips umbinden?« Er sagte scharf »nein«, und brach dann wieder in Schluchzen aus. Seine Söhne sahen einander vage an.

»Steht nicht so rum«, sagte Marion. »Holt einen Schlips für ihn, um Himmels willen.« Pascal nahm seinen eigenen Schlips ab und reichte ihn Marion. Mr. Mangan weinte mit tief gebeugtem Kopf, als seine Tochter sich an seinem harten Kragen zu schaffen machte und langsam den Schlips um seinen Hals knotete. Tränen liefen über seine runzlige gelbe Haut. Er senkte seinen Kopf auf ihre Schulter und flennte wie ein Kind, während sie seinen kahlten Hinterkopf streichelte.

»Aber, aber, Lieber«, sagte sie. »Aber, aber.«

Eddie merkte, daß ihr Unterrock unter ihrem schwarzen Kleid hervorlugte.

Es regnete während der ganzen Beerdigung. In der Kirche saßen die Männer auf der einen, die Frauen und Kinder auf der anderen Seite. Kalter Regen schlug gegen die Fenster. Husten hallte überall im Kirchenschiff wider.

Sie gingen von der Kirche zu dem kleinen Friedhof am neuen Kraftwerk. Es war nur eine halbe Meile, über die huckelige Brücke am Ende der Stadt, vorbei am Lager der Landfahrer. Ein Polizist, der vor dem Fertigbau-Garda-Revier Posten stand, salutierte, als der Sarg vorüberkam. Auf dem Friedhof versuchte ein Mann, die irische Flagge über den Sarg zu breiten, aber Marions Vater sagte nein. Das hätte ihr nicht gefallen.

»Sie war nicht politisch«, sagte er.

Der Mann war ein weiterer Sinn Féiner, flüsterte Marion Eddie zu. Er sah sympathisch aus, unbeholfen, fummelte an der zusammengeknüllten Flagge herum, während er seinen Rosenkranz befingerte. Er schloß beim Beten die Augen.

Der Pfarrer sprach alle Bestattungsgebete in irischer

Sprache, und die Trauergemeinde antwortete auf Irisch. Alle außer Eddie, der sich an kein Wort Irisch erinnerte, nicht einmal an ein Gebet, und der in keiner Sprache besondere Lust zum Beten hatte. Der Pfarrer hob über dem Grab die Hand wie ein Zauberer, als er Sankt Petrus und den Seligen Matt Talbot beschwor, herabzukommen und die Seele dieser Sünderin an den Höllenpforten vorbei ins Paradies zu führen. Der Regen fiel jetzt härter, klapperte auf den Blättern wie Applaus, prügelte die schwarzen Filzhüte, die die jungen Männer trugen, bis die meisten sie abnahmen und barhäuptig dort standen wie die älteren Männer. Die meisten, Eddie nicht.

Die Bäume schliefen noch immer und ragten grausam verkrümmt vor dem wilden weißen Himmel auf. Der ländliche Geruch von Kuhscheiße und Propangas und nassem Zement und gebratenem Speck schwebte über dem Friedhof. Klagende Schafe blökten die Wolken an.

Eddies kalte feuchte Ärmel pappten an seinen Handgelenken. Als Marions Vater Erde ins Grab warf, verzog sich ihr Gesicht, und sie wandte sich abrupt ab.

Danach gingen sie ins Hotel der Stadt, und alle betranken sich langsam, aber entschlossen. Es waren so viele Leute zur Beerdigung gekommen, daß das Hotel sagte, sie könnten aus der Bar in den Tanzsaal umziehen.

Immer wieder sprachen Marion weinende Menschen an und sagten, »ihr Kummer täte ihnen leid«. Sie kannte die meisten nicht einmal. Entfernte Bekannte ihrer Mutter. Einige Vettern aus Manchester.

Nach einer Weile wurde auf der anderen Seite des Saales Gesang angestimmt, angeführt vom Pfarrer und vom lokalen Fianna Fáil-Abgeordneten. Es wurde immer lauter, je mehr Menschen zu dem Kreis von Plastikstühlen hinüberzogen, in die Refrains einstimmten und Arm in Arm hin und her schaukelten.

Und Marions Vater sang ein Lied, eine irische Klage, bei der er mit fehlerhaftem und verschliffenem Tenor jede Silbe dehnte. Die Leute sahen einander schuldbewußt an und ließen ihre Gläser klingen. Quengelnde Kinder wurden mit einem Klaps zum Schweigen gebracht.

I wish, I wish, I wish in vain,
I wish in vain I was a youth again.
But a youth again I ne'er shall be
Till the apple grows on the ivy tree.

But the sweetest apple is the soonest rotten.
And the hottest love grows the sooner cold
And what can't be cured love must be endured love,
So now I'm bound for the coast of gold.

For love is teasing, and love is pleasing
And love is a pleasure, when first it's new.
But as it grows older, the love goes colder,
Till it fades away, like the morning dew.

Am Ende des Liedes weinte Marion. Eddie nahm ihre Hand und redete beruhigend auf sie ein, aber er spürte selbst auch Tränen in den Augen brennen. Sie sagte, es sei alles in Ordnung. Nur, daß es so ein schöner Tag war, mit all den Liedern und soviel Spaß. Ein altmodischer Tag. Die Sorte Tag, die ihre Mutter geliebt hatte.

Kurz vor Ladenschluß ging Eddie aufs Klo. Er hatte viel zuviel getrunken und spritzte sich Wasser ins Gesicht, um wieder nüchtern zu werden. Er mußte stark sein, Marion zuliebe. Das war das Mindeste, was er tun konnte.

Draußen im Foyer trafen Leute zu einem Tanz ein, der gerade im großen Saal begonnen hatte. Billy Joe Boland und die Bronco Kings. Dröhnender Country & Western-Baß hämmerte durch die Nacht und verschmolz mit dem klagenden, weit entfernten Jammern der Pedal Steel-Gitarre.

Als die Menschen sich an ihm vorbeidrängten, alle mit Anzügen und feschen neuen Kleidern feingemacht, sah Eddie, daß ein gutaussehender fremder junger Mann am Zigarettenautomaten mit Marion redete. Er schien zu flüstern. Er beugte sich dicht an sie heran und sprach lächelnd, aber mit einer gewissen Sorgfalt. Sie nickte ausdruckslos zurück. Er redete sehr eindringlich und wippte auf seinen Absätzen auf und ab. Er trug eine schwarze Lederjacke und hatte einen Regenschirm, den er sanft hin und her schüttelte, was Regentropfen wirbeln ließ. Sie sah ihm ins Gesicht und stellte eine Frage. Er schüttelte heftig den Kopf und sah sich im Foyer um, ehe er sich dicht zu ihrem Gesicht hinunterbückte und beim Flüstern die Faust ballte. Eddie war eifersüchtig. Der Alkohol hatte ihn nackt gemacht. Lust floß in Neid über. Der junge Mann verschwand durch die Tür im Regen, und Eddie beobachtete Marion eine Minute lang, beobachtete, wie sie sich durch die Menge bewegte.

Er erkundigte sich nach dem Unbekannten, und sie sagte, das sei Tom Clancy, ein alter Freund der Familie, der jetzt das Priesterseminar besuchte.

»Seiner Familie gehört die Prairie Moon-Hamburgerbar«, sagte sie. »Hier im Ort.«

»Wenn der Typ ein angehender Priester ist«, sagte Eddie schwankend, »dann bin ich der Scheiß Dalai Lama.«

»Der was?« fragte sie.

»Nix wer«, sagte er. »Der Dalai Lama.«

»Nein, echt«, sie lachte. »Er ist wirklich einer. Wieso denn nicht?«

Eddie fühlte, daß Zorn ihn wie eine Droge gepackt hielt. Er sah ihr lange in das ihm zugewandte verwirrte bleiche Gesicht. Und er wußte, was er empfand, war nicht Liebe, sondern Haß, und er war zu betrunken, um darauf noch acht zu geben.

»Hör mal, Marion«, fauchte er. »Hör auf, mich anzuwichsen, ja?«

Tränen traten in ihre grünen Augen. Ihre Lippen bebten. Marion hielt sich die Ohren zu, als ob sie einen lauten Lärm gehört hätte.

»Eddie, bitte, nicht das, nicht heute.«

»Genau«, sagte er. »Genau richtig, schick mich nur auf den Schuld-Trip. Na los.«

»Laß mich allein«, sagte sie.

Auf dem Rückweg vom Hotel stritten sie sich. Eddie sagte, sie lüge. Es kam vom Alkohol. Der machte beiden Mut. Sie nannte ihn besitzergreifend und er sie eine miese kleine Schwanztrieze, die nicht mal genug Saft hätte, um das zuzugeben.

»Einer von euren Farmern hier, ja?« heulte er und äffte ihren Akzent nach. »Einer von euren lokalen Landei-Zuchtbullen?«

»Du hast alles falsch verstanden, Eddie«, weinte sie. »Tom ist einfach nur ein Freund, das ist hier oben eben so.«

»Ach, hier oben ist das also anders? Was ist hier denn anders, Marion. Na los, sag schon, ich bin doch bloß ein Junge aus dem Süden, er ist der edle Landmann, was? Ja? Hat sicher ein paar von deinen netten Erntetänzen verschönt, was?«

»Bitte, Eddie«, sagte sie. »Hör auf.«

»Bitte, Eddie, hör auf«, quengelte er. »Ich wette, dem hast du das nicht gesagt, was, Marion?«

Marion blieb stehen. Sie wandte sich mit flammenden Augen Eddie zu.

»Und selbst wenn«, rief sie, »geht dich das was an?«

Eddie sagte, o ja, und das Spiel könnten auch zwei spielen. O ja. Er spürte, wie die Gewalt kalter Vernünftigkeit ihn überkam, eine mörderische Ruhe, in der er alles sagen würde, das wußte er, *alles,* nur um sie zu verletzen.

Er sagte ihr, wenn das nur ein Episödchen wäre, dann wäre ihm das egal.

»Ich meine«, keuchte er, »wir haben alle unsere Episödchen. Glaub ja nicht, du wärst die einzige.« Die Straße war schwarz und still und irgendwas krabbelte in den nassen Hecken herum. »Du brauchst nur ehrlich zu sein«, sagte er. »Mir ist's egal. Nicht, als ob mir das nicht scheißegal wäre, aber ich finde, du schuldest mir wenigstens Ehrlichkeit.« Er hörte seinen eigenen wütenden Atem und sein Herzklopfen. »Sag mir einfach die Wahrheit«, sagte er. »Mehr will ich nicht.« Er gestattete sich ein hämisch bitteres Lachen. »Ich meine«, kicherte er, »wir machen das doch alle.«

Marion lief los, ihm voraus. Er holte sie ein, packte sie an den Schultern und drehte sie um. Tränen hatten ihre Wimperntusche schwarz über ihre Wangen rinnen lassen. »Du Arsch«, schluchzte sie in ihre gekrümmten Hände. »Dann beehre sie doch wieder.«

Sie machte sich wieder von ihm los, ihre Füße klapperten über die harte Steinstraße. Er konnte sie schluchzen hören, als sie von ihm wegging, während ihr Schatten unter den gelben Straßenlaternen länger wurde, als sie um eine Ecke bogen. Sie bückte sich, zog die Schuhe aus und ging barfuß weiter, weinte die ganze Zeit, weinte laut, hielt die Schuhe in der Hand, hinkte über Steine. Sie drehte sich zu ihm um.

»Eddie Virago«, schrie sie. »Ich bereue, dich jemals kennengelernt zu haben.« Ihre Stimme schien aus allen Hecken und Ecken der schwarzen kleinen nach Torf riechenden Stadt zu kommen.

Danach saßen sie im Vorderzimmer des kleinen gemeindeeigenen Hauses in der Factory Street. Marion weigerte sich den ganzen Abend, mit ihm zu sprechen. Der Fernseher in der Ecke lief, und alle sahen »Detektiv Rockford«.

Mario schien mit einem Schraubenzieher einen Stecker zu zerlegen und wieder zusammenzusetzen, ohne besonderen Grund.

Und Eddie kam ein seltsamer Gedanke, als er hier saß und den Geruch von Kohl und Kohlenstaub einatmete und hart schluckte, um seine Wut zu unterdrücken.

Sie sahen sich alle so ähnlich, das war richtig unheimlich. Die Babies, ihre Mütter, ihre Großväter. Es war unverkennbar. Er konnte nicht so recht sagen, warum ihn das störte. Zuerst nicht. Aber er sah Marions Vater in der winzigen Küche an, wie er sie berührte, wie er ihr den Arm um die Schulter legte, als sie sich vom Spülbecken entfernte, wie sie sich langsam die Hände an der Schürze abtrocknete, ehe sie ihm vorsichtig den Schlips abnahm. Seine Gedanken trieben dahin. Plötzlich fing sie Eddies Blick auf und runzelte die Stirn. Sie wandte ihren Blick von ihm ab und stieß die Küchentür mit dem Fuß zu. Und als sie das machte, sah jeder einzelne Mensch im Zimmer Eddie an, jeder einzelne außer Mario, der sich immer noch an seinem Stecker zu schaffen machte, sein Gesicht ein Inbegriff der Konzentration, er nahm ihn auseinander und setzte ihn wieder zusammen, als ob alles im Haus in Ordnung wäre. Aber nicht einmal das machte Eddie noch etwas aus. Eddie war zu sehr mit Nachdenken beschäftigt.

Sie waren eine einander engverbundene Familie. Daran gab es absolut keinen Zweifel. Eine echte traditionell irische Familie. So eine, über die man in Büchern liest. Er sah sich die Babies an, ihre unheilvollen toten Augen und ihre weit aufgerissenen, heulenden Münder. Er versuchte, sich zu erinnern, wo er schon einmal solche Augen gesehen hatte, seichte Augen, seltsame Augen. Sandymount-grüne Augen, die ihn wild zu verspotten schienen. Und plötzlich, mit einem Schauder der Übelkeit, wußte er es.

»Was ist los, Eddie?« feixte Mario. »Sorgen?«

»Laß ihn in Ruhe, Mann«, fauchte Katherine.

»Es ist ein Geheimnis«, krächzte Eddie und wurde rot. Mario lachte, ein bißchen zu laut.

»Ach, sowas haben wir doch alle«, sagte er und fing wieder an, den Stecker zu zerlegen.

Eddie schloß die Augen. Ihm war jetzt kalt. Er konnte nur noch Marios Kichern und das Weinen der Babies und das eifrige Geflüster hören. Er dachte daran, wie sie morgens das Gesicht ihres Vaters berührt hatte. Daran, wie ihr Vater ihren weichen Körper an seine Brust gedrückt hatte. Daran, wie seine knotigen lila Hände ihre Haare und ihre Lippen gestreichelt hatten.

Als er die Augen weder öffnete, tat das Licht weh. Katherine starrte ihn an. Ihre Augen waren nervös. Gleich darauf wandte sie sich ab. Sie legte die Hand an ihre Wange, damit er ihr Gesicht nicht mehr sehen konnte. Eddie starrte die geschlossene Küchentür an. Er schluckte seinen Whisky hart hinunter. Er überlegte sich, daß er betrunkener gewesen sein mußte, als er gedacht hatte.

Sie sprachen auf der ganzen Heimreise kein Wort. Marion hatte ihre Kopfhörer aufgesetzt und machte ihr trotziges Gesicht, und als Eddie ihr etwas Milch in den Kaffee gab, rief sie die Stewardess, lächelte voll süßer Feindseligkeit und bat um eine neue Tasse. Sie saß still da, hatte die Arme verschränkt und die Lippen hart zusammengepreßt. Später, als er ihr Handgelenk berührte, riß sie es zurück und blätterte so heftig in ihrer Zeitschrift, daß sie eine Seite zerfetzte.

Dann nahm sie die Nagelschere aus ihrer Handtasche und fing an, mit übertriebener Heftigkeit schwarze Buchstaben aus den Schlagzeilen auszuschneiden. Eddie sah den kleinen gelben Mann auf den Sicherheitsbestimmungen des Flugzeugs an, der seine kleine rote Schwimmweste anzog, sein kleines gelbes Lächeln lächelte, den Arm um seine kleine gelbe lächelnde Frau legte. Dann sah er die Schere an. Eddie kam der Gedanke, daß ein Tod in einem Flugzeugabsturz vielleicht nicht das Schlimmste war, was einem passieren konnte.

Als sie im Brightside ankamen, zog sie sich um und ging wieder, immer noch stumm. Die Tür wurde so fest zugeknallt, daß Eddies Bewerbungsanzug, der auf einem Kleiderbügel am Fenster hing, wie eine Leiche zu Boden fiel. Er machte sich nicht die Mühe, ihn aufzuheben.

Eddie saß allein im Zimmer, klimperte auf der Gitarre und wartete darauf, daß etwas passierte. Ihm fiel auf, daß auf der Tapete jetzt fast kein Flecken mehr frei war. Die Alphabete hatten sich überallhin verteilt, bedeckten die Wand am Bett, die gegenüberliegende Wand, die Fensterseite, die Fußleisten und fast die ganze Tür vollständig, ein undurchdringlicher Wald aus verblassender Druckerschwärze. Nach der üblichen halben Stunde war sie immer noch nicht wieder da. »Scheiß auf sie«, sagte Eddie laut. Er machte die Flasche Whisky auf, die Katherine ihnen geschenkt hatte, und genehmigte sich einen großen. Aber das Glas schmeckte nach Zahnpasta, und deshalb kippte er es ins Waschbecken, wie ein reuiger Trinker in einer Seifenoper; und nach einer weiteren Stunde ging er nach unten, um Mr. Patel von der Beerdigung zu erzählen.

Mr. Patel fand das alles sehr traurig, mußte aber zum Großhändler gehen. Er sah verhärmt und schlecht gelaunt aus. Er bat Eddie, während seiner Abwesenheit den Tresen zu hüten. Eddie sagte, er hätte keine Lust, und Mr. Patel meinte, auch gut, falls irgendwer den Laden ausrauben wollte, warum sollte er sich deshalb Gedanken machen? Und er nahm seine Autoschlüssel und verschwand.

Eddie setzte sich hinter den Tresen und rief ein paar Leute an, aber alle schienen zu tun zu haben. Ruth und Jimmy renovierten ihr Gästezimmer. Clint war nicht zu Hause, und Ginger und Brian sprachen nicht mehr mit ihm. Er wählte Jakes Nummer, aber auch Jake war nicht zu Hause. Sein Anrufbeantworter erzählte, er würde erst am nächsten Morgen wieder da sein. Es war vier Uhr nachmittags. Eddie wußte nicht, ob sich die Nachricht auf den vergangenen oder den kommenden Morgen bezog. Es war vier Uhr nachmittags. »Rave on«, sagte Jake, mit seinem besten Buddy-Holly-Schlickser, »das ist ein crazy Feeling.«

Eddie ging die Tresenschubladen durch, konnte aber nichts Interessantes finden.

Er trug ein paar australische Rucksacktouristinnen ins Gästebuch ein, ansonsten war alles ruhig.

»Ihr könnt jederzeit auschecken«, strahlte er. »Aber ihr kommt hier nie weg.« Die Aussiemädels starrten einander an. »Hotel California«, erklärte er. »Eagles.« Sie schienen den Witz nicht zu raffen, aber sie lachten trotzdem. Sie erzählten von den Ländern, die sie besucht hatten, als ob sie eine unsichtbare Liste abhakten. Als er fragte, welches ihnen am besten gefallen hätte, antworteten sie, El Salvador sei das billigste gewesen. Bis Nicaragua hätten sie es nicht geschafft. »Schade«, sagte Eddie. »Das ist ein starkes Land, glaube ich. Alle Politiker sind Künstler.« Sie sagten, das hörte sich ein bißchen an wie Australien.

»Pissekünstler«, sagten sie und lachten.

»He Mädels«, rief Eddie, als sie die Treppe ansteuerten. »Kennt ihr den von dem australischen Studenten? Hat sich ein paar Jahre von Europa freigenommen, um sich an der Uni rumzutreiben.«

Als Mr. Patel zurückkehrte, war er immer noch schlecht gelaunt. Er hatte wegen Falschparken blechen müssen und auf dem Heimweg einen Platten gehabt.

»Scheißtypisch«, sagte er. »Scheiß-Hurensohn.« Eddie hatte ihn lange nicht mehr fluchen hören. Mr. Patel blickte ins Gästebuch, als ob er erwartete, das Hotel habe sich während seiner Abwesenheit restlos gefüllt. »Manchmal«, seufzte er, »weiß ich nicht, warum ich mir überhaupt die Mühe mache.« Er fand, Marion verbringe viel zuviel Zeit bei ihrem anderen Job. So war ihre Abmachung nicht gewesen. Er hoffte, sie nutzte ihn nicht aus. Er sagte, Eddie sollte mit ihr darüber reden.

»Schmink dir das ab, Mr. P.!« lachte Eddie. »Red selber mit ihr.«

Mr. Patels Waschmaschine hatte ihren Geist aufgegeben, und deshalb raffte Eddie seine dreckigen Klamotten zusammen und schleppte sie in den Bobbel-Waschsalon an der Kreuzung mit der Markham Street. Er stützte den Kopf in die Hände, sah die Klamotten herumwirbeln und aß dabei einen Hamburger. Junge Typen kamen ab und zu reingelatscht, guckten sich kurz um und gingen wieder. Alte Frauen benutzten die Telefonzelle. Kaum jemand wollte Kleider waschen. Eddie fragte sich, wie der Laden überlebte.

Die Frau hinter dem Tresen hatte eine goldene Jacketkrone mit einem sternförmigen Loch. Ihre Finger waren fast schwarz vom Nikotin. Sie bot Eddie eine Tasse Tee an, aber er lehnte ab. Sie schlurfte in Pantoffeln durch den Waschsalon und führte Selbstgespräche. Das Radio spielte eine ziemlich eierige Platte. Der ganze Laden roch nach schalem Schweiß und Zigarettenrauch. Und außerdem nach Seife. Unter der Seife roch es wie alles in London. Alt.

»Du hast ja keine Ahnung, in welchem Zustand manche Leute ihre Wäsche bringen«, murmelte sie. »Die Leute haben kein Schamgefühl.« Eddie stimmte zu.

Als er wieder ins Brightside kam, setzte er sich eine Weile ins Foyer und hoffte auf einen Anruf. Mr. Patel fragte, wo denn seine Bekannte steckte, und Eddie sagte, das wüßte er auch nicht. Mr. Patel fand das gar nicht gut, und Eddie zuckte die Achseln.

»Kommunikationszusammenbruch«, tadelte Mr. Patel, »das ist schlecht für einen Mann und eine Frau.« Mr. Patel drückte sich manchmal wirklich nervtötend aus. Eddie stand auf und ging. Sein Klamottensack hockte weiterhin auf einem Sessel im Foyer. Er zog nicht einmal seine Jacke an.

Eddie ging eine Weile durch die Stadt und versuchte, alles zu durchdenken.

Beim Piccadilly Circus ging ihm auf, daß er zu tief drin steckte. Das wußte er. Dieses komische Benehmen, das konnte doch nur bedeuten, daß sie ihm wirklich in den Knochen steckte. Auch das wußte Eddie. Himmel, sie mußte ihn wirklich geliebt haben. Sie war viel zu verliebt, um damit fertig zu werden, und ihm ging es genauso, obwohl er nicht mehr wußte, warum. Vielleicht hatte er das nie gewußt. Oder würde es nie wissen. Sie war bei allem so sensibel. Sie war wie eine, der eine Hautschicht abgezogen worden war. Zur Hölle, sie war wie eine, die überhaupt keine Haut hatte, nur schieres Fleisch und Blut und Knochen. Alles von Schmerz bis Freude, das ganze verdammte Spektrum empfand sie tiefer als irgendwer, den er je gekannt hatte. Das war das Problem bei Marion. Sie war ganz Gefühl.

Im French House trank er drei Glas Bier und kaufte ein Päckchen Gauloises. Aber dann setzte sich eine angetrunkene Irre neben ihn und faselte über General de Gaulle los, deshalb ging er. Er ging in Chinatown hin und her und sah sich die zerlegten Enten in den Fenstern der kleinen Restaurants an, ihre Körper waren so platt, als ob sie eine Dampfwalze überfahren hätte. Der Geruch von Knoblauch und Ingwer hing in der Luft, und Eddie konnte von oben, über den Läden, das Schnattern wütender Unterhaltung und das Klappern von Knobelbechern hören. Er kaufte bei einem Dealer, den er kannte und der sein Revier bei Covent Garden hatte, ein paar Acid-Tabs. Dann ging er wieder nach Chinatown und versuchte, zu Krüger zu gehen, einer deutschen Kneipe, die von irischen Yuppies frequentiert wurde. New Irish Professional People in London. Nippel.

Der Türsteher wollte ihn nicht reinlassen. Wegen seiner Haare.

»Du siehst zu grob aus, Mann«, sagte er. Seine Schuld war es nicht. Es war die Politik des Ladens. Er sagte, Eddie sollte ihm lieber glauben. Widerspruch zwecklos. Eddie widersprach trotzdem. Er behauptete, ein enger Freund des Managers zu sein. Der Rausschmeißer sagte, ihm wäre das schnurz, und wenn er Edgar J. Hoover wäre, er käme trotzdem nicht rein. Eddie bat ihn um seinen Namen und schrieb ihn in sein Notizbuch.

»Alles klar«, sagte er. »Wir sehen uns, wenn die Lizenz verlängert werden muß.« Der Rausschmeißer seufzte resigniert.

»Sollte mich freuen«, sagte er. »Abgemacht.«

Als Eddie sich gerade abwandte, wurde Krügers Tür geöffnet. Zwei Nippel in Anzügen drängten sich an ihm vorbei und redeten über irgendeine Frau, und aus der verräucherten Bar, über das überschwengliche Geheul und Geklirre von Motown, hörte Eddie ein Lachen, das ihm bekannt vorkam. Er blickte ins Fenster. Er rieb mit dem Ärmel den Dreck von der Scheibe.

Am Tresen sah er Jimmy und Ruth, die sich mit zwei Typen in Zweireihern unterhielten. Sie drehten ihm den Rükken zu, aber sie waren es, die miesen Lügner. Er klopfte ans Fenster, aber sie konnten ihn nicht hören. Jimmy trug eine rosa Papierkrone und redete aufgeregt, die Hände in die Hüften gestemmt, sein Torso wackelte hin und her, und er schüttelte den Arsch, während er irgendwen nachmachte. Ruth legte dem Heini, der neben ihr stand, die Hand auf den Oberschenkel und lachte, bis sie rot wurde.

Eddie beschloß, nach Hause zu laufen. Er war nicht in Stimmung für die U-Bahn.

Niemandem kann man vertrauen, dachte er. Die Stadt wimmelt von Lügnern und Arschlöchern.

Als er in die President Street kam, war Marion zu Hause. Eddie konnte, als er sich auf die Straße setzte und den Kopf in die Hand stützte, das Licht sehen.

Er schlüpfte in die hintere Küche und machte sich eine Tasse Kaffee. Er fühlte sich mies. Alles war düster, stand mit einem Unter-Wasser-Gefühl auf dem Kopf. Er konnte sich auf nichts konzentrieren. Kummer breitete sich in ihm aus wie ein perverser Bandwurm, der sich im Darm entrollte.

Als er ins Bett kam, drehte sie sich weg. Sie schlief nicht. Das merkte er ihrem Atem an.

Das Zimmer war heiß und stickig. Der Wind ließ die Papierbuchstaben an der Wand rascheln. Sirenen hielten ihn die halbe Nacht wach.

Als er am nächsten Morgen erwachte, war sie schon weg. Er sah sich nach einem Zettel um, aber es gab keinen. Irgend etwas stach ihm ins Auge. Als er genauer hinsah, entdeckte Eddie es, oben an der Decke: »ABC« in krassen schwarzen Buchstaben, die ihn herauszufordern schienen. Er legte sich wieder aufs Bett und starrte vor sich hin. Lange zwinkerte er nicht einmal. Und dann tat er es doch. In diesem Moment erkannte Eddie, daß es so nicht mehr sehr lange weitergehen konnte.

Eddie mußte sich einen neuen Job suchen. Er ging ins Job Centre, aber das erwies sich als der Ort in King's Cross mit dem allerironischsten Namen. Dann sah er die Zeitungen durch. Anzeigenacquisition oder Computerprogrammieren, das war's. Er wußte, daß er das nicht schaffen könnte. Hatte keinen Zweck, es zu versuchen. Er probierte es bei Restaurants, fragte, ob sie Kellner brauchten, aber es war dieselbe alte Leier. Seine Haare. Er fragte, ob Mr. Patel in seinem Tischlereibetrieb Hilfe brauchte, aber Mr. Patel bezweifelte, ob Eddie einem Meißel auch nur ansehen könnte, wo oben und unten war. Und außerdem lief das Geschäft zu schlecht, um irgendwen einzustellen. Im Moment machte es ihnen schon Mühe, nicht in die roten Zahlen zu geraten. An allem war Nigel Lawson schuld. Seit der den Zinssatz erhöht hatte, wollte niemand mehr Kohle für Hausrenovierungen hinblättern.

Schließlich erkundigte er sich im Hamburgerladen im Euston Bahnhof, wo er einen Zettel gesehen hatte, daß sie eine Aushilfe für die Nachtschicht suchten. Der Manager hieß Jason und sagte, okay, aber der Lohn war gering und die Arbeitszeit lang. Eddie sagte, er sei nicht wählerisch. Jason fand das die besten Nachrichten, die er seit einem Jahrzehnt gehört hätte. Er war ein sarkastisches Arschloch.

Sie stellten ihn erst mal an den Langgrill. Das bedeutete, daß er mit einem blöden Papphut auf dem Kopf fünf Stunden am Stück vor einer heißen Platte stehen und Hamburgerfleisch mit einem Spachtel umdrehen mußte. Er verbrannte sich die Finger und bespritzte seine ganzen Unterarme mit zischendem Fett. Schweiß strömte von seiner Stirn, in Rinnsalen über sein Gesicht und tropfte auf das zischende Metall. Alle Angestellten hatten alle fünf Stunden eine Viertelstunde Pause und konnten dann für £ 1,37 essen. Die Summe, für die gegessen werden konnte, richtete sich danach, wie lange sie schon hier arbeiteten. Eddie aß nie etwas. An seinem ersten Tag hatte er gesehen, wie ein Fettwanst mit roten Haaren und Sommersprossen sich über dem Grill die Nase geputzt und dabei seinen Rotz über den Hühnerbällchen verteilt hatte.

Aber auch das war noch nicht das Schlimmste. Das Schlimmste war einfach das viele Essen. Die riesigen Pappschachteln mit Hamburgern, die an den Rändern zu platzen drohten, die zentnerschweren Plastiksäcke mit Pommes, die Fässer mit süßlich stinkendem, vierfach verdicktem Shake, die enormen Töpfe mit Gewürzgurken in grüner Lake, die Eimer voller Tomatenketchup, die fetten Mülltonnen, ausgebeult von verrotteten Resten und aufgeweichten Stücken. Der Gedanke an das ganze Essen. Als er in der ersten Nacht nach Hause kam, glaubte Eddie, kotzen zu müssen. In der zweiten mußte er. Er erbrach sich im Badezimmer, bis sein Magen absolut leer war.

Er bat darum, an den Tresen versetzt zu werden, aber Jason sagte, nix da.

»Schaff dir ne andere Frisur an«, sagte er, »dann reden wir darüber. Und bis dahin bleibst du außer Sichtweite.« In dieser Nacht mußte Eddie wieder kotzen.

Er mußte Marion leid tun. Als er am nächsten Morgen aufstand, war die Kotze aus dem Badezimmer verschwunden. Er hielt das für ein Anzeichen für Tauwetter. Er rief sie im Supermarkt an, und ein blöder Bürohengst behauptete, keine Frau dieses Namens im Laden zu haben, und selbst wenn, dann könnte sie jetzt nicht ans Telefon kommen. Eddie sagte, er wüßte genau, daß Marion dort arbeitete.

»Na«, beharrte der Heini, »auf meiner Liste steht sie jedenfalls nicht.« Er sagte, Eddie hätte wohl nicht recht begriffen. Wenn sie dort wäre, dann stünde sie auf der Liste. Eddie sagte, er sollte sich seine Liste sonstwohin stecken, aber als er später noch einmal anrief, passierte wieder dasselbe.

Als sie an diesem Abend nach Hause kam, war Eddie schon zur Arbeit gegangen. Als er zurückkam, schlief sie tief. Und als er aufstand, war sie schon wieder weg.

Auf diese Weise bekamen sie sich einige Tage lang nicht zu sehen. Dann, nach einer Woche, sahen sie sich kaum noch. Die Zeit schien dahinzujagen. Abgesehen von ihrem im Bett dösenden Körper war spätnachts der Duft ihres Parfüms der einzige Hinweis auf Marions Anwesenheit in Eddies Leben. Und der unaufhaltsame Vormarsch der verdammten kleinen ausgeschnittenen Buchstaben, die über die Decke auf das Fenster zuhielten.

Eddie versuchte, in die Tagesschicht versetzt zu werden, aber Jason sagte, nix da. Die Tage waren dicht. Tagsüber kamen Rentner und Studenten an die Reihe. Wenn Eddie tagsüber arbeiten wollte, dann müßte er sich anderswo einen Job suchen. Langsam war Eddie verzweifelt.

Jake erzählte Eddie vom Lump. Das war ein Parkplatz in Cricklewood, wo man um acht Uhr morgens antanzte und vielleicht unter dreihundert Männern für einen Tag auf der Baustelle ausgesucht werden konnte. Fünfunddreißig Ecken pro Tag, keine Fragen, keine Versicherung, man konnte weiter stempeln gehen, wenn man wollte. Eddie fand, das hörte sich alles ein bißchen daneben an, aber sein Geld ging zu Ende, und ihm blieb keine Wahl.

Er ging eines Morgens hin, aber keiner wollte ihn. Der Parkplatz sah aus wie eine Chicagoer Seitenstraße zur Zeit der großen Depression: Lange Schlangen von schweigenden Männern mit roten irischen Gesichtern, schmutzigen Overalls und Weltmeisterschafts-T-Shirts, die Schleim heraufhusteten und an billigen Kippen zogen. Die Bosse kamen in Mercedes und Anzug, fette ölige Arschlöcher, überall Schuppen auf ihren Savile-Row-Anzügen. Sie sahen aus wie die Art von Typ, die zu Hause in Irland beim Bezirksamt gearbeitet hätte. Die Art Typ, die sich handgenähte italienische Schuhe kauft, aber nie die Socken wechselt. Genau die. Sie sagten, Eddie sähe aus wie ein hübscher Junge, der in seinem ganzen Leben noch keinen Tag richtig gearbeitet hat. Ganz schön scharfsinnig. Sie fragten, ob er überhaupt den Unterschied zwischen Schalholz und Schlegel wüßte. Klar, sagte Eddie, Shaw hat »Pygmalion« geschrieben, Holtz war ein Dichter und Schlegel ein Philosoph. Sie fanden das überhaupt nicht komisch.

Eddie fragte sich immer wieder, wann eigentlich alles schiefgelaufen war. Er war besessen von einem Gefühl des Versagens, nicht von Liebe. Manchmal spielte er mit dem Gedanken zu gehen. In anderen Momenten sagte er sich, sie brauchten doch nur alles durchzusprechen und ihre Probleme zu klären. Aber immer, wenn er versuchte, darüber zu reden, mitten in der Nacht, blieb Marion kalt. Er erzählte Jake davon. Jake nahm es philosophisch. »Wenn du dein Bier kaltstellen willst«, verkündete er, »dann stell es ans Herz meiner Exfrau.« Das war der Titel von Jakes Lieblings-Countrynummer. Ihm schien nicht klarzusein, daß die Marion-Situation Eddie fertigmachte und er sich deshalb kaum auf seine Musik konzentrieren konnte. Er fand Eddie egoistisch. Eddie sagte, er sei nicht egoistisch, er sei einfach ein sensibler Mensch. Jake sagte, nach seiner Erfahrung liege das nicht sehr weit auseinander.

»Love hurts, Eddie«, lächelte er traurig. »Manchmal mußt du das einsehen. Sie besteht nicht nur aus Cadbury-Rosen.«

»Jesus, Jake«, sagte Eddie. »Du bist wirklich eine echte Scheißhilfe.«

An seinen freien Tagen spielte Eddie mit den Diehards. Wie die Lage so war, hatte er viele freie Tage. Jake saß dann in der Ecke und drehte sich endlose Joints, die er aber fast nie zu rauchen schien, und schlug sich im Takt der Musik auf die Schenkel.

Spider Simms war der neue Schlagzeuger, ein Geck aus Coolshausen, der gerne die neuesten Klamotten trug. Spider zog sich an wie eine Art Beitrag in *The Face* und machte dauernd einen Schmollmund. Er hatte einen seltsamen Gang. Er ging, als ob der Kleiderbügel noch in seinem Hemd steckte, aber er konnte die Hölle aus seinem Schlagzeug heraushauen. Spider war ein paar Jahre bei einer Militärkapelle gewesen. Er hatte einen Soldatenrhythmus und tauchte immer als erster auf. Zuerst fanden er und Eddie keinen Gesprächsstoff. Sie standen vor dem Probenraum und warteten auf Clint und Andy und Jake, und die Lage war manchmal leicht gespannt.

Spider war ein Acid-House-Fanatiker. Er vergondelte seine ganzen Wochenenden damit, daß er die Autobahnen auf- und abfuhr und nach zugigen Scheunen und verlassenen Lagerhäusern Ausschau hielt, in denen er stoned werden konnte. Er meinte, Eddie wüßte gar nicht, was er verpaßte. Eddie sagte, das wolle er ihm gern glauben.

Andy war der Baßgittarist, ein hübscher Soulknabe aus Edinburgh mit einer Schiebedachfrisur und einem Second-Hand-Schiebedach-Chevy. Er war der beste Musiker von ihnen allen. Er war schon Jahre in der Szene. Jake nannte ihn Andy »LA« McCrory, weil Andy einmal in Kalifornien einen Job gehabt hatte und seitdem damit protzte, daß er Prince einmal in einem Nachtclub gesehen hatte.

Andy und Spider waren beide ehemalige Session-Musiker, kompetent, effektiv, aber ein bißchen blutarm. Eddie jamte durch eine Akkordfolge, und sie wiederholten sie exakt, manchmal eben ein wenig zu exakt.

»Mehr Soul«, sagte Eddie. »Packt ein bißchen Blut rein, ihr wißt schon.« Andy sagte, er spielte sonst auf Kylie-Minogue-Scheiben.

»Und da spielt Blut nicht gerade eine große Rolle«, sagte er und kratzte sich am Kopf. Spiders Lösung des Blutproblems lag darin, daß er lauter spielte, und das war nicht gerade das, was Eddie wollte.

»Versucht, es zu fühlen«, drängte er. »Hier drinnen, ihr wißt schon, in euren Knochen.«

Manchmal brachte Jake ein paar Typen von The Sax Machine mit, seiner anderen Band, nur, um hier und dort den Sound anzureichern. Eddie war kein Blechfan, aber er mußte zugeben, daß diese Burschen gut waren. Trotzdem, es ging ihm tierisch an die Eier, wie sie unbedingt ihr blödes choreographisches Fingerklicken durchziehen mußten, wenn sie nicht gerade richtig spielten.

Zwischen den Nummern legten Andy und Spider Hard-Rock-Riffs hin, meistens »Stairway to Heaven« und »Layla«, was ihnen nie richtig gelang, und The Sax Machine spielte John Coltrane, bis Eddie fast ausrastete.

Er kam dann mit wehem Hals nach Hause, mehr vom Leute anschreien als vom Singen. Jake sagte, das sei nur zu erwarten. Er sagte, Musik sei ein großer Schmelztiegel, und Eddie müsse für andere Einflüsse offen sein. Eddie sagte, das Problem bei Schmelztiegeln sei, daß der Abschaum nach oben stiege, wenn man die Platte aufdrehe. Jake fand ihn zu zynisch.

»Du hast keine Ahnung von Leuten, Eddie«, seufzte er. »Manchmal kenne ich mich bei dir einfach nicht aus.«

In einer Nacht im Mai überschlug sich dann alles.

Eddie kam spät von einer miesen Übungsrunde zurück und ging sofort in die Küche. Nach der Session hatte er sich noch einen Joint reingezogen und beschlossen, mit den Diehards aufzuhören und noch einmal neu anzufangen. Er hatte Jake satt. Der glotzte immer auf seine Uhr, bis die Übungszeit vorbei war, machte nie auch nur eine Minute länger. Auch Clint hatte langsam alles satt. Er überlegte sich, daß sie in der abschließbaren Garage, als sie mit den Bees herumgehackt hatten, besser drangewesen waren.

Es war auch kein Trost, daß The Bees, mit neuem Gitarristen und Sänger, gerade als Vorgruppe auf der Europatour der Stone Roses gelandet waren. Als Eddie das im *NME* las, wäre er auf der Stelle fast vor Neid umgefallen. Jake reagierte wegwerfend. Vorprogramme waren ein Friedhof, meinte er.

»Wenn ich mit euch Wichten fertig bin«, versprach er, »werden die Roses auf die Knie ihrer Trompetenhosen fallen und euch anflehen, *eure* Vorgruppe sein zu dürfen.« Eddie sagte, schon möglich, aber inzwischen muckten die Honey Bees in ganz Europa herum, und die Scheiß-Diehards steckten immer noch im Niemandsland fest. Jake sagte, das sei alles eine Frage der Zeit. »Geduld ist eine Tugend. Eddie«, stichelte er. »Wie Billy Bragg sagte.« Eddie sagte, vielleicht, aber von dieser Tugend hätte er nicht mehr viel übrig.

Eddie saß mit seinem Kaffee im Foyer des Brightside, und alles fing an, sich zu drehen. Er saß sehr still da, etwas anderes konnte er auch gar nicht. Sein einziger klarer Gedanke war, daß es sicher deshalb »stoned« hieß. Weil es einen in Stein verwandelte. Hey. Das war also Bewußtseinserweiterung. Eddie fand es zum Kotzen. Seine Band war Müll. Seine Freundin sprach nicht mit ihm. Er hatte keine Knete. Die Decke schlug Purzelbäume und drehte sich. Als er die Straßenlaternen ansah, konnte er nur dünne Neonstreifen erkennen. Und um alles noch schlimmer zu machen, schwappte der Gestank von verbranntem Curry und verrottenden Mülleimern aus den Küchen ins Foyer.

Als er nach oben ging, fiel Eddie auf, daß der Teppich naß war. Zuerst dachte er, das läge an ihm. Er hielt es für eine Einbildung. Er blieb ein paar Sekunden auf der Treppe stehen, stampfte mit dem Fuß auf, kicherte leise vor sich hin und dachte, vielleicht sei es ja doch guter libanesischer Shit gewesen. Aber der Teppich gluckste. Es konnte kein Irrtum sein. Je weiter er nach oben kam, desto schlimmer wurde es. Die »EXIT«-Zeichen leuchteten grün in der Dunkelheit. Jede Treppe war nasser als die letzte. Als er den vierten Stock erreichte, waren seine Knöchel und der Saum seiner Jeans tropfnaß. Das Ganze wurde ernsthaft ungeil. Ein scheußlicher Gestank kam von irgendwoher. Eddie blieb wieder stehen. Irgendwo ganz hinten in seiner hektischen und verwüsteten Vorstellungswelt konnte er einen Lärm hören. Ein langsames, dramatisches, mechanisches Geräusch, das einfach falsch klang. Eines von diesen Geräuschen, von denen man weiß, daß es nicht in Ordnung ist, egal, was man sonst noch denkt. Ein Geräusch, das nicht dazugehört.

Er bog um die Ecke und klammerte sich am Geländer fest.

Oben vor ihm, auf dem Treppenabsatz vor ihrer Tür, konnte Eddie Mr. Patels Waschmaschine sehen, die sanft hin- und herschaukelte, während Seifenlauge aus der kleinen Vordertür floß.

Eddie blieb stehen und sah zu, wie das Wasser in gleichmäßigen Wellen aus der Maschine schwappte. Er kniff die Augen zusammen. Dann ging er auf die Maschine zu und wünschte sich voller Nervosität, eine Million Meilen wegzusein.

Eddie versuchte, die Tür richtig zuzumachen, verbrannte sich dabei aber die Hand, und als er sie berührte, stieß sie ein leises Knurren aus, wie ein Lebewesen, das durchaus nicht angefaßt werden wollte. »Scheiße«, jammerte er und steckte den Finger in den Mund. Rauch quoll unten aus der Motorklappe. Ein beißender chemischer Gestank beleidigte seine Nase.

Eddie ging ins Badezimmer und holte ein Handtuch, das er sich um die Hand wickelte. Er kniete sich hin und versuchte, die Tür zuzudrücken. Der Schließmechanismus schien zerbrochen zu sein. Er schlug mit einem Stuhl gegen die Tür, und Wasser strömte oben aus der Maschine heraus. Seifenlauge sprühte ihm ins Gesicht. Die Waschmaschine brach in laute Furzgeräusche aus.

Eddie stand auf und fuhr sich mit den Fingern durch den Irokesen. Das Wasser tröpfelte jetzt die Treppe hinunter, troff über die Kante jeder Stufe. Ganz plötzlich kam Eddie sich reichlich unstoned vor.

Er fragte sich, was er tun sollte. Er hatte keine Uhr, wußte aber, daß es ziemlich spät war. Er ging in sein Zimmer und versuchte, Marion zu wecken, aber die war Gott weiß wo, lag auf dem Rücken, atmete tief. Ihr gebügelter Kittel hing fröhlich hinter der Tür. Er schüttelte sie und rief ihren Namen, aber sie wurde nicht wach. Er schüttelte sie wieder, und sie beklagte sich schläfrig. Eddie blieb stehen und sah sie an.

Er betrachtete die ABCs, die die ganzen Wände bedeckten und jetzt in einer gerade schwarzen Linie die Decke zerteilten. Dann starrte er wieder Marion an. Sie sah unschuldig aus, und obwohl er wußte, daß sie das nicht war, ließ er die Illusion zu. Er sah ihre Hand an, die das Laken umklammert hielt. Für eine Sekunde spielte er ernsthaft mit dem Gedanken, sich einfach neben sie ins Bett zu legen und sich am nächsten Morgen mit Volltrunkenheit herauszureden. Er schaute wieder auf den Treppenabsatz. Er konnte den Teppich jetzt nicht mehr erkennen. Der war von grauem zischendem Schaum bedeckt.

Die Waschmaschine vibrierte jetzt, und ein dumpfes Todesgrollen ertönte aus dem Motor. Eddie ging ins Badezimmer zurück. Er spritzte sich Wasser ins Gesicht. Irgendwer hatte eine Telefonnummer an die Badezimmerwand geschrieben. Eddie sah in den Spiegel. Das war doch einfach scheißtypisch.

Er ging auf Zehenspitzen durch den feuchten Flur und

klopfte an Mr. Patels Tür. Zuerst kam keine Antwort. Er klopfte noch einmal.

»Hau ab«, knurrte die Stimme. »Ich schlafe.« Eddie räusperte und sammelte sich. Er lehnte die Stirn gegen die Tür. »Mr. Patel«, flüsterte er. »Ich bin's, Eddie Virago, können Sie mal kurz rauskommen?« Es kam keine Antwort, und deshalb klopfte er lauter und wiederholte alles noch einmal.

Er hörte einen Schalter klicken und einige Flüche, die er nicht verstand. Als nächstes stand Mr. Patel in der Tür, klimperte mit den Wimpern gegen das Licht und verknotete den Gürtel seines scharlachroten Schlafrockes. Er sah wütend aus, sagte zunächst aber nichts. Er sah nur über Eddies Schulter, durch den Flur, voll auf die kranke Waschmaschine.

Und dann fing er an zu fluchen.

»Verdammte Kacke«, sagte er. »Jesus, Maria und Josef.« Eddie mußte ihm nicht einmal sagen, was los war. Er sah es ja selber. »O Jesus«, sagte er immer wieder.

»Ja«, sagte Eddie. »Hab ich auch gedacht.«

Sie gingen zur Maschine und drückten auf einige Knöpfe. Eddie sagte, in bezug auf Maschinen sei er ein kleiner Ikonoklast, aber Mr. Patel wußte nicht, was er damit meinte. Das Gefühl, stoned zu sein, kam langsam zurückgekrochen. Immer, wenn er ans Stonedsein dachte, stellte das Gefühl sich wieder ein. Er kam sich vor wie eine Comicfigur, die am Abgrund entlang rennt und erst abstürzt, als sie nach unten schaut. Er konnte seinen Blick nicht von Mr. Patels Händen abwenden. Sie sahen so schön aus, lang und elegant, wie Bildhauerhände, die Fingernägel waren wunderbar manikürt, die Fingerknöchel eckig. Er überlegte sich, daß Mr. Patel einen großartigen Bluesgitarristen abgegeben hätte, und kicherte bei diesem Gedanken. Mr. Patel verlor langsam die Fassung. Er versetzte der Maschine einen harten Tritt. Er trat noch einmal zu, und dann heulte er vor Schmerz auf, fing an zu hüpfen und umklammerte dabei seinen Pantoffel. Heißes Wasser quoll hervor und ergoß sich vorn über seinen Schlafrock. Er kniff die Augen zusammen und wimmerte vor Schmerzen.

In einem plötzlichen Anfall in Inspiration fragte Eddie: »Hey, Mr. P., warum ziehen wir nicht den Stecker raus?«

»Dann stehen Sie hier nicht rum«, fauchte Mr. P., »reden Sie nicht, tun Sie's!« Weißer Schaum hatte ihm einen Nikolausschnurrbart verpaßt. Eddie fuhr sich noch einmal mit den Fingern durch die Haare und bückte sich dann zum Stecker hinunter. Worauf Mr. Patel endgültig ausrastete. »Was zum Teufel soll das?« brüllte er. »Was tun Sie da, Sie Idiot, wollen Sie uns alle umbringen?« Eddie starrte Mr. Patel dumm an. »Wasser und Strom«, pöbelte Mr. Patel und schnaufte vor Erstaunen. »Paßt nicht zusammen, Sie Trottel. Haben Sie auf der Uni denn gar nichts gelernt?«

Einen Moment lang starrten sie einander an. Eddie sagte, eigentlich habe er sein Examen in Englischer Literatur gemacht. Er sagte, »wenn Sie über Semiotik reden möchten, dann bin ich der Richtige.« Mr. Patel stemmte die Hände in die Hüften.

»Muß ich das erst buchstabieren?« schrie er und machte eine Ziehbewegung. »Ziehen Sie das Verlängerungskabel raus. So.« Und wieder machte er seine Ziehbewegung. »Ziehen Sie den Hurensohn raus.«

»Meinen Sie wirklich?« fragte Eddie.

Die Maschine stöhnte, und eine Flutwelle von übel riechender Gülle schlabberte oben aus ihr heraus. Sie strömte über das weiße Emaille und hinterließ Spuren von dreckigem Schlamm.

Mr. Patel fing an, sich ins Gesicht zu schlagen.

»Aus dem Weg, verdammte Scheiße«, heulte er. »Ich mach's selber.«

Mrs. Patel erschien in der Tür, in eine rosa Decke eingewickelt, die ihre Schenkel entblößte, wenn sie sich bewegte. Ihre Haare leuchteten, glänzend und offen. Sie flossen über ihren Rücken, und wenn sie den Kopf schüttelte, sah sie schön aus. Mr. Patel sagte etwas zu ihr, aber sie wollte nicht weggehen. Sie sah Eddie an und wickelte sich fester in die Decke. Sie schob sich die Haare hinter die Ohren. Ihre lila Augen waren dunkel vom Schlaf.

Mr. Patel zog, einen Fuß gegen die Wand gestemmt, am Verlängerungskabel. Er zerrte und keuchte, und Schweiß strömte ihm übers Gesicht. Die Adern in seinen Armen pochten, Mrs. Patel gab Eddie ein Zeichen, ihm zu helfen, aber ihr Mann sagte, er brauche keine Hilfe. Eddie zuckte die Schultern. Sie krümmte sich zusammen.

Funken stoben von der Wand.

»Heilige Scheiße«, sagte Eddie und wich zurück.

Ein hellblauer Blitz beleuchtete den Treppenabsatz. Das Anschlußkabel löste sich aus dem Stecker, den Mr. Patel festhielt. Er taumelte rückwärts und schlug mit dem Kopf aufs Geländer. Halb saß der Stecker noch in der Dose, und eine Kaskade von Funken stob empor, überall Funken, sie wirbelten durch die Luft, prasselten an der Geländerkante, schlugen gegen die Wände. Die Waschmaschine machte noch ein paar Sekunden weiter, bewegte sich heftig und stampfte. Dann stieß sie ein ekelhaftes Kreischen aus und erstarb. Ihre Kontrolluhr tickte unheilvoll.

Und nun kam Marion aus dem Zimmer. Sie trug ein T-Shirt und eine blaue Unterhose. Ihre Augen waren vom Schlaf verquollen, ihr Gesicht blaß. Eddie sah sie an, aber sie wandte den Blick ab. Wasser floß über ihre nackten Füße und in ihr Schlafzimmer, aber das schien ihr nicht aufzufallen oder egal zu sein. Sie fragte Mrs. Patel, was denn los sei. Ihre Stimme war heiser. Es blieb keine Zeit für die Antwort.

»Weg da!« brüllte Mr. Patel. Die Waschmaschine stieß ein letztes Gewimmer aus und explodierte dann mit betäubendem Krach.

Das Oberteil wurde in die Luft und über die Brüstung geschleudert und zerschmetterte auf dem Weg ins Foyer noch rasch den Kronleuchter. Große Wellen spülten die Treppen hinunter. Nasse Kleiderfetzen brachen aus der Tür hervor. Mr. Patel klammerte sich am Geländer an, als ob er davongeschwemmt werden könnte. Er gurgelte wütend im Schaum.

Mrs. Patel prustete los. Mr. Patel kam auf die Beine und sah sie an. Er sah aus, als ob er sie schlagen wollte. Sie zeigte auf sein Gesicht und imitierte seine wütende Miene. Dann lachte sie wieder. Und schloß langsam die Tür.

Nun fing auch Mr. Patel an zu lachen. Er warf den Kopf in den Nacken und lachte laut und gackernd, wischte sich die Augen, und auch Eddie lachte unsicher. Einige andere Gäste erschienen, und auch sie lachten. Alle lachten, außer Marion. Sie stand sehr still da und schlug sich die Arme um den Leib, um warmzubleiben. Ihr Gesicht war weiß. Sie blickte auf ihre Füße, und ein Ausdruck des Entsetzens verdunkelte ihre Augen. Es sah aus, als ob es sich nicht um Schmutzwasser, sondern um Blut handeln würde. Sie sagte nichts, preßte nur die Hände an den Kopf und sah angeekelt aus. Sie wich ins Schlafzimmer zurück und schloß die Tür, wie eine stumme hölzerne Wetterfrau an einer altmodischen Uhr.

Eine Stunde später, nachdem er bei der Beseitigung der Schweinerei geholfen hatte, ging Eddie ins Bett. Sie war noch wach. Der Teppich im Schlafzimmer war triefnaß und ruiniert. Süßlicher Waschpulvergeruch schien aus den Wänden zu sickern.

Eddie zog sein Hemd aus und hängte es über die Stuhllehne. Er entschuldigte sich für sein spätes Nachhausekommen. Einen Moment lang schwieg sie, aber das überraschte Eddie nicht.

»Es ist drei«, sagte sie dann. »Ich habe mir Sorgen gemacht.« Zum erstenmal seit einem Monat redeten sie miteinander. »Wo bist du gewesen?« fragte sie.

»Hör mal«, sagte er, »ich bin müde, mach die Edisons aus und laß uns knacken.«

Er drückte auf den Schalter, und alles war dunkel, abgesehen vom tintenblau klecksig bewölkten Himmel, der lila und rot vor dem Fenster leuchtete, und dem elektrischen Regenbogen der Neonlampen auf der Straße. Sie drehte sich auf ihre Seite und preßte sich an die Wand, so weit weg von Eddie wie möglich.

Die Nähe ihres Körpers machte alles noch schlimmer. Eddies Füße waren kalt und naß. Er lag auf dem Rücken und hatte die Hände unter dem Kopf verschränkt.

»Marion«, sagte er vorsichtig. »Das ist bescheuert. Wir können so nicht weitermachen.« Sie schwieg. »Du bist wichtig für mich«, sagte er. »Das Ganze macht mich kaputt.« Er legte seinen Oberschenkel über ihren und schob die Hand unter ihr T-Shirt. Seine Finger berührten ihre Brüste. »Na komm schon«, bettelte er. »Kann nicht alles wieder gut sein?«

Sie schrie in der Dunkelheit. Sie setzte sich auf und schlug ihm ins Gesicht.

»Du interessierst dich nicht für mich«, schrie sie. »Du kümmerst dich nicht um mich, du willst bloß ficken, aber ich bin dir *egal*.« Eddie hielt ihren Arm fest, aber sie spuckte ihn an, und Eddie konnte hören, daß ihre Stimme unter Tränen zu brechen drohte. »Du bringst mich bloß durcheinander«, schrie sie. »Du hast dich so verdammt toll unter Kontrolle, was, Eddie? Alles ist nur eine Kleinigkeit, die gleich wieder in Ordnung kommt.« Gelbes Licht strömte unter der Tür herein, vom Treppenabsatz her, und Eddie konnte jetzt ihr vom Zorn verzerrtes Gesicht sehen. Sie rangen im Bett, und sie versuchte, ihm zu entkommen. Sie fiel auf den Boden. Er fiel auf sie, und er spürte, wie sein Knie das weiche Fleisch ihres Unterleibs berührte. Sie heulte vor Schmerz auf wie ein in die Falle gegangenes Tier. Sie rollten über den nassen Boden, grunzten, keuchten, kämpften miteinander, und sie versuchte, seine Haut mit ihren stumpfen Fingernägeln zu zerkratzen. Sie umklammerte seine Brust mit ihren Oberschenkeln und bearbeitete sein Gesicht mit den Fäusten.

Und der schreckliche Lärm, den sie bei ihrem Kampf machten, die hohle und parodistische Kakophonie von zwei kämpfenden Liebenden, die absurde Symphonie eines Paares, dessen Liebe stirbt – Eddie wußte, wo er das schon gehört hatte.

Er löste sich von ihr und schaltete die Lampen an.

Marion stand mitten im Zimmer und hielt eine Schere in der Hand. Ihre Wange war blutig. Ihre Augen wütend. Sie zitterte. Ihr T-Shirt war an einer Seite zerrissen. Eddie überlegte, ob der Riß schon immer dagewesen war, oder ob er ihn verursacht hätte. Er merkte, daß er lachte, als er einen Schritt auf sie zumachte. Sie wich zurück.

»Ich tu's!« warnte sie. »Irgendwann tu ich's. Das willst du doch, was, Eddie Virago? Genau das, oder?« Ihre Hand schob ihre Haare hinter die Ohren. Sie hielt die Schere wie ein Kind einen Bleistift, ihr Gesicht war lila vor Haß. »Was?« schrie sie. »Nun antworte schon, du Scheiß-Arschloch!«

»Bitte«, krächzte er. »Jesus, Marion, bitte, beruhige dich.« Sein Rumpf war naß von Schweiß und Wasser. Seine Boxershorts trieften und klebten an seinem Hintern, seinen Hoden und Oberschenkeln. »Keine Panik«, sagte er.

Wieder schrie sie.

»Red nicht so mit mir!« warnte sie. Sie fiel über das Bett her. Die Schere zerschnitt das Kissen, und die weißen Federn stoben in die Luft. Sie zog die Schere hin und her und sprach in einem schrecklichen ruhigen Rhythmus. »Red. Nicht. So. Mit. Mir.«

Wieder und wieder zerfetzte sie das Kissen, bis zur Hysterie. Jeder Stich, so kam es Eddie vor, galt ihm. Er ertappte sich dabei, wie er die Hände vor die Brust schlug. Er wich zur Tür zurück.

»Du bist verdammt noch mal verrückt«, lachte er. Sie nahm das ruinierte Kissen und warf es aus dem Fenster. Dann warf sie die Schere auf den Boden und stürzte wortlos ins Badezimmer. Federn klebten am nassen T-Shirt und an den nackten Beinen. Die Tür wurde zugeknallt. Federn wurden von draußen wieder hereingeweht und sanken wie Schnee zu Boden.

Eddie fing an zu weinen. Er preßte die Finger auf die Augen und schluchzte. Er konnte hören, wie Mr. Patel an die Tür hämmere, und er hörte seine eigene Stimme, die ihm sagte, er sollte weggehen. In Gedanken sah er sie vor sich, wie sie sich selber schnitt, wie sie sich in einer Wanne voll rotem Wasser zurücklehnte. Aber das war ihm egal. Er sah ihren graziösen Arm über dem Wannenrand hängen, als ob sie sich an einem Sommertag in einem Boot zurücklehnte und die Hand ins moosige Wasser hielte. Tränen kamen von irgendwoher, woher sie noch nie gekommen waren, aus dem bitteren und ehrlichen Teil von ihm, den er immer unterdrückt hatte. Tränen leerten ihn aus und ließen ihn wie einen zerknitterten Anzug auf dem Bett liegen.

Sie blieb die ganze Nacht im Badezimmer, und Eddie lag auf dem Bett. Ein oder zweimal klopfte er an die Tür, aber sie gab keine Antwort. Dann traute er sich nicht mehr zu klopfen. Als die Sonne die Fensterscheiben sprenkelte, versank Eddie in unruhigem Schlaf. Als er aufwachte, hatte er Kopfschmerzen. Smokey Robinson sang irgendwo im Radio, und sie lag neben ihm, nackt, und wollte vögeln.

Am Ende sagte er ihr nicht, daß er ging. Er fing einfach an, jeden Tag etwas, seine Kleider, Bücher und Bänder mit zur Arbeit zu nehmen, und er brachte sie allesamt in einigen Schließfächern im Euston-Bahnhof unter. Manchmal hatte er Angst, sie könnte bemerken, daß Sachen aus dem Zimmer verschwanden. Aber wenn das so war, dann erwähnte sie es jedenfalls nicht. Sie redeten sowieso kaum noch miteinander. Wenn Eddie ins Zimmer kam, nahm sie ihren Kram, drängte sich wortlos an ihm vorbei und ging ins Foyer oder ins Frühstückszimmer, wo sie stundenlang saß, Briefe schrieb und ununterbrochen rauchte.

Er fing an, sich morgens mit so vielen Hemden und Pullovern wie möglich aus dem Brightside zu schleichen. Er quetschte seine Anzughose unter seine Lederhose und schmuggelte auch die hinaus. Er stopfte Schuhe und Bücher ins Schalloch seiner Gitarre. Und am allerletzten Morgen zog er sich an, nahm seinen Gitarrenkasten, schlenderte zur Eingangstür hinaus und erzählte Mr. Patel, er würde wohl spät nach Hause kommen. Mr. Patel würdigte ihn kaum eines Blickes.

»Okay, Eddie«, murmelte er und kritzelte irgend etwas. »Okay, bis später.« An diesem Morgen warf Eddie im Hamburgerladen das Handtuch. Er sagte Jason, falls irgendwer nach ihm fragte, dann sei er unterwegs nach Südamerika.

Bei der Probe fragte er Jake, ob er ein paar Tage bei ihm wohnen könnte, in seiner Gartenwohnung in Blackheath. Er sagte, er hätte zu Hause einigen Ärger und brauchte einen Ort, wo er seine Ruhe hätte und sich wieder fangen könnte. Jake schüttelte den Kopf. Es paßte einfach nicht. Er konnte da nichts machen. Bei ihm knackten im Moment zwölf französische Reggaemusiker, es war nicht mal mehr genug Platz, um eine Möse herumzuschwenken. Er hatte sie von Paris kommen lassen, weil sie mit The Sax Machine ein paar Demostücke aufnehmen sollten.

»Es ist doch bloß eine Gartenwohnung«, jammerte er. »Es ist nicht Madison Square Gardens, Ed. Sonst jederzeit, aber im Moment nicht.«

»Jesus, Jake, ich sitze wirklich in der Tinte«, sagte Eddie. »Ich schlafe auch in der Badewanne oder so.«

»Himmel. Ed, da pennen schon zwei, Kumpel, und der dritte im verdammten Bidet, verstehst du? Ich meine, das Boot ist voll, Ed.«

»Jake, hör mal, ich würde doch gar nicht fragen, wenn ich nicht in der Klemme steckte.«

»Eddie, du kennst mich, ich würde dir mein letztes Hemd geben, Kleiner, aber ich kann dir wirklich nicht helfen.«

»Hast du denn keine Freunde, Eddie?« fragte Andy.

»'türlich hab ich Freunde«, schmollte Eddie. »Ich meine, natürlich, aber ich muß jetzt einfach mal von allem wegkommen.«

Spider hörte auf, auf seiner Baßtrommel herumzuhauen und spinxte zu Eddie hoch.

»Du kannst eine Weile bei mir bleiben«, sagte er. »Ich meine, wenn du wirklich festhängst. Du kannst bei mir knacken.«

»Spider«, sagte Eddie. »Du bist ein wunderbarer Mensch.«

»Ja«, sagte Jake. »Sein Blut sollte in Flaschen abgefüllt werden.«

Also zog Eddie zu Spider, der in einer besetzten Wohnung in der Electric Avenue in Brixton wohnte. Sie saßen am ersten Abend lange zusammen, und Eddie soff sich um Sinn und Verstand. Er erzählte Spider, daß er Marion mit seinem allerbesten Freund erwischt hätte und sie deshalb erstmal nicht sehen könnte. Spider nickte verständnisvoll. Er fand Illoyalität auch ganz schrecklich. Aber er sagte, er wollte nicht, daß Marion hier reinplatzte und eine Wahnsinnsszene machte. Eddie versprach, daß das nicht passieren würde.

»Ich will nicht, daß ihr hier bei mir eure schmutzige Wäsche wascht«, warnte er. »Das ist mein Ernst, Eddie.«

»Spider«, nuschelte Eddie. »Großes Ehrenwort, Kumpel. Bei Gott.«

»Ich meine, du kannst ihr sagen, daß du hier bist«, sagte Spider. »Aber eure Friedensverhandlungen werden auf neutralem Grund geführt, okay?«

»Hör mal«, erwiderte Eddie. »Ich werd ihr nicht mal sagen, daß ich hier bin. Dann wär sie doch wie der Blitz hier, um mich zurückzuholen.« Spider fand das nicht sehr fair. »Du kennst sie nicht, Spider«, sagte Eddie. »Glaub mir, die Frau ist zu allem fähig.«

Zwei Tage und Nächte blieb Eddie in Spiders zweitem Zimmer und täuschte eine obskure Sommergrippe vor. Manchmal hörte er die Treppe knacken oder einen Schritt im Treppenhaus, und das machte ihn total fertig. Er schlief stundenlang, mitten am Tag, und wenn er wach wurde, fühlte er sich betäubt und blöd vom Schlaf. Nachts lag er wach und dachte an Marion und daran, wie er sie verlassen hatte. Manchmal versank er in unruhige Träume und sah sich selber die Treppe des Brightside hinunterschleichen, sah sie auf jedem Treppenabsatz stehen, sehr still in den schattigen Nischen, die Arme vor der Brust verschränkt, die Augen weit aufgerissen, ihr zartes Gesicht von Buchstaben bedeckt. Er nahm zu viele Drogen.

Nach der ersten Woche fragte Spider eines Abends, ob es ihm nichts ausgemacht hätte, einfach so zu gehen, ohne ein Abschiedswort. Eddie sagte, er hielte das für eine wirklich sexistische Unterstellung, daß Marion ohne männliche Stütze zusammenbrechen würde. Und außerdem tat Eddie, was richtig war. Sein Gewissen war restlos rein. Es war schon eine Leistung, jemanden zu verlassen und die gesamte Schuld auf sich zu nehmen. Spider lachte.

»Ich dachte, von Schuld könnte keine Rede sein«, sagte er.

Eddie schien es ihm nicht erklären zu können, aber Spider meinte, keine Panik. Er sagte, ihm sei das sowieso alles scheißegal. Es war Eddies Problem, und er wollte nichts damit zu tun haben. Spider hatte vor einiger Zeit seine Meinung geändert. Er durchlebte gerade das, was er züchtig als »Zölibatsphase« bezeichnete. Nach Spiders Erfahrung brachten monogame Beziehungen nur Ärger. Man lernte eine kennen, die einem wirklich gefiel, und am Ende riß man sich gegenseitig langsam in Fetzen. Teufel auch. Seine Vorstellung von Spaß war das nicht.

»Glücklich liebende Paare«, sagte er. »Gott soll mich schützen.«

Das Haus sah nicht aus wie ein besetztes Haus, wie Eddie es kannte, allerdings kannte er nicht allzu viele, am ehesten noch welche aus spätabends laufenden Dokumentationen auf Channel Four. Die Möbel waren alle aus Stahlrohr und schwarzem Leder – Spider arbeitete halbtags als Wächter in einem Lagerhaus eines Büroausstatters –, und überall standen seltsame Pflanzen in Tontöpfen. Spider war verrückt nach Pflanzen. Sie hingen von der Decke, sie sprossen im Trockenschrank, wuchsen unter schaukelnden schwarzen Plastikplanen im Hintergärtchen, überall. Spider war nämlich ein heimlicher Hippie. Echt. Er stritt es wütend ab, aber im Fenster hing ein Mobile aus weißen Papierschwänen, und unter dem Spülbecken bewahrte er Joni Mitchells Gesamtwerk auf. Wenn er betrunken war, redete er tieftraurig über Woodstock, als ob er dabeigewesen und selber durch den Schlamm gerobbt wäre. Und außerdem schrieb er eine Novelle über »Geburt«. Was für Beweise konnte man da noch verlangen?

Eddie hatte das Nebenzimmer für sich, aber die Matratze war dünn und klumpig, und deshalb legte er sich tagsüber, wenn Spider unterwegs war, auf dessen Futon und versuchte, ein wenig zu schlafen. In Spiders Zimmer stand auf einem schwarzen Tisch an der Wand ein PC. In der Ecke gab es ein mit allem möglichen beeindruckenden Kram gefülltes Bücherregal – Biographien von Renaissancemalern, Romane auf Französisch, dünne Lyrikbändchen, die er offenkundig nie gelesen hatte. Die Bücher waren sehr sorgfältig angeordnet, von oben nach unten, den Farben entsprechend, es fing mit Rot an und bewegte sich, Fach für Fach, durch das gesamte Spektrum bis Violett.

Die Wohnung war in Ordnung. Das einzige Problem war die Feuchtigkeit. Spiders Kleider wurden im Winter schimmelig und steif, und deshalb hatte er den Kleiderschrank mit dicken Schichten Alufolie ausgekleidet. Eddie brauchte eine Weile, um sich daran zu gewöhnen. Manchmal öffnete er eine Kleiderschranktür und fuhr beim Anblick seines Spiegelbildes zusammen. Aber Spider schien all sein Geld für Klamotten auszugeben. Jedes Wochenende kam er aus Soho oder der King's Road nach Hause gezogen und hatte große Tüten voller schriller Kleider unter die Arme geklemmt. Deshalb mußte Eddie sich mit diesem hausgemachten Isoliersystem abfinden.

Brixton war nett, vor allem im Sommer. Voll von Obstständen und karrieregeilen Leuten und tollen Second-Hand-Plattenläden und Leuten, die einem Dinge verkaufen wollten, die man eigentlich gar nicht brauchte. Eddie ging einfach gern durch die Hauptstraße, sah sich die Schaufenster an, beglotzte Soulbubis, Rocker und die schönen Frauen, die sich die Hip-Hop-Musik anhörten, die aus Taxizentralen und Cafés dröhnte. Noch nie hatte er so schwarze Menschen gesehen, Männer und Frauen, die so dunkel waren, daß ihre Haut in der heißen Sonne nicht schwarz wirkte, sondern dunkelblau, wie im irischen Wort für einen Schwarzen, *fear gorm,* ein Blauer. Zum erstenmal konnte Eddie diesen Ausdruck verstehen.

In Brixton gab es immer Musik. Heulender Soul und Reggae hämmerte aus den Wohnungen, Ska und Bluebeat gab's auf dem Markt, Bebop Jazz im Frisiersalon, und Sonntagmorgen erklangen in der Pfingstgemeinde die Kirchenlieder.

Spider nahm ihn mit in eine illegale Kneipe über einem Waschsalon, wo die ganze Nacht Blues gespielt wurde. Muddy Waters und Howlin' Wolf. Robert Johnson und Elmore James. Johnny Winter, Sonny Terry und Brownie McGee. Eigentlich hatten hier nur Schwarze Zutritt. Aber Spider war in Ordnung, weil er dem Manager einmal einen Gefallen getan hatte, über den er nicht reden wollte. Und Eddie war in Ordnung – aber nur haarscharf –, weil er Ire war. Die Kneipe war dunkel und klein und roch nach Dope. Sägemehl lag auf dem Boden, Bierdosen, Rumflaschen. Die Tische waren über Bierkisten gelegte Bretter. Die Platten wurden laut gespielt, der Baß so weit aufgedreht wie möglich. Manchmal gab es auch Live-Musik, junge Typen mit verstimmten Gitarren, Blues-Shouters und Balladensänger, eine wütende Frau mit langen Rastafarizöpfen, die auf das Klavierwrack einschlug und über die Polizei schrie. Spider sagte, das sei der wahre Blues. Er sagte, bei dieser Musik käme es aufs Feeling an. Blues hatte nichts mit Mittelklassekids aus Surrey zu tun, die zu Elektrogitarren, die ihre Mütter ihnen zum Examen geschenkt haben, übers

Delta singen. Manchmal saßen sie dort die ganze Nacht und sagten kein Wort, weil die Musik zu laut war, sie waren die einzigen weißen Gesichter im Zimmer und bemerkten die feindseligen Blicke um sie herum nicht, lachten total betrunken, fast glücklich sogar.

Dann gingen sie eines Freitagsabends zur Academy, um die Pogues zu hören. Aber die Schlangen waren zu lang, und sie kamen nicht hinein. Spider war stocksauer, aber Eddie war erleichtert. Die Academy hatte von Iren nur so gewimmelt, allesamt jung, allesamt blau. Er hatte immer noch panische Angst davor, Marion oder ihren Freundinnen zu begegnen. Er hätte damit einfach nicht umgehen können, aber das wollte er Spider gegenüber nicht zugeben. Auf dem Rückweg in die Wohnung mußte er so tun, als ob auch er stocksauer wäre. Er wußte, daß das irrational war, aber er fühlte sich nur noch mieser, wenn ihm erzählt wurde, wie irrational das war.

Manchmal in diesen ersten Wochen hätte er sie gern angerufen, nur um zu sagen, daß es ihm gut ging, und um zu fragen, wie das bei ihr aussah. Einige Male überraschte er sich selber spätabends in der Telefonzelle, wie er, den Hörer in der Hand, die Nummer des Brightside wählte. Einmal rief er sogar wirklich an, und Mr. Patel nahm ab, er klang freundlich und warm. Eine Sekunde lang spielte Eddie mit dem Gedanken, etwas zu sagen, einfach nur hallo, nach Marion zu fragen, alles zu erklären, sagen, daß es ihm leid tat und sie doch noch Freunde sein könnten. Aber er legte auf. Und als er das nächste Mal anrief, war jemand am Apparat, den er nicht kannte, ein junger Asiat mit sanfter lispelnder Stimme.

Er versuchte auch, Briefe zu schreiben, lange Passagen mit Selbstrechtfertigungen, subtile Mischungen aus großer Offenheit und totalem Ausweichen. Und eines Nachts trank er eine Flasche Southern Comfort, setzte sich hin und schrieb alles auf, so ehrlich er konnte, hielt nichts zurück, versuchte, weder ihre noch seine Gefühle zu schonen. Am nächsten Morgen aber zerriß er alles und warf es fort. Er gab sich nicht einmal die Mühe, es noch einmal zu lesen. Im tiefsten Herzen wußte er, daß der Zeitpunkt der Ehrlichkeit bereits vorbei war. Er war vor fast einem Monat weggegangen. Wie konnte er jetzt schreiben, als ob zwischen ihnen noch immer die Möglichkeit einer Erklärung gegeben wäre?

»Seien wir doch ehrlich, Eddie«, sagte Spider. »Du warst ein Arschloch. Das ist kein Verbrechen. Jeder ist das manchmal, aber du solltest dir nicht einreden, du könntest jetzt noch etwas klären.«

Der Sommer säuselte sich über Brixton dahin. Alle zogen Radfahrershorts und Reflexsonnenbrillen an. Standrohre wurden an den Straßenecken angebracht, als das Wasser rationiert wurde. Hitze ließ die Lebensmittel in den Geschäften verrotten. In den Straßen stand der Gestank von verfaulten Birnen, Ananas, Bananen. Ein paar Kinder wurden hopsgenommen, weil sie Rentnern eimerweise Wasser verkauft hatten. Junge Männer saßen auf der Rathaustreppe und tranken aus der Flasche kaltes Guinness. Eine Frau drehte im Brockwell Park vor Hitze durch und erzählte einem Gärtner, sie sei Jesus. Der Juli schmolz in den August. Und noch immer nahm Eddie keinen Kontakt zu Marion auf.

Spider war absolut korrekt. Aber er sagte, er könnte nicht ewig für alles bezahlen. Er wollte keine große materialistische Kiste stemmen, aber Eddie würde sich Arbeit suchen, sich arbeitslos melden, seinen Körper verkaufen müssen oder sonstwas. Also suchte sich Eddie einen neuen Job in einem Hamburgerladen, diesmal im Victoria-Bahnhof, wo er glaubte, vor Marion einigermaßen sicher zu sein.

Dort arbeitete ein Schwarzer, der mit den Zähnen ein Snare imitieren konnte. Das war das Interessanteste am Job. Ansonsten war alles ungefähr so wie in Euston. Abgesehen davon, daß Eddie sich jetzt an die Arbeit gewöhnt hatte. Sie machte ihm nichts mehr aus. Er kotzte nachts nicht mehr, wenn er nach Hause kam, und er erwartete nicht, daß das Management ihm einen Gefallen tun würde. Es gefiel ihm schließlich sogar. Fast. Die Leute lachten über seinen Irokesen, der aus einem eigens dafür geschnittenen Spalt in der peinlichen Papiermütze lugte. Die Kunden schienen ihn toll zu finden. Er hatte ein kurzes Techtelmechtel mit einer schönen Dublinerin, erstes Semester Trinity, die den Sommer in London verbrachte. Eine Woche später fuhr sie zurück. Eddie war das egal. Er hatte beschlossen, sich an Spiders Rat zu halten. Keine weiteren Beziehungen, jedenfalls nicht im Moment. Er versuchte, Marion aus seinen Gedanken zu verbannen. Zu seiner Überraschung schaffte er das meistens.

Und dann passierte eines Tages bei der Arbeit etwas Seltsames. Eddie glaubte, sie zu sehen, mitten am Nachmittag, mitten in der Bahnhofshalle, als ob sie auf jemanden wartete. Er kauerte sich hinter der Kasse zusammen und beobachtete sie. Sie hatte ein wenig abgenommen, sah aber gut aus, in weißem Sweatshirt und engen schwarzen Shorts. Sie stand ganz still am Fahrkartenautomaten, blätterte in einer Zeitschrift und blickte von Zeit zu Zeit auf die Uhr. Als er sie ansah, spürte Eddie, wie das Blut sein Gesicht verließ. Eine Sekunde lang spielte er mit dem Gedanken, einfach zu ihr zu gehen, hallo zu sagen, wie leid ihm doch alles täte, daß er sie so behandelt hätte und daß zwischen ihnen alles so gelaufen war. Er richtete sich gerade auf, räusperte sich, starrte durch die Bahnhofshalle ihren Rücken an. Aber dann änderte er seinen Entschluß. Er schlich sich zur Hintertür heraus und sagte dem Boß, er sei krank. Er versteckte sich eine Stunde auf dem Klo, lief hin und her, rauchte. Ein Mann mittleren Alters, der einen Anzug trug, bot ihm dreißig Pfund an, wenn er mit ihm in ein Hotel käme. Eddie sagte, er sollte sich doch ins Knie ficken. Als er wieder zum Laden kam, war sie weg. Er fragte seinen Boß, ob ihn inzwischen irgendwer gesucht hätte. Das hatte niemand. Eddie fühlte sich jetzt wirklich elend. Er setzte sich hinter dem Tresen auf den Boden, legte den Kopf in die Hände, schwitzte, zitterte. Nach einer halben Stunde schickte sein Boß ihn nach Hause.

Einige Tage lang saß Eddie in eine Decke gewickelt in der Wohnung, sah aus wie ein H-Block Hungerstreiker und fühlte sich auch nicht viel besser. Wenn das Telefon schellte, schreckte er hoch. Er legte deshalb den Hörer daneben, und das trieb Spider zum Wahnsinn. Eddie machte sich Sorgen. Wenn er aufhörte, sich Sorgen zu machen, fühlte er sich schuldig. Wenn er sich nicht mehr schuldig fühlte, machte er sich darüber Sorgen, warum er sich nicht mehr schuldig fühlte.

Er versuchte, Zigaretten und Dope aufzugeben, aber das schaffte er nicht. Wenn Spider abends nach Hause kam, saßen sie noch endlos lange da, dröhnten sich die Birne zu und hörten seltsame Sitarmusik. Manchmal gingen sie auch in die illegale Kneipe, aber nicht einmal hier konnte Eddie sich beruhigen. Die Leute dort mochten ihn nicht. Das konnte er ihnen an den Augen ablesen. »Boß« nannten sie ihn, mit leichtem Feixen.

Er versuchte, all seine Energie in die Band zu stecken. Mitte August hatten sie eine Art feste Routine erwirtschaftet, und ein- oder zweimal lief die Probe sogar gut. Spider und Clint waren ein gutes Songschreiberteam. Das neue Demo wurde fertig, und Jake fing an, es an Plattenfirmen zu schicken, wobei er jeden Umschlag persönlich küßte, ehe er ihn in den Briefkasten warf.

Spider versuchte, Eddie mit neuen Leuten bekannt zu machen. Vor allem mit Frauen, die nach Gigs mit ihm und Clint herumhingen. Einige waren okay, aber Eddie zeigte nie viel Interesse. Spider und Clint fragten sich langsam, ob er vielleicht schwul sein könnte und sich deshalb von Marion getrennt hätte. Spider setzte ihn eines Nachts auf den Pott und erzählte ihm, daß er Freunde hatte, denen er vertrauen konnte, daß wir alle ab und zu verwirrt sind, und daß die menschliche Sexualität ein Drama war, kein Monolog.

»Spider«, stöhnte Eddie. »Worüber zum Henker redest du da eigentlich?«

Und dann machte Eddie sich Sorgen, Marion könnte sich die Gigs in *City Limits* durchsehen und bei einem der Diehards aufkreuzen. Das passierte nicht, aber er wurde trotzdem vorsichtig und geheimnistuerisch. Er setzte eine schwarze Wollmütze auf, wenn er aus dem Haus ging. Wenn Clint und Spider und Jake durch die Clubs im West End zogen, saugte er sich alberne Entschuldigungen aus den Fingern, um zu Hause bleiben zu können, ging immer seltener weg, nur zum Einkaufen, oder saß stundenlang allein im Brockwell Park. Schließlich kam es so weit, daß Eddie nur noch in die Stadt ging, wenn sie einen Gig hatten. Und selbst dann erschien er als letzter und verschwand sofort danach per Taxi, wie Elvis Scheiß Presley, wie Jake sagte, der zu einem Teenie-Schulmädel und einem doppelten Cheeseburger nach Graceland zurücktobt. Eddie sagte allen, daß Singen ihn so high machte, daß er danach einfach allein sein mußte. Einige Zeitlang hatten sie Anstand genug, nicht zu lachen.

Aber dann schnappte Spider ihn sich doch eines Nachts. Der Pride of Erin hatte einen weiteren Gig angeboten, und Eddie hatte glatt abgelehnt. Die Akustik, sagte er, die spottete einfach jeder Beschreibung. Spider sagte, das sei Wichskram, und die Diehards hätten schon in Kneipen mit der Akustik eines Blechkanisters gespielt. Schließlich gab Eddie sich geschlagen und gab zu, daß es wegen Marion war. Er konnte es einfach nicht ertragen, ihr zu begegnen. Spider rastete aus und nannte Eddie total paranoid.

»Was ist denn das Schlimmste, was passieren kann?« fragte er. »Selbst wenn du irgendwo mit ihr zusammenstößt? Ich meine, sie würde dich doch nicht kastrieren, oder?« Eddie sagte, da wäre er sich nicht so sicher. »Weißt du, Eddie«, meinte Spider, »manchmal denke ich mir, daß an dieser Beziehung mehr dran ist, als du verraten möchtest.«

»*Et tu,* Spider?« fragte Eddie. »Misch dich nicht in meine Angelegenheiten, ja?«

Eines Samstag abends Ende August stellte Spider ihm schließlich ein Ultimatum. Er sagte, er könnte es einfach nicht mehr aushalten. Er sagte, sie hätten jetzt das Stadium erreicht, wo *er* sich schuldig fühlte, und er hätte doch nun wirklich nichts mit dem ganzen Scheiß am Hut. Er sagte, er hätte langsam das Gefühl, mit Charles Manson zusammenzuwohnen. Eddie mußte sich zusammenreißen oder seinen Arsch wegheben.

»Ich geh heute abend auf Rolle«, sagte er. »Entweder kommst du mit, Eddie, oder du fliegst hier raus. Tut mir leid, Mann, aber irgendwer muß dir einen Tritt in den Arsch geben, damit du aus dem Sumpf kommst.« Sie stritten sich. Eddie fragte, für wen zum Teufel Spider sich denn hielte.

»Wenn ich deinen Rat brauche«, sagte er, »werde ich dich darum bitten.« Spider sagte, Eddie triebe ihn zum Wahnsinn.

»Ich will dich doch nicht unter Druck setzen, Mann«, beteuerte er. »Aber wenn das so weitergeht, Eddie, dann landest du da, wo die Türen keine Klinken haben, und ich verdammt nochmal auch.« Es gab eine Acid-House-Party.

Irgendwo in einem Zirkuszelt beim magischen Kreisel – Spiders Name für die M 25 –, und sie mußten um elf Uhr eine bestimmte Nummer anrufen, um die Einzelheiten zu erfahren. »Du kommst mit, Eddie«, sagte Spider. »Entweder das – oder du schläfst auf der Straße.«

»Nix da«, schmollte Eddie. »So kannst du mich nicht rumschubsen, du Wichser.«

Im Auto entschuldigte Spider sich für sein Fascho-Benehmen. Er sagte, der Abend würde Eddie gefallen.

»Na los, Mann«, strahlte er. »Du kannst nicht wie ein Einsiedler leben, bloß weil du Schiß vor deiner Alten hast. In der Grube gibt's noch haufenweise andere Schlangen, klar?«

Eddie versuchte, so zu tun, als könnte er nicht richtig Karten lesen, aber das half nichts, Spider kannte den Weg.

Das erste Anzeichen dafür, daß sie richtig waren, waren die vielen, vielen Autos. Schrottreife Minis, Morris Minors und ein oder zwei Jags. Typen mit fetten Hälsen betatschten sie vor dem Zelt. Sie trugen Hemden mit der Aufschrift InterCity Firm. Sie sahen nicht aus wie die Sorte Typ, mit denen man herumwichsen würde, in keiner Bedeutung des Wortes. Doc Martens, Gürtel, Hosenträger, Gürtelschnallen, die Unterarme kreuz und quer tätowiert, in ein oder zwei Fällen auch die Gesichter. Sie hatten Baseballmützen und Fahrradketten, und ein oder zwei hielten mit Mühe um sich schnappende Rottweiler zurück. Spider meinte nachdenklich, das sei ja genau wie die Stones in Altamont.

Die Luft im Zelt war geladen vom Geruch von Poppers und frischem Schweiß. Der Boden war feucht und glitschig und klebrig von verschütteter Traubenzuckerlimonade. Fast jeder schien hier Traubenzuckerlimonade zu trinken. Entweder das oder Johannisbeersaft. Musik dröhnte aus riesigen Lautsprechern, die von der Hauptverstrebung des Zeltes herunterhingen, und Regenbogenscheinwerfer fegten über das Meer aus wogenden Körpern. Ein riesiges aufblitzendes Stroboskop verkündete: GLAUBT DEN SCHEISS DOCH NICHT. Eine Bande von DJs füllte die Zirkuskapellengalerie.

Diese Typen waren phantastisch. Sie spuckten Wörter in ihre Mikros und hüpften von einem Bein aufs andere, schneller als sonstwas, schneller als Eddie ihre Worte hören konnte. Wenn einer von ihnen rapte, standen seine Mitstreiter hinter ihm, ermunterten ihn, schlugen ihm auf die Schultern, tranken aus den Flaschen irgendwas, das aussah wie Tequila. Ein winziger schwarzer Knabe mit einer rotkarierten Jagdmütze schmeichelte dem Publikum brüllenden Applaus ab. Er schrie Rhythmen ins Mikro, schwankte von einer Seite auf die andere, mit gespreizten Beinen, krummen Knien, hielt seine Mütze mit einer Hand, brüllte wie hysterisch ins Mikro, setzte aber keinen einzigen Takt aus. Baß dröhnte durch den Boden, schüttelte die Zeltpfeiler, ließ Eddies Rückgrat und Gedärm vibrieren. Fetzen von James Brown und Aretha Franklin kreischten aus der PA, doppelgemixt und verschliffen.

Spider sah aus wie tot und voll im Acidhimmel. Er schloß die Augen und formte mit den Lippen die Worte des Refrains, hob und senkte die Schultern und schwante sanft vor einer hin und her. Im ultravioletten Licht schien sein weißes Hemd purpurn zu glühen. Mitten in »Paid in full« zog er ein braunes Fläschchen auf seiner Unterhose.

»Amylnitrat«, krähte er. »Wir lieben dich.«

Eddie hatte noch nie Poppers ausprobiert. Aber er schloß die Augen und sniffte, und fast sofort fühlte er, wie sein Herz einen Sprung tat. Er sniffte noch einmal und hatte das Gefühl, daß etwas Lebendiges in seiner Brust mit den Flügeln schlug. Seine Augen trieften, und Spider schlug ihm auf den Rücken. Ein Gefühl der Übelkeit überkam Eddie, gefolgt vom intensivsten Wohlsein. Er konnte fast fühlen, wie es in seinen prickelnden Füßen einsetzte und sich langsam seine Schenkel hochleckte. Es war so, als ob alle Glieder eingeschlafen gewesen wären und das Blut jetzt wieder durch seinen Körper strömte. Spider hob wieder den Daumen.

»Kriegst du Haare auf der Brust von«, sagte er. »Und pustet deinen Blues weg.«

Spider schien haufenweise Leute zu kennen. Und alle schienen sich zu freuen, wenn sie ihn sahen. Schöne Frauen tauchten hinter ihm auf und küßten ihn, auch ein oder zwei hübsche Typen. Er begrüßte sie alle mit seinem üblichen hämischen Grinsen. Er hob eine Hand, und seine Freunde griffen danach, als ob sie ihm einen Boxhieb versetzen wollten, dann schlugen sie hoch über ihren Köpfen gegen seine Hand. Er stellte Eddie einigen von ihnen vor.

»Das ist Eddie Virago, Leute«, sagte er. »Der hat den ganzen Sommer über Winterschlaf gehalten, aber jetzt haben wir ihn aus dem Bau gelockt.« Zum ersten Mal während des ganzen Sommers fühlte Eddie sich nicht verkrampft.

Die Klamotten halfen dabei, alles seltsam asexuell zu machen. Fast alle trugen ähnliche Sachen. Lockere psychedelische T-Shirts, die ihnen bis an die Knie reichten, ausgebeulte Jeans, teuer aussehende Tennisschuhe, Fahrradshorts. Ein oder zwei Frauen trugen enganliegende Cocktailkleider, die meisten aber nicht, und die, die welche hatten, sahen heiß und unbehaglich und fehl am Platze aus. Sie tanzten mit geschlossenen Augen, und sie schwenkten die Arme durch die Luft, wie Leute unter Wasser, die verzweifelt versuchen, an die Oberfläche zu gelangen.

Spider wollte nicht tanzen. Er überließ Eddie seinem Gespräch mit einer Frau namens Rowena, die den Heini aus der Levi's Reklame vögelte oder das wenigstens behauptete. Sie war offenbar Stilistin. Sie sagte, das sei nicht gerade ein leicht definierbarer Job. Eddie sagte, das könnte er sich vorstellen. Er nuckelte an seiner Bierdose, nickte alle paar Sekunden im Takt der Musik und sah zu, wie Spider sich durch die Menge bewegte. Er schlich im Zelt herum und suchte irgendwen, mit einem hungrigen Blick in den Augen. Eddie konnte sehen, wie er auf der anderen Seite der Manege einem schmuddeligen Typen mit Koteletten und Lederjacke die Hand schüttelte und ihm ein paar Scheine reichte. Rowena sagte, sie sei früher mit Roland Gift von den Fine Young Cannibals zusammengewesen, aber der sei jetzt in LA. Eddie sprach ihr sein Mitgefühl aus.

Ein schwarzer Camp-Heini auf Rollschuhen verkaufte Lose. Er trug ein japanisches Stirnband, weiß, mit einem roten Kreis in der Mitte. Eddie lehnte ab, aber die Frau erklärte ihm, daß Acid House-Parties keine Schanklizenzen bekommen konnten, deshalb mußte man Lose kaufen. Jedes Los gewann eine Dose Red Stripe.

»Hier gibt's keine Verlierer«, sagte der Typ. »Theoretisch jedenfalls nicht.« Eddie kaufte zwei und schenkte eins der Frau. »Wie großzügig«, spottete der Schwarze und verschwand in der Menge.

Sie wollte das Los zuerst nicht annehmen. Sie sagte, sie tränke nicht, aber sie hatte ganz offenbar etwas eingeworfen. Ihre Augen waren feucht, und sie schien geweint zu haben. Ihr Atem roch so süß wie Brandy. Eddie sagte, um ganz ehrlich zu sein, hätte er gern einen Joint. Sie zeigte ihm die Dealer, die an den Wänden herumlungerten wie Christian Brothers bei einem irischen Schultanz. Eddie sagte, er hätte gedacht, bei solchen Veranstaltungen gäbe es keine Drogen, und deshalb würde vorher alle Welt durchsucht.

Sie antwortete, die Dealer müßten bezahlen, um hereinzudürfen. Dadurch bekamen sie eine Art Konzession, sagte sie. Die Dealer löhnten, um die Konkurrenz kleinzuhalten.

Eddie und Rowena tanzten eine Weile, ohne einander anzusehen, aber die Tanzfläche war einfach überfüllt, und angeknallte Leute rempelten sie immer wieder an oder traten ihnen vor die Knöchel. Also setzten sie sich an den Rand der Arena und unterhielten sich eine Zeitlang über Spider.

»Weißt du, daß er in der Armee war«, fragte sie, »drüben in Nordirland?«

»Jesus, nein«, antwortete Eddie. »Nie von gehört.«

»O doch«, sagte sie. »Hat ganz schön viel mitgemacht dabei. Sein bester Freund ist von einer Autobombe getötet worden. Spider mußte ihn aus dem Auto ziehen.«

»Bist du sicher, Rowena?« fragte Eddie. »Ich meine, er hat mir nie davon erzählt.«

»Aber sicher. Er spricht nicht gern darüber. Er ist seither nie wieder derselbe gewesen, verstehst du«, sagte sie traurig. »Er ist jetzt einfach so komisch, ich werde nicht mehr schlau aus ihm, verstehst du?«

»Allmächtiger Jesus!« rief Eddie. »Das überrascht mich nicht.«

»Spider ist einfach total weit weg«, nuschelte sie. »Ich glaube, er ist verrückt, aber er hört mir nie zu.«

Aber Eddie hörte auch nicht zu. Mitten in der Arena hatte er etwas bemerkt.

Eine dünne Frau mit langen kastanienroten Haaren kam mit einem Mikro in der Hand durch das Meer der wogenden Körper geschritten und redete wütend auf eine Kamera ein. Überall um sie herum wuselten Typen in Jeans durch die Gegend und hielten Scheinwerfer, die auf ihre Haare hinunterstrahlten. Eine angespannte vor sich dreinblikkende Frau mit roter Brille marschierte vor den anderen her und jagte die Tanzenden aus dem Weg.

»He«, sagte Rowena. »Das ist doch Salome Dings, oder, aus Art Attack.«

Eddie kniff die Augen zusammen und starrte in die Arena.

»Jesus, ja, genau«, sagte er. »Salome Wilde.«

»Affengeil«, sagte sie. Eddie war aufgesprungen.

»Soll ich dich vorstellen?« fragte er, als er seinen obersten Hemdenknopf schloß. »Sie ist eine alte Freundin von mir.«

Rowena lehnte ab. Sie fand es verdammt ungeil, diese Promitypen zu belästigen. Und außerdem war sie mit jemandem verabredet. Sie sagte, sie würde vielleicht nachher nochmal mit Eddie tanzen, und der sagte: »Ja, klar, wir sehn uns nachher.«

Eddie schloß sich dem Kreis von Menschen an, die zusahen, wie Salome vor der Kamera ihre Nummer abriß. Sie war hübscher als in seiner Erinnerung, das war klar, und hatte auch mehr Selbstvertrauen. Sie redete hektisch auf die Kamera ein, gestikulierte nach allen Seiten und fuhr sich mit den Fingern durch die langen Haare. Aber die Musik war so laut, daß Eddie nicht verstehen konnte, was sie sagte. Jedesmal, wenn der Regisseur die Hand senkte, kam irgendein Fredi angewetzt und schmierte ihr Makeup ins Gesicht.

Eddie sprach die Frau mit der roten Brille an.

»Hör mal, Schnuffel«, sagte sie. »Wir machen hier eine Fernsehsendung, okay?« Eddie sagte, er wäre auch nicht auf die Idee gekommen, sie würden Herzchirurgie betreiben.

»Ich bin ein Freund von ihr«, sagte er. »Na los, nun frag sie schon.«

Und Salome Wilde erinnerte sich auch an ihn.

»Ich kenne dich«, sagte sie und gab ihm die Hand. »Ich erinnere mich an deine Haare.« Sie starrte ins Leere und versuchte, sich an Eddies Namen zu erinnern. »Und du warst doch mit Dean Bean befreundet, oder? Mit der ganzen Sozialistenclique.« Sie sprach das Wort »Sozialist« aus wie den Namen eines Eingeborenen von den Seychellen. Eddie sagte ja, dadurch habe er sich ewigen Ruhm erworben. »Nein, echt«, sagte sie, »ich erinnere mich am besten an deine Frisur.« Und er sagte, er hätte sie vom Fernseher her erkannt. »Du bist sehr nett«, sagte sie. Er sagte ihr, er heiße Eddie Virago. »Ja stimmt«, sagte sie, als ob daran Zweifel bestanden hätten.

»Viel zu tun?« fragte Eddie.

»Weiß du, Eddie«, antwortete sie und berührte sein Handgelenk. »Ich glaube, dafür, wieviel ich zu tun habe, gibt's noch gar kein Wort.«

Sie fragte, was er seit dem Examen gemacht hätte, und er sagte, nicht viel, rumlungern, eine Band zusammensuchen. Sie fand das toll. Sie fand es wunderbar, wenn Leute von früher etwas aus ihrem Leben machten. Sie sagte, das Problem in Irland sei, daß alle einfach nur jammernd herumsäßen.

»Ich weiß, das ist ein blödes Klischee«, sagte sie und deutete dabei ein Gähnen an. »Aber ich meine, wir sind doch eine Nation von Nörglern, oder was, Eddie?« Es war jedesmal ein Kick für ihn, wenn sie seinen Namen aussprach. Sie sah phantastisch aus in ihrem Einteiler, der ihre Figur betonte. Ihre Haare glänzten und waren gut geschnitten, und ihre Fingernägel waren schwarz lackiert. Ihre Haut war phantastisch, gebräunt und glatt, wie Jennifers. Sie sah reich aus. Das sagte Eddie ihr, und sie lachte. »Schön wär's«, sagte sie. Noch einmal fragte sie nach Dean Bean.

Und dann kam Spider angewandert und sah aus, als ob er etwas geahnt hätte. Eddie stellte ihn als einen der Jungs aus seiner Band vor, Spider Simms, Schlagzeuger. Spider erklärte, er sei nicht nur Schlagzeuger. Er schriebe nämlich auch ein bißchen.

»Ach«, fragte sie. »In einem Werbebüro?«

»Nein«, antwortete er. »In einem besetzten Haus. Ich schreibe eine Novelle über Geburt.«

Salome schnitt eine Grimasse.

»Tiefschürfend«, grinste sie. Sie hob ein Walkie-talkie und sagte. »Cat. Schick mal eben Tex rüber, bitte, wenn er in der Nähe ist.« Tex war ein Freund von ihr. Sie sagte, er könnte ihnen vielleicht einen guten Rat geben. Er war bisexuell, erzählte sie ihnen aus irgendeinem Grund. Dann lachte sie und sagte: »Ach, keine Angst, im Moment steckt er in einer Frauenphase. Offenbar geht das in Wellen. Hat irgendwas mit dem Mond zu tun.«

Tex war Artist und Repertoire-Mann bei Red Tape Records, und er schlug Eddie vor, ihm bei Gelegenheit ein Band zu schicken. Eddie sagte, sein Manager würde das übernehmen, und der Typ sah beeindruckt aus.

»He«, sagte er. »Einen Manager habt ihr, wen denn?« – Eddie sagte es ihm. Tex wollte sich ausschütten vor Lachen. »Jesus, Jake Mullan. Der Typ ist doch kein Manager, Süßer, das ist ein Gangster.« Dann sagte er, er mache nur Witze, aber Jake sei eben schon seit Jahren in der Musikszene aus- und eingegangen und habe mehr als nur ein paar gebrochene Herzen hinterlassen. Eddie sagte, klar, das wüßte er, aber die Szene sei eben hart, und er brauchte einen Hai wie Jake, um die Barrakudas in Schach zu halten. Tex sagte, ja, so könnte man das auch sehen. Aber der Weg zum Rock-and-Roll-Himmel sei nun mal übersät von den gebleichten Knochen der Leute, denen Jake etwas versprochen hatte. Salome meinte, er sei ein wahrer Poet. Sie stupste Spider an und sagte: »Ihr zwei solltet euch zusammentun.« Spider grinste blöde.

Tex erzählte ein paar nette Anekdoten über Jake, und Spider hörte mit wachsendem Unbehagen jedes Wort. Je mehr dabei herauskam, um so beunruhigter sah Spider aus.

Es stellte sich heraus, daß Jake die Boomtown Rats abgelehnt hatte. 1978 hatte er ihnen erzählt, Punk sei tot. Sechs Wochen später hatten sie für eine Million bar auf den Tisch einen Vertrag mit Ensign abgeschlossen, und Jake hatte aller Welt erzählt, er habe den Deal eingefädelt. »Maßgeblich beteiligt«, war Jakes Ausdruck. Tex sagte:

»Wenn Jake dir jemals erzählt, er sei ›maßgeblich beteiligt‹, dann suchst du besser das Weite.« Ein andermal, erzählte er, hätte eine von Jakes Bands als dritte Vorgruppe auf einer Clash-Tour spielen sollen, und Jake hatte abgelehnt. »Könnt ihr euch das vorstellen? Er hat dieses verdammte Angebot abgelehnt.« Eddie sagte, nie im Leben, das könnte er einfach nicht glauben. Jesus. »Nach dem, was ich gehört habe«, kicherte Tex, »hat er seinen Jungs erzählt – im Moment ruhen sie sich übrigens im Was-ist-wohl-aus-denen-geworden-Ordner aus –, sie sollten das vergessen, wenn er mit ihnen fertig wäre, dann würden die Clash auf Knien darum betteln, *ihre* Vorgruppe sein zu dürfen.« Tex blubberte vor Lachen und schlug sich die Hand vor den Mund. »Was für ein Superwichser«, kicherte er.

Eddie war es peinlich, sich das alles anhören zu müssen. Salome Wilde kicherte immer weiter und bezeichnete Tex als übles Schandmaul, aber Eddie kam sich weiterhin vor wie ein naiver Trottel. Spider verstummte und wurde nachdenklich. Er sagte, er wollte allein sein, und verschwand wieder in der Menge.

»Was quält den denn?« fragte Salome. »Der ist wohl kein sehr glücklicher Schnuffel, oder?« Eddie sagte, nein, das nicht, im Moment nicht.

»Aber er ist eben so«, erklärte er, »kreativ, weißt du.« Tex entschuldigte sich.

»Ich wollte deinen Freund nicht verletzen«, sagte er zu Eddie. »Ich weiß einfach nicht, was meine alte Zunge alles anrichten kann.«

Salome befahl Eddie, sich in der Nähe zu halten, sie waren fast fertig, und sie könnten dann vielleicht ein Bier trinken. Also lungerte Eddie mitten in der Arena herum, sah wieder zu, wie sie ihre Nummer hinlegte und versuchte, zufällig mit ins Bild zu geraten.

Als sie fertig war, brachte ihre Crew hektisch ihre Ausrüstung weg, und Salome fragte Eddie, ob er tanzen wollte. Wollte er nicht. Aber trotzdem sagte er ja.

Salome tanzte wie ein Roboter. Sie bewegte ihre Füße nicht, sondern schwenkte nur ihre Hüften hin und her und bewegte mit ungeschickter Eleganz ihre Arme, eher wie beim Schattenboxen als wie beim Tanzen. Sie beugte sich immer wieder vor und schrie Eddie Namen von der Uni ins Ohr, und er brüllte zurück, daß er entweder nicht wüßte, von wem sie da redete, oder erzählte ihr allen Klatsch, der ihm gerade einfiel, was aber nicht sehr viel war.

Alle anderen tanzten Lambada, einen reichlich scharfen lateinamerikanischen Tanz, der diesen Sommer gerade der letzte Schrei war. Seit einer heißen Nacht mit Marion auf dem Balkon im letzten April hatte Eddie nichts mehr gesehen, was so nahe an vertikales Ficken heranreichte. Er musterte die geschmeidig stoßenden Körper der Tanzenden in seiner Nähe und verspürte das Gefühl, das für ihn ein wenig zu sehr nach Verlegenheit schmeckte.

Aber bei Eddie und Salome Wilde schnappte etwas. Sie lachte über seine Witze und er über ihre. Als er beim Verlassen der Tanzfläche ihre Hand nahm, schien sie nichts dagegen zu haben. Tex und die Frau mit der roten Brille warteten ungeduldig. Sie mußte losstürzen.

Sie sagte Eddie, sie würde gern mal was mit ihm unternehmen. Essen gehen oder so. Alte Erinnerungen auffrischen. Eddie sagte, das wäre spitze, und sie gab ihm ihre Karte. Auf die Rückseite kritzelte sie ihre Privatadresse und Telefonnummer in St. John's Wood.

»Hey«, sagte Eddie. »Bin beeindruckt.«

»Ach, brauchst du aber nicht«, lachte sie. »Ist bloß gemietet.« Er war eigentlich beeindruckt gewesen, weil sie eine Visitenkarte hatte, aber das verriet er lieber nicht. Er sagte, er würde sich bald melden. »Ja, wirklich, mach das«, sagte sie. Sie trat vor und küßte ihn auf die Wange. »Ja«, sie lächelte. »Mach das. Dann können wir über Dean Bean reden. Du hast mir noch gar nicht gesagt, was der heute so treibt.«

Sie schüttelten sich die Hände, bis die Frau mit der roten Brille aussah, als ob sie gleich vor Ungeduld explodieren würde.

»Na los, Salome«, drängte sie.

»Okay, okay«, seufzte Salome und drehte sich schnell noch einmal zu Eddie um. »Ach, nebenbei«, sagte sie. »Mach dir nicht zu viel Sorgen wegen dem, was Tex über euren Manager erzählt hat. Tex ist ein Lästermaul. Er übertreibt alles.«

»Aber klar«, lachte Eddie. »Genau das hab ich mir auch gedacht.«

Als sie weg waren, wanderte Eddie im Zelt herum, verfluchte im stillen Dean Bean und hielt nach Spider und Rowena Ausschau. Er fühlte sich wohl, aber die Musik war jetzt für seinen Geschmack zu schwer, echter Hard-core-Reggae, nur dröhnendes Schlagzeug und manischer Baß. Die Acid-Freaks waren immer noch auf den Beinen, hüpften müde hin und her wie Marionetten. Aber überall waren schon Leute zusammengebrochen, lagen schlafend oder knutschend auf dem Boden oder starrten die Zeltplane an, als ob das Zelt ein Planetarium wäre, was es in diesem Stadium wahrscheinlich auch war. Für einige wenigstens.

Er trank noch ein Bier, klebrig, warm, und hielt wieder nach Rowena Ausschau, aber sie war verschwunden. Er setzte sich auf den Rand der Arena und beobachtete die

Tanzenden, und dabei fiel ihm Marion ein. Verdammt, ganz so schlimm war es nun doch nicht gewesen. Er versuchte, glückliche Gedanken zu denken. Der Tag, an dem sie Sightseeing gemacht hatten. Die Nacht im Hippodrom, als sie auf der Charing Cross Road einen Zwanzig-Pfund-Schein gefunden hatten. Und sogar der Tag, an dem sie Frank angepöbelt hatte, verdammt, Eddie mußte zugeben, daß der auch seinen witzigen Aspekt hatte. Aber jetzt war es vorbei. Solche Dingen passierten jeden Tag. Niemand war daran schuld, das durfte man nicht vergessen. Er schärfte sich das selber ein. Er konnte das jetzt einsehen. Jeden Tag lernten Leute sich kennen oder trennten sich. So war eben das Leben. Das war alles. Nicht Heathcliff und Catherine. Nur Männer und Frauen, ganz alltäglich. Nichts, sagte Eddie sich, kann ewig dauern.

Und außerdem war sie ohne ihn viel besser dran. Das mußte er ehrlich zugeben. Dean Bean hatte recht. Es war gut, ehrlich zu sich selber zu sein. Sie war jetzt sehr viel besser dran. Eddie war sich da sicher. Verdammt, er hatte ihr einen Gefallen getan. In einigen Jahren würde sie ihn wahrscheinlich besuchen und sagen, vielen Dank, Kumpel, du hast mir wirklich einen Gefallen getan. Manchmal mußte man eben harte Entscheidungen treffen, wie ein Mann handeln, seine Verantwortung ernst nehmen. Das würde sie eines Tages einsehen. Wenn sie das nicht schon kapiert hatte. Echt. Das wußte er.

Eddie schlug die Hände vor sein heißes Gesicht und wünschte, die Musik würde aufhören.

Was für ein blöder Wichser, dachte er. Warum zum Henker hast du sie je gehen lassen?

Eddie fand draußen hinter dem Zelt einen zusammengebrochenen Spider vor. Erstarrte eingetrocknete Kotze zierte sein Gesicht, aber er lag auf der Seite und atmete noch, und das war doch immerhin etwas. Es hatte schon getaut, und seine Kleider waren triefnaß. Eddie stieß ihn mit dem Fuß an, aber Spider schien nicht aufwachen zu wollen.

Hinter den feuchten Hecken wurde es über London heller. Eddie konnte in der Dämmerung Wohnsilos erkennen. Kuhfladen lagen wie Landminen im Gras verstreut. Alles war kalt. Irgendwo fingen Vögel an zu singen, aber Eddie konnte sie nicht erkennen.

Als Spider erwachte, wußte er nicht, wo er war. Eddie erzählte ihm, daß er Kotze im Gesicht hatte.

»Von dem die wohl stammt?« stöhnte Spider und lachte. Dann faßte er sich an die Rippen und stöhnte in echter Qual. Er war ziemlich mies drauf. Er erzählte Eddie, daß er eine ziemlich herbe Halluzination gehabt und sich für eine Banane gehalten hatte. Eddie mußte lachen. Spider sagte, so lustig sei das nun auch wieder nicht. Er hatte geglaubt, die Leute wollten ihm die Haut abziehen. »Stell dir das bloß vor, Eddie«, sagte er. »Die Hölle.«

Irgendwer hatte den Spiegel vom Auto geklaut, aber Spider war das egal. Eddie fuhr. Auf dem ganzen Weg nach London führte Spider Selbstgespräche. Er machte sich Sorgen wegen Jake. Er dachte, daß dieser Tex doch offenbar gewußt hatte, wovon er sprach. Eddie sagte, über Brian Epstein sei bestimmt ähnlicher Scheiß erzählt worden. Spider sagte, kann schon sein, aber immerhin hatte Epstein die Beatles. Er lehnte den Kopf gegen das Seitenfenster.

»Wir sind keine Fab Four, Eddie«, seufzte er.

»Nein, das nicht«, sagte Eddie. »Aber laß uns doch das Positive sehen. Es kann alles nur besser werden, okay?«

Vor dem Haus schlug Spider die Hände vors Gesicht und weinte.

»O Jesus, nein«, jammerte er. »Ich glaub das einfach nicht, Mann. Die erste Nacht seit Gott weiß wann, wo die Bude leersteht.« Sein Gesicht wurde in rascher Abfolge rot, weiß und blau, während er auf sein Armaturenbrett eintrommelte. Eddie kaute an den Fingernägeln, sah die eingeschlagenen Fenster an, rauchte seine letzte Zigarette. Er wußte, es würde *so* ein Tag sein.

Sowie Eddie die Tür berührte, schien sie vorwärts zu gleiten, löste sich aus den Angeln und fiel in die Diele wie ein Betrunkener auf einen Kneipenboden.

Drinnen war schnelltrocknender Zement ins Klo geschüttet und alle Rohre waren zerschmettert worden. Mörtel und Fliesen übersäten den Teppich. Eddies Gitarre war in zwei Stücke zerbrochen und wurde nur noch von den Saiten zusammengehalten. Der Computer war verschwunden.

»O Mann«, weinte Spider. »Da war doch meine Novelle drin.«

»Scheiß auf deine Novelle«, sagte Eddie. »Was ist mit meiner Scheißgitarre? Himmel, wie hat sie bloß hierhergefunden?«

»Von wem redest du denn, du Wichser?« pöbelte Spider. »Das war der verdammte Hausbesitzer. Der versucht doch schon seit Monaten, hier reinzukommen.«

Alle Kleider, Bücher und Schallplatten waren verschwunden. Die Schranktüren lagen auf dem Boden. Als Spider auf den Lichtschalter drückte, passierte gar nichts. Im Hintergarten brach er wieder in Tränen aus, als er seine verwüsteten Pflanzen inspizierte, die entwurzelt auf einem erdigen Haufen lagen.

Nachdem sie ihre ruinierten Besitztümer durchgegangen waren, beschlossen sie, einen Kaffee zu trinken und die Lage durchzuquatschen. Der Kessel war verschwunden. Samt allen Tassen. Wie auch der Kaffee. Spider tobte und war total sauer.

»Scheiße«, keuchte er. »Stell dir doch bloß vor, jemandem den Scheiß*kaffee* zu klauen! Jesus!« Er hätte gern etwas zerbrochen, aber es war nichts mehr übrig.

Sie setzten sich auf die Treppe und tranken Wasser aus einer Suppentasse aus rostfreiem Stahl, die Spider aus irgendwelchen Gründen im Kofferraum hatte. Spider schlug immer wieder die Hände vors Gesicht und sagte, das könnte einfach nicht wahr sein. Er sagte, er würde eine neue Wohnung besetzen müssen, und das würde sicher Zeit brauchen. Eddie mußte sich etwas Neues suchen.

»Mensch, vielen Dank, Kumpel«, sagte Eddie. »Tausend Dank, okay?« Spider sagte, es sei doch nicht seine Schuld.

Eine wunderbar goldene Sonne lugte hinter einer Wolke hervor. Es gab nur eine Lösung, und Eddie wußte, daß er schnell handeln mußte. Er marschierte ans Ende der Electric Avenue zur graffitiüberwucherten Telefonzelle und hätte vor Erleichterung fast gelacht, als er den Hörer nahm und das Freizeichen hörte. Er befühlte seine Taschen und suchte Kleingeld. Mit zitternden Händen wählte er die Nummer. Die Leitung klickte und summte, und dann begann am anderen Ende der Ton wichtigtuerisch zu singen. Eddie fuhr sich mit den Fingern durch seine widerspenstig verklebten Haare. Die weiche Stimme hörte sich noch an wie im Schlaf. Eddie schluckte hart. Er strich sich über sein unrasiertes Kinn.

»Hallo?« fragte er heiser.

»Ja?« gähnte die Frauenstimme.

»Salome?« fragte er. »Hier ist Eddie. Eddie Virago. Weißt du? Wir sind uns heute nacht begegnet.«

»Ach ja, hallo. Jesus, Eddie. Wie spät ist es? Himmel.«

»Ich weiß, ich weiß. Hör mal, Salome, tut mir wirklich leid, aber könnten wir uns treffen, was meinst du?«

»Was? Stimmt was nicht? Du hörst dich nicht sehr glücklich an, Eddie.«

»Na ja, es geht um meine Wohnung. Als ich heute nach Hause gekommen bin, war meine Wohnung anderweitig besetzt.«

»Eddie, soll das ein Witz sein?«

»Ich wünschte, es wär einer, Salome. Ich weiß, das hört sich unglaublich an, aber eine Bande von Hausbesetzern, Skinheads, glaube ich, ist heute nacht, als ich unterwegs war, in meiner Wohnung eingebrochen, und sie wollen mich nicht reinlassen. All meine Sachen sind da, Klamotten und alles, meine Brieftasche. Sie haben die Tür verbarrikadiert. Ich kenne in London keine Menschenseele. Alle, die ich kenne, sind verreist, ist doch ein langes Wochenende, du weißt schon, ich hab keine Kohle und gar nichts.« Schweigen füllte die Leitung. »Sie haben Messer, Salome, und verdammt, ich weiß auch nicht, Rottweiler oder so was, es ist ganz schön übel, kann ich dir sagen.«

»Jesus, Eddie. Was für ein Mist. Hast du die Bullen gerufen?«

»Die können nichts machen. Ist offenbar alles scheißegal, entschuldige das Fremdwort. Ich meine, es ist eine Sozialwohnung oder so, ich weiß auch nicht.«

»Ich weiß nicht, was ich sagen soll. Mein Gott, das ist schrecklich.«

»Jesus, Salome, tut mir wirklich leid. Du hast keine Ahnung, wie peinlich mir das ist. Ich laufe echt schamrot an. Ich katzbuckle. Ich meine, das tu ich wirklich. Ich hasse mich dafür, aber bitte, können wir uns heute treffen?«

»Also, ich weiß wirklich nicht, Eddie.« Eddie fing an, in den Hörer zu schniefen.

»Jesus, Salome. Ich weiß wirklich nicht mehr weiter, ich

schwör's dir. Ich werd unter den Brücken schlafen müssen oder so. Tut mir wirklich leid, daß ich dich einfach angerufen habe, aber ich hatte deine Nummer, und diese Typen, die haben auch mein Adreßbuch, verstehst du, und Sonntag morgens ist es so schwer, jemanden zu finden.« Winzige Schluchzer sickerten durch die Leitung, gefolgt von einem Nasenputz-Tornado.

»Hör auf, Eddie«, sagte sie. »Keine Panik, okay? Bitte, hör auf zu weinen. Okay, also, komm rüber, und wir treffen uns. Kennst du das Wild West Café? Ja, genau, das ist bei mir gegenüber. Neben der alten Kirche. Da treffen wir uns, und ich lad dich zum Frühstück ein. Und reg dich ab, um Himmels willen. Die Welt geht davon nicht unter.«

»Salome«, sagte er mit ehrlicher Erleichterung in der Stimme. »Das werde ich dir nie vergessen, du bist wirklich ein Engel.«

Die Kirchenglocke schlug gerade zwölf, als Eddie im Café ankam. Um zehn nach zwei blieb er über Nacht. Um drei waren sie in Salomes Wohnung und quatschten bei einer Flasche Wein über Beziehungen. Um sieben nach fünf hatte er seine Lebensgeschichte beendet. Um halb sieben blieb er für eine Woche. Und viertel nach sieben ging sie ins Studio, Eddie führte sein zweites Ferngespräch, und die Kirchenglocke rief über die Alleen und die üppigen Gärten von St. John's Wood zur Abendandacht.

Spider kam mit dem Auto und brachte Eddies Sachen. Als er eintraf, erzählte Salome in der Glotze gerade von der Acid House-Party. Er sagte, auf dem Bildschirm sähe es verdammt viel netter aus als im wirklichen Leben.

»Ich weiß wirklich nicht, wie du das beurteilen willst«, meinte Eddie. Spider sah sich in der riesigen Luxuswohnung um und stieß einen erstaunten Pfiff aus.

»Jesus«, seufzte er. »Du landest wohl immer auf den Füßen, Eddie, oder etwa nicht?«

»Na ja«, sagte Eddie. »Es ist bloß für einen Monat oder so, sechs Wochen ist das absolute Maximum, bis ich selber was gefunden habe, du weißt schon.«

Eddie schenkte Spider eine Flasche von Salomes Wein. Als Dank für die Hilfe und dafür, daß er so lange bei ihm hatte wohnen dürfen. Er sagte, er sei sicher, daß Spider etwas finden würde. Er sagte, er hätte sich ohnehin schon länger mies gefühlt, weil er Spiders Gastfreundschaft ausnutzte. Er hätte schon seit Ewigkeiten eine andere Lösung finden wollen. Er fiel anderen nicht gern zur Last.

»Himmel, danke, Ed«, sagte Spider. »Du hast wirklich ein Herz aus Gold.«

»Ach, nun übertreib nicht«, sagte Eddie. »Ich meine, dazu hat man doch Freunde, was?« Als Spider gerade gehen wollte, fiel Eddie noch etwas ein. »Hör mal, Spider«, sagte er, und Spider drehte sich erwartungsvoll um.

»Ja?« fragte er.

»Es ist bloß, weißt du, wo wir gerade von Freunden reden, wollte ich dich etwas fragen. Wegen Irland.« Spider kratzte sich am Kopf und sah verwirrt aus.

»Was ist damit?«

»Na ja, ich meine, du warst doch drüben, oder?« Spider schwieg eine Minute. Er schien sich im Zimmer umzusehen.

»Nicht, daß ich wüßte, Eddie«, sagte er.

»Ach, okay. Es ist bloß, weil ich was gehört hatte, weißt du, über die Armee und so. Ich meine, falls du je darüber reden willst, ich bin hier, weißt du?«

Spider zuckte die Schultern. Er sah Eddie direkt in die Augen.

»Muß ein Mißverständnis sein«, lächelte er. »Ich bin nie dagewesen, Eddie.«

»Na gut«, sagte Eddie nach einer kurzen Pause. »Sicher irgendeine Verwechslung.«

»Ja, Eddie.« Spider drehte sich zum Gehen um. »In dieser Stadt gibt es viele verdammte Scheißlügner, so ist das.«

Bei Salome Wilde einzuziehen war nicht nur ein karrieretechnischer Schachzug.

Vom ersten Tag an bestimmte Salome die Regeln. Eddie konnte gern ein paar Monate bleiben, aber nicht länger, während Salomes Mitbewohnerin auf einer Safari für Singles in Swaziland war. Und sie würden getrennte Schlafzimmer haben. Sie tat ihm einfach einen Gefallen, wo er doch sonst nirgendwohin konnte und natürlich weil er ein Freund von Dean Bean war.

Tagsüber hatte Eddie die Wohnung für sich, wenn er nicht arbeitete. Er mußte seinen Anteil am Putzen und allem übrigen übernehmen. Salome hatte keine Putzfrau. Auf diese Weise verlor sie nicht den Boden unter den Füßen. Falls sie nachts die Wohnung für sich haben wollte, mußte Eddie in seinem Zimmer bleiben, oder, noch besser, weggehen. Er konnte die Jungs aus der Band einladen, wenn sie nicht da war. Aber in ihrer Wohnung wurden keine Drogen eingeworfen. Das war absolut verboten. Salome mußte an ihren guten Ruf denken. Eddie sagte, das höre sich alles gut an.

»He«, versicherte er ihr. »Keine Panik. Ich bin wirklich ein pflegeleichter Mitbewohner, du wirst es kaum glauben.«

Nach wenigen Wochen hatten sie das Gefühl, sich schon ihr Leben lang zu kennen. Oder zumindest länger, als tatsächlich der Fall war. Sie blieben lange auf, wenn sie abends aus dem Studio kam, und meinten, wie erstaunlich es doch sei, daß sie so viele Gemeinsamkeiten hatten. Sie lösten dieselben Kreuzworträtsel, hörten dieselben Gruppen, haßten dieselben Leute. Sie behaupteten sogar, dieselben Bücher gelesen zu haben. Und beide waren sie fast gleich ehrgeizig, was deutlich wurde, wenn Salome ihn beim Scrabble fertigmachte, was ihr recht oft gelang. Salome war am Scrabblebrett wie vom Teufel besessen. Sie kannte alle diese überraschend nervtötenden Wörter, die kein Mensch je verwendet – idiotische Wörter wie Yomud, Libell, Zaidit, Tigon –, und legte sie mit selbstzufriedener Unbarmherzigkeit. Als sie eines Abends »Rastaquär« legte und den fünfzig Punkte Achtbuchstaben-Bonus einsackte, ging Eddie auf, daß er mit einer Intellektuellen zusammenwohnte.

Auch Salomes Eltern hatten sich getrennt, aber das war schon lange her. Ihr Vater war mit einer vollbusigen Politesse durchgebrannt, die ihm eines Morgens einen Strafzettel an den BMW gepappt hatte. Es war eine lange Geschichte. Sie sprach nicht gern darüber. Sie sagte, wenn Eddie das wirklich wissen wollte, dann würde sie ihm die Fotokopie eines Artikels über sie geben, der Anfang des Jahres im *Cosmopolitan* erschienen war. Sie hatte achtzehn Monate mit einem Typen zusammengewohnt und Schluß gemacht, als sie feststellte, daß er all ihr Geld ausgab, um den kränkelnden Soft-Porno-Verlag eines Freundes zu retten.

»Kompliziert«, sagte sie. Er war jetzt in irgendeiner Sekte, auf einer Insel vor Cornwall. Sie mußten auf der Insel in Särgen schlafen. Seltsam.

Sie sagte, die meisten Typen, die sie seitdem kennengelernt hatte, wären zu blöd gewesen, um sich die Schuppen von der Sonnenbrille zu wischen.

Manchmal erzählte Eddie ihr von Marion. Er sprach von ihr wie von einem Teil der alten Zeiten, wie ein vollgesoffener Wirtschaftsprüfer, der in einer Singles-Kneipe über seine Exfrau herzieht. Salome fand, das höre sich alles ziemlich herb an, aber als Eddie ihr von ihrem Sexualleben erzählte und daß Marion offenbar pausenlos ficken wollte, lachte sie. Sie wußte wirklich nicht, worüber er sich da beklagte.

Er wußte, daß er ihr das nie begreiflich machen könnte, aber aus irgendeinem Grund war es wichtig für ihn. Es quetschte ihm wirklich die Eier aus, aber er konnte es nicht leugnen.

»Sex bedeutet mir eben etwas«, sagte er empfindsam. »Ich meine, es ist nicht einfach nur eine tierische Erfahrung.« Wieder lachte Salome laut.

»Sicher«, sagte sie. »Ist doch klar.«

Der wirkliche Frust lag darin, daß Salome immer öfter fand, daß Marion sich doch ganz okay anhörte, je mehr er über sie sprach. Sie sagte, es sie wirklich Zeit, daß Frauen sexuell die Initiative ergriffen. Sie sagte, Irinnen würden mit dem Ziel erzogen, eine Mischung aus der Jungfrau Maria und Florence Nightingale zu ergeben. Sie sagte, Eddie hätte keine Ahnung von Frauen und unter seinem egalitären Gewichse wäre er genauso ein Chauvi wie jeder andere. Er sagte ihr, daß er diese Ansicht kränkend fände, und sie sagte, sie stünde dazu.

»Sexismus ist einfach out«, sagte er. »Ich bin absolut für die Frauenbewegung.«

Salome sagte, männlicher Chauvinismus sei wie Trompetenhosen. Er würde nie ganz verschwinden. Sie traute Männern nicht, die sich als Feministen bezeichneten. Das sei nur eine andere Form von Verführung. Clever, zugegeben, aber trotzdem durchsichtig.

»Die haben alle dieselbe Stimme«, sagte sie, »diese Männer, alle sanft und klebrig und ideologisch korrekt und nicht raubtierhaft. Sie haben alle irgendwo denselben verdammten Kurs belegt.«

Er sagte, er und Marion hätten sich nicht getrennt, weil er ein Sexist war, falls sie das wirklich interessierte. Sie sagte, es interessiere sie nicht wirklich, aber er erzählte es ihr trotzdem. Sie hatten sich getrennt, weil er mit anderen Frauen geschlafen hätte.

»Aber sie hat das alles falsch verstanden«, seufzte er. »Ich meine, ich habe mit ihnen *geschlafen,* das ist alles, ich habe nichts mit ihnen gemacht. Ich schlafe oft mit Freunden. Du nicht? Ich finde es sehr tröstlich, mit jemandem zu schlafen. Es braucht gar nichts Physisches zu laufen.«

Salome sagte, das sei ein netter Trick. Dann sagte sie, er sei ganz schön schwach. Eddie könnte nicht alles haben. Entweder wollte er der harte Machohengst sein und alles in Sichtweite ficken, oder er war Mister Ich-bin-der-neue-Mann-und-ich-will-kein-penisförmiges-Auto. Er konnte nicht die eine Sorte Vibrationen ausschicken, wenn ihm die Situation paßte, und die andere, wenn nicht. Sie bezeichnete Eddie als sexuelles Chamäleon, das sich entscheiden müsse. Und sie sagte, auf jeden Fall müsse Eddie noch viel über Frauen lernen.

»Die Sache ist, Kindchen, daß die besten fast nie so gut sind, wie du glaubst, und die schlechten wahrscheinlich nie so schlecht.«

Wenn sie ihn nicht Kindchen nannte, dann nannte sie ihn »Hunne«. Zuerst trieb ihn das zum Wahnsinn.

»Nenn mich nicht so«, schmollte er dann. »Ich bin kein verdammter Deutscher.«

Aber sehr langsam, im Laufe der Wochen, gewöhnte Eddie sich daran. Dann verschlimmerte sich die Lage. Wenn sie ihn mit blöden Namen rief, dann stellte er fest, daß ihm das langsam gefiel. Eines Tages saß er in der Küche und dachte: »Jesus, ich bin ein erwachsener Mann, und es macht mir nichts aus, daß sie mich gerade ›Bienenstich‹ genannt hat.«

Er fing an, tagsüber an sie zu denken, wenn sie nicht da war. Er dachte an Salomes Gesicht, an die Kurven ihres Körpers, an ihr kehliges Lachen. Manchmal, wenn er sie ansah, wie sie sich auf dem Sofa zusammengerollt hatte und am Telefon quatschte und ihre nackte Ferse streichelte, dann hätte er vor Verlangen weinen können. Wie sie sich mit den Fingern durch die Haare fuhr, wie sie ihren Namen schrieb, wie sie ihr gefährliches Lächeln aufleuchten ließ, das alles fing an, ihn zu verschlingen.

»Himmel, Beano«, schrieb er. »Es hat mich böse erwischt. Ich weiß nicht, was mit mir los ist.«

An einem windigen Sonntagnachmittag saßen sie in Hampstead Heath, aßen Brezel und überlegten, wen von den Vorübergehenden sie gern als Geschworenen sehen würden, wenn sie jemanden ermordet hätten und vor Gericht gestellt würden. Das war eins von Salomes Lieblingsspielen. Eddie sagte, er stellte sich lieber vor, mit wem von den Vorüberkommenden er gern ficken würde, wenn die Welt in zehn Minuten unterginge und er die freie Wahl hätte. Bei U-Bahn-Verspätungen funktionierte das besonders gut, sagte er, dann verginge die Zeit sehr schnell. Salome schnaufte und wäre fast an ihrer Brezel erstickt. Dann hielt sie sich die Hand vor den Mund und prustete los. In diesem Moment sahen ihn ihre feuchten blauen Augen an, mit einem Ausdruck wie bei einem verwirrten Tier. Sie berührte sein Knie, um sich festzuhalten. Eddie hörte auf zu lachen. Er starrte sie an und hatte das Gefühl, durch den Raum zu stürzen. Sie hörte auch auf zu lachen. Sie strich sich die Haare aus den Augen. Als sie sich vorbeugte und ihn auf den Mundwinkel küßte, war Eddie hin.

Es gibt einen Gott, dachte er, als ihre Zunge anfing, sich den Weg in seine Luftröhre freizukämpfen. Danke, danke, danke, Jesus.

An diesem Abend liebten sie sich, als sie in die Wohnung zurückkamen. Es fing im Wohnzimmer an, wo sie auf dem Sofa rumfuhrwerkten, während Melvyn Bragg in der »South Bank Show« versuchte, mit Gore Vidal Schritt zu halten. Sie schmiegte sich in seine Arme und liebkoste sein Gesicht und seine Brust. Als er sie an sich drückte, spürte er sie zittern. Ihre Hände befühlten einander durch die Kleider. Sie keuchten und sabberten, während die Katze zuschaute und sich mit einem selbstzufriedenen Ausdruck in ihren gelben Augen am Tischbein den Hintern rieb. Als die Hälfte ihrer Blusenknöpfe geöffnet waren und ihr Rock bis zu ihren Hüften hochrutschte und Eddie das Gefühl hatte, jeden Moment vor Lust explodieren zu müssen, löste Salome sich von ihm und sagte: »Hör mal, Eddie, ich weiß, das ist ein revolutionärer Vorschlag, aber ich finde, wir sollten uns ausziehen.«

»Klar«, sagte er. »He, ich bin doch liberal.«

Mit der lässigen Miene eines Buchhalters, der sich in einer Sauna in Bangkok auszieht, öffnete Salome die restlichen Knöpfe ihrer Bluse und zog sie aus. Sie faltete sie sehr sorgfältig zusammen und legte sie über die Stuhllehne. Sie giff in ihre Handtasche und nahm eine Packung Kondome heraus. Dann öffnete sie Eddies enge Jeans und zog sie mit einiger Mühe über seine Doc Martens.

»Die Stiefel kannst du dir selber ausziehen«, sagte sie. »Wir sind hier nicht in Texas.« Eddie kicherte hektisch, als seine Finger an seinen Schnürsenkeln herumfummelten. »Das ist nur ein Techtelmechtel, Eddie, ja, okay?« fragte sie vorsichtig und zog ihre Schuhe aus.

»Schön, schön«, keuchte Eddie. »Hör mal, ich hab's schon vergessen, ich schwör's dir.«

Dann stieg Salome aus ihrem Rock, und sie legten sich auf den Teppich, zitterten in ihrer Unterwäsche, verflochten ihre Beine miteinander, rieben ihre Geschlechtsteile, als ob sie durch die Reibung ein Feuer entfachen wollten. Als Eddie ihren Körper berührte, hatte er das Gefühl zu schmelzen. Sie legte sich auf ihn und umschlang seine Oberschenkel mit ihren, ihre langen Haare fielen ihm ins Gesicht. Als sie ihre Unterhose auszog, lachte sie. Ihr Atem roch nach Wein. Dann küßte sie ihn so fest, daß ihm der Atem verging. Sie zog ihm sein T-Shirt über den Kopf. Er konnte ihren BH öffnen. Er berührte ihre Brüste und ihr Gesicht und ihren flachen Bauch. Er biß sie in die Schulter. Sie zerrte ihm die Boxershorts vom Leib und leckte seinen Nabel. Er küßte ihren Unterleib und bewegte seine Zunge zwischen ihren Beinen. Sie lehnte sich zurück und schlang ihre Oberschenkel um seine Schultern. Mit ihren Händen umklammerte sie seinen kahlen Kopf.

Und dann konnte Eddie einige Minuten nur hören, wie Salome keuchte, wie Gore Vidal in der Glotze sarkastische Bemerkungen über Ronald Reagan fallenließ und Melvyn Bragg alle paar Minuten »ja, ich verstehe, ja« einwarf.

Als sie gekommen war, starrte Eddie in ihr Gesicht und gab sich alle Mühe, anbetend auszusehen. Aber Salome kicherte schuldbewußt hinter vorgehaltener Hand.

»Ich hab es noch nie mit einem Irokesen gemacht«, sagte sie. »Dein Kopf sieht von hier aus aus wie eine Portion Zukkerwatte.«

»Ha, ha, ha«, sagte Eddie und fragte sich, ob das ein Kompliment war oder nicht. Er kniete auf dem Boden und streifte sich ein Kondom über.

Salome löste sich von ihm und sagte, sie hätte eine Idee. Sie wollte es im Badezimmer machen. Also rutschten sie eine Weile in der Dusche herum, bis kein heißes Wasser mehr da war und Eddies schlaffer Irokese ihm in die Augen hing. Dann machten sie es, triefend vor Seife und Schweiß, auf dem Teppich in der Diele. Dann, über den großen Tisch im Arbeitszimmer gebeugt, zogen sie eine Schneise zwischen Salomes Fax und einem schwankenden Stapel von Kopien des Regierungsberichtes über die Zukunft der privatisierten Rundfunkindustrie.

Zwei Stunden und drei Kondome später endeten sie

splitternackt in der Küche, an den Kühlschrank gelehnt, während die kiwiförmigen Magnete sich in Salomes Rükken bohrten und ihre Beine Eddies Hintern umschlangen, und sie heulten, während die Nationalhymne im Wohnzimmer aus der Glotze dröhnte.

Danach lagen sie in der Dunkelheit auf dem Boden und hörten sich den Regen an, während das Radio Jazz spielte und Eddie versuchte, wieder etwas Gefühl in seinen Kiefer zu bekommen.

»War es schön für dich?« fragte er nach einigen Minuten.

»Ach«, antwortete sie gähnend. »Ich nehme an, es war in Ordnung.« Sie warf ihm einen Blick zu, der beunruhigend nach Mitleid aussah. »Ich mach Witze«, sagte sie. »Es war nett.«

»Nett?« wiederholte er. »Oh, großartig.«

»Ich meine, die Erde hat gebebt, Eddie, was willst du eigentlich, eine Anzeige in der *Times*?«

»Salome«, krächzte er. »Ich glaube, ich hab mich in dich verliebt.« Dann lächelte sie traurig und berührte eine Seite seines Gesichts.

»Sei nicht blöd, Eddie«, sagte sie. »Mach nicht alles kaputt.«

»Jesus«, fragte er. »Was geht denn kaputt? Geht immer alles kaputt, wenn du das mit einem machst, der dich liebt?«

»Nicht immer, Hunne«, antwortete sie. »Aber meistens.« Und sie stand auf, goß sich ein Glas Wasser ein und schaltete den Wasserkocher ein.

»Jesus«, sagte Eddie. »Ich begreif die Frauen nie.«

»Ach?« fragte Salome. »Na, vielleicht solltest du dir nicht solche Mühe geben?«

Sie machten es nach dieser Nacht noch drei- oder viermal, in seinem Bett, nie in ihrem. Und nach dieser ersten Nacht war ihr Sex kompetent, effektiv, sogar akrobatisch, machte aber nie mehr soviel Spaß. Und wenn Eddie aufwachte, war Salome immer schon in ihr eigenes Zimmer verschwunden. Zuerst machte ihm das nicht soviel aus. Insgeheim war er erleichtert. Eddie fand es seltsam, neben einer wachzuwerden, die er jeden Abend im Fernsehen sah. Irgendwie kam es ihm vage wie ein Sakrileg vor.

Aber dann fing Salome an, sich mit anderen Männern zu treffen. Eddie sah sie manchmal beim Frühstück und versuchte dann, sie fertigzumachen, indem er, wenn sie ihm den Rücken zuwandte, gelehrt über Nietzsche redete. Salome schien auf das abzufahren, was sie den »starken, schweigsamen Typ« nannte. Damit schienen Typen mit spitzen Köpfen, minimaler Intelligenz und gewaltigen Brustwarzen gemeint zu sein, die unter ihren Jeanshemden deutlich zu sehen waren.

»Ich begreif nicht, was du an denen findest«, jammerte er. »Echt nicht.«

»Sie haben verborgene Talente, Eddie«, antwortete sie vielsagend.

Er fing an, *nur noch* an sie zu denken. Er schrieb ihr lange leidenschaftliche Briefe, die abzusenden er nicht über sich bringen konnte. Er erfand Vorwände, um sie bei der Arbeit anzurufen. Er lag mitten in der Nacht wach, mit trockenem Mund und heißem Gesicht, und jeder Nerv bebte beim Gedanken an ihren dünnen weißen Körper. Eines Morgens wurde er wach und hörte John Lee Hooker im Radio, »I'm a crawling king snake for you, baby«. Eddie schloß die Augen, schluckte hart, starrte finster seine Erektion an und dachte: »Jesus, John Lee, ist das dein ganzes Problem?«

Eines Nachmittags im September beschloß Eddie, nun genug durchgemacht zu haben. Er hatte die ganze letzte Nacht das Ohr an ihre Wand gepreßt und den ganzen Morgen die Unterhosen eines Fremden gebügelt. Er ging ins Arbeitszimmer, nahm seine Schürze ab und teilte ihr mit, daß er sie liebte.

»Und das meine ich ernst, Salome«, verkündete er. »Ich habe das in meinem Leben bisher noch zu keiner gesagt.« Salome blickte vom Computer auf, seufzte tief und nahm ihre Brille ab.

»Eddie«, sagte sie. »Du kennst mich jetzt seit sechs Wochen. Laß mich in Ruhe.«

»Was ist mit uns?« fragte er. »Was ist mit dieser Sonntagnacht?«

»Ja, was ist damit?« fragte sie. »Wenn du glaubst, ich gehöre jetzt dir, bloß weil wir ein bißchen Mandelhockey gespielt haben, dann irrst du dich gewaltig.«

»Mandelhockey?« kreischte Eddie. »Ich hab Sachen mit dir gemacht, bei denen Caligula gekotzt hätte.«

»Na, das ist nicht mein Fehler«, antwortete sie. »Wenn du zu unreif bist, um damit umzugehen, Kindchen, mir ist's recht.«

»Du bist zu verdammt unabhängig«, fauchte er. »Du scheinst überhaupt niemanden zu brauchen.« Salome verschränkte die Arme und versuchte, die Titelmelodie von »The Lone Ranger« zu pfeifen. Dann blickte sie zu ihm auf und fragte: »Fertig?«

»Genau«, sagte Eddie. »Weiter so, das ist echt reif, genau so.«

Sie sagte, sie hätte ihn gern, aber sie wollte nichts, was heavy war, und beim ersten Anzeichen von Heavyosität träte sie eben um sich. Was in Praxis bedeuten würde, daß Eddie seinen Rucksack packen und unter den Brücken knacken könnte.

»Na gut, wenn ich hier im Weg bin«, schmollte er.

»Ich warne dich«, fauchte sie. »Spiel mir hier nicht den brutzelnden Märtyrer, Eddie.« Dann schlug sie die Hände vors Gesicht. Salome fing an, sehr langsam zu reden. Sie sagte, sie hätte nichts dagegen, daß er bei ihr wohnte, für den Moment, bis er etwas anderes gefunden hätte, aber was sie beträfe, so lebten sie nicht zusammen, *per se*, sie lebten einfach nur zusammen. Teilten denselben Raum. »So läuft das«, sie zuckte die Achseln. »Wenn dir das nicht paßt, take it or leave it.« Eddie ließ nicht locker. Er wollte wissen, wo sie standen. Salome seufzte. »Jetzt fängst du schon wieder davon an«, sagte sie. »Warum muß immer alles so klar definiert werden?«

»Wer definiert denn hier?« brüllte Eddie. »Jesus, ich hab dir eine simple Frage gestellt, und plötzlich bin ich Pol Pot.« Salome fing an, ziemlich drohend mit dem Kugelschreiber auf ihren Tassenrand zu trommeln. Sie fand Eddie ganz schön feindselig. Eddie zeigte mit dem Zeigefinger auf ihr Gesicht. »Ich«, knurrte er langsam, »bin durchaus nicht verdammt feindselig.« Sie sah ihm in die Augen und ließ ein Lächeln los.

»Können wir nicht einfach abwarten, was sich entwikkelt?« fragte sie geduldig. Eddie sagte, nein, er wollte eine Antwort. Er machte seine beste Flunsch. Salome sagte, was sie beträfe, so seien sie gute Freunde, die ab und zu zusammen ins Bett gingen. Das war alles. *»C'est tout«*, lächelte sie, »Hunne.« Es war keine Keuschheitsgürtel-Situation. Sie konnten sich beide treffen, mit wem sie wollten. Er sagte, sie hätte Angst vor Verpflichtungen. Sie könnte nicht bis an ihr Lebensende gesellschaftlich den Schmetterling spielen. Sie sagte, sie wüßte wirklich nicht, warum nicht. »Außerdem«, strahlte sie, »werde ich mich nicht mit dir streiten, Eddie. Ich streite mich prinzipiell nie mit Leuten, mit denen ich geschlafen habe.«

Daraufhin ging er wieder den Küchenboden putzen.

Kurze Zeit später wirkte Clint eines Abends auf der Probe ein bißchen verrückt. Er spielte immer die falschen Akkorde und starrte bedeutungsschwer aus dem Fenster. Nach der Probe bat er Eddie, noch einen Moment zu warten. Im Pub sagte er, er müsse ihm etwas mitteilen. Er wollte sich ja nicht einmischen, aber er war vor ein paar Tagen bei einem Gig im George Robey gewesen, und da hatte er etwas erlebt, was er Eddie erzählen wollte.

Er hatte Marion gesehen. Sie hatte mit all ihren Freundinnen hinten im Robey gesessen, und es schien ihr sehr schlecht zu gehen, sie war sehr betrunken gewesen, irgendwie hysterisch und weggetreten. Als er zu ihr gegangen war, schien sie ihn nicht zu kennen.

»Sie sah nicht sehr gut aus, Eddie«, sagte Clint. »Das muß ich dir einfach sagen, Kumpel, sie sah echt nicht gut aus.« Sie war mit zwei übel aussehenden Typen dagewesen, die überall an ihr herumgegrabscht hatten. Eddie trank sein Pint.

»Wirkte sie deprimiert?« fragte er. Clint sagte, das nicht gerade, nicht deprimiert, nur blau. Eddie fragte, warum Clint ihm das erzählte. Es war nicht mehr sein Problem, und Clint ging es erst recht nichts an. »Seither ist viel Wasser den Bach hinunter«, sagte er. Clint meinte, er sollte das nicht übelnehmen, aber er hatte gedacht, Eddie würde das interessieren. Eddie sagte, er hätte auch ohnehin schon Ärger genug, liebesmäßig. Also sagte Clint, vergiß es.

Sie zogen für den Rest des Abends über Jake her und machten sich über Andys Hemden lustig. Aber Eddie war nicht recht dabei, und je mehr er trank, um so schlimmer wurde das. Er wünschte sich, Clint hätte nicht von Marion angefangen. Abheften unter schlechter Erinnerung, dachte er, als er durch den Regen nach Hause trottete.

Soviel Mühe sich Eddie auch gab, Salome ließ sich nicht beirren. Es machte ihn total fertig, wie sie ihn sich vom Leib hielt. Eines Nachts, als er sich wirklich Mühe gab, einen neuen Weltrekord im Schmollen aufzustellen, schaltete sie das Peter Greenaway-Video ab und seufzte: »Okay, Eddie, ich frag ja schon, was los ist. Das willst du doch, oder?«

»Ich weiß nicht, was los ist«, jammerte er. »Ich will bloß, daß es aufhört.« Er schlug die Hände vors Gesicht und versuchte, sich ein paar Tränen abzupressen.

Salome ließ sich nicht darauf ein. Die Liebeskranker-Jüngling-Nummer kam bei ihr nicht an.

»Das Problem ist, Eddie, daß du gar keine Freundschaft willst. Du suchst eine, die deine Schamhaare aus dem Abfluß fischt, und mit mir kannst du da nicht rechnen.«

Er sagte ihr, daß diese Vulgarität ihr nicht stand. Sie sagte, sie ginge jetzt schlafen.

Eddie wußte, daß das alles nicht mehr lange weitergehen würde. Salomes Mitbewohnerin konnte jede Woche zurückkommen, und dann würde er ausziehen müssen. Nachs hatte er das schmerzliche Gefühl, daß ihm alles entglitt und abstarb. Er versuchte, ein Lied über unerwiderte Liebe zu schreiben, aber ihm fiel nichts ein. Er zupfte die traurigen, geheimnisvollen Mollakkorde und hoffte, ihr Echo könnte etwas aus den Hintergassen seines Geistes hervorzerren, aber auch das klappte nicht. Er sagte sich, das sei doch typisch, sowie er eine gefunden hatte, die er wirklich wollte, konnte er sie nicht kriegen. Aber soviel Mühe er sich auch gab, ein Lied wurde nicht daraus. Und auf Salome reimte sich ja sowieso nichts. Außer Ach und Weh. Sogar ihr Name hatte sich gegen ihn verschworen. Es war eine hoffnungslose Situation.

Anfang Oktober kam Salome mit einem Entschluß nach Hause. Als sie das ankündigte, dachte Eddie, sie wollte ihn hinauswerfen. Noch nicht, sagte sie, hier ging es um einen anderen Entschluß.

Art Attack machte eine Battle-of-Bands-Sondersendung, bei der acht neue Gruppen live auftreten würden, das Publikum sollte nachher anrufen und abstimmen. Sie hatte für die Diehards einen Auftritt in der Show reserviert. Zuerst war Eddie nicht begeistert. Er hatte das Gefühl, einfach noch nicht weit genug zu sein. Aber Salome ließ nicht lokker. Sie hätte sich schrecklich hineingekniet, sagte sie, und das sei nun wirklich nicht angenehm. Als er sagte, er müßte erst die anderen anrufen und beratschlagen, was sie davon hielten, erzählte sie, das sei schon erledigt.

»Die scheinen das alle für eine tolle Chance zu halten«, teilte sie ihm mit. Sie hatte auch Jake angerufen, und der war über das Riesending total ausgeflippt vor Begeisterung. »Na los, Eddie«, lächelte sie. »Das wird ein Megaspaß.«

Und wie sich herausstellte, brachte es total viel Spaß. Die Diehards trafen um vier Uhr nachmittags ein, brachten sich in der Studiobar mit Tequila fast um, waren rechtzeitig zum Soundcheck wieder nüchtern und legten die beste je dagewesene Version von »Whose Dog Are You?« hin. Spider bohrte am Ende den Trommelstock durch das Tom-Tom, dann versuchte er allen einzureden, das hätte er extra getan, weil er Keith Moon so verehrte. Jake aß die ganze Nacht lang so viel Lachs wie überhaupt nur menschenmöglich und versuchte, die Produktionsassistentin anzubaggern, eine nervtötend farblose Frau, die Schwarz trug und redete, als ob sie Murmeln im Mund hätte. Die Diehards bekamen zweihundert Stimmen und damit den vorletzten Platz. Die reine Frauen-anti-sexistische-Heavy-Metal-Band wurde erste. Ein verspannter Heini mit gräßlicher Akne und elektronischem Schlagzeug wurde letzter.

Am nächsten Morgen rief der Produzent Eddie an, um ihm das Endergebnis mitzuteilen.

»Punk ist einfach tot«, sagte er mit seiner Lispelstimme. »Warum steigt ihr nicht auf New Country oder so was um?«

»Weil wir keine Lieder über verfickte Schafe bringen«, antwortete Eddie.

Der Produzent fragte, ob er Lieder über »verfickte«

Schafe als Fluch oder verfickte Schafe als Adjektiv meinte. Eddie meinte, den Zapfen könnte er doch mal selber drehen. Der Produzent sagte, schön, wenn er es so wollte, und damit war die Leitung tot. Eine Sekunde lang konnte Eddie verstehen, warum gefrustete Rockstars Fernsehapparate aus dem Fenster schmeißen. Er rief den Produzenten zurück, um sich zu entschuldigen, aber seine Sekretärin sagte, er habe eine Besprechung. Also versuchte er, Jake anzurufen. Jake war bei einem Rave, tourte herum. Es war dieselbe verdammte Mitteilung wie immer in den letzten sechs Monaten. »R-r-rave on«, hieß es. »Geiles Gefühl.«

Salome rief an und putzte ihn herunter, weil er so aggressiv gewesen war. Er sagte auch ihr, sie sollte sich ihr Gerede sonstwohin stecken.

»Ich hab dir doch gesagt, daß wir noch nicht weit genug sind«, fauchte er. »Ich hätte nie auf dich hören dürfen.« Sie sagte, sie würden später darüber reden. »Na, dann bin ich nicht mehr hier«, antwortete er. »Ich bin weg, wenn du nach Hause kommst.« Die Leitung war schon tot, ehe er seinen Satz beendet hatte.

Dann ging Eddie in ihr Zimmer. Er sah ihre Sachen durch, wußte aber nicht so recht, wonach er suchte. Er ging in ihre Garderobenkammer, die wie eine Parfümerie roch. Er hätte gern alle ihre Kleider von den Bügeln gerissen, sie zerfetzt und wie Konfetti im Zimmer verstreut. Er hätte sich gern ein Pferd gesucht, es enthauptet und den Kopf unter ihr Laken gesteckt. Er hätte gern die iranische Botschaft angerufen und behauptet, Salman Rushdies Adresse herausgefunden zu haben. Aber er ließ es.

Er saß ein paar Stunden in der Wohnung vor dem Fernseher herum. Dann ging er in die Küche, nahm alle Gläser aus dem Schrank und spülte sie, zuerst in heißem Wasser, dann in kaltem, und er trocknete jedes so lange ab, bis es quietschte. Davon fühlte er sich aber auch nicht besser. Die

Wut wühlte sich wieder einen Weg in sein Gehirn. Als die Gläser fast alle neben dem Spülbecken aufgereiht standen, rutschte ihm das letzte aus den nassen Fingern und zersplitterte auf dem Boden in eine Million Fragmente. Eddie riß den Mund auf und schrie. Sein Kopf stieß gegen den Kühlschrank. Er versetzte der Küchentür einen Tritt. Er traktierte die Geschirrspülmaschine mit Karateschlägen. Er riß das Küchenfenster auf und warf die sauberen, funkelnden Gläser eines nach dem anderen runter auf den Hund, einen blöden kleinen Pudel, den seine blöde kleine Besitzerin »Nudel« nannte, eine aristokratische Dame mit blaugefärbten Haaren, deren Gesicht öfter geliftet worden war als ein Klodeckel.

Später am Tag, als Eddie Umschläge für das Demotape adressierte, rief Frank an, um ihm zum Fernsehauftritt zu gratulieren. Er sagte, was andere dächten, sei ihm egal, er wäre einfach stolz auf ihn. Das war die gute Nachricht.

»Ihr wart phantastisch«, sagte er. Das munterte Eddie ein bißchen auf.

Aber es gab auch schlechte Nachrichten. Dean Bean war gerade wegen Hepatitis B ins Jervis Street-Hospital eingewiesen worden. Irgendwer hatte das Patricia in einer Kneipe erzählt.

»Du weißt doch, wie das hier zugeht«, sagte Frank. »Kleinstadt.«

Eddie hörte Frank zu und empfand nichts dabei. Nicht einmal Überraschung. Nicht einmal Kälte. Er beschriftete weiter seine Umschläge, während Frank redete. Er klemmte sich den Hörer zwischen Wange und Schulter und schrieb weiter.

Frank sagte, er habe gar nicht gewußt, daß Beano fixte. Er versuchte, Mitgefühl in seine Stimme zu legen, aber Eddie konnte echte Enttäuschung heraushören. Eine dreckige Nadel, offenbar.

»Du solltest rüberkommen«, drängte Frank. »Ihm geht's wirklich nicht sehr gut.« Eddie sagte, das könnte er nicht. Er hätte einfach keine Zeit.

»Der reitet sich doch nicht zum ersten Mal in die Scheiße«, meinte er. »Der wird schon wieder gesund, glaub mir, der Typ ist der geborene Survivor.« Sein Vater sagte, er hoffe, Eddie habe recht. Eddie sagte, er hätte das alles restlos satt. Das Mindeste, was er von seinen Freunden erwartete, sei doch, daß sie auf sich selber aufpaßten. Das war nicht sein Bier. Wenn Beano sich einbildete, die anderen könnten einfach alles hinschmeißen und angewetzt kommen, um ihm die gewünschte Aufmerksamkeit zu liefern, dann würde er sich noch schwer wundern. »Der Typ steckt doch so voll Scheiße, daß sie ihm aus den Ohren quillt.«

»Eddie«, Frank fiel ihm energisch ins Wort. »Ich hoffe, du bist da nicht auch reingeraten. In dieses Drogenschäft.« Eddie sagte, nein, er nicht. Frank sagte, gegen einen Joint ab und zu hätte er ja nichts. Er wußte, daß das vorkam, aber alles darüber hinaus sei schlimm. Eddie versicherte ihm, daß er sich absolut keine Sorgen zu machen brauchte. »Na gut«, sagte Frank mißtrauisch.

»Ich brauch keine Drogen, Frank«, beteuerte Eddie. »Der Typ bin ich einfach nicht. Es enttäuscht mich übrigens, daß du mir das zutraust.«

»Ach was, Eddie«, seufzte Frank. »Komm von der verdammten Bühne runter, mein Sohn.«

Als Salome nach Hause kam, erwähnte sie ihren Streit erst, als Eddie ihn, metaphorisch, aus der Lasagne fischte. Salome hob den Blick vom Buch, das auf ihrem Salatteller lag.

»Wir haben uns wohl aufgeregt?« fragte sie sarkastisch, und ihre Augenbrauen verschwanden fast in ihrem Haaransatz. Eddie entschuldigte sich. Er sagte, es sei einfach der

Streß. Sie meinte, alle hätten Streß, und widmete sich wieder ihrer Lektüre. Sie teilte ihm mit, wenn er die Hitze nicht vertragen könnte, dann müßte er in den Schatten gehen. Sie sagte, Eddie habe sie zu verdanken, daß sie jetzt bei ihrem Produzenten in den Miesen säße. Sie hätte ganz schön Punkte eingebüßt. Und sie hätte Eddie zum letzten Mal einen Gefallen getan.

»Schöner Gefallen!« brüllte Eddie. »Schöner Scheißgefallen.« Sie sagte noch einmal, daß sie sich nicht streiten wollte.

»Ich weiß, daß du das willst«, seufzte sie mit empörender Gelassenheit. »Aber ich will nicht, und damit hat sich's.« Eddie fing an, das Besteck zu verbiegen.

»Das ist so typisch für dich«, bellte er. »Du bist so beherrscht, oder, Salome?« Sie erwiderte, sie habe außer Eddie nie jemanden getroffen, für den »beherrscht« ein Schimpfwort war.

Das sagt eine Menge über dich aus, Eddie«, lächelte sie.

Während sie sich noch stritten, ob sie sich nun streiten sollten oder nicht, schellte das Telefon. Niemand ging ran. Salome saß am Tisch, sehr still, und massierte sich mit den Fingern die Schläfen. Eddie hörte Jakes Stimme auf den Anrufbeantworter in der Diele plappern.

»Eddie, Mann«, keuchte Jakes Stimme. »Schleif deinen Arsch so schnell wie möglich zu mir rüber. Ich meine, so SCHNELL wie möglich, kapiert? Ich hab große Neuigkeiten für dich und die Jungs. Jetzt geht's los, Kindchen. Jesus. Aber eines noch. Ich brauch sechshundert Eier, Eddie. Ist mir egal, wo du die hernimmst, leih sie dir, egal wo, verkauf deinen Arsch, ich geb's dir nächste Woche zurück, aber vergiß es nicht. Jesus, wie ich diese verflixten Apparate hasse.«

Eddie schwieg Salome an. Er schlich aus der Küche und schloß die Tür hinter sich. Als er Jake zurückrief, war immer noch dessen Anrufbeantworter eingeschaltet. Er legte auf und wählte noch einmal. »Rave on«, hörte er. Eddie schrie auf.

»Jake«, brüllte er, »geh an dein Scheißtelefon!« Nichts passierte. »Rave on«, schlickste der Anrufbeantworter. »Du bringst mich zum Wirbeln.« Eddie haute den Hörer auf die Gabel, und ein kleines »Kling« ertönte. »Jesus«, murmelte Eddie. »Irgendwann bring ich das Arschloch um.« Als er in die Küche zurückkam, mahlte Salome gerade in einer von diesen Maschinen Kaffee, bei deren Geräusch einem die Zähne jucken.

Sie zeigte auf ihre Kreditkarte, die auf dem Tisch lag. Und als sie die Kaffeemühle abstellte, sagte sie, er könnte ihren Wagen ausborgen.

Eddie sagte, danke nein, er wollte ihr nicht noch mehr verpflichtet sein, und jetzt zöge er offiziell aus. Sie sagte ihm, er sollte sich keine Sorgen machen, es sei kein Gefallen, sondern eine Leihgabe. Und wenn er ausziehen wollte, dann war ihr das recht, aber er sollte wenigstens warten, bis er sich ein bißchen beruhigt hatte. Sie drückte ihm die Karte in die Hand.

»Nur als Beweis, daß ich nichts gegen dich habe, Eddie«, sagte sie. »Was die Liebe angeht, sind wir vielleicht eine wandelnde Katastrophe, aber ich möchte trotzdem deine Freundin sein.« Sie nahm seine Hand und spürte, wie sein Zorn sich legte. »Nur Mut, Eddie«, sie lächelte und streichelte sein heißes Gesicht. »Du hast deine Zukunft in der Hand, du mußt aufhören, alle anderen dafür verantwortlich zu machen.« Er sagte, die Kreditkarte nützte ihm wenig ohne Geheimnummer.

»Liebe größer noch kennt kein Mann«, sie grinste blöde, »oder keine Frau«, und sie kritzelte eine Nummer auf einen gelben Klebezettel, den sie sehr vorsichtig an Eddies kahlen Gänsehautschädel pappte.

Jakes Gartenwohnung in Blackheath erwies sich als Souterrain an einem baufälligen viktorianischen Platz bei Peckham. Als Eddie ausstieg, starrten die Kinder Salomes gelbe Ente an. Sie sahen aus wie harte kleine Wichser. Unten verkündete ein mit Tesafilm unter die nicht funktionierende Klingel geklebter brauner Umschlag: »Motorvatin' Productions. Die internationale Heimat des Rock 'n' Roll.« Als Jake die Tür öffnete, trug er einen scharlachroten Kimono, der von zweifelhaft aussehenden Flecken übersät war. Er winkte mit dem Milchglas in seiner Hand.

»Ganz schön harte Gegend hier«, sagte Eddie.

»Ja«, erwiderte Jake. »Ist aber in Ordnung, wenn du dich erst dran gewöhnt hast.«

»Wo ist deine Karre?«

»Scheiß-Autohändler«, pöbelte Jake. »Sie haben mein Baby abgeholt, weil ich die Raten nicht bezahlt hab. Die begreifen das nicht, Eddie, ich hab die Knete, es ist einfach ein Organisationsproblem, verstehst du. Ich hab soviel zu tun, da verlier ich manchmal den Überblick.«

Eddie lachte. Er fragte Jake, ob Salomes Auto nichts passieren würde. Jake sagte, das nicht, die Kleinen würden ihn alle kennen. Er stolperte die Treppe zur Straße hoch.

»He, Jungs, Pfoten weg von der Karre, ja? Ich bin hier wie der verdammte Rattenfänger von Hameln«, kicherte er. »Echt. Der Rattenfänger von Scheiß-Peckham.«

Eddie erkundigte sich nach der guten Nachricht. Jake fragte, ob er das Geld mitgebracht hätte.

Sie gingen in das winzige Vorderzimmer, das intensiv nach saurer Milch und Essig roch. Jake fischte eine Unterhose vom ramponierten Kaffeetisch und warf sie über einen altmodischen Wandschirm in der Ecke. Seine Augen waren weit aufgerissen und erregt. Er sah aus wie ein fetter kleiner Junge, der zum ersten Mal in der Baseballmannschaft aufgestellt wird.

»Eddie«, krächzte er. »Ich freu mich so für dich.« Er packte Eddies Hand und schüttelte sie hektisch. »Es geht um den *Melody Maker*«, sagte er. »Sie wollen ›Whose Dog‹ auf einer Flexi-Platte haben, die sie gratis mit der Weihnachtsnummer verteilen. Ist das nicht phantastisch und scheißtoll? Ist das nicht allerbestestens?«

Neben dem Essiggestank roch das Zimmer noch nach billigem Aftershave, süß wie sterbende Blumen. Ein verblaßtes Poster von Little Richard, der schrie und mit dem Fuß das Klavier bearbeitete, verdeckte einen feuchten Spalt, der sich quer über die ganze Wand hinzog. Hinten beim Fenster hockte ein schäbiger Fernseher, in dem ein Kleiderbügel als Antenne steckte. Ganz oben, fast schon an der Decke, löste sich die Blümchentapete von der braunen Wand. Geheimnisvolle Plastiksäcke drohten zu platzen. Ein Haufen dreckiger Kleider lag auf dem Boden. In jeder Ecke schienen große Stapel vergilbender, mit Schnur umwickelter Zeitungen zu lagern. In jeder Ecke außer einer.

In der von der Tür am weitesten entfernten Ecke stand ein wuchtiges Sterosystem, glatt, schwarz und glänzend, mit mehr Knöpfen als im Cockpit einer Concorde. Winzige Lampen flackerten an der Vorderseite. Die Lautsprecher, die an den Wänden befestigt waren, waren riesengroße, obszön aussehende Geräte. Alles sah lebendig aus. Es schien ruhig in der Ecke zu pulsieren und Eddie anzustarren und dabei eine gefährliche Ruhe auszustrahlen. Es sah teurer aus als alles andere im Zimmer zusammen. Wahrscheinlich war es das auch, meinte Jake, aber er hatte die Anlage zum Großhandelspreis bekommen.

»Das ist mein Was-nimmst-du-mit-auf-eine-einsame-Insel, Eddie«, lachte er. »Wenn ich je irgendwo an Land geschwemmt werde, dann dieses Ding mit.« Jake legte seine Hand auf den Rauchglas-Deckel des Kassettendecks und lächelte stolz wie beim Fotografen. Dann hauchte er seinen Ärmel an und polierte die Stelle, wo seine Hand geruht hatte. »Jedenfalls«, sagte er, »tolle Nachricht, ha?«

Eddie sagte, okay, aber sein Gesicht verriet ihn. Unter dem Ansturm von Jakes Enthusiasmus gab er aber schließlich nach. Er gab zu, daß er mit einem Plattenvertrag gerechnet hatte. Jake sah sauer aus. Er sagte, es sei eben eine weitere Sprosse der Leiter.

»Wer macht sonst noch mit?« fragte Eddie. »Auf der Platte, meine ich ... «

»Noch ein paar andere Unbekannte, ich meine, tut mir leid, Ed, aber so ist das, du weißt schon, neue, aufstrebende Bands, diese ganze Scheiße.«

»Wer?« beharrte Eddie.

»Irgend so eine Thrash Metal-Band, Agonising Death oder so.« Jake starrte die Decke an und zählte an seinen fetten Fingern ab. »Dann ihr, die Jimmy Lightning und The Hip Replacements, dann die Sex Things, wer noch, ach ja, die Four Whores Men of the Apocalypse, die spielen ›Fuck Thatcher‹, und noch ein paar andere. Du weißt schon, kleine Fische. Ihr seid jedenfalls klar die besten von allen.« In der Küche pfiff klagend ein Kessel.

»Sie wollen die Platte ›Junge Thronfolger‹ nennen«, sagte er. »Also, die Bands, die aller Wahrscheinlichkeit in den 90er Jahren groß rauskommen werden.« Wieder sah er erregt aus. »Wie ihr, Eddie«, er boxte leicht gegen seine Schulter. »Wie ihr, Kumpel.«

Eddie fragte, ob es irgendwas Schriftliches gäbe. Jake sagte, noch nicht, aber der Vertrag würde am nächsten Morgen gleich von einem Boten gebracht. Er brauchte die sechshundert Ecken, weil das Stück noch einmal richtig aufgenommen werden müßte. Er hatte schon das Roundhouse gebucht. Er würde es selber produzieren, um die Kosten niedrig zu halten. Er hatte schon The Sax Machine angerufen, und die wären dabei, ohne Honorar. Nach Erscheinen der Platte würde der *Melody Maker* alle Kosten zurückerstatten. Eddie schlug mit den Geldscheinen gegen seine offene Handfläche.

»Das sollte jetzt lieber keine Ente sein, Jake.« Jake sah verletzt aus. Er stellte den Kessel weg und griff zum Telefon.

»Ruf sie an«, sagte er. »Ruf sie sofort an.«

Eddie sagte, ach, Scheiße, Jake, und lachte.

»Nein. Verdammter Wichskram, Eddie Virago«. Jake bestand darauf: »Nun mach schon, ich hobele mir für euch den verdammten Arsch ab, und das ist nun der Dank, also los, ruf sie sofort an, mach schon.« Eddie bat um Entschuldigung.

»Na gut«, sagte Jake, schon wieder außer Atem. »Ich will dir was sagen. Du steckst voll Scheiße, Eddie.« Eddie meinte, er sei doch nicht undankbar. Jake zog wütend an seiner Zigarette. »Dankbarkeit«, höhnte er, »du weißt ja nicht mal, was dieses Scheißwort bedeutet!«

Wieder zog er heftig an der Zigarette und hustete Rauch durchs ganze Zimmer. Eddie legte das Geld auf Jakes Tisch. »Weg damit«, schimpfte Jake. »Los, steck's wieder ein, du kleiner Wichser, und dann erklärst du den anderen in der Band, daß eine von den wichtigsten und geilsten Musikzeitschriften im ganzen Scheißland nicht gut genug ist für Mr. Eddie Scheiß Hendrix Wichser Virago.« Eddie bat noch einmal um Entschuldigung.

Jake stakste zurück in die Küche und knallte die Tür. Fünf Sekunden später war er wieder da. Er senkte den Kopf und bat um Entschuldigung. Sein fettes Gesicht lugte durch die Finger.

»Entschuldigung scheint das schwierigste Wort zu sein«, sagte er. Alles kam von der Aufregung, die war ihm zu Kopf gestiegen.

»Geil dich runter«, sagte Eddie. »Ich bin echt hin und weg.«

Sie saßen in Jakes Küche, quatschten und teilten einen Joint.

Signierte Bilder von Rockstars bedeckten jeden Zoll der Küchenwand. Bob Geldof. Sid Vicious. Morrissey. Und genau in der Mitte klebte ein Foto von Jake, der den Arm um einen verwirrten John Lennon im Hippiepelz gelegt hatte. Darauf stand: »Für Jake the Fake, alles Liebe von John the Con. NYC 1975.« Jake sagte, damals sei er bis zum Gehtnichtmehr stoned gewesen.

»Lennon«, sagte er traurig. »Was für ein Verlust, Mann, was für ein Verlust.«

Sie sprachen über die Zukunft. Die fing jetzt an, meinte Jake. Nach der Platte würde alles wie von selber laufen. Es würde Verträge, Tourneen, Interviews, Fernsehauftritte hageln. Jake sagte, jetzt ginge es nur noch aufwärts. Eddie und die Jungs klopften an die Tür der Spitzenlöhne. Er sagte, in dieser Branche eine Karriere bauen sei wie eine Wand hochzuziehen. Man brauchte ein solides Fundament, und, o Baby, das war's.

Als draußen die Dämmerung anbrach, rückte Jake mit den letzten paar Ecstasy-Tabletten raus, die er für Weihnachten aufbewahrt hatte. Er sagte, normalerweise stünde er ja nicht auf diesen Kram, aber he, heute war ja schließlich ein großer Tag fürs Geschlecht.

»Was für ein Geschlecht?« fragte Eddie.

»Das Geschlecht der Menschen«, antwortete Jake und gackerte los. Als Jake Bier holen ging, sagte er, Eddie sollte sich in der Wohnung umsehen. »Gönn dir eine Tour«, sagte er. »Die Wohnung ist gerade nicht in Spitzenform, aber scheiß drauf.«

Das Badezimmer sah aus wie eine mittelalterliche Hütte. Der Dreckring im Waschbecken wie aufgesprüht. Und

Jakes Bettwäsche im Schlafzimmer, als ob sie zerfallen würde, falls irgendwer sie anhob.

In der Nachttischschublade fand Eddie ein dickes Schreibheft mit blauen Linien. Seine Finger blätterten hindurch.

»Für Jake von Elvis«, stand auf der ersten Seite, und Eddie war beeindruckt. Er blätterte um. »Für Jake von deinem guten Freund Buddy.« Nächste Seite. »Für Jake von Al Green. Für Jake von Philip Lynott.« Und die nächste. »Für Jake von Janis Joplin, mit viel Liebe und Zungenküssen.« Und die nächste. »Für Jake, Kumpel Nr. 1, von Prince.« Jede einzelne Seite war von geschwungenen und übertriebenen Eintragungen bedeckt, alle in derselben hieroglyphischen Schrift, die Eddie zu oft gesehen hatte, um sie nicht wiederzuerkennen.

Eddie blieb einige Minuten in dem versifften Schlafzimmer stehen und hörte draußen Züge vorbeirattern. Er entdeckte sich im drecksverkrusteten Fenster. Seine Augen brannten, und plötzlich hätte er am liebsten geweint. Dann legte er das Heft sehr langsam in Jakes Nachttischschublade zurück.

Jake blieb so lange im Schnapsladen, daß Eddie sich schon Sorgen machte. Als er endlich kam, die Bierdosen an seine gigantische Brust gepreßt, lagen Schneeflocken auf seinen Mantelschultern. Jake sagte, draußen schneite es wie am Arsch.

»Jake«, sagte Eddie. »Ich hab dich immer schon etwas fragen wollen.« Jake wühlte in der Küche herum und suchte Gläser.

»Ja, Eddie«, sagte er, »frag schon, los, dann wird dir gegeben.«

»Warum zum Henker«, pöbelte Eddie, »änderst du nie den Text auf deinem Anrufbeantworter?«

Später betranken sie sich, und Jake fing an, von alten Zeiten zu erzählen. Dabei erwähnte er eine Frau namens Marge, und Eddie fragte, wer sie war.

»War mal meine Dame«, seufzte Jake und wischte sich verlegen etwas vom Knie. Eddie sagte, er hätte Jake nie als Herzensbrecher betrachtet.

Jake sagte, doch, sie hätten eines Tages in Vegas geheiratet, Anfang der siebziger Jahre, er wußte nicht mehr genau wann, in einem von diesen Drive-ins, von denen man soviel gehört hat. Sie hatten purpurne Bell-bottom-Hosen aus Plüschsamt getragen, und es hatte nur sechs Monate gedauert. »Die hat mir wirklich den Bell-bottom-Blues verpaßt«, kicherte er. Jake zog seine Brieftasche hervor und zeigte Eddie ein Foto. Die Frau hatte ein dünnes Gesicht, lange struwwelige blonde Haare und tonnenweise Wimperntusche. Sie trug Plateausohlen mit silbernen Sternen und eine zottige gelbe Weste, und sie lachte, während sie ein Baby hochhob. »Das ist sie«, strahlte Jake. »Lippen so rosa wie Teddyboysocken. Und das ist mein Kleiner, Elvis.« Elvis und Marge waren immer noch drüben, lebten in einem Camper in Great Falls, Montana. Eddie betrachtete das Bild ein paar Sekunden und wußte nicht, was er sagen sollte. Er fragte, ob Jake Elvis je zu sehen bekam, und Jake sagte, nicht sehr oft. »Wir werden das nachholen, wenn er älter ist«, sagte er. Eddie fragte, was passiert sei. Jake wandte den Blick ab und kniff sich in die Nase. »Ich schätze, wir verloren einfach that lovin' feeling, Eddie, du weißt ja, wie das geht.«

»Ja«, sagte Eddie. »Tut mir leid, Jake.« Jake zuckte die Schultern.

»Muß dir nicht leid tun«, sagte er. »Es war eine gute Erfahrung, aber damals war einfach alles zu kompliziert.« Er trank an seinem Bier. »Es war eine sehr harte Zeit, Eddie«, sagte er. »Alles war so überspannt, verstehst du? Alle machten verrücktes Zeug. « Jake wollte über Marion reden. Er meinte, sie sei ihm sehr klein vorgekommen. Eddie meinte, das wäre nicht gerade das erste, was ihm zu ihr einfiele. Jake lachte. »Okay«, gab er zu. »Nimmt ein bißchen den Mund zu voll, aber trotzdem, wirklich nett. « Salome mochte er nicht sehr. Eddie wußte, daß er sie hinter seinem Rücken »Salami« nannte. »Nur Titten und Dünkel«, spottete er. »Weißt du, was ich meine? Nicht persönlich gemeint, Mann, aber solche Tussis machen mich alle. Das muß ich schon sagen. « Eddie sagte, er sollte sie nicht Tussis nennen. Jake sagte, sicher, das wüßte er, aber trotzdem. »Solche Frauen«, seufzte er, »die glauben, jeder Typ ist scharf auf sie, verstehst du. Sie sind irgendwie besessen. « Eddie fragte, ob Jake sich je einsam fühlte. Jake sagte, nichts da. »Machst du Witze, Mann?« Er lachte. »Tja, ich hab haufenweise Tussis, weißt du, Groupies und so. Die rennen mir echt die Bude ein, manchmal geht's hier zu wie in Fellinis verdammtem ›Satyricon‹, verstehst du? Ich meine, es ist wie das Ende der verdammten Weimarer Republik, weißt du. Es ist verrückt, ich meine, sieh dich hier doch um. Das Komische ist, ich weiß, daß du mir nicht glaubst, und das nehm ich dir auch gar nicht übel, Eddie. Aber es stimmt. «

»Ich glaube dir«, sagte Eddie.

Jake seufzte. »O ja, o ja«, und er nickte seinem Glas zu. »Haufenweise Tussis, o Mann, ich könnte dir vielleicht was erzählen. «

»Ich glaub dir«, sagte Eddie noch einmal, diesmal sanfter.

Jake schien sich in seinen Gedanken zu verirren, und Schweigen senkte sich über das Zimmer, ein Schweigen, das nur von dem nervtötenden Summen der Heizsonne und dem trommelhaften Rattern der Züge draußen unterbrochen wurde. Lange Zeit verging, ehe einer von ihnen etwas sagte. Schließlich brach Jake das Schweigen.

»Aber eins noch, Ed, diese Tussi, Mary Anne, die war nett, Mann. Die war in Ordnung. Was ist mit euch passiert?« Eddie sagte, das wisse er nicht.

»Sie heißt *Marion*«, sagte er.

Jake meinte, es sei wirklich eine Schande, daß Mary Anne nicht mehr dabei war, um Eddies neuen Erfolg zu teilen. Er fand es so schade, aber man erlebte das oft in dieser Branche, miese Vibrationen zwischen den Leuten, und ganz ohne Grund.

»Ach, was die Leute für Spiele spielen«, murmelte er traurig in sein Glas. Eddie sagte, alles würde ein bißchen morbide. »Ja«, seufzte Jake. »Das Leben geht weiter, nehme ich an, ha?« Er stand lächelnd und ein wenig schwankend auf und schob eine Kassette in die Anlage. »Meine Lieblingsband, immer und ewig«, strahlte er und drückte auf Play. Wörter wurden aus den Lautsprechern geschrien, und Jake nickte im Takt mit und formte mit den Lippen den Refrain.

I'll make you feel my promises
You'll recite them when you fall
With your finger on the trigger
And your ego getting bigger
You'll recite them one and all.

Jakes Gesicht verzerrte sich, als er die Augen schloß und die Worte fauchte. Er wackelte mit seinen umfangreichen Hüften und schlug auf eine unsichtbare Gitarre ein.

Dogs in the moon
Dogs howling at the light
And I'm wondering who
Whose dog are you?

Eddie leerte die letzte Bierdose und sagte, er sei glücklich. Er lauschte auf den Text. Er sah jetzt alles sehr klar und wußte, was er zu tun hatte.

»Jake«, rief er, und seine Worte waren undeutlich über dem Heulen seines Gitarrensolos zu hören. »Du bist ein großer Mensch, weißt du das?«

»He«, antwortete Jake. »Dafür werd ich ja schließlich bezahlt.«

Eddie stand auf und sagte, er wollte nach Hause. Er suchte seine Schlüssel. Jake drehte die Anlage leiser und packte ihn am Arm.

»Eddie, Mann, du kannst jetzt nicht fahren. Du bist einfach nicht mehr fit genug. Ich ruf dir ein Taxi.« Eddie sagte nein, wußte aber, daß Jake recht hatte. Er war betrunken. »Hier, ich hol dir ein Taxi«, drängte Jake. »Hier, ich bezahl's auch, Eddie.« Jake schlug mit dem Telefonhörer gegen eine Stuhllehne und wählte eine Nummer. Eddie starrte die Geldscheine an, die immer noch auf dem Küchentisch lagen. »Scheißtelefon«, seufzte Jake und schlug noch einmal dagegen. Als das Taxi kam, nahm Jake eine Zwanzigpfundnote vom Tisch und stopfte sie Eddie in die Hemdentasche. »Das ist dein Vorschuß fürs erste Album«, sagte er feierlich, boxte Eddie gegen den Arm, lachte und meinte, er wollte doch bloß einen Witz machen. »Wir sehn uns bald, Eddie«, kicherte Jake. »Und ich paß für dich auf die Räder auf. Schick morgen irgendwen.«

»Ja«, nuschelte Eddie. »Vielen Dank, Mann.«

»Vergiß es«, sagte Jake. »Du bist meine Investition auf meine alten Tage. Ich muß mich um dich kümmern.« Er half Eddie die Treppe hinauf.

Es schneite jetzt heftig, und Eddies kahler Kopf prikkelte. Die Kinder liefen hin und her, schrien, hielten ihre offenen Münder in den Schnee wie Fische, die im Aquarium herumschlucken.

Ehe das Taxi anfuhr, kam Jake die Treppe aus seiner Wohnung hochgekeucht. Er klopfte an das Seitenfenster, und Eddie kurbelte es herunter. Schnee hüllte jetzt die Straße ein, lange Schneefäden im gelben Laternenlicht. Der Taxifahrer sagte, er wolle los. Im Radio hatten sie gesagt, der Blackwell Tunnel würde jetzt gesperrt, und die Straßen seien die reinste Eisbahn.

Jake bat Eddie, ihm Salomes Autoschlüssel zu geben. Er sagte, er würde damit vielleicht später mal um den Block fahren. Niemanden würde das stören. Schließlich würde niemand es je erfahren.

»Komm schon, Eddie«, sagte er. »Komm schon, was meinst du? Tu diesem alten Raver und Rumtourer einen Gefallen, ha?« Eddie sah Jake in die unschuldigen Babyaugen, groß von Alkohol und Hoffnung. Er seufzte, als er die Schlüssel aus seiner Tasche fischte und durchs Fenster reichte. Er sagte, Jake solle gut auf die Karre aufpassen, um Himmels willen. »Baby, you can drive my car«, sang Jake und umklammerte die Schlüssel mit seiner fetten Hand. »Beepbeep, beepbeep, yeah!« Eddie legte sich flach auf den Rücksitz.

»Ich vertrau dir meine Eier an, Jake«, sagte er.

»Wiedersehen, Eddie«, lachte Jake, als der Wagen anfuhr. »Keine Sorge, mir kannst du vertrauen. Halt dich an mich, Baby.« Er schloß hinter sich die Haustür. »Goodbye, Eddie Virago«, sagte er noch einmal.

Salome war schon aus dem Studio zurück, als Eddie nach Hause kam. Das mit dem Wagen verstand sie. Sie sagte, sie sei sogar froh darüber. Man sollte nichts riskieren, wenn man getrunken hatte, schon gar nicht bei diesem schrecklichen Wetter. Sie würde am nächsten Morgen irgendwen hinschicken, um die Karre zu holen. Wenn sie irgendwen überreden könnte, nach Peckham zu fahren. »Ein Witz«, sagte sie.

Als Eddie ihr die Neuigkeiten erzählte, öffnete sie eine Flasche M und S-Chablis und sagte, sie sei wirklich stolz auf ihn. Sie redeten noch lange, obwohl es schon sehr spät war. Sie meinte, das müßte doch eine phantastische Genugtuung sein und der reinste Motivationsschub.

»Du kommst rum, Eddie«, sagte sie. »Siehst du, was passiert, wenn du positiv an die Sachen rangehst?« Er erzählte ihr daraufhin, was Jake über ihn und Marion gesagt hatte. Wie schade alles sei, was zwischen ihnen passiert war und daß sie nicht einmal mehr miteinander reden konnten. Er lachte boshaft, als er ihr das erzählte, als ob er sich von dem, was Jake gesagt hatte, distanzieren wollte. Aber wie Eddie erwartet hatte, fand Salome, Jake habe recht. »Was immer sonst mit ihr ist, Eddie, sie hat zu dir gehalten, als du ganz allein warst. Sie hat an dich geglaubt. Ich kann einfach nicht glauben, daß du ihr völlig den Rücken kehrst.«

»Was meinst du, geschieht mit einer Liebe?« fragte er. »Ich glaube, genau das möchte ich wissen. Ich meine, wohin verschwindet sie?«

»Wenn ich das wüßte, Kindchen«, sagte sie. »Dann wäre ich reich. Und ich würde wohl nie wieder irgendwen lieben.«

Um drei Uhr morgens rief Eddie einen Pizzakurier an.

»Wie möchtest du die Pizza?« fragte er sie. »Tief oder flach?«

»Ich will meine Pizzas wie meine Männer«, sagte sie mit Schmollmund und dem, was sie für eine Mae-West-Stimme hielt. Eddie bestellte flach, aber sie lachte nicht. Dann gingen sie in sein Schlafzimmer und sahen sich händchenhaltend den Schnee an.

Salome meinte, Eddie sollte wirklich seine Mutter anrufen. Die würde sich bestimmt total über die guten Nachrichten freuen, und es war alles so lange her.

»Ja«, gab Eddie zu. »Viel zu lang.« Und Salome meinte, er sollte auch Marion besuchen.

»Warum nicht?« beharrte sie sanft. »Was kann das denn schaden?« Schneeflocken spritzten auf die schwarze Fensterscheibe. Sie preßte seine Finger. »Du weißt, daß du sie immer noch liebst, nicht war, Eddie? Ich meine, das kannst doch selbst du begreifen.«

Eddie starrte den Schnee an, der durch die Luft fiel wie die Streifen aus einem Telex. Ein paar Minuten lang schwieg er. Er blickte zu den Silbersternen hoch und erinnerte sich an Fetzen einer weit zurückliegenden Unterhaltung. Er spürte Salomes Hand auf seiner.

»Ich komme mir vor wie einer in *The Dead*«, sagte er schließlich.

»Was?« Sie lachte leise. »Dead wie Grateful?« Er lehnte seine Stirn gegen das kalte graue Glas.

»Nein«, seufzte er. »Die Geschichte von Joyce, mit dem ganzen verdammten Schnee am Ende.« Sie stupste ihm in den Rücken.

»Ich weiß, was du meinst«, sagte sie. Er drehte sich zu ihr um und erwartete, daß ihr Gesicht im Mondlicht schön aussehen würde. Aber Salome hatte die Art Gesicht, die im elektrischen Licht am besten kommt. Er berührte ihre kalten Lippen, und sie trat zurück.

»Hast du die gelesen?« fragte er. Sie sagte nein, aber den Film hatte sie gesehen.

Eddie hatte Angst, Marion könnte ihn hassen. Aber Salome hielt das für unwahrscheinlich.

»Ich würde sagen, dich kann man gar nicht hassen«, sagte sie. Eddie sah sie hold an und bedankte sich. Salome meinte das aber nicht unbedingt als Kompliment. »Du bist zu arrogant, um zu glauben, irgendeine Frau könnte dich hassen – du würdest alles für unterdrücktes Verlangen halten.«

Dann lachte er und teilte Salome mit, sie sei die beste Freundin, die er je gehabt hatte, und sie sagte ja, da habe er wohl recht.

»Du bist wirklich nie eifersüchtig«, sagte er.

»Doch«, sagte sie. »Manchmal schon, aber bei dir bin ich noch nicht so weit, Eddie. Ich will nicht sagen, daß das nie passieren kann, aber bisher ist es noch nicht der Fall.« Eddie stützte den Kopf in die Hände.

»Es ist bloß, daß jetzt alles besser aussieht«, sagte er. »Ich muß einfach aufhören, alles zu verscheißen.«

Salome nippte an ihrem Glas. Sinatra blubberte aus der Anlage.

»Du mußt versuchen, zu anderen ehrlich zu sein, Hunne«, sagte sie ihm. »Ich mag dich, du bist in Ordnung, aber du bist nicht ehrlich, und das bringt die Leute in Schwierigkeiten.«

»Jesus«, sagte Eddie. »Darauf läuft es immer hinaus. Alle erzählen mir diesen Müll, und ich weiß einfach nicht, wieso.«

Sie sah ihm voll in die Augen.

»Großes Indianerehrenwort?« fragte sie.

»Wirklich und wahrhaftig«, gluckste Eddie. »Ich meine, wann war ich dir gegenüber je unehrlich?«

Salome lachte und nahm einen Mundvoll Wein.

»Also, zum Beispiel, als du hier eingezogen bist, Eddie. Ich hab die ganze Zeit gewußt, daß das mit deiner kleinen Armee von gierigen proletarischen Hausbesetzern gelogen war. Du hast alles erfunden und mich ausgenutzt.«

Ihre Finger fuhren über den Rand ihres Glases, und ihre traurigen Augen funkelten.

»Das find ich wirklich übel von dir, Salome«, schmollte er.

»Eddie, bitte«, sie lachte. »Spider hat mir alles erzählt, schon vor Monaten.« Eddie starrte den Boden an und spürte, wie sein Gesicht rot anlief.

»Warum ließt du es weiterlaufen?« fragte er ruhig.

»Zuerst fand ich das witzig. Und später hast du mir leidgetan, und ich dachte, ich könnte dir helfen.« Eddie zündete sich eine Zigarette an.

»Noch weitere Gründe?« fragte er. Wieder lachte Salome.

»Ja, Eddie. Weil ich dich mag, nehme ich an. Aber lassen wir das doch. Ich meine, ich bin nicht mehr richtig sauer. Sagen wir einfach, Lektionen muß man eben intus haben, und das gilt nicht nur für dich.«

Die Pizza bekamen sie nie. Der Pizzaheini rief an und sagte, der Schnee sei zu dicht, und sie könnten nichts liefern.

Als es Zeit wurde, ins Bett zu gehen, küßte Salome Eddie, drückte ihn fest und sagte, sie würden sich morgen sehen, wenn er von Marion zurück wäre.

»Und ich will hören, was passiert«, mahnte sie. »Alle mörderischen Einzelheiten. Ich möchte, daß du dich mit ihr versöhnst, Eddie, ich glaube nämlich, das möchtest auch *du*.« Er fragte so höflich wie möglich, ob er mit ihr ins Bett kommen könnte. »Erst dann«, flüsterte sie, küßte ihren Zeigefinger und berührte Eddies Wange. »Wir holen das nach, wenn du dann immer noch willst.«

In dieser Nacht träumte Eddie, er sei allein auf einer großen weißen Bühne, einer Freilichtbühne in einem grasbewachsenen Amphitheater, und der Regen nieselte weich auf ein Publikum, das nur seinetwegen gekommen war. Er sah dunkle Gesichter, Reihe für Reihe, von der Bühne bis weit auf die umliegenden Hügel. Er sah einen Wald von ausgestreckten bittenden Händen. Als er seine Gitarre anschlug, klang sie üppig und klagend, mit Tiefen, die er noch nie gehört hatte. Er stand eine Minute lang allein da, hob die

Hände in die Luft und lauschte auf den polternden Applaus. Und dann kamen, einer nach dem anderen, die Diehards hinter ihm auf die Bühne. Seltsame Farben ließen den Himmel leuchten. Er hörte eine langsam kriechende Bluesfolge, die aus Spiders Trommeln dröhnte, und einen großartigen harten Baß, der ihm durch und durch zu hämmern schien. Er hörte Clint Saigons Gitarre schreien und in der Nacht widerhallen. Er hörte tosenden Applaus, der ihn ans Meer erinnerte. Und auf den Hügeln sah er Feuer am Rand des tiefblauen Himmels lecken und Felder voller mit fröhlichen Blumen bemalter Camper ...

Als er aufwachte, war Salome schon ins Fitness-Studio gegangen.

Im Badezimmer starrte Eddie in den Spiegel, starrte seinen riesigen Kamm aus wilden roten Büscheln an. Er sah noch einmal ausgiebig hin. Er dachte an alles Seltsame, das in seinem Leben passiert war, und welche komischen Wendungen es in letzter Zeit genommen hatte. Und er dachte daran, was Salome gesagt hatte, letzte Nacht, als es zu spät war, um noch zu lügen.

Er nahm sich ein paar Rasierklingen aus einem Päckchen im Badezimmerschrank und merkte, wie seine Hände zitterten. Das hier war keine Kleinigkeit. Er wollte die Kiste nicht verpfuschen. Er sah noch einmal sein Gesicht an, blaß und stachelig und haarscharf zu dünn. Dann seufzte er sehr tief und ging durch den Flur in die Küche.

Er nahm eine Schere aus der Schublade der Arbeitsplatte und ging sehr langsam durch den Flur zurück ins Badezimmer, wirklich sehr langsam, spürte dabei die Kälte des Metalls an seinen Fingern und hoffte halbwegs, daß eine Atombombe oder eine andere Katastrophe ihn treffen würde, bevor er die Badezimmertür öffnete und den Wasserhahn aufdrehte, das Becken mit heißem Seifenwasser füllte und tun würde, was getan werden mußte.

An diesem Morgen kam Mr. Patel der Gedanke, daß sich die President Street in letzter Zeit ein wenig verändert hatte. Als er vom Zeitungskiosk zurückkam, wurde es ihm auf einen Schlag klar. Ganz ohne Zweifel, alles sah besser aus. Vielleicht lag es an dem scharfen Frost, aber die Straße schien an diesem Tag in der harten Sonne zu glitzern, und alles wirkte außergewöhnlich. Ein nagelneuer Kebabstand hatte den alten Tabakladen ersetzt, ein strahlend moderner Laden, rostfreier Stahl und Plastikpflanzen. Der Waschsalon Bobbel hatte dichtgemacht, ein über und über mit Plakaten von Rockkonzerten und linken Veranstaltungen überklebtes Stahlgitter versperrte den Zugang. Aber das war nur vorübergehend. Bald würde hier ein erstklassiges vegetarisches Restaurant eröffnen, mit großem Parkplatz und umfangreicher Weinkarte. Er hatte im Anzeigenblatt des Viertels darüber gelesen. Je zwei gelbe Linien zogen sich am Straßenrand entlang, gelbes helles Sonnenblumengelb, nicht das schäbige Braun, das man überall sonst in der Stadt sah. Ein stolzer Block aus roten Ziegelapartments wuchs schon aus dem Schutt des alten Parkplatzes empor. Das Brummen der Bagger und das Grollen der Preßlufthämmer erfüllte die Luft. Überall Stadterneuerung. Und auch das Brightside hatte seine Rolle dabei gespielt.

Er stand auf dem Bürgersteig und bewunderte die Eingangstür des Brightside mit ihrem hellen, glänzenden Anstrich und die weißen, glitzernden Fensterrahmen und die Morgensonne, die auf den neuen Dachziegeln funkelte. Er fuhr sich nachdenklich übers Kinn, als er die Schönschrift des neuen Hotelschildes über der Eingangstür musterte. »Brightside Hotel, gegr. 1840, Bes. N. und H. Patel«, verkündete es in goldenen Buchstaben, die *vielleicht* ein bißchen zu großkotzig waren, wie seine Frau behauptet hatte, aber trotzdem, macht keinen Sinn, sein Licht unter den Scheffel zu stellen.

Er schob sich durch die neuen Drehtüren und beugte sich in der nach Kiefern duftenden Dunkelheit des Hinterzimmers als Herr über alles, soweit das Auge reichte, über eine Nummer des *Independent*, hatte einen Kugelschreiber im Mund, neben sich die Pfeife und war von ganzer Seele wirklich glücklich.

Eine Stunde später aber, als er sich gerade an seine zweite Tasse Tee machte, passierte etwas wirklich Beunruhigendes. Der Mann war ihm schon vorher aufgefallen, er lief draußen in schwarzen Kleidern und schwarzer Wollmütze, die nur Augen und Mund freiließ, hin und her, und Mr. Patel hatte ihn für einen verwirrten Kurier gehalten, der auf seinen Kontakt wartete. Mr. Patel hatte sogar mit dem Gedanken gespielt, hinauszugehen und dem Mann seine Hilfe anzubieten, aber dann hatte das Telefon geklingelt und seine Aufmerksamkeit abgelenkt. Jetzt erweckte ein plötzlicher Schatten sein Interesse. Der Mann stand auf der anderen Straßenseite und rauchte eine Zigarette. Er schien zuerst das oberste Geschoß anzustarren, dann Mr. Patels Fenster. Langsam überquerte er die Straße und schaute sich dabei nach allen Seiten um. Mr. Patel kam leicht ins Schwitzen. Durch die Drehtüren schritt der Mann im schwarzen Leder, das Gesicht hinter dem engen schwarz-orangen Kopfschutz verborgen, schwarze Lederhandschuhe. Der Mann bewegte sich verstohlen, als ob er hier nichts zu suchen hätte. Kurz sah er sich im Foyer um, dann warf er einen Blick auf den Tresen, ehe er sich räusperte und ein paar rasche Schritte machte.

»Was soll denn das«, mahnte Mr. Patel. »Wir haben hier kein Bargeld, was wollen Sie?«

Der Mann stand sehr still da, und dann fing er an zu lachen. Er schaukelte hin und her, und seine Schultern bebten. Er riß den Mund auf und brüllte vor überschäumendem Lachen. Mr. Patel lachte auch, griff langsam unter den

Tresen und suchte nach seinem Totschläger. Dann hob der Mann sehr langsam eine Hand und zog an der Kante der Wollmütze, lachte die ganze Zeit weiter und zog sie nach hinten über seinen eierkahlen Kopf.

»Ich bin's«, sagte er. »Ich bin's, Mr. P.«

»Allmächtiger Gott«, keuchte Mr. Patel. »Eddie Virago kehrt heim.«

Mr. Patel kam hinter dem Tresen hervorgestürzt, fiel Eddie um den Hals, preßte ihn an sich und boxte ihm in den Rücken. Er sagte, er sei so froh über Eddies Rückkehr. Er sagte, sie hätten gewußt, daß das passieren würde. Eines Tages. Sie wußten, daß Eddie sie nicht ohne ein Abschiedswort verlassen würde. Er hielt Eddie eine Armlänge von sich ab und blickte ihm mit feuchten Augen ins Gesicht. Er sagte: »Oh, Eddie, wir hatten fast schon vergessen, wie du aussiehst. Und mit deiner neuen Frisur hätte ich dich kaum erkannt. Ich meine, du bist so kahl wie ein blödes Bläßhuhn.« Und er sagte, er freute sich so, denn jetzt konnte Eddie sich das neue Baby ansehen, ein kleines Mädchen, Yasmin. Eddie fing an, sich für sein abruptes Verschwinden zu entschuldigen, aber Mr. Patel hob die Hand. Er wußte schließlich, daß so etwas passieren konnte, und außerdem wüßten sie ja beide, wer wirklich eine Entschuldigung verdient hatte.

Eddie sagte, natürlich, und das sei der zweite Grund seines Kommens, er wollte mit Marion das Kriegsbeil begraben.

Mr. Patels glückliche Miene erstarrte.

»Du willst Marion besuchen?« fragte er und lachte leise, als ob er erwartete, Eddie würde sagen, alles sei nur ein Witz.

»Ja«, kicherte Eddie. »Wohnt sie noch hier?«

Mr. Patel antwortete: »Im Grunde nicht.« Er sah unsicher aus. Wieder lachte Eddie. »Weißt du nicht, was passiert ist, Eddie?« Eddie sagte nein, er wüßte nicht, was passiert war. Mr. Patel sah jetzt ganz schön ernst aus. Er legte beide Hände an seine Nase und starrte nachdenklich den Boden an. »Mein Gott«, seufzte er. »Ich dachte, du wärst deshalb gekommen.« Im Hinterzimmer schellte das Telefon, aber Mr. Patel achtete nicht darauf. Er sprach jetzt lauter, um trotz des Geklingels gehört werden zu können. »Darf ich dich was fragen, Eddie?«

»Schieß los«, sagte Eddie.

»Hast du denn gar nichts über sie gewußt?«

»Was soll das heißen, Mr. P.?«

»Über ihre Vergangenheit?«

»Nicht viel«, sagte Eddie. »Worauf willst du hinaus?«

»Über ihre Geschichte?« Mr. Patel wandte den Blick ab, als ob seine genervte Miene das Telefon zum Schweigen bringen könnte. »Über ihre Familiengeschichte? Hat sie dir je davon erzählt?« Eddie verneinte. Er wußte überhaupt nichts über ihre Familiengeschichte. »Oder warum sie hergekommen ist?« Eddie verneinte. Er wußte auch darüber nicht viel.

Sie schienen sehr lange im Foyer des Brightside herumzustehen, obwohl es in Wirklichkeit gar nicht lange dauerte. Sie standen sehr still da, wie bei einem Kinderspiel, bei dem man sich nicht bewegen darf. Das Telefonklingeln hörte auf, dann setzte es wieder ein. Als es aufhörte, schaltete Mr. Patel den Anrufbeantworter ein.

»Sie hat in ihrem Leben einige sehr traurige Dinge erlebt, Eddie.«

»Was ist passiert? Sie ist doch nicht krank, oder? Geht es ihr gut?« Mr. Patel drehte sich ihm zu.

»O ja«, er lächelte. »O ja, versteh das nicht falsch. Ich

meine, es geht ihr gut. Natürlich geht es ihr gut.« Das Lächeln ließ sein schönes Gesicht leuchten. Er packte Eddies Handgelenke. »Natürlich geht es ihr gut.« Wieder kicherte er. »Weißt du das wirklich nicht?« Eddie antwortete, nein, er wüßte das wirklich nicht. »Sie hat geheiratet, Eddie. Sie hat geheiratet. Unsere kleine Marion.«

Eddie hatte das Gefühl, einen Schlag in den Magen versetzt zu bekommen. Er konnte nicht atmen.

»Sie ist jetzt wieder in Irland. Ich war sicher, daß du das wüßtest. Sie hat mir erzählt, daß sie versucht hat, dich zu erreichen. Tom Clancy. So ein Junge aus ihrer Heimatstadt. Er wollte eigentlich Priester werden, hat es aber aufgegeben. Sie hat ihn wieder getroffen, kurz nachdem du uns verlassen hattest. Sie war natürlich außer sich, als du verschwunden bist, und deshalb haben wir sie für ein paar Wochen nach Hause geschickt. Als nächstes kam dann der Anruf. Sie lebt jetzt da drüben. Total glücklich. Mrs. P. und ich sind zur Hochzeit gefahren. Ihr Mann hat ein kleines Restaurant in der Stadt. Einen Hamburgerstand. Haben ihren Vater kennengelernt. Was für ein Mann!«

»Ja«, krächzte Eddie. »Er hat keine Nase.«

»Genau«, nickte Mr. Patel. »Das ist er. Er sprach sehr gut von dir, Eddie, und alle fanden es eine Schande, daß du nicht zur Hochzeit kommen konntest.«

»Du hast wirklich ihren Vater kennengelernt?« fragte Eddie.

»Ja«, krächzte Mr. Patel. »Natürlich, er und Marion, na ja, sie haben im Laufe der Jahre ihre Probleme gehabt, das läßt sich nicht leugnen, traurige Geschichte, aber im Grunde ist er ein guter Mann, und sie klären das jetzt alles. Sie gehen mit allem offen um. Und sie wohnt in derselben Straße, und ein Baby ist auch schon unterwegs.« Eddie spürte, wie seine Beine sich in Wasser verwandelten. »Was für ein schönes Land, Eddie«, sagte Mr. Patel. »Solche Sonnenuntergänge habe ich noch nie gesehen. Nie. Und diese phantastischen Hügelzüge.«

Eddie war schlecht. Er stützte sich auf den Tresen und spreizte die Finger, um mehr Halt zu haben.

Mr. Patel hörte auf, über die kleinen Steinmauern, die Häuser mit Strohdach, die tiefblauen Seen und die große Freundlichkeit der normalen Leute zu reden. Er sagte, Eddie sehe nicht gut aus. Er fand, Eddie sollte jetzt lieber einen trinken. Eddie versuchte zu sprechen, aber er brachte kein Wort heraus. Er kippte einen Whisky, und der brannte auf seinem Gaumen und ließ Tränen fließen. Mr. Patel bot an, ein irisches Lied zu singen, um ihn aufzuheitern. Seine Finger wackelten und dirigierten sein Trällern ...

Love and porter make a young man older
And love and whisky make him old and grey.
What can't be cured love must be endured love
And now I am bound for Americay.

Mr. Patel hörte auf zu singen, und seine schönen Augen blickten verträumt.

»Was für ein schönes Land«, seufzte er und schüttelte sein kummervolles Haupt. »Das ist alles so eine Schande. Die Geschichte. So traurig.« Das Geschrei des Telefons zerfetzte die Stille. »Findest du nicht, Eddie? Findest du das nicht traurig? Das, was da drüben passiert?«

»Wie meinst du das?« krächzte Eddie.

»Ich meine, das, was ihr euch immer noch antut«, sagte Mr. Patel.

»Ach, das!« Eddie sagte, ja, das sei tieftraurig, aber Mr. Patel war jetzt ans Telefon gegangen und achtete nicht auf ihn. Er reichte Eddie den Hörer, mit einem überraschten Ausdruck in seinen Augen.

»Eddie Virago!« krakeelte eine Stimme. »Versuch schon

seit Monaten, dich zu erreichen, du schlauer alter Hund. Hier ist Kieran Casey... es geht um dein Studiendarlehen. Ich werd einen Vertrag mit dir abschließen müssen, Eddie, he-he-he. Wenn du nicht vorsichtig bist, Eddie, muß ich auf den Kriegspfad ziehen. Ich werd dir die Klobürste von deinem verdammten Kopf runterskalpieren müssen!«

Als Eddies Mutter die Tür öffnete, sah sie nicht aus wie seine Mutter.

Sie trug fesche blaue Levi's und ein festes weißes Hemd mit schwarzweißen Cowboy-Aufnähern. Ihre Haare waren modisch geschnitten und hatten eine andere Farbe, ein goldenes Rot, das sie fast jung machte und hübscher als in Eddies Erinnerung, falls irgendein Ire dieses Wort über seine Mutter benutzen würde. Sie sah aus wie eine Country-&-Western-Sängerin aus Tennessee, nicht wie die Frau eines stellvertretenden Bankdirektors aus Dublin 6. Sie sah aus, als ob sie überrascht wäre, ihn zu sehen, aber sie kaute etwas, als sie die Tür öffnete, und konnte nicht sofort sprechen. Aber ihre Augen wurden größer, und sie machte eine fröhliche Handbewegung. Und sowie er in die Diele trat, fing sie an zu heulen.

»Laß dich ansehen«, weinte sie und berührte sein Gesicht.

Die Diele des kleinen Hauses war sauber und weiß, und kleine rechteckige Aquarelle bedeckten die graue Wand neben der Treppe. Aus der Küche kam der Duft von warmem Brot und Knoblauch. Als sie Eddie an sich zog, fing auch er an zu weinen, und er drückte seine Mutter an sich und hörte erst damit auf, als er aus dem Hinterzimmer einen großen Mann in die Diele treten sah. Er sah seltsam und verwirrt aus. Kleine schwarzweiße Fliesen bedeckten den Dielenboden. Eddies Mutter war barfuß. Ihre Zehennägel waren hellrosa lackiert.

»Raymond«, sagte sie, ohne den Mann anzusehen. »Das ist mein Sohn Eddie.«

Raymond war ein untersetzter, kräftiger Mann, vielleicht sechzig, vielleicht auch noch älter, mit sonnenverbranntem Gesicht, großen festen Muskeln und einem glücklichen Lächeln. Er sprach mit Cockneyakzent. Er hatte einen dichten Grauschopf voller Haarcreme, den er über seinen Schädel zurückgekämmt hatte. Er trug ein grünkariertes Hemd ohne Kragen, und sein Bauch quoll über den Gürtel. Er sah aus wie ein Bauarbeiter oder vielleicht wie ein Klempner, war aber keins von beiden. Er reiste in Whirlpools. Das sagte er, als Eddies Mutter ihn aufforderte, etwas über sich zu erzählen. Er rieb sich die Hände an seiner Hose ab, ehe er Eddies Hand lange und mit festem Griff schüttelte. Er kam gerade aus dem Schuppen, wo er Holz gehackt hatte. Er roch süß wie Holzscheite. Seine Hose war aus Cord. Er reichte Eddie ein Stück Kaugummi. Er hatte Haare auf seinen seifigen Handrücken. Eddie lächelte.

»Du reist in Whirlpools?« fragte er.

»Genau«, Raymond lachte. »Ich hab schon alle Witze gehört«, sagte er. »Macht mir nichts aus, wenn du mich auslachst, Eddie. Hab sie schon alle gehört.« Wieder lächelte Eddie. »Du bist deiner Mutter wie aus dem Gesicht geschnitten«, sagte Raymond. Sein rotes Gesicht legte sich in Falten, wenn er lächelte. Er sprach sanft. »Wir freuen uns so über deinen Besuch«, sagte er. »Nicht wahr, May?«

»Nein«, sagte sie. »Er sieht aus wie sein Vater. Als ich eben die Tür aufgemacht habe, dachte ich, er wäre es. Wirklich.« Raymond sah Eddie an, als ob er wüßte, wie Frank aussah.

»Echt?« lächelte Raymond. »Hast du das wirklich gedacht? Ist das nicht seltsam?«

Das Haus bebte, als ein Flugzeug donnernd darüber hinwegflog. Die Fenster ratterten in den Rahmen, und der Boden dröhnte. Auf der Straße johlten Kinder in entsetztem Entzücken.

»Mach uns eine Tasse irgendwas, Raymond«, sagte sie und führte Eddie am Arm ins Vorderzimmer. »Himmel, ich wünschte, ich hätte das gewußt.«

»Alles klar, Boß«, sagte Raymond mit aufgesetztem Seufzer und verdrehte die Augen, während er ein Bild an der Wand geraderückte.

In dem kleinen Zimmer stand in der Ecke ein Klavier, darüber war eine weiße Spitzendecke gebreitet, auf der winzige nutzlose Porzellangegenstände und eine Kristallvase standen. Das Zimmer war kalt, und die Möbel waren alle in kaltem Meeresblau gehalten, was alles noch schlimmer machte. Auf den Kaffeetisch war eine Weltkarte gemalt. Zeitschriften lagen in ordentlichen Stapeln im Regal.

»Das ist also Raymond«, sagte Eddie, der nicht wußte, was er sonst sagen sollte.

»Ja«, sagte sie. »Das ist er.« Seine Mutter blickte in den leeren Kamin. Sie sah ihn lange an, als ob das Feuer lustig brennen würde. »Wir haben uns im Leben eingerichtet«, sagte sie plötzlich und zündete sich eine Zigarette an. Eddies Finger trommelten auf der Armlehne.

»Ja«, sagte er, und es war still.

»Ich rauche jetzt«, sagte sie munter.

»Ja«, erwiderte Eddie. »Ich auch.«

»Und ich male ein bißchen«, sagte sie.

»Das ist gut«, antwortete Eddie überrascht. »Das ist sehr gut.«

»In Maßen«, sagte sie und reichte ihm eine. »Ich mach mir nicht zuviel Sorgen deshalb.« Eddie kaute sein Kaugummi. »Die Zigaretten, meine ich«, sagte sie, »nicht das Malen«, und sie kicherte nervös. Eddie schwieg. Seine

Mutter nickte und blies Rauch durchs Zimmer. »Ich hab gestern abend deinen Vater angerufen«, sagte sie ernst. »Raymond kauft mir freitags immer die *Irish Press*. Wir haben uns solche Sorgen gemacht, als wir diese schreckliche Nachricht gelesen haben. Wir haben so mit dir mitgefühlt.«

»Ja«, nickte er. »Ich wollte ja hinfahren, aber ich hatte einfach keine Zeit.«

»Jetzt fährst du ja sicher«, sagte sie. »Zur Beerdigung.« Eddie sagte, nein, die fände in den Staaten statt. Es war schon alles arrangiert. Dean Beans Eltern konnten jeden Tag eintreffen, um ihn zu holen.

»Ach«, sagte er. »Du weißt schon, wie ich das meine. Sie wollen seinen blöden Körper holen. Oder was auch immer.« Der Rauch brannte in seinen Augen. »Seine sterblichen Überreste«, sagte er. »Ich glaube, das ist das richtige Wort.«

»Natürlich«, sagte seine Mutter und hätte fast gelacht. »Komisch, ich hab mich so an den armen Dean gewöhnt. Ich hab ihn fast als einen von unserem Stamm betrachtet. Als Iren, meine ich.« Eddie schwieg.

Sie sagte, es sei schrecklich, wirklich entsetzlich. Eddie stimmte zu und wünschte, sie würde über etwas anderes reden.

»Er hat oft nach dir gefragt«, sagte er. »Ich glaube, er hatte dich sehr gern.«

Seine Mutter sah aus, als ob sie wieder in Tränen ausbrechen könnte. Sie fand das nett, und Dean sei immer so ein sanfter, hübscher Junge gewesen, und es sei solch eine Verschwendung und mache einen wirklich nachdenklich.

»Frank und ich«, sagte sie, und dann nickte sie kurz und sagte, »dein Vater und ich«, als ob Eddie nicht genau wüßte, von wem sie redete. »Dein *Vater* und ich«, noch einmal, mit zitternder Stimme, und dann schwieg sie.

Raymond brachte ein Tablett und stellte es auf den Weltkartentisch. Seine Zungenspitze kam voller Konzentration zum Vorschein, als er das Tablett senkte, während Tassen umgedreht auf den Untertassen klapperten. Dann klatschte er in die Hände und sagte etwas von Heizung einschalten. Es war immer noch kalt im Zimmer und wurde sogar noch kälter, als sich das Licht draußen kupfern färbte und der Nachmittag sich senkte. Eddie sagte, das sei nicht nötig, aber Raymond bestand darauf und drehte mit dramatischer Geste am Thermostat an der Wand.

»Wir benutzen das nicht oft«, sagte er. »Nur zu besonderen Anlässen.« Dann sah er mit hochgezogenen Augenbrauen Eddies Mutter an. Sie nickte. Raymond klatschte wieder in die Hände, ein bißchen zu laut, und dieses Geräusch hörte sich in dem kleinen Zimmer vage lächerlich an, und der mißtönende Nachhall der Klaviersaiten summte sanft in der Ecke. »Na gut«, sagte er. »Ich muß noch was erledigen, also, ich bin oben, wenn mich jemand braucht.«

Als er gegangen war, lächelte Eddies Mutter, scheinbar leicht verlegen.

»Er ist ein guter Mann«, sagte sie. »Er kümmert sich um mich.«

»Gut«, sagte Eddie. »Das freut mich.«

»Dein Vater und ich haben uns ausgesprochen«, sagte sie plötzlich. »Du weißt ja, es ist eine Weile her.« Eddie sagte, ja, das wisse er. »Er meinte, wir sollten ein Palaver abhalten, du und ich«, und sie sah Eddie von der Seite her an. »Über alles.«

Eddie sagte, das sei wirklich nicht nötig. Sie brauchte überhaupt nichts zu sagen. Aber er konnte sehen, daß seine Mutter sprechen mußte, und deshalb lehnte er sich im Sessel zurück und nippte an seinem Tee, während er sich aufs Zuhören einrichtete. Seine Mutter hustete. Sie sah noch einmal den leeren Kamin an und suchte nach Worten.

»Niemand ist schuld daran. Aber dein Vater und ich sind eben auseinandergewachsen«, sagte sie, als ob sie diesen Spruch auswendig gelernt und eingeübt hätte.

»Ja«, sagte Eddie verlegen. »Das konnte doch jeder sehen.«

»Ja«, sagte sie. »Natürlich mache ich ihm keine Vorwürfe, aber unser Leben ist eben nicht so geworden, wie wir uns das gedacht hatten. Das ist kein Verbrechen. Aber eines Tages habe ich mich umgedreht, und dein Vater war nicht mehr der Mann, den ich geheiratet hatte. Er war anders. Nicht besser oder schlechter, nur sehr viel anders. Müder, Eddie. Abends war er immer deprimiert. Ich fand ihn dann mitten in der Nacht in der Küche, dann trank er Milch. Ich weiß nicht, was ich dir erzählen soll. Er war nie glücklich, und offenbar konnte ich ihm nicht geben, was in seinem Leben fehlte. Ich kann es nicht erklären. Er hat soviel gearbeitet, aber er war nie wirklich glücklich. Er war pflichtbewußt. Aber er war fast zu pflichtbewußt, verstehst du?«

»Ja«, antwortete Eddie. »Das verstehe ich.«

»Er wurde immer wach und machte sich Sorgen. Nachts. Und nichts, was ich für ihn tun konnte, konnte ihn davon abbringen. Er nahm seine Verantwortung sehr ernst. Er wollte das Beste für uns. Er hatte so viele Pläne. Ach, die hatten wir natürlich beide.« Seine Mutter verstummte, und ihre sanften Augen wurden feucht. »Wir haben nie gedacht, daß alles so schlimm würde«, sagte sie mit brechender, leiser Stimme. »Wir konnten nicht damit rechnen. In dem Alter tut man das nicht. Man glaubt, wenn man sich liebt, dann kommt alles in Ordnung.« Ein nasser schwarzer Streifen Wimperntusche rann über ihre Wange. Eddies Mutter kniff die Augen zusammen. Sie hielt sich eine Sekunde lang die Handballen vors Gesicht und blickte ihren Sohn dann voll an. Ihre Lippen zitterten. »Du wirst schon verstehen, was ich meine«, sagte sie. »Wenn du älter bist.«

»Ja«, sagte er. »Da bin ich sicher.« Und er streckte die Hand nach ihrer aus und drückte ihre Finger. Seine Mutter fing an zu schluchzen und hob die Schultern, um sich davon abzubringen.

»Nicht, daß wir es nicht versucht hätten«, sagte sie, »vor allem dein Vater. Vor allem Frank.« Wieder traten ihr Tränen in die Augen. Schluchzen unterbrach den Rhythmus ihres Atems. »Aber Liebe kann einfach schiefgehen, Eddie, das ist alles. Daß heißt aber nicht, daß es nie Liebe war. Das darfst du nicht glauben. Ich werde nie wieder jemanden so lieben wie Frank. Er war alles für mich, und ich möchte, daß du das weißt. Glaub nicht, es wäre nie Liebe gewesen. Ich habe deinen Vater geliebt, und wir haben dich beide geliebt. So war das. Wenn du selber verheiratet bist, Eddie, dann siehst du selber, wie das läuft und wie man sich manchmal verirren kann.«

Eddie schluckte hart. Er wiegte das schluchzende Gesicht seiner Mutter an seiner Schulter und streichelte ihren Hinterkopf.

Und er sagte ihr, er wisse sehr gut, was sie meinte, und Patricia wisse das sicher auch. Dann setzte seine Mutter sich wieder gerade und wischte sich mit den Fingern die Augen.

»Meinst du?« fragte sie. Eddie sagte ja, und seine Mutter nickte vorsichtig und sagte, das sei immerhin etwas. »Es ist komisch, aber ich glaube, als Oma gestorben ist, habe ich einfach gedacht, also, ich will nicht mein Leben lang Ehefrau und Mutter sein. Im Grunde war das alles. Ich habe gedacht, es gäbe so viele Möglichkeiten auf der Welt, und ich wollte etwas davon abbekommen.« Während seine Mutter sprach, kaute sie an Streichhölzern herum und drehte sie zwischen ihren Fingerspitzen. Und Eddie erzählte ihr immer wieder, daß alles in Ordnung kommen würde, während er ihre Hand hielt und seinen Tee trank. »Ich meine, ich war fast siebenundvierzig«, sagte sie, und sie lachte.

»Ja«, lächelte Eddie. »Das warst du, ich weiß.« Er reichte ihr ein Papiertaschentuch und streichelte ungeschickt ihre schlaffe Hand, während sie ihre Augen betupfte. Und dann fing seine Mutter an, die Sache mit Raymond zu erklären, wie sie sich nach dem Tod seiner Frau in der Therapiegruppe kennengelernt hatten, das alles, aber Eddie sagte, sie sollte das nicht übelnehmen, aber er wollte lieber keine Erklärungen. Das war ihre Privatsache. Warum sollte sie ihm das erklären? »Du bist meine Mutter«, sagte er. »Ich will nichts darüber wissen. Ich will nicht, daß man den Rest meines Lebens an mir herumanalysiert.« Er sagte, es sei ihre Affäre und lachte. »Wenn du verstehst, was ich meine.« Die Uhr schlug.

»Ja«, sagte sie und lachte ebenfalls. »Ich weiß, was du meinst.« Dann schenkte sie Tee nach und fragte ihn: »Ich hab dich so lange nicht mehr gesehen, Eddie. Daddy hat mir erzählt«, sagte sie, »daß du eine Freundin hast, irgendeine junge Dame aus Donegal. Stimmt das?« Eddie sah sich im Zimmer um und horchte einen Moment auf das Blubbern der Wasserrohre.

»Nicht wirklich«, er lächelte. »Sie war einfach eine Freundin. Wir waren nie so eng zusammen.«

»Ja«, sagte sie. »Also, ich muß zugeben, daß Daddy meinte, sie sei nicht die Richtige für dich. Er hatte einfach den Eindruck. Er hat einen guten Blick für Menschen. Er sagte, sie sei einfach nicht dein Typ gewesen.«

»Ja, also«, sagte Eddie. »Sie war einfach eine Freundin, wie gesagt. Sie hatte was mit einem reichlich verrückten Typen, und der hat sie eines Tages verlassen. Ist einfach morgens gegangen, hat behauptet, er ginge zur Arbeit, und ist nie zurückgekommen. Dann hat sie festgestellt, daß er schon seit Wochen all seine Kleider und Sachen wegschaffte. Er ist einfach nicht mehr nach Hause gekommen. Sie ist wirklich durchgedreht, und das hat er erst herausgefunden, als es zu spät war. Sie hat in dem Supermarkt, wo sie gearbeitet hat, ein Feuer gelegt und allen erzählt, das sei ein Unfall gewesen. Und dann ist sie gefeuert worden, aber sie hat jeden Tag so getan, als ob sie zur Arbeit ginge, und niemand wußte, wo sie war.«

»Armes Wurm«, sagte seine Mutter.

»Und dann, als er sie verlassen hatte, hat er herausgefunden, daß sie versucht hat, das Hotel abzubrennen, wo sie gewohnt haben, und dann hat sie eine Überdosis genommen. Sie ist jetzt in einer Klinik.«

»Armes Ding«, sagte seine Mutter.

»Ja«, sagte Eddie. »Er wollte dann zu ihr zurück, aber hat es nicht geschafft. Ich meine, am Ende hat er erkannt, was er wirklich für sie empfand, aber da war sie weg, verstehst du. Er war einfach zu weit gegangen.« Eddie zuckte die Schultern. »So was kommt vor. Niemand konnte etwas dagegen tun.« Seine Mutter sagte, im Leben gebe es viel Trauriges, und Eddie habe seinen Teil davon abbekommen. Wieder zuckte er die Schultern. »Es lag an ihrer Familie«, sagte er. »Es gab Sachen in ihrer Familie, weißt du, schlimme Sachen, in ihrer Vergangenheit. Das willst du bestimmt nicht hören.«

»Wie in unserer Familie«, sagte sie und lachte unsicher.

»Na ja«, sagte Eddie. »So ähnlich. Aber schlimmer. Ich rede nicht gern darüber.«

»Und warum ist sie überhaupt hergekommen, Eddie? Um Arbeit zu suchen?«

»Na ja, zuerst ist sie aus dem anderen Grund gekommen. Verstehst du? Es ging nicht wirklich um Arbeit. Das hat sie zwar erzählt, aber das hat nicht gestimmt. Sie hat es mir nie klar gesagt, aber ich habe es gewußt. Das merkte man. Es war der andere Grund, aus dem Irinnen herkommen. Es war ihre Lage. Sie mußte da etwas machen.« Seine Mutter nickte und starrte in ihre Tasse. »Sie kam aus einer Kleinstadt, verstehst du.« Eddie lachte. »Sie kommt aus einer Kleinstadt«, sagte er. »Ich sollte nicht *kam* sagen, sie kommt aus einer Kleinstadt.«

»Ja«, sagte seine Mutter. »Das wäre schwer für sie gewesen.«

»Oh, unmöglich«, sagte Eddie. »Mit einem Baby, ganz allein, aber ich rede nicht gern viel darüber. Sie mußte es loswerden.« Er blickte seiner Mutter in die Augen. »Es ist eine schlimme Situation«, sagte er. »Aber es kommt vor.«

»Das Leben ist wie ein Dominospiel, Eddie«, seufzte sie. »Ereignisse und Veränderungen sind alle festgelegt, stehen einfach da«, und sie zeichnete mit dem Zeigefinger eine unsichtbare Linie auf dem Weltkartentisch. »Du fängst an einem gewissen Punkt an und endest an einem anderen, und was dazwischen passiert, weiß Gott allein. Alle glauben, sie könnten sich ihr Leben aussuchen, aber in Wirklichkeit geht es doch nur um das, was gerade möglich ist.«

»Na ja«, sagte Eddie. »Ich nehme an, es muß ein paar Regeln geben.«

»Es gibt Regeln«, nickte sie, »aber du erkennst sie erst, wenn alles vorbei ist. Es ist verrückt. Es ist wie Statistik oder so, du kannst sie erst sehen, wenn du ein Stück von ihnen entfernt bist. Oder wie diese Bilder, weißt du, die mit den kleinen Punkten.« Sie unterbrach sich. »Besuchst du deine Freundin manchmal?«

»Nicht oft«, sagte Eddie. »Das Krankenhaus ist ziemlich weit weg, weißt du. In Surrey oder so. Ich möchte sie aber ohnehin nicht so sehen.« Wieder nahm er einen Schluck Kaffee. »Es geht ihr wirklich nicht gut, sie kann Besuch nicht gut vertragen. Verträgt sie einfach nicht.«

Und dann fing seine Mutter an, über eine Freundin aus alten Zeiten zu reden, die ihre kleine Tochter eines Tages erwischt hatte, wie sie ein anderes Mädchen küßte, und die sie deshalb für einige Monate einsperren ließ. Eddie war dankbar für diesen Themawechsel. Er hörte eine Weile zu, dann fragte er nach der Toilette.

Als er die Treppe hochging, starrte Eddie eines der kleinen Bilder an der grauen Wand an. Die Silhouette eines Mannes und einer Frau, die Händchen hielten und auf einen hellrosa See starrten. Sie sahen jung und schlank aus, diese Rückenfiguren. Sie sahen glücklich aus, falls Schatten das können. In die Ecke unten rechts hatte seine Mutter ihren Namen geschrieben. May Virago. Eddie drehte den Rahmen um und sah sich die Rückseite an, aber nirgendwo stand ein Titel.

Im Badezimmer füllte er das Waschbecken mit Wasser und spritzte es in sein heißes Gesicht. Durch das Fenster sah der Garten hinter dem Haus grün und frisch aus, Efeu kletterte den Gitterzaun hoch, und in einer soliden steinernen Vogeltränke zankten sich Möwen.

Auf dem Absatz vor dem Badezimmer gab es ein kleines Zimmer, in dem Eddie zwei Betten sah, eins neben dem anderen, mit je einem hölzernen Nachttisch. Raymond saß am Schreibtisch vorm Fenster, tippte etwas in seinen Taschenrechner ein und zog an einer Zigarette. Er murmelte vor sich hin, während er seine Zahlen addierte.

»Alles klar, Eddie?« fragte er.

»Sicher, Raymond«, antwortete Eddie. »Du hast ja einen scharfen Whirlpool.«

»King size«, sagte Raymond und lachte. »Tut manchmal sehr gut.« Eddie starrte die beiden Betten mit den identischen Steppdecken an. »Deine Mutter ist eine gute Frau«, sagte Raymond plötzlich, ohne ihn anzusehen. »Du darfst nicht glauben, sie wäre mir nicht sehr wichtig.«

»Ich weiß«, sagte Eddie. »Das weiß ich.«

»Na ja«, sagte Raymond und wurde rot.

»Ich weiß, Raymond«, sagte Eddie. »Mach dir deshalb keine Sorgen.«

»So was kommt vor«, Raymond zuckte die Achseln und schaute aus dem Fenster.

»Ja, das Leben ist ein Miststück«, sagte Eddie. »Aber so ist es eben. Was gibt's Neues?«

Als er wieder unten war, sprachen Eddie und seine Mutter über die Zukunft. Eddie erzählte ihr alles von Salome und ihren gemeinsamen Plänen.

»Wer?« fragte seine Mutter. »Was ist denn das für ein Name?« Eddie erklärte, daß sie Protestantin sei, und seine Mutter nickte in verlegenem Verständnis. Dann deklamierte sie mehrmals »Salome, Salome«, wie ein Gedicht, und dann sagte sie Eddie, er solle ja nicht den Kopf verlieren.

Er erzählte ihr, sie seien sehr glücklich, und sie habe ihm einen Job als Produktionsassistent in einer Serie über religiöse Musik besorgt, die im neuen Jahr sonntagnachmittags ausgestrahlt werden sollte. Sie wollten vielleicht heiraten, wenn sie ein bißchen gespart hätten. Und er hatte beschlossen, die Musik aufzugeben. Ihr Manager hatte sie im Stich gelassen, hatte ihnen einen Haufen Lügen aufgetischt. Und es war einfach nicht der Mühe wert, noch einmal ganz von vorne anzufangen. Er würde sich dem neuen Job widmen und versuchen, ein bißchen zur Ruhe zu kommen.

»'türlich, siehst du ja, mußte ich den Irokesen loswerden«, sagte er und betastete seinen Kopf. Er hatte sich immer noch nicht an das samtene Gefühl seiner neuen, über einen Zoll langen Haare gewöhnt. »Für den neuen Job, meine ich.«

»Na ja«, sagte seine Mutter. »Du bist auch langsam zu alt

geworden für das alles.« Sie hörte sich dabei ein bißchen traurig an.

»Ja«, lachte er. »Bin ich.«

»Aber beim Fernsehen triffst du interessantere Leute«, sagte sie. »Und die Haare stehen dir gut, Eddie. Du siehst gut aus.«

»Echt?« lachte er. »Findest du?«

»Ja«, sie lächelte. »Aber das weißt du doch.«

Sie sprachen noch ein bißchen weiter, vor allem über Patricia und ihren Freund Rod und alle Nachbarn zu Hause in der Beckett Road. Und ehe seine Mutter Raymond bat, sich auf ein Bier zu ihnen zu setzen, stellte Eddie ihr eine Frage.

»Bist du glücklich, Mutter?« fragte er. »Meinst du, du bist jetzt glücklich?«

Sie starrte wieder in den Kamin und zupfte an ihrer Hemdschulter. Sie lachte. Sie preßte ein Papiertaschentuch an ihren Mund und kaute an einer Ecke. »Was für eine lustige Frage«, sagte sie und sah ihn an, dachte kurz nach. »Ehrlich gesagt, ich kenne mich mit Glück nicht aus«, erzählte sie ihm. »Aber ich bin zufrieden, glaube ich, Eddie. Das ist nicht dasselbe, das weiß ich. Aber es ist immerhin etwas, meinst du nicht, mein Junge?«

»Ja.« Er lächelte. »Das ist unbedingt etwas.«

Dann kam Raymond nach unten und öffnete eine Bierflasche mit den Zähnen, zum Entsetzen von Eddies Mutter. Und sie saßen zusammen im Wohnzimmer, bis das Licht vor dem Fenster grau wurde und die Straßenlaternen aufflackerten, und Raymond hielt die ganze Zeit die Hand von Eddies Mutter und brüllte vor Lachen, wenn Eddie eine peinliche Geschichte aus ihrer Vergangenheit erzählte.

Ehe er ging, preßte seine Mutter ihm auf der nassen Veranda etwas in die Hand.

»Nur eine Kleinigkeit«, betonte sie. »Geh deine Freundin besuchen. In der Klinik. Bring ihr etwas mit.« Sie winkte ab, als er protestieren wollte, und schloß seine Finger mit ihren. »Du bist wie ich, Eddie. Wie ich und dein Vater. Leute wie wir brauchen gute Freunde. Wir hängen zu lange an der Vergangenheit. Wir wissen einfach nie, wann wir loslassen müssen. Wir brauchen Leute, die uns das sagen.«

In Eddies Hand steckte eine zerknüllte Fünfzig-Pfund-Note. Er küßte seine Mutter und bekam Lippenstift auf die Wange. Raymond sagte, er sollte unbedingt wiederkommen.

»Warte nächstes Mal nicht so lange«, sagte er.

Und sie standen winkend vor dem Haus, bis Eddie nicht mehr zu sehen war.

Als Eddie wieder die Stadt erreichte, war es schon dunkel. In den Straßen um South Bank herum wimmelte es von Leuten, alle lachten und wollten sich amüsieren. Neon ließ die Pfützen aufleuchten. Der sündige Gestank von Hot Dogs und Kebabs und gebratenen Zwiebeln füllte die Luft. Überall gab es Musik, Hip-Hop dröhnte aus den Autofenstern, Snares und Saxophone hämmerten durch die Nacht, heiserer Heavy Metal tobte aus jeder Kneipentür. Samstagnacht in London, und die Straßen waren schwer von lasterhaften Versprechen. Noch eine Küssen-und-Quatschen-Nacht. Alle hatten sich feingemacht und sahen scharf aus, anmutige Mädchen in schönen Kleidern, reiche Männer in wunderbaren Anzügen. Am ganzen Fluß sahen alle aus wie Filmstars.

Eddie dachte an all die Leute, die heute abend eine neue Liebe kennenlernen oder eine Ehe zerbrechen oder sich betrinken würden, an all die Leute, die am Sonntagmorgen mit Kopfschmerzen in einem fremden Bett erwachen würden, mit der vagen Erinnerung, Dinge getan zu haben, die sie nüchtern niemals gemacht hätten, mit der schrecklichen Erkenntnis, daß sie in etwas hineingeraten waren, das niemals nur eine Affäre für eine Nacht sein würde. Oder an die, die mit blutbefleckten Händen und einem Teppich aus Glasscherben auf dem Boden in einer Zelle aufwachen würden. Oder an die, die gar nicht aufwachen würden. Alles war Zufall. Seine Mutter hatte recht.

Als er über die Waterloo Bridge ging, warf Eddie eine Acid-Tablette ein und sah die ganze Stadt über dem Viadukt tanzen, und die Stadt war aus Glas, so daß er in jedes Zimmer hineinsehen konnte. Neonlichter wirbelten über den Kränen der Isle of Dogs hin und her. Die Kuppel von St. Paul's glitzerte und drehte sich und schoß Laserstrahlen in den Himmel.

Er telefonierte mit seinem Vater aus einer Zelle in der Charing Cross Road, nur um guten Tag zu sagen. Sein Vater rief zurück, und sie redeten ewig lange über seltsame Dinge, die dann passieren, wenn man am wenigsten damit rechnet, über den armen Dean Bean und vieles andere, über Liebe und Arbeit und das Leben. Sein Vater meinte, er sollte sich wegen Salomes Auto keine Sorgen machen. Die Polizei würde es finden, und am Ende würde Salome Vernunft annehmen. Und wenn nicht, dann würde er eine andere finden.

»Es ist alles der Lockruf der Wildnis, Ed«, sagte er. »Jeder spürt den irgendwann. Es ist die Natur, das ist alles. Sie wird keine Ente dazwischenkommen lassen.« Eddie sagte, das hoffe er nicht. »Ich meine«, lachte Frank, »es war ja schließlich kein Mercedes.«

Als er auflegte, war Eddie schon fast beim Hinaustrippeln. Aber er hätte gern noch jemand anderen angerufen. Also zog er sein Adreßbuch aus der Tasche und blätterte darin herum. Er kannte Leute in aller Welt. Australien. Amerika. Neuseeland. Sogar Nicaragua.

Unvermeidlich fanden seine Finger die Seite, auf der Mr. Patel Marions neue Telefonnummer notiert hatte. Die blauen Linien schimmerten auf dem Papier. Und je länger Eddie starrte, um so seltsamer wurde es, bis die Linien anfingen, sich langsam zu wellen, wie in einem defekten Fernseher.

Eddie blickte über seine Schulter, als ob irgendwer ihn beobachtete. Er lachte laut. Dann schob er die Telefonkarte wieder in den Apparat, das Freizeichen surrte, und er rief die Nummer in Donegal an. Die Leitung knackte und piepte.

»Hallo«, sagte eine Männerstimme. »Prairie Moon-Hamburgerbar?« Die Stimme klang tatkräftig. Eddie schwieg. »Hallo?« fragte die Stimme noch einmal. »Hier ist Tom Clancy, hallo?« Eddie hörte sich Tom Clancys Singsangstimme an. Er konnte hören, wie er mit irgendwem im Hintergrund sprach, zur schmerzlichen Klage der Country&Western-Musik. »Hallo?« fragte er wieder. »Ist da jemand?« Eddie zog die Karte heraus. Und dann kamen die Tränen. Endlich.

Und als er sich mit heißen Augen zum Strand umdrehte, leuchteten alle Laternen, priesterlich violett und irokesenrot und bierdosengelb und Acid-House-blau, sie funkelten im Regen und verschwommen miteinander. Die ganze Straße war ein Fluß aus Licht. Sie sah aus wie ein Film im Zeitraffer, Streifen von fluoreszierender Farbe fluteten auf und ab, als ob sie ein Eigenleben hätten.

Zehn Schimmel klapperten am Virgin Megastore vorbei. Männer in mittelalterlichen Uniformen führten sie über die nasse Straße, und Väter hielten ihre Kinder hoch, damit sie besser sehen könnten, oben in den ausgestreckten Armen. Die Pferde wieherten und schnaubten und stampften, und die Männer mußten hart an den Zügeln reißen und lachten und riefen sich Witze zu, während sie am Leder zerrten. Die Kinder quietschten vor Freude. Überall leuchtete Blitzlicht auf. Die Vögel schrien in der Luft, und auf die Straße regneten Federn.

Eddie ging zum Covent Garden, wo er sich betrank und irgendeiner Frau im Rock Garden seine Lebensgeschichte erzählte.

Erst Oktober, und schon gab es Weihnachtsdekorationen. Jedes verdammte Jahr schienen die früher zu kommen. Das dachte Eddie, als die Frau aufs Klo ging. Die Definitionen, die die Dinge trennen, würden einfach verschwinden. Das mußte so kommen.

Sie würden die Dekorationen in einem Jahr ein bißchen früher anbringen und sie ein bißchen länger hängen lassen. Früher oder später würden sie dann immer da sein. Was für ein Gedanke.

Weihnachten, das ganze Jahr lang. Jesus. Was für ein Gedanke.

Er wartete auf die Rückkehr der Frau, um ihr zu erzählen, was ihm gerade eingefallen war.